长相思

3 思无涯 大结局

桐华 著

中国友谊出版公司

图书在版编目（CIP）数据

长相思 . 3，思无涯 / 桐华著 . —北京：中国友谊出版公司，2019.5

ISBN 978-7-5057-4728-9

Ⅰ . ①长… Ⅱ . ①桐… Ⅲ . ①长篇小说—中国—当代 Ⅳ . ① I247.5

中国版本图书馆 CIP 数据核字 (2019) 第 089519 号

书名　长相思 . 3，思无涯
作者　桐　华
出版　中国友谊出版公司
发行　中国友谊出版公司
经销　新华书店
印刷　嘉业印刷（天津）有限公司
规格　700×1000 毫米　16 开
　　　18 印张　411 千字
版次　2019 年 7 月第 1 版
印次　2019 年 7 月第 1 次印刷
书号　ISBN 978-7-5057-4728-9
定价　45.00 元
地址　北京市朝阳区西坝河南里 17 号楼
邮编　100028
电话　（010）64678009

LOST YOU
FOREVER

请将我的眼剜去

让我血溅你衣

似枝头桃花

只要能令你眼中有我

请将我的心掏去

让我血漫荒野

似山上桃花

只要能令你心中有我

目录

LOST YOU FOREVER

③

长相思

目录

LOST YOU FOREVER

③

思无涯

第一章 东风恶，欢情薄

LOST YOU FOREVER

玱玹来小月顶看小夭时，小夭正坐在廊下绣香囊，黑色的锦缎，用金线绣出一朵朵小小的木樨花，一针一线十分精致，已经快要绣完。

玱玹等她绣完最后一针，稀罕地问："你怎么有性子做这些东西了？"

小夭说："一举两得。针法也是医技，可以用来缝合伤口，多练练，能让手指更灵活些，病人少受点苦。"

"还有一得呢？"

小夭笑说："我打算绣好后，送给璟。"

玱玹愣住，半晌后问："你……你和他又在一起了？"

小夭摇摇头："没有。"

"那这……算什么？"玱玹指着小夭手里的香囊。

"我上次去青丘，发现他病得不轻，如果再不及时医治，只怕活不过百年。我现在只是他的医师。"

玱玹沉默地坐着，无喜无怒，十分平静。

小夭却觉得有些心惊，叫道："哥哥？"

玱玹笑起来，温和地说："你绣完这个香囊，给我也绣一个，绣凤凰花，你和我最喜欢的花。"

小夭爽快地应道："好。"

◈

小夭去看璟，发现璟的身体在康复中，对胡珍满意地说："很好！"

胡珍道："这段日子，族长气色好了许多，几个长老都夸我医术精湛，我只好厚着脸皮受了。"

小夭说："本来就有你的一半功劳。"

小夭把做好的木樨花香囊拿给璟，里面装了一颗蜜蜡封着的药丸，小夭说："这颗药丸是个防备，危急时刻，能暂时续住一口气。"

以小夭的身份和医术也只能炼制一颗的药丸，可想而知其珍贵程度。

璟仔细收好："不要担心，我会很小心。"

小夭叹道："事情一日没解决，我一日不能放心。"

璟说："我大半时间都在轵邑，只有处理族中的事务时才会回去。"

小夭勉强地笑了笑："那最好了。"

璟不想让小夭老想这些不开心的事，问道："你在五神山玩得高兴吗？"

小夭笑了："父王年少时肯定不是个老实人，他那钓鱼、烤鱼的技术我都甘拜下风，明显吃喝玩乐样样精通。"

小夭和璟聊了几句，告辞离去。璟虽然心里不舍，却没有挽留，目前这样已经很好，不能再奢望更多。

◈

回到小月顶，小夭想起答应了玱玹，要给他做个凤凰花的香囊，开始在绢帛上描摹凤凰花。

玱玹来小月顶时，看到小夭屋内各种形状的凤凰花，不禁笑起来。

小夭说："我实在没什么绘画的天赋，你快帮我画几个花样子。"

玱玹不乐意地说："我不画，难道你送璟的香囊也是让他给你画的花样子吗？既然是你送我的东西，自然从头到尾都要是你的心意。"

小夭又气又笑："你可真够挑剔的。好，我自己画！"

玱玹站在小夭身后，看了一会儿，无奈地叹气："你啊，可真够笨的！"他握住小夭的手，教小夭画，"你这里就不能稍微轻一点吗？手腕放松，柔和一些，你画的是凤凰花，不是凤凰树……"

玱玹一边教，一边训。刚开始，小夭还笑嘻嘻地还嘴，后来被玱玹训恼了，把颜料往玱玹脸上抹去。

玱玹边躲边笑，时不时偷袭一下小夭："瞧瞧你这点出息，从小到大都这样，自己做不好，还不许人家说。"

“你有出息得很！人家哥哥都让着妹妹，就你小肚鸡肠，怪我笨，你怎么不怪自己笨，不会教人呢？”

两人吵吵闹闹、嘻嘻哈哈地闹成一团。

轩辕王从窗外经过，驻足笑看，只觉依稀仿佛，又看到了两个在凤凰树下追逐嬉闹的孩子。

自从仲意战死，儿媳自尽在玱玹面前，一夜之间玱玹就长大了，眼中有着锐利的寒冷，像个大人一般不苟言笑，只有和小夭在一起时，他才会又像个孩子。这么多年后，经过重重磨难，玱玹早已把外露的锐利深藏起来。众人看到的玱玹，不管什么时候都喜怒不显，温和平静，可当他和小夭在一起时，依旧像个孩子一般又闹又笑。

轩辕王叹气，玱玹和小夭，手心、手背都是肉，伤了哪个他都舍不得，可这世上的事，自古难两全。他暗问，难道是我老了吗？当年兵临城下、四面危机时，都没像现在一样左右为难。

轩辕王又叹了口气，踱着步子，走开了。

晚上，小夭躺在榻上，一边想着意映和篌，一边无意地把玩着鱼丹紫。

灯光下，晶莹剔透的鱼丹紫散发着柔和的光芒，珊瑚一边帮小夭拉帐子，一边窃笑。

小夭瞋了她一眼：“你偷笑什么呢？”

珊瑚忙道：“没，我没笑什么，就是觉得这鱼丹紫挺稀罕，以前我见过一枚红色的鱼丹，没这块大，也没这块纯净。”

小夭说：“我以前也见过一枚红色的鱼丹，比这块大，没有一丝杂质，十分好看。”

珊瑚打趣道：“王姬若喜欢，让涂山族长买来送给你好了。”

小夭瞪珊瑚，珊瑚笑做了个鬼脸：“王姬要睡了吗？我熄灯了。”

“嗯。”

珊瑚把海贝明珠灯合拢，屋内暗了下来。

小夭握着鱼丹紫，闭上眼睛，脑中却不自禁地想起当年在海上的事——

那次出海玩，她和璟独自在船上待了一夜，可除了玱玹，没有一个人留意到。现在想来，丰隆对男女情事从不上心，根本不会多想；馨悦忙着和玱玹调情，无暇注意；篌和意映……只怕那一夜，篌和意映也在私会。当时，璟刚回去不久，估摸着意映正在和篌闹别扭，为了气篌，才刻意对璟十分温柔体贴。

小夭禁不住轻轻叹了口气，原来一船人，除了丰隆，都是别有心思，所以谁都没留意到谁的异样。

那一日，篌最晚归来。他驱策鱼怪从朝阳中飞驰而来，绕着船转了好几个圈，当着一船人的面杀了鱼怪，取出鱼丹红。那枚鱼丹红晶莹剔透、璀璨耀眼，连见惯宝物的馨悦都动了心，开口索取，出手大方的篌却没有给馨悦。

小夭虽然没有想去拥有，可也忍不住盯着看了一会儿，好奇地打听是什么宝石，璟看出她心动了，才送了这枚鱼丹紫给她。

船上的三个女子，只有意映从头到尾没有流露出对鱼丹红的一丝兴趣，甚至连看都没有多看一眼，这不太符合意映的性子。意映压根儿不看，并不是不喜欢那枚鱼丹红，而是因为她知道篌会把那枚美丽的宝石送给她。

篌当众杀死鱼怪，取出璀璨耀眼的宝石，就如同勇猛的雄兽当着雌兽的面猎杀猎物，这是一种对雌兽的示爱求欢。朝阳中，驾驭着鱼怪的男儿，身姿矫健，潇洒倜傥，充满了男性的阳刚魅力，让意映情动神摇，其实，篌在变相地羞辱璟，当着璟的面，让璟的未婚妻看看他比璟强多少，让璟的女人为他臣服。

篌的折磨羞辱，没有击垮璟，篌也没有办法在权力的角逐中胜过璟，他通过征服璟的女人来证明自己比璟强。璟的贴身侍女兰香为了篌背叛了璟，璟的妻子也因为喜欢篌而背叛了璟……

小夭猛地坐了起来："可恶！"

◈

第二日，清晨，小夭急急忙忙地去找璟。

璟正要出门，驾车的胡哑面色很难看。

看到小夭，璟让胡哑等着，自己陪小夭进去："怎么突然来了，有事吗？"

小夭摘下帷帽："我不是找你的，我要见静夜。"

璟道："静夜在屋内，我陪你去见她。"

小夭说："你去忙你的事，我有话单独和静夜说。"

"那我尽快回来。"

小夭笑了笑，没有说话，转身就往里去了。

静夜正在屋内和胡珍说话，小夭走进去，静夜行礼道："王姬来了，公子呢？"

小夭问："我看胡哑神色不对，怎么了？"

"昨儿晚上，一个保护公子的侍卫悄悄给公子吃的药里投毒，幸亏王姬上次提醒过我们，我们都格外小心，没让他得手。投毒的侍卫没等审问，就服毒自尽了。那个侍卫和胡哑一起长大，胡哑心里很难受。"静夜叹了口气，"这种感觉真可怕，上一刻还是彼此信赖的伙伴，下一刻却成了举刀相向的敌人。胡珍说藏在暗中的敌人就是要我们惶惶不安，连最亲的人都去怀疑，幸好公子心大，竟然丝毫没受影响，还一直宽慰胡哑。"

小夭的脸色也难看起来，意映和篌已经开始行动了！

胡珍说："虽然我从没告诉任何人族长的病情，但那两人不是傻子，估计早已清楚，一直等着族长病发，但这几个月来，族长的气色明显好转，长老都已经看出来，他们自然也能看出来。我想，昨夜的投毒只是开始。"

胡珍的眼睛一眨不眨地盯着小夭，小夭明白他想说什么，对他说："你放心，我不会让别人伤害到我的病人。"

胡珍松了口气，作揖行礼："有劳王姬了。"

小夭说："我有话和静夜说。"

胡珍看了静夜一眼，退了下去。

小夭坐到璟平日坐的主位，盯着静夜。

静夜被她盯得毛骨悚然，问道："王姬想吃了奴婢吗？"

小夭说："我问你话，你老实交代，否则，我说不定真会吃了你。"

璟向来温和有礼，对她从未疾言厉色过，静夜心里有些不舒服，可知道小夭在璟心中的分量，只能不卑不亢地说："能说的奴婢自然会说。"

小夭说："你告诉我，篌有没有送过你礼物，有没有对你示过好，有没有勾引挑逗过你？"

静夜的脸刷一下全红了："王姬怀疑我背叛了公子吗？我没有！"

"你回答我的问题，篌有没有勾引挑逗过你？说实话！"

静夜咬着嘴唇，半晌后，点了点头。

"你的身子可被他玷污了？"

静夜眼中含着泪花："有一次差点，奴婢以死相抗，他才放过奴婢。"

"你对篌动心了吗？"

静夜立即说："公子失踪后，我就一直怀疑是篌做的，怎么可能对他动心？只有兰香那个糊涂虫才会把篌的虚情假意当真，竟然不惜把自己的命搭进去。"

"既然你没有对他动心，为什么不把这些事告诉璟？"

静夜忍着泪说："我在外人面前再有体面，也不过是涂山家的婢女，篌公子看上我，那是我的福气，我能抱怨吗？何况，那种事情……我一个女子如何启口对公子说？"

小夭思量地盯着静夜，静夜抬手对天："我发誓，绝没有做对不起公子的事。我……我……已经有喜欢的人，绝不可能喜欢篌。"

"你喜欢谁？"

"胡珍。公子为王姬昏睡了三十七年，我和胡珍一起照顾了公子三十七年，那种绝望地看着公子的生命日渐消失的感觉十分可怕，是胡珍陪着我一起走了下来。他不像篌……不会甜言蜜语，老是呆呆笨笨的，可他让我心安。在他身边，我知道，就算天塌了，他也会陪我一起扛。"

胡珍呆呆笨笨吗？小夭可一点没觉得，明明是个好聪明的人。女人也只有真心喜欢了，才会把"呆呆笨笨"四个字都说得满是柔情蜜意。

小夭问："篌现在还骚扰你吗？"

"没有了，自从公子接任族长后，篌再没对我说那些混账话、做那些混账事。后来，篌知道我对胡珍有情，他也没有恼，反而赏了我一套玳瑁首饰。"

小夭露了笑意，说："我相信你。其实，我本来就不觉得你会背叛璟，只不过想要问清楚，毕竟你瞒着璟是不对的。不过，你说的也很有道理，这种事的确不可能拿出来说，尤其太夫人还在时，一个不小心，太夫人一句话就能把你赏给篌。"

静夜松了口气，抹去脸上的泪："谢谢王姬能体谅奴婢的难处。"当年她也正是有这层顾虑，生怕做了第二个蓝枚，无论如何都不敢开口。

小夭撑着下巴，沉思着。

静夜轻声叫："王姬？"

小夭挥挥手："你忙你的，我在思索一些事。"

静夜安静地退出屋子。

小夭琢磨着篌的心思，静夜的拒绝就是在告诉篌，他不如璟，这是篌无法容忍的，所以他一直没放弃纠缠，只不过，他发现了静夜喜欢的是胡珍，即使勾引到静夜，他赢的是胡珍，而不是璟，篌自然对静夜就没了兴趣。篌竟然真的是在通过征服"璟的女人"去证明他比璟更好。既然篌有这种心思，他不可能放过意映，毕竟相比兰香和静夜，意映才是最有分量的证明。

回想过往意映的一些异常举动，意映肯定是真心喜欢篌，可篌对意映几分是真情，几分是泄愤？

璟一直想化解篌的怨恨，却不知道篌的心理已经扭曲，从虐待璟，到争夺族长之位，甚至抢夺"璟的女人"，他只是想证明自己比璟强。可那个从他出生起就否认打击他的女人，他的"母亲"，已经死了，永不可能看到他的证明！

小夭叹气，如果璟的母亲知道她亲手酿造的这杯毒酒被儿子全部吞了下去，她可会对少时的篌好一点点？小夭再没有一刻比现在更能理解璟不忍对篌下手的原因，但璟已经退让太多，她不能再允许篌伤害璟。

璟走进屋子时，看到小夭撑着下颌，皱着眉头，歪头思索着什么。斑驳的阳光将她的身影照得半明半暗，几缕乌黑的发丝散在脸颊旁，衬得她的面庞细腻柔和，犹如一株含苞待放的玉兰花。

璟静静地看着她，只觉那阳光照在小夭的身上，却透到了他的心底，让他如同喝了酒，有一种暖熏熏的沉醉感。

璟慢慢地走过去，小夭兀自沉思，直到璟到了身前，她才惊觉，抬起头，看是璟，她笑了。那笑意先从心底透到漆黑的眼眸里，又如烟雾一般从眼眸散入眉梢眼角，再从眉梢眼角迅速晕开，整个面庞都舒展了，最后，才嘴角弯起，抿出一弯月牙。

笑意绽放的刹那，是令人惊艳的美丽，而这种美丽的绽放，只是因为看到了他。璟觉得心被装得满满的，忍不住欢喜地呢喃："小夭。"

小夭笑问："怎么这么快就回来了？事情处理完了？"

"把要紧的事处理完了，不要紧的先搁一搁。"璟坐到小夭对面，"刚才在想什么？"

小夭自嘲地说："我能想什么呢？我这种人，要么什么都不想，稀里糊涂，要么就是满肚子坏主意。璟，你能答应我一件事吗？"

"你说。"

“相信我！不管发生什么，都无条件地相信我！”

“我答应。”

小夭似乎仍有些不放心，叮咛道：“不管看到什么、听到什么，都闭起眼睛，先问问自己的心。”

璟说：“你放心，我以前答应过你的事，都没做到，这次，我一定会做到。”

小夭笑了笑：“好，我等着看。”

◈

傍晚，玱玹来小月顶时，小夭向他打听：“最近有没有哪个妃嫔有点什么喜事要庆祝啊？比如生辰啊，娘家有人升职什么的？”

“你想做什么？”

“我想有个水上的宴会，最好能在船上，开到大湖里去。”

玱玹叫：“潇潇。”

潇潇走了过来，玱玹问：“王姬要一个水上的宴会，让谁去办适合？”

潇潇回道：“方雷妃在河边长大，每次宴席都喜欢设在水边。再过十几日，正是大镜湖的垂丝海棠开得最好的时候，可以让方雷妃以赏花为名邀请众人聚会。”

小夭笑着点头：“这样好，一点不会让人生疑。”

潇潇问：“王姬想请谁？奴婢去安排。”

小夭说：“璟、防风意映、涂山篌、离戎昶，别人我不管，但这四人一定要请到。”

潇潇说：“奴婢记住了。”

小夭说：“潇潇，谢谢你。”

“王姬太客气了。”潇潇行礼，告退。

玱玹问小夭：“我还以为你不想看到防风意映，你想做什么？”

“我想做坏事，所谓坏事就是只能自己偷偷干，谁都不能说。”

玱玹笑道：“好啊，那天若有空，我去看看你会做什么。”

仲春之月，方雷妃在神农山的大镜湖设宴，邀请宾客游山玩水，观赏垂丝海棠。

方雷妃邀请了不少客人，准备了七八艘大小不一的船只，喜欢热闹的客人可以坐大船，喜欢清静的可以坐小船。船沿着蜿蜒水道，迤逦而行，宾客可以赏湖光山色和溪地边的垂丝海棠，若想近玩，随时可以让船靠岸，由山涧小径走进海棠花海中。

小夭如今在大荒内十分有名，可她深居简出，没几个人能见到她。这次来赴宴，几乎人人都盯着小夭，想看清楚这个在婚礼上跟个浪荡子奔逃了的王姬究竟长什么模样。

方雷妃命贴身婢女去请众人上船，大概怕小夭尴尬，和小夭同船的人很少，要么是熟人，要么是亲戚——璟、防风意映、篌、离戎昶、西陵淳、淳的未婚妻姬嫣然、方雷妃，还有方雷妃的妹妹方雷芸。

方雷妃和意映坐在榻上，说着家常，方雷芸陪在姐姐身旁，说得少，听得多，很是文静有礼。姬嫣然也是大家闺秀的样子，面带笑意，陪坐在意映的下首。璟、昶、篌、淳四个男子都站在船尾，一边聊天，一边拿着钓竿钓鱼。小夭独自倚着船栏，欣赏风景。

昶看到小夭，不停地用胳膊肘捶璟。璟没有动，昶索性拽着璟走到小夭身旁。

昶大咧咧地说："王姬，要不要再考虑一下我的兄弟？"

小夭侧身倚着栏杆，笑而不语。

昶说："你抛弃了丰隆，被防风邶毁了名声，再想找个像样的男人很难了，我这兄弟对你一往情深，你不如就跟了他吧！"

小夭用手拢了拢头发，笑吟吟地说："他对我一往情深吗？我看不出来。"春衫轻薄，勾勒得小夭身段玲珑，漫不经心的慵懒，有一种天真的娇媚，犹如那水边的垂丝海棠，无知无觉地绽放在春风里。

昶几乎要咬牙切齿了："璟还要怎么对你，你才能看出来？"

小夭咬着唇，想了一瞬，指着远处的岸边，说道："我想要一枝海棠花。"

昶刚想说"这还不简单"，就听到小夭笑着说："不能用灵力法术，我想要的是亲手摘下的海棠花，现在就要。"

昶愣住了，这事很小、很简单，可世间的事不是很小、很简单，就真的容易做了，所以往往最简单的事却是最难做到的。昶看了看意映和方雷妃那边，又看了看篌和淳那边，再看看湖上别的船只，干笑道："王姬，你这不是故意刁难人吗？"

小夭不说话，只是笑意盈盈地看着璟。

昶还想再劝，扑通一声，璟跳下了船，向着岸边游去。

这一声惊动了聊天的四个女人，都站了起来。

方雷妃惊问道："涂山族长？发生了什么事？"

小夭笑嘻嘻地说："涂山族长去摘海棠花。"

自离戎昶拉着璟走到小夭身旁，篌看似在和西陵淳钓鱼，暗中却一直留意着璟。昶和小夭的对话，他听得一清二楚。篌知道璟对小夭有情，却没想到璟为了小夭真的什么都不在乎。

其他船上的人虽然不知道璟为何突然跳进了水里，可看到一向举止有礼的涂山族长做此怪异举动，也都停止了谈笑，全盯着璟瞧。

有和璟相熟的人扬声问道："涂山族长，需要我等效劳吗？有事请尽管吩咐。"

璟一边游水，一边温和地回道："多谢，不过此事需要我自己去做。"

众人七嘴八舌地问："什么事需要族长亲做？"

璟坦然回道："摘花。"

众人愕然，继而哄笑起来。

昶趴在栏杆上，无力地遮住眼睛，好似不忍再看，他恶狠狠地问小夭："妖女，你可满意了？"

璟游到岸边，选了一枝开得最好的海棠花摘下，又从岸边游回来。

当他浑身湿淋淋地跃上船时，所有人都看向他手里的垂丝海棠花，柔蔓轻舒，绿叶滴翠，垂英凫凫下，十几朵海棠花吐露芬芳，花姿娇美，色泽红艳。

璟把海棠花递给小夭，小夭抿着笑，随手摘下最美的两朵，簪在鬓边，将剩下的花枝绕在腕上，做了海棠花臂钏。

众人本来以为涂山族长摘花是为了防风意映，都在善意地哄笑，此时笑声戛然而止，众人全都盯着小夭。

离戎昶高声笑道："我们和王姬打赌打输了，赌约就是不用灵力法术，亲手摘下海棠花，我想赖账，璟却一板一眼，认赌服输。"

众人都知道离戎昶的荒唐不羁，笑着打趣了几句，也就散开了。和小夭同船的几人却知道，根本不是什么玩闹的赌约。

小夭举起手臂，笑问璟："好看吗？"

璟点了下头，一旁看得目瞪口呆的几个女人也不得不承认，很好看。姬嫣然甚至悄悄瞟了眼淳，几分惆怅地想，原来世间最美的首饰不是那些珠玉，而是有情人摘下的几朵野花。

小夭对璟说："小心身子，快把衣服弄干了。"说完，她像什么事都没发生一样，袅袅婷婷地走开了。

意映的脸色十分难看，所有人都尴尬地站着，小夭却一脸泰然，站在船头，和珊瑚一边窃窃私语，一边欣赏风景。

方雷妃定了定神，笑道："各位来尝尝小菜，这几道小菜都是我从家乡带来的厨子做的，若不喜欢，尝个新鲜，待会儿还有主菜，若喜欢，就多吃点。"

众人心神不宁地坐下，食不知味地尝着婢女端上的小菜。

篌含着丝笑，打量着小夭，也许是因为流落民间多年，这女子虽然身份尊贵，性子却和贵族女子截然不同，像是野地里的罂粟花，野性烂漫、不羁放纵，难怪敢当众抛弃丰隆，和防风邶鬼混。防风邶死了，也不见她难过，反而又挑逗着璟。

完美出色的璟向来冷冷清清，无欲无求，人人梦寐以求的族长之位他压根儿不在乎，姿容绝丽的防风意映他不屑一顾，连用药都无法诱逼他和意映亲热，可璟对这朵罂粟花动了情、上了心、有了欲。

篌自小喜欢狩猎，越是危险的妖兽他越喜欢，因为越危险，征服时的快感也越强烈。

湖上行来一艘船，众人起先都没在意，待船舱内的人走出来时，才发现竟然是王后馨悦和赤水族长丰隆，方雷妃他们全都站了起来。

馨悦和丰隆跃上船，方雷妃和其他人都向馨悦行礼。小夭开始头疼了，缩在众人身后。

馨悦对方雷妃笑道："听说你在湖上赏花，所以来凑个热闹，希望没有扰了你们的雅兴。"

方雷妃笑说："王后来只会让我们兴致更高。"

馨悦的视线越过众人，盯向小夭："真是没想到王姬居然也会来。"

小夭不知道该怎么回答，就什么都没回答。

馨悦对丰隆说："哥哥，这应该是那场闹剧婚礼后，你第一次见王姬吧？"

丰隆看了小夭一眼，一声未吭。

小夭已经明白今日馨悦是特意为她而来，她可以完全不理会馨悦，但小夭觉得对不起丰隆，如果这样能让丰隆解气，她愿意承受馨悦的羞辱。

馨悦走到小夭身边，绕着她走了一圈，啧啧叹道："都以为王姬对防风邶深情一片，却不想防风邶死了不过几个月，王姬就来宴饮游乐，一丝哀戚之色都没有。"

馨悦对意映说："你二哥算是为她而死，可你看看她的样子！碰到这么个凉薄的女人，我都替你二哥不值，难为你还要在这里强颜欢笑。"

馨悦笑对丰隆说："哥哥，你该庆幸，幸亏老天眷顾赤水氏，没让这种女人进了赤水家。"

丰隆阴沉着脸，没说话。

昶干笑两声，想岔开话题，说道："大家都是来赏花的，赏花就是了。"

馨悦笑指着小夭手腕上的花："这不就有海棠花可赏吗？王姬竟然打扮得如此妖娆，这娇滴滴的海棠花不知道是戴给哪个男子看的？又打算勾引哪个男人……"

璟挡到了小夭身前："这是我送她的花，王后出言，还请慎重。"

馨悦掩嘴笑："哦——我倒是忘了你们那一出了。现在倒好，反正也没有正经男人会要她了，涂山族长带回去，做个妾侍倒也不错，只是要看紧了，要不然谁知道她又会跟哪个男人跑了呢？"

璟要开口，小夭拽了他的衣袖一下，带着恳求，摇摇头，璟只得忍下。

"快看看，快看看！"馨悦叹气，"意映啊意映，你倒真是大度，人家在你眼前郎情妾意，你居然一言不发，难道你还真打算和这个害死了你二哥的女人共侍一夫吗？你好歹是夫人，拿出点气魄来……"

"王后打算拿出气魄做什么？"不知何时，玱玹上了船，正笑走过来。

众人纷纷行礼，玱玹越过众人，笑拉起方雷妃，问道："海棠花可好看？"

方雷妃恭敬地回道："好看，陛下可要一同赏花？"

玱玹笑，瞅着方雷妃打趣道："人比花娇，海棠花不看也罢！"

方雷妃脸色泛红，馨悦的脸色发白。

玱玹对小夭招招手，小夭走到他面前，他从小夭的髻上摘下海棠花，海棠花在他手上长成了一枝娇艳的海棠。玱玹想把花枝绕到方雷妃的腕上，做一个像小夭腕上戴的臂钏，却没绕好，玱玹笑起来，把花枝递给小夭："这种事情还是要你们女人做。"

小夭把花枝绕在方雷妃的手臂上，帮方雷妃做了个海棠花钏，玱玹道："好看！"

方雷妃向玱玹行礼："谢陛下厚赐。"

小夭也向玱玹行礼："陛下，我有些头疼，想先告退了。"

玱玹说："正好我要去见爷爷，和你一起走。"

玱玹对方雷妃和其他人说："你们继续赏花吧！"玱玹已经要走了，忽又回身，低下头，在方雷妃的耳畔低声吩咐了两句，方雷妃含羞带笑地点了下头。

小夭和玱玹乘着小舟，离去了。

方雷妃笑着招呼大家继续赏花游玩，馨悦脸色不善，几欲发作，方雷妃却当作什么都没察觉，谈笑如常。方雷妃和淑惠那些来自中原氏族的妃子不同，她属于轩辕老氏族，对馨悦看似恭敬，却无一丝惧怕。

意映恼恨刚才馨悦羞辱小夭时连带着踩踏她，此时，笑对方雷妃说："陛下对王妃可真是宠爱，刚才在船上那一会儿，眼里只有王妃，再无他人。"

方雷妃抬起手腕，看了看海棠花臂钏，盈盈一笑，什么都没说。

馨悦羞恼难堪，玱玹从来到走，看似一点没有责备她，可他当着所有人的面对她视而不见，狠狠地扫了她的面子。馨悦只觉满目的海棠花都在嘲笑她，想要立即逃离。

丰隆传音道："我之前就和你说，不要来，你非要来。现在既然来了，就不能走。你跑了，人家在背后会说得更难听，你若无其事地撑下去，别人能想到的是，不管玱玹怎么宠别的女人，你却是王后，根本无须争宠。"

馨悦只能忍着满腔愤怒，做出雍容大度的样子，继续和众人一同赏花游玩。

待小船开远了，玱玹立即开骂，狠狠地戳了戳小夭的头："你几时变成猪脑子了？馨悦骂你，你不会还嘴？你就算有这份好脾气，用到我和爷爷身上行不行？怎么不见你对我好一点？每次说你两句，立即牙尖嘴利地还嘴。对着个外人，你倒变得温吞乖顺起来，我告诉你，下次若再让我碰到，我先收拾你个不争气的东西！"

小夭低着头，沉默。

玱玹斥道："说话啊！你哑巴了？"

小夭无奈地摊手："你不是怪我平时牙尖嘴利吗？我这不是在温吞乖顺地听你训斥吗？"

"你……"玱玹气得狠敲了小夭一下，"有和我较劲的本事怎么不用在对付外人身上？"

"我和丰隆的事……我还是觉得对不起他，馨悦要骂就让她骂几句吧，正好让丰隆解一下气。"

"对不起？有什么对不起的？我和你父王该对赤水氏做的补偿都做了，该说的好话也都说了，丰隆如今一人之下、万人之上，得到的利益都实实在在，损失不过是别人背后说几句闲话。不要说日后，就算现在，他想要什么样的女人没有？可你呢？你可是名誉尽毁，这件事里吃亏的是你！"

小夭说："就这一次吧！如果下次馨悦再找我麻烦，我一定回击。"

玱玹冷哼："和我说做坏事，我以为你要祸害谁，特意抽空，兴致勃勃地赶来看热闹，结果看到你被人祸害。"

小夭展开双臂，伸了个懒腰，笑道："我的坏事才撒了网，看他入不入网，入了网，才能慢慢收网。回头一定详细告诉你，让你看热闹。”

玱玹只觉小夭臂上的海棠花刺眼，屈指轻弹了下中指，小夭腕上的海棠花钏松开，落入水中。

“唉，我的……花！”小夭想捞，没捞到，花已经随着流水远去，小夭满脸懊恼。

玱玹不屑地说：“几朵破花而已，回头你要多少，我给你多少。”

小夭悄悄嘀咕：“不一样……”

几日后，小夭和珊瑚走进涂山氏的珠宝铺子。

小夭戴着帷帽，伙计看不到小夭的容貌装扮，可看珊瑚耳上都坠着两颗滚圆的蓝珍珠，立即热情地招呼她们，请她们进内堂。

婢女奉上香茗，老板拿出一套套珠宝给小夭和珊瑚看，小夭靠在坐榻上，随意扫了一眼，就看向窗外，显然没有一件瞧得上。珊瑚挑了半晌，选了一个七彩鱼丹做的手钏，这种鱼丹色泽绚丽，看着好看，实际在鱼丹里是下品，但这条手钏上的鱼丹色泽大小几乎一模一样，要从上千颗鱼丹中挑选出，能成这条手钏也是相当难得。

小夭让老板包起手钏，打算结账离开。

篌挑帘而入，笑道：“王姬不给自己买点东西吗？”篌对老板挥了下手，老板退了出去。

小夭懒洋洋地说：“只是闲着无聊，带珊瑚出来随便逛逛。”

篌说：“真正的好东西，他们不敢随便拿出来，王姬，看看有没有喜欢的？”

两个婢女进来，将一个个盒子放在案上。

篌打开一个盒子，里面是一套玳瑁首饰，好的玳瑁虽然稀罕，但对小夭来说并不稀罕，难得的是这套首饰的做工，繁复的镂空花纹，配以玳瑁的坚硬，有一种别致的美丽。

小夭拿起看了一下，赞道：“涂山氏的师傅好技艺，比宫里的师傅不遑多让。”小夭又放了回去。

篌打开另一个盒子，拿起一根花丝莲花簪，说道：“这只小小的七瓣莲花簪，要一千八百根金丝做成，每片莲花瓣上就有二百多根金丝，经过掐、填、攒、堆、垒、织、编数道工艺才能把本来冰冷的金丝变成这朵美丽的莲花，装点女子的发髻。光编丝这一项工艺就相当于一个女人天天编辫子，编六十年。”

篌又拿起一条錾花红绿宝石项链：“这条项链用了四十八颗宝石，取四平八稳之意，平刻、阳錾、抬、采、镂空、雕琢、打磨、镶嵌共二十八道工序，从选料到完工，花费了两个师傅十年的时间。两个师傅十年的心血为一个女子奉上一瞬的美丽。”

篌随手拿起一件件首饰，每一种都向小夭详细介绍，他讲得仔细，小夭听得也仔细。

小夭不禁问：“你怎么对这些首饰这么了解？”

篌笑道：“这些首饰都是我设计的，从选料到挑选合适的师傅，都是我一手负责。”

小夭是真有点意外和惊叹，不禁细看了篌几眼。

篌道：“没什么好惊叹，涂山氏是做生意的，珠宝是所有生意中风险最大的几个之一，我从小下了大功夫，你若花费了和我同样的功夫和心思，做得不会比我差。”

小夭说：“首饰看似冰冷，实际却凝聚着人的才思、心血、生命，所以才能装点女子的美丽。”

篌鼓了两下掌：“说得好！不过我看你很少戴首饰。”

“我以前有段日子过得很不堪，能活下来已经是侥幸，我对这些繁碎的身外之物，只有欣赏之心，没有占有之欲。”

篌挑了挑眉头：“很特别。”

小夭自嘲地说：“其实没什么特别，只不过我更挑剔一些，不容易心动而已。”

篌笑看着满案珠光宝气，叹道：“看来这些首饰没有一件能让你心动。”

小夭笑笑，起身告辞。

篌突然问道：“你明日有时间吗？明日有一批宝石的原石会到，有兴趣去看看宝石最初的样子吗？”

小夭歪头看着他，唇畔抿着丝笑，开门见山地说：“你应该知道璟喜欢我。”

篌挑眉而笑，以退为进：“如果你已经打定了主意要嫁他，我收回刚才的话。”

小夭笑道：“防风邶教我射箭，后来他死在了箭下，你若不怕死，我不介意去看看你剖取宝石。”

篌笑说：“那我们说定了，明日午时，我在这里等你。”

小夭不在乎地笑笑，戴上帷帽，和珊瑚离去。

◈

第二日，小夭如约而至。篌带小夭去看剖取宝石。

有了第一次约会，就有第二次，有了第二次，自然就了有第三次……

小夭不得不承认，篌是个非常有魅力的男人。他英俊、强健、聪慧、勤奋、有趣，工作时，严肃认真，玩耍时，不羁大胆。他的不羁大胆和防风邶的截然不同，防风邶是什么都不在意、什么都不想要的漠然，篌却是带着想占有一切的热情，他的不羁大胆不像防风邶那样真的无所畏惧，篌的冒险和挑战其实都在他可控制的范围内，他看似追寻挑战刺激，实际非常惜命。大概这才是防风意映想要的男人，他的野心，可以满足女人一切世俗的需求，他的玩心，可以给女人不断的新鲜刺激，却不是那种危及生命的刺激，只是有趣的刺激。

篌知道小夭是聪明人，男人接近女人还能是为了什么呢？所以虽未挑明，却也不掩饰，他送小夭女人可能喜欢的一切东西，并且戏谑地说：“我知道你不见得喜欢，但这是我表达心意的一种方式，你只需领受我的心意，东西你随便处理，扔掉或送掉都行。”

小夭笑，难怪连馨悦都曾说过篌很大方，篌送她的这些东西，只怕换成玱玹，也不见得赏赐了妃子后，能潇洒地说你可以扔掉。

从春玩到夏，两人逐渐熟悉。

一个夏日的下午，篌带小夭乘船出去玩。小夭和他下水嬉戏，逗弄鲤鱼，采摘莲蓬，游到湖心处，小夭和篌潜入了水下。

戏水、戏水，一个“戏”字，让一切远比陆地上随意。篌明知道小夭灵力低微，依旧逗引着小夭往深水潜去，待小夭一口气息将尽时，他想去帮小夭，小夭笑笑，朝他摆摆手，从衣领内拽出一枚鱼丹，含入嘴里，倒是比他更气息绵长，想在水下玩多久都可以。待两人浮出水面，小夭翻身坐到小舟上，吐出了口中的鱼丹，拿起帕子擦头发，一枚晶莹剔透的紫色珠子挂在她胸前，摇摇晃晃。

篌说道：“原来这枚鱼丹紫在你这里，是璟送你的吧？当年都说被个神秘人买走了，搞了半天是璟自己。”

小夭不在意地说：“是璟送的。”

篌道：“看来你也不是不喜欢宝石，璟倒是懂得投你所好。”

小夭笑道：“说起来这事，还和你有关。你还记得那年，你们来五神山参加我的祭拜大典吗？我们出海游玩，你捉了一只鱼怪，从鱼怪身体里取出了一枚美丽的鱼丹红，我和馨悦都被吸引住了，我当时也动了想要的心思，可馨悦开口，你都拒绝了，我和你不熟，更不可能。后来，我向丰隆和璟打听这是什么宝石，想着回头让父王帮我找一枚，但没想到这东西可遇不可求，就是高辛王宫里也找不出块好的，一般的我又看不上，本来还很失望，不曾想璟留了心，竟然送了我这枚鱼丹紫。”

篌想起了当日的事，的确是馨悦开口问他要，被他拒绝了。小夭当时和丰隆、璟站在一起，议论着鱼丹。篌心里窝火，脸上却笑意不减：“没想到倒是我成全了璟。”

小夭说：“天色不早了，我们回去吧！”

篌说：“三日后，我们再见。”

小夭爽快地说：“好！”

三日后，小夭和篌再次见面。

篌摇着小舟，荡入荷花丛中，在接天莲叶无穷碧中，篌停下小舟，对小夭说：“能让我看一下你的鱼丹紫吗？”

小夭把鱼丹紫摘下，递给篌，篌拿在手里把玩了一下，暗暗嘲讽璟倒真是上了心思，这枚鱼丹应该是璟亲手炼制的。

篌对小夭说：“闭上眼睛。”

小夭问：“干吗？”

篌说：“闭上眼睛就知道了。”

小夭笑看着篌，却不肯闭眼睛。篌放软了声音，哄道：“相信我，闭上眼睛。”

小夭闭上眼睛，篌起身把鱼丹项链挂在小夭的脖子上，又坐了回去：“好了，睁开吧！”

小夭睁开眼睛，好笑地说：“你还我项链弄得这么神秘干什么？”

篌指指小夭胸前，小夭低头看，是鱼丹项链，可鱼丹变成了一枚更大、更璀璨的鱼丹红。她惊喜地拿起鱼丹红，反复看着，简直爱不释手：“你送给我的？”

篌说：“送给你的。不过，一个人只能戴一条项链，你若要了它，就不能要这枚鱼丹紫了。”篌展开手，挂在他中指上的鱼丹紫垂落，在他掌下晃来晃去。

小夭凝视着鱼丹紫，蹙眉不语，一瞬后，把鱼丹红摘下，要还给篌，冷冷地说：“既然送礼的人没有诚意，我没兴趣要。”

篌没有拿小夭掌上的鱼丹红，一提手，将鱼丹紫握在了掌中。他半哄半求道：“我只是告诉你迟早要选一个。但我会等，一直等到你愿意。”

小夭这才笑了，捏着鱼丹红晃了晃：“我不喜欢别人逼我，否则再好的，我也懒得要。”

小夭这话，篌绝对相信，能舍得放弃赤水丰隆的女人天下没有几个，小夭的确是个怪胎。篌道：“这枚鱼丹紫我先帮你收着，不管最后你是想拿回去还是想扔掉，都随你。”

小夭笑着把鱼丹红挂到脖子上。

两人在湖上玩了大半个时辰，篌送小夭回去。

小夭一直淡然平静，直到回到小月顶，进了竹屋，她猛地抱住珊瑚，又跳又笑地说：“我拿到了，我终于拿到了！”

珊瑚被她折磨得摇来晃去：“你拿到了什么？”

小夭说：“我拿到了能解开事实真相的钥匙。”

以篌对宝石的态度，纵然这是可遇不可求的顶级鱼丹，他也不见得稀罕，这枚鱼丹红能在他身边保留了六七十年，肯定是他送给意映的礼物。可是，璟见过这枚鱼丹红，意映毕竟是璟的妻子，她的屋子，包括她的身体，对璟而言都不能算保密的地方。意映做贼心虚，肯定没有胆子把这枚耀眼的鱼丹红藏在身边，篌肯定也不会冒这个险，所以，东西虽然送给了意映，但依旧是篌在保管。也许当两人私会时，意映才会戴上。

自从孩子出生后，篌和意映越发谨慎，不但没有私会，反而刻意制造矛盾，让所有人以为他们不合。这枚鱼丹红大概就静静地锁在了某个盒子里，盒子被藏在某个密室内，被篌遗忘了。直到他看到小夭戴的鱼丹紫，在小夭的讲述中，他才想起了当年的战利品。

一个被锁在盒子里十几年的东西，篌不介意再用它去换取另一个女人的欢心，尤其这个女人才是璟真正想要的。

◈

小夭拜托玱玹再帮她弄一个宴会，像上次一样，要在水边，要请璟、意映、篌、馨，别人无所谓。

玱玹道：“这段日子，你一直和篌偷偷相会，你究竟想干什么？”

虽然小夭每次去见篌都很隐秘，但她从没觉得自己能瞒过玱玹，听到玱玹问，也没觉得意外，神秘地笑了笑，说道：“我想干什么，你很快就会知道了。”

十几日后，离戎妃设宴邀请朋友来神农山游玩。

恰是夏日，为了消散暑意，都不用潇潇思谋如何安排，自然而然，离戎妃就把宴席设在了湖边。

离戎妃是离戎族族长离戎昶的堂姐，是个很随性的女子，邀请的要么是自己的至交好友，要么是堂弟昶的至交好友。客人不多，总共二十来人，乘了一艘大船，在湖上一边赏荷花，一边看歌舞。

小夭上船时，宾客已经都到齐了。小夭的视线从璟和意映脸上扫过，落在了篌身上，篌对她笑了笑，小夭回了一笑，坐到离戎妃身旁。

看了会儿歌舞，客人三三两两散开，各自谈笑戏耍。

离戎妃和意映聊着首饰、衣裙，小夭带着珊瑚独自站在栏杆边，欣赏湖光山色。

昶拉着璟走了过来，怒气冲冲地张嘴就问："你和篌是什么关系？"

从春到夏，小夭和篌见了几十次面，不可能瞒过这些世家大族的族长，小夭怕璟问，也怕篌起疑心，已经很久没去看过璟。

小夭瞟了眼璟，不耐烦地回昶："我和篌是什么关系，你管得着吗？"

昶愤愤不平地说："你既然和璟要好，就不该再和篌私会。"

小夭笑了笑，冷冷地说："我和璟只是普通朋友，我和篌也只是普通朋友，你别多管闲事！"

篌站在阴影里，听到小夭的话，脸色阴沉。

他走了出来，对众人笑道："听说这湖里有一种银鱼，专喜欢吃荷花的落蕊，时日长了，肉自带了一股荷花香，不管烧烤，还是熬汤，都极其鲜美，只是它们很警觉，藏于深水中，十分难捉，而且必须一捉住立即烹饪，否则肉质就会带了酸味。我看今日船上的厨子不错，正好我有鱼丹，不如去为大家捉几条银鱼。"

离戎妃也是个爱玩的，笑道："如果你能捉到银鱼，我来为大家烤，我的烧烤手艺可不比厨师差。"

众人纷纷附和，笑道："早听说这湖里的银鱼十分鲜美，可因为难捉，一直没机会吃，如果今日能吃到，可就不虚此行了。"

篌走到栏杆边，拿了鱼丹紫出来，晶莹剔透的鱼丹紫在阳光下散发着璀璨的紫色光芒，众人都盯着鱼丹紫看。璟完全没想到他赠送给小夭的鱼丹紫会在篌手中，不禁露出惊愕的神色，难以置信地看向小夭。小夭好似有些惊慌不安，低下头，回避了璟的视线。

篌瞅了他们一眼，纵身跃入湖中。

看篌潜入了水底，小夭才抬头，飞快地看了璟一眼。璟面沉如水，难辨喜怒，小夭走了几步，站在他身边，却什么都没解释。

过了半晌，篌从湖水里浮起，荷叶幻化的笼子里，居然真的有一条将近两尺长的银鱼。众人鼓掌喝彩，船上的气氛一下子热闹起来，离戎妃兴致勃勃地挽袖子，让厨子去杀鱼，她来烤鱼。

篌看向船上，小夭和璟肩并肩站着，看似亲密，可两人脸上没有一丝笑意。篌笑起来，朝小夭的方向招手，看似对着众人，实际对着小夭说："要不要一起去捉银鱼？很有趣的。"

几个人陆陆续续跳下了船，笑道："即使捉不到银鱼，去凑凑热闹也好。"

小夭看了眼璟，什么都没说地跃进了水里。

璟盯着篌，篌浮在水面，笑看着璟，一副由着你看清楚一切的样子，等到小夭游到他身边，他才不慌不忙地和小夭一块儿向着远处游去。

意映看到篌向着小夭招手，招呼她下水玩，心里咯噔了一下，看到几人跳下了水，意映觉得是自己多心了，篌那句话是冲着船上所有人说的，并不只是小夭。可待小夭跃进水里，意映看到她和篌并肩游水，众目睽睽下，两人并无过分的举止，但女人的直觉就是让她觉得不安。

意映心神不宁，不禁暗自留意起璟来，只见昶满面怒气，对璟说着什么，璟却只是沉默地凝视着湖天交接处。

船上的人本就不多，五六个下了水，五六个围在离戎妃身旁，剩下的五六个人都趴在船栏上，意映看没有人注意她，悄悄绕了一下，去船尾偷听昶和璟的对话。

意映不敢太接近，但她自小练习射箭，耳聪目灵，断断续续听到昶在说小夭和篌，意映不禁屏息静气靠近了一些。

"那个妖女隔三岔五就和篌偷偷相会，同出同进，游湖、赏花、爬山……她说是普通朋友，你相信吗？我可不信……"

篌和小夭暗中私会？意映不相信，篌绝不会！绝不会……意映盼望璟能反驳昶的话，可是昶费尽口舌，璟都一言不发。显然，昶说的是真话。

那么——篌和小夭真的在频繁地私会？

意映只觉得眼发黑，头发晕。

昶气怒交加地说："你可别以为是篌一头热，看看那妖女，刚才篌一叫她，她就扔下了你。璟，你是不是瞎了眼睛，怎么瞧上这么个女人……"

意映如同掉进了冰窖，通体寒凉，是不是全天下都知道了篌和小夭的事，只有她还蒙在鼓里？

离戎妃叫道："意映、意映，快来尝尝我烤的鱼……"

意映忙收拾心情，强挤出一丝笑，走了出去。

侍女夹了块鱼肉给意映，可也不知道是意映心神不宁，还是侍女笨手笨脚，鱼肉掉在意映的衣衫上，骨碌碌地滚落，在意映的衣衫上留下一道油腻腻的污迹。侍女忙跪下磕头赔罪，离戎妃斥骂侍女，意映道："没有关系，一套衣衫而已，换掉就可以了。"

离戎妃命另一个侍女带意映去船舱里更换干净衣衫。

在贴身婢女的服侍下，意映更换了干净的衣衫，婢女问她："夫人，要出去吗？"

意映呆呆地坐着，脸色惨白，一言不发。

婢女不说话了，默默地守在一旁。

意映心乱如麻，一会儿觉得一切都是假的，绝不可能，一会儿又觉得昶说的肯定都是事实，这种事又不是什么机密，只要派个心腹出去，自然能查出来。

意映正魂不守舍、左思右想，门拉开了，小夭湿淋淋地走了进来，看到她，有些意外，礼貌地点了点头，径直走到里间。意映想起小夭灵力低微，别人一上岸，只要催动灵力，衣衫就能干，她却没那个本事，必须要更换衣衫。

隔着纱帘，只能看到模糊的影子。

小夭和珊瑚叽叽咕咕地笑着，小夭说："不要这条裙子，你重新拿一条来。"

意映听到小夭的声音就烦，想离开，刚起身，恰好珊瑚掀开纱帘，走了出来。在纱帘掀开还未合拢的一瞬，意映的视线一扫，只觉一团火红耀眼的光芒跃入她的眼睛。她霍然转身，想要看清楚，纱帘已经合拢。

意映居然再顾不上礼仪，直接走了过去，猛地掀开帘子，看到只穿着小衣的小夭，她的胸前，坠着一枚璀璨耀眼的鱼丹红。意映一下子站都站不稳，踉踉跄跄地扶住了舱壁。

珊瑚不满地说："夫人，王姬在更换衣服。"

意映恍若未闻，直勾勾地盯着小夭，却还要强迫自己去笑，尽力若无其事地说："王姬的这枚鱼丹红项坠子真是好看，不知道在哪里买的，可能让我看一眼？"

小夭穿上了外衣，顺手把坠子拿下，扔给意映，意映忙接住，生怕摔坏了，小夭笑道："不过一个玩意儿而已，夫人不必紧张，坏了也没什么大不了。"

这种话，意映以前常常对别人说，彰显着自己的尊贵，不管什么珍宝，在富可敌国的涂山氏面前，都不过一个玩意儿而已，可今日意映终于明白了，究竟是玩意儿还是珍宝，因人而异。她视若珍宝，恨不得用整颗心去焐着，可在小夭眼里，不过一个玩意儿，可以随手抛扔！

其实，第一眼，意映就知道这颗鱼丹红是篌送给她的鱼丹红，可她不愿意相信，非要拿到手里，清清楚楚地看到了，才终于明白，她的一颗心，本应该被珍藏起来，却已经被篌做成坠子，送给了另一个女人，由着别人当成个玩意儿，随意地抛扔。

意映把坠子还给小夭，惨笑着说："很好看。"

小夭微笑着接过坠子，随手挂回了脖子上。

意映盯着小夭胸前的鱼丹红，红色非常衬肌肤，越是白皙细腻的肌肤越是美丽。当篌和小夭私会时，篌是否也像当年一样，拿着鱼丹红，在小夭的身体上滚玩？是否也会说"唯其红艳，方衬你如雪肌肤"？

意映猛地转身，朝着门外走去，一步快过一步。

小夭看意映走了，脸上的笑容消失了。她坐下，长长地吁了口气，觉得疲惫，这场仗从春天打到了夏天，到这一刻，她能做的已经都做了，剩下的就要交给璟了。

珊瑚默默地帮小夭把衣衫系好："王姬，你要奴婢去给你端碗热茶吗？"

小夭摇摇头："不用了，我略略休息一会儿就出去。我打算乘小船先离开，你悄悄给璟递个消息，就说我在老地方等他，让他设法脱身去见我。"

"奴婢记住了。"

小夭出去吃了些银鱼，向离戎妃告辞。离戎妃是个很随性的人，毫不介意，只是说道："说不定陛下待会儿要来，你不等等陛下吗？"

小夭说："不等了，反正天天能见到。"

离戎妃命侍从放下小船，送小夭回去。

小夭乘着小船靠了岸，没有回小月顶，而是去了草凹岭。草凹岭上的茅屋依旧，当年，她和璟常在这里相会。小夭到茅屋里转了一圈，坐在潭水边，等着璟。

很久后，璟来了。

璟坐到小夭身旁，小夭侧头看他："看到你送我的东西在篌手里，生气了吗？"

璟说："就算你真给了他，我也不可能为个身外物和你置气。小夭，告诉我，你到底想做什么？"

小夭眯着眼睛笑起来："你已经猜到了一些吧？"

璟说："有些隐隐约约的念头，但我希望我猜错了，小夭，我不希望你……"

小夭从衣领里拽出鱼丹红："不管你喜欢不喜欢，反正我的事已经做完了，剩下的事，都是你的了。"

璟握住了鱼丹红："这是……篌当年在归墟海中猎取了一枚鱼丹红……是那颗吗？"

小夭点头："你看到篌手中有你送我的东西时，即使坚信我和篌之间没有什么，可当时也有些不舒服吧？"

璟自嘲道："第一瞬的反应的确是震惊和难过，不过立即就明白了，你肯定另有打算。却不知道你究竟想做什么，也帮不上你，只能面无表情、不发一言，以不变应万变。"

小夭抿着唇笑："你觉得意映和篌之间会有我们的信任吗？意映看到这枚鱼丹红在我这里，会有什么想法？"

璟很快就想通了前因后果："这枚鱼丹红是篌送给意映的，但他为了博取你的欢心，转送给你了？"

小夭颔首："本来只是一个猜测，可今日意映的反应证实了我的猜测。意映和篌之间的约定要打破了，意映势必会去找篌，当篌无法把鱼丹红拿给意映时，意映肯定会爆发，估计篌要使出浑身解数才能安抚意映……你明白吗？"

"我明白。"意映和篌之间因为共同的秘密，攻守配合，毫无弱点，可小夭让两人生了猜忌怀疑，他们自乱阵脚，一定会寻找机会见面。

璟按捺住激动，仔细思量了一番后，说道："小夭，能把你的那面狌狌精魂所铸的镜子借给我吗？"

小夭明白了璟的打算，他想用狌狌镜子记忆下篌和意映说过的话、做过的事，拿给她看。小夭把小镜子掏出来，让璟滴一滴心头精血给镜子，教璟如何使用。待璟学会后，小夭叮嘱："一切以你的安全为要，反正我相信你，没必要非要用镜子记忆下来给我看。"

璟收好了镜子，说："小夭，谢谢你为我所做的一切。"

小夭叹道："你谢我做什么？要谢就谢你自己吧！如果不是你，篌也不会急切地想要征服我。"

璟的表情有点迷惑。

小夭道："篌曾经勾引过静夜，不过没成功。兰香、静夜、意映、我，篌一个都没放过，难道你真以为是我迷惑住了篌吗？"

璟渐渐反应过来，脸色一时白、一时红："他……他……想证明他比我……更好？"

小夭叹了口气："我的这个计策不是没有漏洞，可因为你这个从来不争不抢的人表现得非我不可，篌太想通过征服我去摧毁你了，忽视了漏洞。"

璟勉强地笑了笑，说道："不是我表现得非你不可，而是他知道我真的非你不可。我们是一起长大的亲兄弟，大哥一直都知道如何去真正毁灭我。"

小夭沉默了一瞬，说："我所做的一切都只是撒网，后面的收网要靠你了。不管你使用多么卑劣无耻的手段，反正篌和意映之间的每一句话都不能漏掉，我要知道真相。"

璟一字字说："我也想知道真相。"这些年，他一直在黑暗中跋涉，没有尽头的黑夜终于有了一线曙光，无论如何，他都会去抓住。

两人在水潭边静静坐了一会儿，小夭说："你赶紧回去吧！出了今天的事，你正好装作心灰意懒，顺理成章地回青丘，篌不会怀疑。"

璟说："我怕篌和意映有意外之举，你不要随意出神农山，剩下的事我会处理好。"

小夭叮嘱："你也一切小心，兔子逼急了都会蹬鹰，何况篌和意映这种人呢？一定要小心！"

璟微笑道："我会小心。"

璟、意映、篌，先后回了青丘。

青丘现在肯定暗潮涌动，但小夭唯一能做的事情就是等待。

根据意映看到鱼丹红的反应，小夭十成十地肯定意映和篌有私情，可他俩有私情并不能证明孩子就是篌的。孩子和璟也有血缘关系，到底是篌的孩子还是璟的孩子，只能由意映亲口说出。按照小夭的推测，人在情绪激动下容易失控。不管多么聪明的女人，当心被嫉妒和仇恨掌控时，都会变得疯狂。这次意映和篌大闹，很有可能会说出孩子的秘密，但小夭也只是推测，不能肯定他们会说出。

万一，他们没有说呢？

以篌和意映的精明狠辣，这样的陷阱只能设一次，也就是说，只有这一次机会，能从篌和意映的嘴里探到真相。错过这一次，篌和意映会宁愿把一切带进坟墓，折磨璟一辈子，也不会让璟知道真相。

小夭忐忑不安，不管做什么都做不进去，索性每日跟着轩辕王去种地，在太阳的暴晒下，挥汗如雨地劳作，通过身体的疲惫，缓解精神的压力。

十日后，小夭和轩辕王正在田地里耕作时，轩辕王的侍从来奏报，涂山氏的族长涂山璟求见王姬。这是小夭住到小月顶后，璟第一次公然要求见面，小夭蒙了，扶着锄头不知道该如何回复。

轩辕王道："让他进来吧！"

侍从领命而去，轩辕王对小夭说："你不去换件衣服吗？"

小夭呆站着，显然什么都没听到，她紧张得几乎要站不稳。

轩辕王看小夭神情一会儿忧、一会儿惧，摇摇头，叹了口气，把锄头从小夭手里拿了过去，扶着小夭坐到田埂上。

璟跟在侍从身后，进了药谷。远远地就看到田埂上坐了两个穿着麻布衣服、戴着斗笠的人，待走近了，才发现是轩辕王和小夭。

璟上前给轩辕王行礼，轩辕王上上下下仔细打量了他一番后，说道："你和小夭去树荫下说话吧！"

璟跟着小夭走到槐树荫下，小夭摘下斗笠，笑看着璟，十分平静的样子，也许因为太阳，小夭的脸泛着潮红，额头有一层细密的汗珠。

璟把手帕递给她："擦一下汗。"

小夭右手接过，却用左手去擦汗，蹭了满脸泥，她还没发觉，依旧擦着。

璟这才惊觉小夭在看似平静下藏着多少的紧张不安，他只觉又喜又愧，喜小夭对他如此紧张，愧他让小夭如此不安。

璟拿过帕子，帮小夭把脸上的泥拭去。

小夭觉得心跳如擂鼓，再等不下去，问道："意映和篌见面了吗？你听到他们的对话了吗？"

"如你所料，他们见面了。"璟把狌狌镜子给了小夭，想告诉小夭结果，"我……"

小夭忙道："我……我……自己看。"如果是好的结果，不在乎这一会儿半会儿，可如果是坏的结果，晚一会儿是一会儿。

璟不说话了，小夭的手轻轻抚过狌狌镜，镜子开始回放它记忆下的一切。

一个装饰奢华的屋子，却没有窗户，看上去像是在地下，有隐隐的水流声。

意映打扮得异常美艳，在屋里来回踱步，焦急地等待着。

过了很久，不知道篌从哪里走了进来，意映扑上去。篌抱住她，皱眉说道："不是说好了，在璟死前，不再私下见面吗？你到底为了什么要逼着我来见你？"

意映说："你送我的那枚鱼丹红呢？有没有带来？"

篌愣了一愣，道："忘带了。"

意映急促地说："忘带？以前你来见我，每次都会带上，你不是最喜欢看它在我身上滚动吗？还说唯其红艳才配得上我雪般细腻的肌肤。"

篌笑道："我们十几年没有欢爱过了，忘带也是正常。"

意映冷笑着说："是啊，我们十几年没有欢爱过了，所以你才有了新人，忘记了旧人。"

也许因为心虚，篌猛地打横抱起意映，把她扔到榻上："你知道，我心里只有你一个，你可千万别把自己和那些女人比。"

篌趴下去，想要亲吻意映，意映用手挡住了他："高辛王姬呢？"

篌的动作僵住，意映讥讽地说："你是忘带了你送我的鱼丹红，还是已经把它挂在别的女人身上了？"

意映猛地一掌推开篌，因为恨，用了不少灵力，篌竟然被推翻在地。

篌急急爬起，叫道："你听我解释，我把鱼丹红送给小夭，只是想……"

“小夭？叫得可真亲热！”

“王姬，是王姬！我把鱼丹红送给王姬，只是暂时之策……”

意映愤怒地叫：“是很暂时！从春天到夏天，你三四日就见她一次，还叫暂时？这十几年来我们才见了几次？如果她和你的关系是暂时，你会怎么说我和你的关系，不存在吗？”

篌急切地说：“我去逗弄那个王姬只是为了欺辱璟。我对她真没动心，她在我眼里不过就是个猎物。只不过因为她是璟的女人，我就想夺过来，你该知道我有多憎恶璟……”

意映愣了一愣，盯着篌，脸色煞白：“那我呢？你对我是什么心思？是不是因为璟那个废人，你才想要我？”

“不、不，意映，你和她们都不同！你在我心中是唯一的……”

篌想去抱意映，意映却后退。她相信篌刚才说的话，他只是因为璟喜欢小夭，所以才想占有小夭。可正因为相信了篌说的是实话，意映才心惊。她曾确信篌喜欢她，她愿意为他做一切事，但是，现在她不知道了，篌真的喜欢她吗？还是，其实她和小夭一样？都只是篌折辱璟的工具？

篌着急地说：“意映，你相信我，你和她们都不同……”

意映盯着篌：“你站在那里，不要动，看着我的眼睛。”

篌看着意映，意映盯着篌的眼睛：“你说我和她们都不同，是因为你真心喜欢我，还是因为璟什么都没做，我却用你的孩子帮你困死了璟？”

在意映明亮的目光前，篌不禁眨了下眼睛，笑道：“当然是因为我真心喜欢你。”

意映怔怔地看着篌，悲伤从心底涌起，霎时间，弥漫了全身。篌抱住意映，想去吻她，意映却狠狠地甩了篌一巴掌，惨笑着说：“你说的是假话！”

“不，不是……”

意映猛地转身，向外跑去，跑出了镜子的画面，篌追着她也消失在镜子外。

小夭捧着狌狌镜，发呆。

璟说：“他们约会的地点非常隐秘，我进不去，幸亏有你的小镜子，我让幽派了一只小狐狸，把镜子放在隐秘的地方，才记忆下了他们相会的过程。”

小夭好似有点清醒了，抬头看着璟：“意映的意思是……”

璟说：“我和她之间什么都没发生，瑱儿是我的侄子，不是我的儿子。”

小夭缓缓闭上眼睛，头轻轻地伏在膝盖上。

璟能理解小夭此时的反应，因为他看完这些后，第一感觉不是喜悦，而是一种劫后余生的心酸。他一个人呆坐了一夜，直到天明，才猛然间涌出喜悦。

璟说：“小夭，我以后不会再让别人伤害你，更不会让自己伤害你，请你再给我一次机会。”

半晌后，小夭抬起头，看着璟，盈盈而笑。璟猜不透她的意思，紧张地问：“你愿意吗？”

小夭猛地扑进璟怀里，抱住了他。

璟紧紧地搂着小夭，因为心酸，难以成言，只能用圈紧的双臂表达他永不想再失去她。

轩辕王站在田埂上，望着他们。

夏日的阳光，透过繁茂的槐树枝叶洒在相拥的两人身上，竟好似将他们的身影凝固在了隽永的温暖中。

轩辕王不知道是因为自己老了，还是闭着眼睛的小夭长得太像记忆中那个年轻的她，轩辕王竟然觉得眼睛有些酸涩。他这一生成就了无数人的幸福，他的亲人却大多不幸，就如太阳，光辉普照大地，令万物生长，可真正靠近太阳的，都会被灼伤。他已经垂垂老矣，逝去之事不可追，但现在，他很希望槐树下相拥的温暖真的能天长地久。

轩辕王走过去，轻轻咳嗽两声，璟不好意思地立即直起身子，小夭脸颊绯红，却满不在乎地看着轩辕王。

轩辕王坐到璟的对面，问小夭："他有妻有儿，你不介意了吗？"

璟不知道小夭的打算，没有开口，看向小夭。

小夭思考了一瞬，把狌狌镜拿给轩辕王。

轩辕王犹如见到故人，满面唏嘘感慨，抚摸着镜子道："这面狌狌镜竟然流落到了你手里。"

"外爷知道这面镜子？"

轩辕王说道："是一个很长的故事，以后有时间了再慢慢和你说，现在你想给我看的过往之事呢？"

小夭让镜子去回忆它所看见的事情，轩辕王看完后，叹道："原来如此，倒是要恭喜涂山族长了。"

恭喜人家的妻子有了奸夫？小夭"扑哧"笑了出来，轩辕王反应过来，禁不住也笑。气氛一下子轻松了许多。

轩辕王说："对男人而言，最大的仇恨不过杀父之仇、夺妻之恨，你有这个证据，纵使休了防风小怪的女儿，把篌逐出家族，都无人敢为他们说话。不过，也免不了让天下嘲笑你和涂山氏，令每个涂山氏的子弟蒙羞，涂山氏的长老肯定不会同意你公开此事，你想好怎么做了吗？"

璟说："我今日来神农山，正是想和小夭商量此事。若公开此事，唯一的好处是让所有人知道真相，篌也许罪有应得，但瑱儿无辜，我实不想他小小年纪就背负天下的骂名，所以，我也想私下处置此事。"

轩辕王点了点头："私下处理的确更好。"如果防风意映和涂山篌还不老实，过个一二十年，把两人悄悄除掉，众人早就遗忘了他们，压根儿不会留意。

璟对小夭说："我不打算公开处置篌和意映，瑱儿依旧记名为我的儿子，只有这样，他才不会在辱骂中长大。小夭，如果你不愿意……"

"不，我同意你和外爷的意思，越隐秘处理越好。"是非对错自己明白就好，没必要摊开给天下人议论，更没必要在此事上让璟和全族的荣辱对立。

轩辕王把狌狌镜递给璟："这个先不着急还给小夭，我想你还会用上它。"

璟道："我回青丘后，就召集族中长老处理此事。"

轩辕王笑笑，对小夭说："你去送送涂山族长。"

璟眼中闪过惊喜，这表示轩辕王认可他了吗？

小夭带着一抹羞色，对璟道："走吧！"

◈

傍晚，玱玹来小月顶时，看小夭眉梢眼角都是笑意，整个人犹如沐浴春雨后的桃花，散发着勃勃生机。

玱玹笑问道："发生了什么好事？"

小夭坐在他身旁："你还记得在高辛时，有一次我们出海，篌捉了一只鱼怪吗？他得了一枚罕见的鱼丹红……"小夭叽叽呱呱地从头讲起，越讲越兴奋，玱玹越听越平静。

轩辕王端着一杯药酒，一边啜着酒，一边沉默地看着小夭和玱玹。

小夭全部讲完，笑眯眯地说："我聪明吧？让意映自己说出了真相！"

玱玹唇畔含着笑，视线落在遥远的天际，好像什么都没听到。

小夭不满，推了玱玹一下："喂，我知道，在日理万机的陛下眼里这些都是鸡毛蒜皮的小事，可对我很重要。你究竟有没有听？"

玱玹如梦初醒，说道："对我也很重要。"他笑着又补了一句，"非常重要，重要到我都不知道该如何反应。"

小夭当然不信，笑着打了他一下："你就拿我逗趣吧！我今天心情好，不和你计较。"她拿起酒壶为玱玹斟了一杯酒，双手捧着，敬给玱玹，"这次的事，如果没有你帮我，篌和意映不会中计。"

玱玹大笑几声，接过酒，一饮而尽。

轩辕王温和地说："玱玹，你累了，今日早点回去，早些休息。"

玱玹看着轩辕王，轩辕王盯着玱玹，两人之间竟隐隐有对峙之势，一瞬后，玱玹作揖告辞，笑道："我这就走。"

小夭目送着玱玹的坐骑消失在云霄中，对轩辕王说："玱玹有点不太对劲，是不是朝堂里有什么事？"

轩辕王笑了笑，淡淡地说："朝堂里当然有事，不过，不用为他担心，这就是一国之君的生活。"

◈

小夭在神农山等了十几天，一直没等到确实的消息。

小夭心神不宁，连地都种不了，在田埂边走来走去，问轩辕王："外爷，为什么还没消息呢？"

轩辕王直起腰，拄着锄头，说道："如何处置防风意映和篌，关系着无数人的利益，对璟来说只是休妻，可对家族来说，是一次利益的再分配，必定会有争执。身为一族之长，涂山璟必须小心行事，把对整个氏族的伤害降到最低。否则，一个氏族的分崩离析只是刹那。"

小夭知道轩辕王说得很有道理，但实在按捺不住，每日都催问轩辕王的侍从有关涂山氏的消息。轩辕王对小夭十分纵容，于是，曾经缔造了轩辕帝国的情报组织开始为小夭打探涂山氏的家事，再加上璟的配合，每一日都能将前一日的情报送上。

璟回青丘后，并没有立即召集族中长老，而是先约了篌和意映，三人进行了一次私密的谈话，谈话内容密探没有打听出来，但小夭完全能猜到，肯定是璟想给篌和意映一条生路，结果却是有人纵雷火烧宅，企图毁掉狌狌镜，杀死璟。

璟并不是傻子，只是因为心存了一分良善，所以一再退让。这一次，璟早做了准备，篌和意映的反扑完全落空。

璟召集所有长老，公布了篌和意映的秘密。九位长老哗然，没有一个人相信，直到看完神器狌狌镜的记忆，他们震惊地沉默了。然后就是冗长烦琐的审问和争论。意映始终一言不发，什么都不愿说，篌却说出了一切。原来，他们在璟失踪后的第一年就开始私下来往，第四年有了男女之实，篌把一切过错都推给了意映，说意映难耐寂寞，主动勾引他。

篌第一次说这话，是单独的审问，第二次却是在长老的安排下，当着意映的面。意映依旧一言不发，只是一直看着篌，一直看着，就好像她从来没有见过篌一样。当长老质问她“篌所说可属实”，她依旧一言不发，原本明亮的眼睛却渐渐地变得空洞，犹如失去了光亮的屋子，里面除了黑暗，什么都没有。

因为意映不出声，长老自然认定篌说的就是真相。

在男女偷情这种事情上，男人本就更容易被原谅，当然也因为篌毕竟是涂山氏的血脉，九位长老把所有愤怒全部发泄到意映身上，恨这个女人享受着涂山氏给予的荣耀，却做着羞辱涂山氏的事，更恨她将他们所有人玩弄于股掌间。九位长老召来防风族长，面对女儿的丑事，防风族长羞耻恼怒，竟然一点不反对涂山长老的提议：秘密处死意映。只要不让女儿的丑事影响到防风氏，防风族长不介意将最严酷的刑罚施加到女儿身上。

意映听着父亲和涂山长老就如何处死她讨价还价，如果不是璟坚决不同意，只怕她早已经尝试了各种酷刑。自审讯开始就沉默的她突然笑了起来，众人都惊骇地看着她，她却越笑越大声，笑得软倒在地，依旧蜷着身子，滚来滚去地笑。

长老觉得意映疯了，命侍从把她拖下去。

璟去了拘禁意映的屋子，询问意映：“你愿意回防风家吗？毕竟那里还有你的母亲。”

已经一个多月没有说过话的意映终于有了反应，幽幽地说：“那已不是我的家。如果不是放不下瑱儿，死亡才是我最好的归宿。”

“明白了。”璟转身离去。

意映问：“为什么？你才应该是最恨我的人。”

璟站在门口，回过身，看着意映。

明明他风姿卓然、高高在上，她满身污秽、萎靡在地，可他的目光一如往日，没有丝毫鄙夷。

意映说："以前，我不明白篌的感觉，现在终于明白了，我对你做了那么多事，你才是最有资格惩罚我的人，可我在你的眼里看不到一丝恨意，为什么你不同意用酷刑折磨我？"

"你已经在承受酷刑的折磨。"

意映愣了一愣，说："是啊！我已经在被世间最冷酷的刑罚折磨。"

璟说："不管大哥说什么，我始终认为，你喜欢大哥没有丝毫不对，但你不应该为了遮掩自己的感情，杀了大嫂，你还记得她吗？"

意映喃喃说："篌的妻子，我当然记得！"

"我母亲的所作所为已经告诉了我，恨永不可能终结恨。杀了你，并不是惩罚，只是泄愤，我不想我们之间的仇怨再祸及下一代，让瑱儿变成第二个篌。"

意映仰头看着璟，夏日的阳光从他头顶照下，映得他的眉目分外清晰，和篌相似的五官，却没有篌的诡秘飞扬，而是若清水皓月般坦荡磊落、平静温和，第一次，意映真正看清楚了璟长什么模样。意映微笑着说："以前认定了你懦弱无能，今日才明白，仇恨并不需要智慧，那只是受到伤害后的本能反应，宽恕才需要智慧和坚强，可惜我做不到。原来是我配不上你。我还是喜欢以眼还眼、以牙还牙，和篌倒真的很相配。"

璟说："在你能照顾瑱儿前，我会照顾好他。"

璟离开了，侍卫关上门，意映蜷缩回黑暗中，闭上了眼睛。

第二日，为了意映的生死，璟和九位长老意见相左，防风族长都已经同意涂山长老的刑罚，璟却坚决不同意，和九位长老相持不下。

一直跪在下方的意映抬起了头，说道："我愿意以一身精血灵力为涂山氏祭养识神。"

众位长老愣了一愣，眼中露出喜色。在民间传说中，九尾狐既是和凤凰一样的祥瑞神兽，可也是吞噬人的凶猛妖兽，传的年代久了，人们也分不清哪个是真哪个是假，只是又敬又畏。其实，两个都是真的。人以兽为食，兽以人为食，并无正邪对错，都是天道。守护涂山氏的识神据说是一缕涂山先祖的游魂，享涂山氏祭养，佑护涂山子孙，意映是血脉纯正的神族，一身灵力，修为不弱，若能得她精血祭养，自然对涂山氏大有益处。

璟要反对，意映仰着头，平静地说："族长，求您允许。"

璟说："你不是涂山氏的血脉，识神一旦得了你的精血，就会贪婪地享用，不会节制，你要受锥心之痛……"

意映重重磕头："这是我罪有应得，求族长允许。"

执法长老道："这倒也是个办法，让防风意映赎去一身罪孽。"

众位长老纷纷附和，璟却迟疑未决。

意映再次重重磕头，抬起头乞望着璟，眼中尽是决然。

她还要再磕头，璟说道："好！"

意映的身子顿了一顿，依旧磕了个头，只是没有用力，慢慢地磕下，额头贴着玉石地，再没有起来，直到执法长老宣判完，两个侍从将她带走。

防风族长离开青丘，回到北地的防风谷。没过多久，从防风谷传出消息，涂山族长夫人防风意映重病，经防风族长和涂山族长商议，防风意映移居涂山氏在青丘山中的密谷养病。

涂山氏试图隐瞒，可大荒内依旧渐渐地有了谣言，说防风意映得的是癞病，一种类似人族的麻风病的病症，会慢慢侵蚀神族的身体，灵力会渐渐消失，肌肤会一块块干枯变形，到最后人甚至会变疯。

小夭唏嘘，世人以为自己获知了涂山氏企图遮瞒的家丑，却不知道那本就是涂山长老们有意散播出去的。意映用自己的精血灵力祭养识神，自然会灵力渐渐消失，身体干枯变形，若承受不了痛苦，也很有可能发疯。

几个月后，涂山篌去往高辛，表面上是为家族打理在高辛的生意，实际上是流放。所有长老签署的氏族内秘密命令是他终身不得返回中原，永不许再踏入青丘，但他依旧可以在高辛四处走动，依旧享受着涂山大公子的身份，相较意映所要承受的一切，他所承受的惩罚太轻太轻。

小夭知道璟其实心底深处是想成全篌和意映，可惜篌为了尽可能保全自己，将一切过错推给意映，意映不发一言，默认是她主动勾引篌，承担了一切罪名。

小夭曾因为意映对璟的恶毒很讨厌她，但现在，小夭却对意映有深深的怜悯，当篌说出那些指责意映是荡妇的话时，意映承受的已经是千刀万剐。小夭不相信是意映主动挑逗篌，但她和篌之间的事只有他们自己知道。

当一切平静，已经是大半年后。

小月顶上飞舞着入冬来的第一场雪。

小夭站在竹屋前，看着璟一袭青衣，踏雪而来，从远到近，从模糊到清晰，站在了她身前。璟伸手为她掸去落在大氅上的雪花，微笑着说："小夭，我来了。"

小夭鼻子发酸，从高辛五神山的龙骨狱到今日神农山的小月顶，这一句看似云淡风轻的"我来了"，是七十多年的光阴。看似弹指刹那，可那一日日、一夜夜的痛苦，都是肉身一点一滴地熬过。终于、终于，他光明正大地站在了她面前。

璟摊开手掌，一枚晶莹的鱼丹紫在他掌心散发着美丽的光芒，璟把鱼丹紫为小夭戴上，郑重地说："这一次不是诊金。"

小夭抿唇而笑，把鱼丹紫放入衣领内，贴身藏好。

小夭从荷包里拿出那枚璀璨耀眼的鱼丹红，放到璟的掌心："很难得的宝石，可惜篌压根儿不在乎，意映已不想要了。"

璟轻叹了口气，暗聚灵力，渐渐地，红色融化在他的手掌中，一阵风过，点点红光被吹起，漫天飞舞，犹如红色的萤火虫。

璟和小夭看着它们一点点黯淡，直到一阵风过，全部消失在风雪中。

璟拢了拢小夭的大氅："当心受凉，我们进去吧！"

小夭笑点点头，握住璟的手，相携向屋内走去。

第二章 此身出何处

LOST YOU FOREVER

小夭在轵邑的陋巷开了个小医馆。已不是第一次开医馆，但这一次不像是在清水镇，用《百草经注》上学来的半吊子医术混口饭吃，也不像是在五神山，用来打发时间，她是真正地用医者之心在行医救人。

小夭一边行医，一边学习医术，只不过不再去医堂学习，医堂里教授的知识已经不能满足她的要求，她让玱玹命轩辕宫廷内最好的医师来教导她。

玱玹笑道："我身边最好的医师就是鄞了，只是他是个哑巴，交流起来不方便。"

小夭说："没有关系，我可以学手语。"

鄞是个医痴，认为教小夭医术纯属浪费时间，但不敢违逆玱玹的命令，不太情愿地来了，可当他真和小夭相处后，却非常庆幸他来了。

论医术的扎实全面，小夭肯定不能和自小学医的鄞比，但小夭浪迹天下，视荒山野岭为家，浸淫在毒术中几百年，对药性的了解，远远胜过鄞，各种稀奇古怪的药草和药方随口道来。鄞常常觉得不是他在教导小夭，而是小夭在启发教导他。

◈

还有两个月就是年底，新的一年即将来临。

璟如今虽然孤身一人，可身为族长，大事小事都落到他头上，辞旧迎新时肯定要在青丘。小夭想着等过完年，璟没那么忙时，带璟回五神山住上几天。

璟自然是愿意的，半开玩笑地说："只要你父王不反对，我随传随到。"

小夭从璟的书案上取了一枚玉简，一边给父王写信，一边笑道："父王……自然一切都随着我的。"

璟等小夭写完信后，说道："最近，有一件事在大氏族内流传，不知道有没有人告诉你。"

"什么事？"

"当年在梅花谷内设阵想杀你的不是一个人，而是四个人。"

小夭不在意地说："这个我早就知道了，除了被外祖父处决的沐斐，好像还有三个人，馨悦说他们被哥哥秘密处决了，为了这事，樊氏、郑氏还和哥哥结了怨。"

璟的表情却很凝重："谈起当年的事，所有人都会疑惑为什么这四个人会不顾大好前途，冒着被轩辕王和高辛王千刀万剐的危险伤害你。"

小夭的身子一僵，梅花阵中，沐斐字字带血的话，她努力遗忘了，但并未真的忘记。

璟说："这四个人只有一个共同的特征——他们都是被赤宸灭族的遗孤，所以就有了一个谣言。目前只有极少数人知道这个谣言，可谣言一旦出现，只会越传越快，我想泄露出这个消息的人肯定会把一切指向……"璟停顿住，似乎不知道该如何表述那句话。

小夭笑了笑："说我是赤宸的孽种，对吗？"从小时起，这就是她最恐惧的噩梦，害怕被证实，甚至不敢回五神山和父王相认，以为一切已经过去了，但是，没有想到，噩梦追赶了上来。

"小夭，不要这么说自己。"

小夭望着窗外，目中尽是茫然，面对任何困难，她都知道该怎么办，可现在，她真的不知道该怎么办。

璟说："当年知道这事的人应该很少，如果樊氏和郑氏知道的话，想泄密早就泄密了，不可能等到今日，那么只有丰隆和馨悦……"

小夭说："不是丰隆，就是馨悦了，我羞辱了赤水氏，他们想毁了我，很正常。"

璟说："馨悦更有可能。"

小夭心烦意乱，叹了口气，道："算了，不想了。我们阻止不了谣言，我是谁的女儿不是我说了算，是我娘说了算，可我娘又不在了，他们爱说什么就说什么吧！"

静夜在屋外奏道："公子，珊瑚来接王姬了。"

小夭起身，将写好的玉简放入袖中："我回小月顶了。"

璟陪着小夭，往后门走去。

门口停着一辆普通的云辇，一身男装的珊瑚站在一旁等候。

小夭停住步子，看着墙角的一株藤萝，迟迟没有上车。

璟轻声问："小夭，你在担心什么？"

小夭没有看璟，低声说："万一，我是说万一，人人都相信了我是赤宸的……人人都厌弃我，你……"

璟把小夭拉进怀里："别问这种傻问题，在你把我救回去时，你，只是你，谁的女儿都不是，我可是那时就决定了要死缠着你。"

小夭忍不住把头轻轻地靠在璟的肩头，璟拍了拍她的背："别担忧，一切都会过去。"

"嗯！"小夭冲璟笑了笑，快步上了云辇。

待云辇腾空，一只玄鸟飞来，落在珊瑚肩头，珊瑚问："王姬，你不是说有信要给陛下吗？信鸟已来。"

小夭紧紧地捏着袖中的玉简。

珊瑚看小夭半晌没有作声，叫道："王姬？"

小夭说："没有，我还没有写信。"

珊瑚有些纳闷，却没多问，扬起手，放飞了玄鸟。

晚上，玱玹来小月顶时，小夭本想把璟告诉她的事告诉玱玹，转念一想，璟都已经知道的事，玱玹怎么可能不知道？既然他一直没有告诉她，显然不想她为此烦心，如果玱玹能把这个谣言压制下去，一切就像没发生过一样，她无须知道，如果玱玹不能把这个谣言压制下去，那么他现在告诉她，也于事无补。

小夭决定不和玱玹商量此事了，反正她无能为力，由着玱玹和璟去处理吧！

因为从小的经历，小夭看事历来很悲观，习惯从最坏的可能去预期，可这次，也许因为处理此事的人毕竟是玱玹和璟——二世轩辕王陛下和涂山族长，即使向来悲观的小夭也不禁给了自己希望——谣言会被压制，一切都会平复。

但是，不到一个月，小夭是赤宸孽种的谣言就在中原轰轰烈烈地传开了。

当所有人知道此事后，自然而然就分成两派，一派相信，一派不相信。不相信的人斥责谣言是无稽之谈，最有利的证据就是轩辕王姬杀了赤宸。相信的人也罗列着各种证据，曾经见过赤宸的人回忆着赤宸的容貌，绘制出赤宸的画像，判定小夭的确更像赤宸。

渐渐地，所有捕风捉影的事都变成了言之凿凿。因为没有办法解释杀了赤宸的轩辕王姬怎么会有赤宸的孩子，竟然有人推测出是凶残的赤宸奸污了轩辕王姬。

在高辛，因为对高辛王的敬仰，人们选择相信高辛王的判断，小夭是高辛王的女儿，可心里对这个不停地给高辛王和高辛带来羞辱的王姬很是厌恶，恨不得她当年没有被找回来。

在轩辕，因为对赤宸的恨意，人们竟然越来越倾向于相信小夭是赤宸的孽种。

赤宸曾带领神农的军队，对轩辕攻城略地，他屠城、杀俘，死在他手下的轩辕人的尸骨堆积如山，几乎每个轩辕氏族都有子弟死在赤宸手中，轩辕的老氏族恨他入骨。

中原的氏族也恨赤宸，他暴虐残忍，在中原也杀人无数，将很多家族灭族，就是中原六大氏都曾被赤宸逼得摇尾乞怜，当年的屈辱全变成了对赤宸的滔天恨意。

轩辕的老氏族和中原的氏族没有丝毫共同点，可在恨赤宸这点上，完全一致。可以说，轩辕举国上下，所有氏族都恨赤宸。赤宸死了，恨没有了发泄的对象，纵然恨，也只能唾骂几句，可赤宸的女儿出现了。人们的恨意有了具体的对象，所有平复的伤痛都被唤醒，他们把对赤宸的恨转嫁到了小夭身上。

虽然，身居高位的人仍理智地看待这件事，可大部分的普通人都只顾着发泄恨意，他们没有胆子去刺杀小夭，毕竟不管小夭是谁的女儿，她都是轩辕王的外孙女，这一点是铁打的事实，他们只能把所有的恨意都变成谩骂。从酒楼到茶肆，到处是谩骂小夭的言论，甚至有张狂的中原氏族子弟聚集到神农山下，高叫"赤宸的野种滚出神农山"。

各种各样的奏章也送到玱玹面前，含蓄婉转的、开门见山的，目的都一样，希望玱玹顾全自己的名望，把高辛大王姬送回高辛。

小夭苦笑，既然是因为认定她不是高辛王的女儿才恨她，那把她送回高辛算什么呢？难道希望高辛王相信谣言，杀了她吗？

旧的一年就要过去，新的一年就要来临，小夭却再没对璟提起要一起回五神山。

高辛王给小夭写过四封信，信不长，但拳拳爱意表露无遗，高辛王并未假装没有听到流言，他主动提起流言，宽慰小夭不必忧虑。

小夭把高辛王的信放在枕下，每个晚上枕着它们睡觉，就好似有了一份保护，帮她抵挡那些伤人的话语。

一年的最后一日，璟不得不回青丘，主持族里的祭祀仪式；玱玹在紫金顶举行宴会，与百官同乐。

小月顶上就小夭和轩辕王，祖孙两人对着一案丰盛的酒菜，说说笑笑地守候着新一年来临。

新旧交替时分，紫金顶上腾起千万道烟花，照亮了天空。小夭跑到窗前去看烟花，轩辕王也下了榻，站在她身后，和小夭一起看着满天的姹紫嫣红绽放又谢落，犹如人世间最迷离的梦。

小夭的声音在震天的炮仗声中若有若无地传来："外爷，我究竟是谁的女儿？"

轩辕王的手放在小夭的肩膀上，迟迟没有说话。

小夭微微侧首，执拗地等着答案。在漫天烟花映照下，她的面孔时明时昧。

半晌后，轩辕王说："你是轩辕开国君王和王后缬祖的外孙女，这一点永不会变，只要我在，轩辕永远是你的家！"

小夭叹息："原来外爷也不知道。"

轩辕王揽住小夭："不要管别人说什么，你永远是你。"

小夭仰起头，冲着天上的烟花笑："这样也好，反正娘已经死了，真相如何，再无人知道，我认定自己是父王的女儿，那就一定是了！"

半夜，小夭已经睡下很久，听到窸窸窣窣的声音，一会儿后，寝室的门被轻轻推开，玱玹坐在了榻旁。

小夭不想让他知道自己满怀心事、难以入眠，装着沉睡未醒，背对着玱玹。黑暗中，只闻玱玹身上传来浓郁的酒气，也不知道他到底被臣子灌了多少酒。

一会儿后，玱玹侧身躺下，隔着被子轻轻抱住小夭，低声说："别害怕，我不会让他们伤害你。他们不明白，我所拥有的一切，也都是你的，神农山、泽州、轵邑……都是你的，没有人能让你离开。"

小夭咬着唇，估计中原的氏族又说了什么，玱玹的话中有隐隐的怒气。

醉意上头，玱玹分不清过去和现在，喃喃说："别害怕，我已经长大了，绝不会让人伤害到你，我不会再让你去玉山……你会一直陪着我！"

"姑姑，我能保护小夭，你不要送小夭去玉山……"

"姑姑，我和小夭说好了要一直在一起……小夭，不要离开！姑姑，我害怕……"

玱玹醉睡了过去，小夭的泪无声而落，却自己都不知道自己在哭什么，究竟是在哭那个过去的少年，还是在哭现在的自己。

◈

新年的第一个月圆之日，小夭主动提出要去轵邑城里看花灯，璟和玱玹自然都说好。

下午，璟来小月顶接小夭，身着一袭布衫，小夭穿上半旧的男装，戴了顶帽子，玱玹也换了布衣。三人出了神农山后，乘着一辆牛车，夹在赶往城里看花灯的人群中，晃晃悠悠地慢慢行着。

小夭看看璟，再看看玱玹，不禁笑起来："你们说我们如今像什么？"

玱玹和璟对视一眼，璟笑而未语，玱玹笑道："有些像在清水镇上时。"

小夭乐道："可不是嘛！"

牛车后是扶老携幼的人群，有钱的坐着牛车，没钱的自己走着，可不管坐车的、走路的，人人都穿着簇新的衣裳，脸上带着辛劳一年后满足的笑容。一个骑在父亲肩头的小男孩叽叽喳喳地和父亲说："阿爹，进了城要买糖果子啊！"父亲洪亮地应道："中！"

小夭的笑容中掠过怅然。

牛车进了城，此时天已将黑，玱玹说："花灯还没全点亮，我们先去吃点东西。小夭，你想吃什么？"

坐得久了，身子有些发冷，小夭跺跺脚，笑道："这么冷的天，当然是烤肉了，再来几碗烈酒。"

玱玹大笑，对璟说："上一次说好了你请客吃烤肉，可半道上你跑了，这次得补上。"那一次三人相约去吃烤肉还是在清水镇，因为防风意映的突然出现，变成了玱玹和小夭的两人之约。

璟笑了："你竟然还记得？好！"

商量好了吃什么，玱玹和璟却茫然了，一位是陛下，一位是族长，不再是轩和十七，实在不知道街上哪里有烤肉铺子，哪家好吃。

小夭笑着摇摇头："跟我走吧！"

小夭领着玱玹和璟走街串巷，进了一家烤肉铺子，小夭道："在我吃过的烤肉铺子中，这家算是又干净又好吃的，不过，我也好久没来了，不知道现在味道如何。"

这些大街小巷的食铺子都是防风邶带她来的，面对着她最亲的两个人，小夭也没刻意掩饰，话语中带出丝丝怅惘。玱玹和璟都是绝顶聪明的人，立即猜到以前小夭和防风邶来过这里。玱玹拍了拍小夭的肩，示意她别多想了，璟却是心里一声叹息。

烤肉铺子被一扇扇山水屏风隔成了一个个小隔间，小夭他们来得早，占据了最里面的位置，这样纵使再有客人来，也不会看到里面的他们。

三人叫了羊肉、牛肉和一坛烈酒，边吃边喝起来。炭火烧得发红，烈酒下了肠肚，玱玹吃得分外香，不禁叹道："好多年没这么畅快了，日后应该常来外面吃。"

小夭一边用筷子翻着肉块，一边嘀咕："人心不知足，这世间哪里能好事全被你占了？"

玱玹愣了一愣，深深盯了小夭一眼，笑道："谁说的？我还偏就是全都要！"

小夭把烤炙好的肉放到玱玹的碟子里："要就要呗，反正你折腾的是潇潇他们，又不是我。"

玱玹在小夭额头弹了一记："牙尖嘴利，一点亏不吃。"

小夭瞪玱玹，璟指指自己面前的空碟子，愁眉苦脸地对玱玹说："她对你是只嘴头厉害，实际好处一点不落，对别人倒是笑言笑语，好处却一点不给。"

玱玹笑起来，刚要举箸夹肉，小夭把玱玹碟子里的烤肉转移到璟的碟子里，璟笑道："谢了！"

玱玹愣了一愣，无奈地笑起来，对小夭说："再给我烤一碟。"

小夭忙忙碌碌，一边撒调料，一边说："想吃自己烤！我还得喂自己的尖牙利嘴，否则哪里来的力气牙尖嘴利？"

玱玹软声央求小夭："自己烤的没你烤的香。"

小夭说着不给，可等肉熟了，还是先给玱玹夹了一碟子。

三个身材魁梧的男子走进来，恰被小二领到了隔壁的位置，玱玹和璟都没有再说话。只听到隔壁的三人在点菜，除了牛羊肉，他们还点了几盘蔬菜和瓜果。这个季节，新鲜的蔬菜和瓜果远比肉贵，一般人根本吃不起，小夭怕引人注意，刚才只点了一碟腌菜。显然，这几人非富即贵。

听他们的口音带着明显的轩辕城腔，小夭低声问玱玹："你认识？"

玱玹点了下头，皱着眉头在案上写了两个字："将军。"

小夭对玱玹做鬼脸，谁叫你把他们召来神农山觐见？活该！

等点完菜，隔壁的声音突然消失了，必然是下了禁制，不想让别人听到他们谈话。

小夭嘀咕："肯定在讲秘密。"

她凑到璟身旁，低声对璟说："不公平，我们怕引起他们的注意，不敢下禁制，他们却下了禁制。"

小夭瞅了玱玹一眼，笑嘻嘻地说："如果是在议论哥哥，那可就有意思了。"小夭拽璟的袖子，"我想听到他们说什么，你有办法吗？"

璟笑了笑："没有也得有。"他握着一杯酒，酒水化作白雾，白雾沉在地上，从屏风下涔到隔壁，消失不见。

隔壁的说话声传来，倒没有说什么要紧事，只是在比较新都轵邑城和旧都轩辕城，听上去这三人都是明理的人，虽然难舍旧日家园，却都承认现在的新都更适合做都城。根据他们的称呼，小夭推断出，三人中职位最高的是离怨大将军，另外两人，一位是他的内弟，一位是他的侄儿。

三人说了会儿都城，又说起了老轩辕王，一人叹道："也不知道能不能见到轩辕王陛下。"

另一人说道："我们肯定不行，但叔叔也许有机会叩见陛下。"

小夭笑看着玱玹，玱玹给她写道："离怨，泽州守军的将军，曾随爷爷攻打中原……"他的手在半空中停了一瞬，才继续写道："冀州大战中，他在姑姑麾下效力。"

小夭脸上的笑容一滞。

隔壁的三人喝了几碗酒，一个人说道："姐夫，你曾跟随王姬大将军打赢了冀州之战，想来和王姬大将军交情很好。"

王姬大将军是军中将士对母亲的特殊称呼，小夭努力装作不在意，耳朵却骤然竖了起来，捕捉着离怨的声音，可离怨迟迟没有开口，半晌后，他才说："那一战，很难说是我们打赢了。"一句话，隔着几百年的光阴，依旧有重如山岳的哀伤，让屏风两侧的人都默默地喝了一碗酒。

沉默了一会儿，另一个语声轻快的男子问道："叔叔，不知道你有没有听闻最近的流言？就是说高辛大王姬的。"

"听闻了。"

离怨的声音波澜不惊，小夭却不自禁地身子向前探。

"叔叔和王姬大将军是好友，那……"男子好似也觉得有些尴尬，迟疑了一下，才说："高辛大王姬究竟是谁的女儿？"

离怨不吭声，小夭的身子紧绷。璟握住她的手，小夭却没察觉，只是下意识地紧紧抓住了他。

另一个年纪大一些的男子道："姐夫，这里就我们三人，都是至亲，有什么话不能说呢？"

离怨终于开了口："我不是王姬大将军的好友，应龙大将军才和王姬交情深厚，当年的我只是在王姬大将军麾下效力，从没和王姬大将军私下说过话，我也不知道高辛王姬究竟是谁的女儿。"

小夭的身子骤然松弛下来，竟然有些乏力。

突然，离怨的声音又响了起来："一日清晨，应龙将军带着我巡营，军营外有喧哗声传来，我们赶过去时，看到王姬和赤宸被赤宸的部下围在中间……"

小夭的身子颤了一下，好似不想再听，璟抬手想撤去法术，小夭又猛地抓住他的手，眼睛圆睁，如野兽一般瞪着前方，凝神倾听。

"赤宸的部下大吵大嚷，我听了一会儿才明白，原来王姬和赤宸通宵未归，他们看到王姬和赤宸一同归来，还拥抱告别，所以在质问赤宸。赤宸一直不说话，应龙将军呵斥了对方，本来将士们已经要散了，可王姬突然对所有人说‘我是和赤宸有私情’。我们全震惊地呆住，以为漏听了个‘没’字，可王姬又非常大声地说了一遍‘我已经喜欢赤宸好几百年了’，声音大得就好似巴不得全天下都听到。”

犹如被噩梦魇住，小夭恐惧害怕，全身动弹不得，所有人的声音好似从一个极其遥远的地方传来。

“为……为……为什么？赤宸……赤宸是……大魔头啊！”年轻男子的声音结结巴巴，充满了沮丧，完全无法接受心目中为民战死的王姬居然会喜欢赤宸，他宁愿如流言所说，王姬是被奸污了。

离怨一直平稳的声音骤然严厉起来：“我知道你们询问此事不仅仅是关心流言，想来是有人游说你们迫害高辛大王姬，我警告你们，不行！只要应龙大将军和我活着一日，就不允许军中有任何势力迫害王姬的女儿！”

“可是……可是，叔叔……”

“没有可是！”离怨的声音千钧压下，真正显示出他是镇守一方的沙场老将。

两位男子都如军人般应诺：“是！”

离怨的声音又恢复了平静：“人生的很多无奈与残酷，你们都不曾经历，所以不懂，是王姬舍弃了一切，才给了你们机会不去经历。赤宸……他是我们的敌人，可他也值得王姬喜欢！”离怨说完，起身大步离去。

剩下的两人呆坐了一会儿，都跳了起来，匆匆去追离怨。

“小夭、小夭……”

小夭茫然地抬起头，玱玹和璟担忧地看着她，小夭嘴唇翕动，却嗓子发涩，半晌都说不出话。璟拿了水给她，小夭摇头。玱玹把一碗酒递给小夭，小夭咕咚咕咚喝下，烈酒从喉咙烧到肠胃，小夭觉得自己好像又活了过来。

不知何时，天已经黑透，街上灯如海、车如龙。小夭坐得笔直，没有看璟，也没有看玱玹，只是望着窗外。

很久后，她异常平静，异常肯定地说：“我是赤宸的女儿。”

玱玹急速地说：“小夭，不管你是谁的女儿，你都是我最亲的人。”

璟慢慢地说：“小夭，你我初相逢时，你就是你，不是任何人的女儿，日后，不管你是谁的女儿，你依旧是你。”

小夭站了起来，向外走去，玱玹和璟忙站起，小夭说：“我想一个人静静，你们不要跟着我！”

玱玹和璟都停住步子，目送着小夭走出门。

小夭刚走远，一只虚体的九尾白狐从璟袖中跃出，蹦蹦跳跳地消失在夜色中，玱玹快步走出食铺，对一直守护在外面的暗卫下令：“再派几个人去保护王姬。”

玱玹对璟淡淡地说：“暗卫会护送小夭回小月顶，你回去休息吧！”

玱玹转身离去，璟问道：“陛下，为什么要这么做？”

玱玹慢慢地转回身子。台阶下，花灯如海，人群熙来攘往，欢声笑语不断，可台阶上，也不知道是因为有暗卫的灵力屏蔽，还是恰好没有人来，冷冷清清，寂静无声，只玱玹和璟隔着两盏羊皮灯笼，对视着。

玱玹唇角似含有一点讥笑："你如何知道的？"

璟回道："起初，我以为是王后所为，只有她既想伤害小夭，又有能力散布流言。我想当然地认为陛下也一定在尽力压制流言，可我竭尽所能，甚至不惜以西陵、鬼方、涂山三氏的力量向赤水氏和神农氏施压，仍没有办法阻止流言的传开，我才觉得不像是王后。推动流言的力量未免太强大了。今夜，看似一切都是小夭的选择，可陛下若真不想扫了小夭的玩兴，离怨将军根本不可能踏入这间食铺，唯一的解释就是陛下想让小夭与离怨将军三人'偶遇'。"

玱玹淡淡而笑："丰隆曾一再说你心有百窍，智慧无双，我还不太相信，如今看来，你倒是担得起丰隆的盛赞。"

璟说："陛下，不是小夭不够聪慧想不到，而是她永不相信陛下会伤害她。"

玱玹的笑意消失，冷冷地说："我就是想保护她才这么做。"

虽然璟已经推测到玱玹的用意，但证实了，依旧震撼，他沉默地后退几步，向玱玹行礼："草民告退。"

玱玹没有说话，只是冷然而立，看着璟走下台阶，汇入人群。

◈

小夭随着观赏花灯的人潮，一直不停地往前走，可究竟走过了几条长街，看到了多少盏花灯，却是完全不知。时而经过长街，时而走入陋巷，小夭觉得自己是漫无目的、随意乱走，但当她停在那扇破旧的木门前，小夭才明白，她想来的就是这里。

小夭缓缓推开木门，上一次来，这里炉火通红、满锅驴肉、香味四溢，这一次，却是灶冷锅空，屋寒灯灭。那个做得一手好驴肉的独臂老头已经不再做驴肉了吗？

小夭掀起破旧的布帘子，走到院内，四周漆黑一片，没有灯光，没有人声。幸好月色明亮，可以看到院内一片枯败萧瑟，待客的两张木案堆在墙角，满是灰尘。

小夭敲门："有人吗？有人在吗？老伯、老伯……"

没有人回答，小夭推开屋门。屋内的旧木案上有一个灵位、三炷未烧完的残香。眼前的一切已经清楚地告诉她，独臂老头去往了何处。

小夭怔怔站了半晌，走进屋子，缓缓坐到木榻上。

屋子本来就很破旧，如今没了人住，闻着有一股霉味，小夭却不愿离开，也许，只有这个地方才真正欢迎她。

小夭看着灵位，默默坐了很久，突然轻声说道："老伯，他们说你曾是赤宸的将军，你一定和赤宸很熟吧！不知道你有没有见过我娘？其实，我一直想来看看你，和你聊一聊，可我不敢。我逃避着一切和赤宸有关的事，现在，我逃不掉了，终于有勇气来问问你，赤宸究竟是个什么样的人？他是不是真的是个六亲不认的大恶魔、大混账？他可曾对你们提过我娘？他知不知道我的存在？我有太多的问题想问你，你却已经走了……”

小夭靠着墙壁，闭上眼睛，泪如决堤的海，刹那已是满面。

这位炖驴肉的将军已是世上唯一熟悉赤宸的人！她曾有千百次机会来问他，可她没来，等她来时，却已经晚了。

小夭张着嘴，想要痛苦地大叫，却又一声都发不出来，极度的痛苦和压抑交织在一起，让她整个身子都在颤抖：“老伯，所有人都恨他，所有人都恨他！我也恨他……我只是想听一个不恨他的人说说他，告诉我，我不该恨他，我想知道他究竟是个什么样的人……老伯，不管我走到哪里，所有人都在咒骂他，也许你是这世上唯一不会咒骂他的人，可现在，你也走了……我恨他！我恨他……”

小夭一遍遍说着“我恨他”，她恨赤宸带给娘和她的耻辱，她恨他从没有以父亲的名义给予过她一点关爱，她更恨他们抛弃了她，既然不要她，为什么要生下她？

可今夜来这里，她想说的并不是“我恨他”，她渴望的是有人给她一个理由，让她不去恨他，让她能坦然地面对世人的鄙视和辱骂。

但，最后一个人也走了！她对自己爹爹的唯一了解就是世人的咒骂！

泪眼模糊中，小夭看到一个人影从屋角的黑暗中浮现，小夭立即用手臂抱住头，匆匆把泪擦去。

“你是谁？为什么躲在这里？”小夭的声音又闷又哑，却已很平稳。

人影没有说话，也没有离开，走到了榻旁。

小夭没有抬头，却清晰地感受到，另一颗心渐渐走近她，和她的心在一起跳动：“相柳！”她仰起头，看到了相柳。他穿着一袭黑袍，外面又披了一件黑色的兜帽大氅，全身上下捂得严严实实，好似畏寒的普通人。可此时，大氅的兜帽有些松了，露出几缕白发。

小夭想到刚才的痛哭失态全被他看了去，十分尴尬，冷冷地说：“你躲在这里干吗？看我笑话吗？”

相柳说：“讲点道理好不好？我来祭奠故友，你突然跑来，明明是你打扰了我。再说了，你有什么笑话可看？”

“难道相柳将军没听说我是赤宸的孽种吗？”

相柳笑起来，冷峻的眉目柔和了几分：“原来是这事呀！可这事哪里可笑呢？你说给我听听。”

小夭狠狠瞪了相柳一眼，只不过她颊上仍有泪痕，这一瞪实在没有任何力量。

相柳坐到她身旁，笑道：“看样子，谣言是真的，你真的是赤宸大将军的女公子。”

“闭嘴！”小夭埋下头，不理他。

“突然换了个父亲，还是个臭名满天下的恶魔，的确难以接受。”

“闭嘴！”

“你不了解赤宸，可你应该了解你的母亲，既然她选择了赤宸，你就该相信她的眼光。”

“我说了，闭嘴！”

“不管怎么说，你知道自己的父母是谁，总比我强。像我这种从蛋里钻出来的妖怪，压根儿不知道父母是谁。”

小夭抬头看着相柳，似乎想看清楚相柳说的是真是假。相柳一本正经地说：“你也知道我有九颗头，比别人能吃一些，我从小就为生计奔波，日子过得惨不忍睹，一会儿别人喊打喊杀，一会儿九颗脑袋还要自相残杀。有一次饿急了，一颗脑袋差点把另一颗脑袋吃了……”

小夭瞪大眼睛：“真的？”

“假的！”

“你——”小夭简直气绝。

相柳继续一本正经地说：“我记得有个人曾和我说‘人的心态很奇怪，幸福或不幸福，痛苦或不痛苦，都是通过比较来实现’，我正在通过讲述我的悲惨过往，让你比较出你过得不错。”

小夭想起来了，那个“有个人”就是她。小夭不满地说：“我可没编造假话！”

“从蛋里钻出来是真的，有九颗头也是真的，后面的……”相柳敲敲自己的额头，小声嘀咕，“编得太顺嘴，我刚刚都说了些什么？”

小夭不知道自己是该气还是该笑，但胸间的悲苦却是真的淡了许多。

相柳问：“你还需要我讲述一些我的悲惨过往，让你觉得有个大魔头的父亲其实也没什么吗？”

小夭瞪了相柳一眼，问道：“你见过赤宸吗？”也许因为相柳就是个魔头，在他面前提起赤宸，容易了许多。

“没有。我真正跟随义父时，赤宸已死。”

“洪江和赤宸关系如何？”

“当年很不好，几乎算交恶，但赤宸死后，义父祭奠炎帝时，都会祭奠赤宸。”相柳笑了笑，讥嘲地说：“你不能指望当年那几人交情好，如果他们交情好，神农国也不会覆灭了。”

小夭沉默了一会儿，突然问：“相柳，为什么选择洪江，只因为他是你的义父吗？”小夭也不知道自己为什么会有胆子问这个问题，大概因为今夜的相柳不太像相柳吧！

“不仅仅是为了义父，还有并肩作战、同生共死的袍泽，我们一起喝酒，一起打仗，一起收殓战友的尸骨……”相柳看向案上的灵位，“几百年来，你能想到我究竟亲手焚化过多少袍泽的尸体吗？”

小夭无法想象，可她能理解相柳的意思，就像四舅舅，明明能逃生，明明深爱四舅娘和玱玹，却选择了和袍泽一起赴死。这世间，有些情义，纵然舍弃生命，也不能放弃。

相柳微笑着，指了指自己的心口：“我也数不清了，但他们全在这里。”

小夭把头埋在膝盖上，默默不语，只觉心里堵得慌，却说不清楚究竟是为相柳，还是为自己。

“在想什么？”

“身为赤宸的女儿，天下之大，却无处可去。”

相柳抬起小夭的头：“实在不行，就扬帆出海，天高海阔，何处不可容身呢？”

小夭想起她已拥有海妖一般的身体，无边无际的大海是别人的噩梦，却是她的乐园，就算轩辕和高辛都容不下她，她也可以去海上。就像是突然发现了一条任何人都不知道的逃生秘道，小夭竟然有了一丝心安。

她盯着相柳，眼前的男子分明是那个浪荡子，可当她刚要迷惑时，一缕白发从兜帽内落下，提醒着她，他究竟是谁。小夭轻轻摸了一下他的白发，说道：“此处不宜久留，祭奠完旧友就离开吧！”

因为刚哭过，小夭的眸子分外清亮，相柳能清楚地看见她眼眸中的自己。他伸手抚过，把她的眼睛合拢："我走了！"

小夭只觉额上一点柔软的清凉，轻轻一触，又立即消失。小夭猛地捂住额头，睁眼看去，眼前已空无一人。

错觉！一定是错觉！

相柳从屋子内飞出，跃上墙头，只看街巷上雾气弥漫，无路可走。

相柳笑着回身，看到璟一袭青衣，长身玉立。他笑问："涂山族长，听壁角可好玩？我刚才没叫破你偷听，你现在又何必设迷障来刁难我？"

璟温和地说："如果不想和玱玹的暗卫撞见，从北面走，我在那边留了路。"

"倒是我误会族长了，多谢！"相柳把兜帽戴好，遮去面容，向北面飞掠而去。

璟说："谢谢！"

相柳猛地停住脚步，回身说道："涂山族长的谢谢，倒是要听仔细了，省得错过了什么好处。"

璟笑着说："谢谢你劝慰她，好处我当然愿意给，但你愿意要吗？"

相柳似笑非笑地说："我当然愿意要，不过——不是问你要！"

璟的脸色变了，相柳大笑起来。笑声中，他的身影消失在雾气中。

冰冷黑暗的屋子中，小夭恍恍惚惚地坐着。

一个人从屋外走进来，随着他的步子，屋檐下的几盏灯笼、屋内的两盏油灯全都亮了，当他一步步走近小夭，就好像把灿烂的光明一步步带到了小夭身边。

小夭有些意外，叫道："璟！"

璟把一件狐皮大氅披到她身上，小夭这才觉得身子冰凉，拢了拢大氅，把自己裹住。

璟将香炉内三炷未燃尽的香点燃，对小夭说："我们一起祭拜一下离戎伯伯吧！"

小夭和璟一起作揖行礼。

行完礼后，璟说："我们可以决定很多事情，却无法决定自己的父母，不要因为自己无法决定的事折磨自己。"

小夭正想说话，潇潇走了进来，一边行礼，一边说道："王姬，夜已很深，请让奴婢送您回小月顶，要不然两位陛下该担心了。"

小夭看璟，璟温和地道："是该休息了，明日我来看你。"

小夭尽力挤了个笑："好。"

小夭回到小月顶时，轩辕王和玱玹正在灯下对弈。

看到小夭，轩辕王似松了口气，面容透出疲惫，扶着近侍的手，回屋休息了。

玱玹走到小夭面前，看她脸颊被寒风吹得通红，手搭在她肩上，用灵力为她除去寒意，待小夭全身都暖和了，玱玹才帮她脱了帽子和大氅。

苗莆端着一碗热汤进来："王姬，用点……"小夭猛地把热汤打翻了。

小夭向来随和，别说发火，连句重话都不曾说过，苗莆立即跪下："奴婢该死！"

小夭疲惫地说："不是你该死，是我该死。以后不要再叫我王姬！"

苗莆吓得不知道该回什么，只能频频磕头。

玱玹说："你下去吧！"苗莆忙躬身退了出去。

玱玹拖着小夭往暖榻走去："王姬，逛了半夜了，坐下休息会儿。"

小夭怒瞪着玱玹，要甩掉玱玹的手，玱玹握着不放，笑嘻嘻地看着小夭。

小夭气道："你明知道我不是……你还……你和着所有人一块儿欺负我！"

玱玹说："你哪里不是了？我明日就可以昭告天下，封你为轩辕的王姬，别说王姬，你就是想做一方之王也可以，凡我所有的土地山川，你尽可挑选，我封给你。"

小夭没好气地说："你别给我添乱！我现在烦着呢！"

玱玹问："你很在意自己是不是王姬吗？"

"你明知道我在意的不是王姬的身份，而是……我好累！"小夭只觉得身心皆累，头搭在玱玹的肩膀上，一动不动，好似睡着了。

玱玹也一动不动，由她靠着。

很久后，小夭低沉的声音轻轻响起："你现在还恨舅娘吗？你已经拥有一切，再没有人敢欺负你，是不是不会再像小时候那样怨恨舅娘了？"

"我依旧会梦到她在我面前自尽，不管我现在拥有多大的权势，我依旧没有办法阻止她把匕首插进自己的心口，依旧只能无助地看着鲜血染红她的衣裙，依旧只能眼睁睁地看着她跳进父亲的墓穴。"

小夭说："我恨她！"这个她不是玱玹的娘，而是玱玹的姑姑、小夭的娘。

玱玹不知道该如何开解小夭，就如同他也不知道该如何开解自己。那是他们至亲的人，这样的恨让他们痛苦，他和小夭都不想恨，想原谅，可理由呢？谁能给他们一个理由？

小夭说："那时候，我虽然小，可每次赤宸和娘见面的事我都记得，我想……我心里一直都知道真相，所以我宁愿颠沛流离，也不愿回五神山。今夜听到离怨的话，我一面愤怒伤心，一面却是如释重负，就好像一个人做了一件坏事，一直在努力隐瞒，可又预感迟早会暴露。他瞒得非常辛苦，当秘密暴露时，是很可怕，可也终于松了口气，因为不用再辛苦地隐瞒了。我很舍不得父王给我的宠爱，可我也真的不想再骗他了。"

玱玹轻抚着小夭的背："小夭，这不是你的错。"

小夭苦笑："我一直在想，什么人敢把驻颜花封印在我体内，让我变成一个没脸的人，现在我明白了，是我娘。她肯定是想藏住我的长相。很荒谬！是不是？从我出生，一切就全是谎言。他们两个轰轰烈烈地死了，一个让万民敬仰，一个让天下唾骂，留给我的就是谎言！哥哥，你说他们同归于尽前，可有想到我？可有一点点不舍得？"

"小夭，我没有办法代替他们回答你，但我知道，我不会舍得离开你。"

小夭轻声说："我知道。"

他们相依相靠，和小时候一模一样。只不过，小时候是小夭给玱玹依靠，让玱玹明白纵然爹娘都不在了，她依旧会陪着他，现在是玱玹给小夭依靠，让她明白纵然世人都唾弃仇视她，他依旧在她身边。

仲春之月望日，高辛王昭告天下，将高辛玖瑶的名字从高辛王族的族谱中除名，天下哗然。

虽然谣言传得天下皆知，可那毕竟是好几百年前的事，除了轩辕王姬复生，再没有人知道事实的真相。高辛王此举看似惩罚小夭，却将耻辱落实在了自己身上。

自小夭出生，她就拥有大荒内最尊贵的氏之一：高辛氏。即使她颠沛流离时，即使她没有脸时，她也清楚地知道她是高辛玖瑶，可一夕之间，她失去了她的氏，和低贱的奴隶一样成了没有氏族的人。

小夭拿出流言刚传出时父王写给她的信，过去的几个月，她枕着它们，就能安心地睡着。小夭苦笑，不过小半年时间，父王就从不信变成了确信，把他赐予她的一切全部剥夺了。不对！她不应该再叫高辛王父王了！他与她再无关系，她应该称呼他为陛下。

小夭把玉简递给璟："帮我毁了吧！"

璟却没有照做，而是将玉简收入了袖中。

小夭也没在意，说道："其实，这样也好，本来我还想带你去五神山，现在你不用讨好那位陛下，也不用担忧一堆朝臣反对了。"

廊下的风铃响了几声，珊瑚进来，为璟和小夭奉了两碗茶，又悄悄退出去。

小夭喝着茶，轻轻叹了口气，璟问："是在为珊瑚犯愁吗？"

"我想送她回去，可她服侍了我几十年，人人都知道她是我的婢女，高辛人视我为高辛的奇耻大辱，她回去后，只怕日子很难熬，所以我又想留下她，这几日思来想去，都还没个主意。"

"如果她是孤身一人，愿意留下就留下，但她还有一个哥哥、一个妹妹，哥哥在军中，妹妹已经嫁人，把她留在轩辕，对她和她的亲人都不好。"

小夭没想到璟已经把事情查得这么清楚："那你说怎么办？"

"涂山氏在高辛有不少生意，像珠宝、香料这类生意都是女主顾多，一直缺女掌事。珊瑚在宫里多年，见过的宝物不胜其数，眼界见识都非一般人，很适合去掌管珠宝生意，有涂山氏的名头，一般人不敢找她麻烦，我还和蓐收打了招呼，蓐收说他会吩咐下去，照顾一二。"

"就照你说的办。"事情不大，难得的是璟考虑周全，让小夭放下了一桩心事。

小夭把珊瑚叫进来，给珊瑚说了璟的安排。

璟又具体说了是哪里的店铺，珊瑚听到距离父母很近，一下子哭了出来。这段日子，小夭苦，她心里也苦，小夭身边还有亲人，她却孤身一人，苦无处可诉，不管离开或留下，都是错！没想到她的苦，小夭和璟都看在眼里，惦记在心。

小夭说："你先别哭，我都不知道你究竟是愿意不愿意。"

珊瑚对璟和小夭磕头，一边抹眼泪，一边说："涂山氏的掌事是极好的差事，多少人梦寐以求，还能离爹娘那么近，我当然乐意！谢谢，王……谢谢小姐，谢谢族长！"

小夭笑道："谢谢他是真的，我就算了。你去收拾一下，和苗莆道个别。待会儿璟离开时，你就和他一块儿下山吧！"

珊瑚又磕了三个头，才出了屋子，虽然还在抹眼泪，脚步却轻快了许多。

小夭握住璟的手，摇了摇："你再这么帮我，我迟早被你惯成个懒虫！"

璟笑了笑，问道："你上次说要帮我制作一些外伤的药丸，给幽他们用，做好了吗？"

"哎呀！我忘记了！"虽然这段日子发生了太多事情，可居然忘记了答应璟的事，小夭依旧不好意思。

璟说："现在有时间做吗？我帮你。"

小夭忙道："我如今被外爷和哥哥拘在小月顶，有的是时间。"

她跑出屋子，忙忙碌碌地搬运制药的器具，不知不觉中，蹙起的眉展开了，璟这才放心了几分。

◈

玱玹来小月顶时，璟也在，帮小夭在研磨药材。

玱玹笑打了声招呼，进屋去找轩辕王。不一会儿，屋内传来争执声。小夭诧异地抬头看去，小声对璟说："第一次。"

小夭侧耳倾听，原来两人竟然是为了她在争执。轩辕王想赐小夭轩辕氏，让小夭真正地变成轩辕王姬，有这个天下最尊贵的氏，也算是一种保护。玱玹却想赐小夭西陵氏，玱玹的理由是，不用轩辕氏，天下也会明白小夭是轩辕王族血脉，那些跟随轩辕王和缬祖打天下的轩辕老氏族再恨赤宸，也不敢动轩辕王和缬祖的嫡亲血脉，可中原的氏族压根儿不会买轩辕氏的账。西陵氏是四大世家之一，对中原的氏族有很大的影响力，只要西陵氏认可小夭，就意味着很多的中原氏族都必须认可小夭。

爷孙俩为了小夭究竟该叫轩辕玖瑶，还是西陵玖瑶，吵得不可开交，小夭实在听不下去了，跑到门口，大叫："你们问过我的意思吗？"

轩辕王和玱玹都看着小夭，这才想起还需要征询小夭的意见。

玱玹说："爷爷，孙儿说服不了你，那就让小夭自己选。"

小夭刚要开口，轩辕王慈祥地说："你不和璟商量一下吗？"

玱玹立即说："爷爷，璟和此事有什么关系？"

轩辕王露出狐狸般狡猾的笑，瞅着玱玹说："你说和他有没有关系呢？"

玱玹眼中闪过一抹羞赧，气恼得竟然如孩子般抱怨："没见过你这样的爷爷，一点都不肯帮自己的亲孙子，你还是不是我爷爷？"

眼看着他们又要吵起来，小夭忙说："我几时说过我想要一个氏？难道我不能只有名，没有氏吗？"

轩辕王和玱玹异口同声地说："不行！"决然断然，十足的帝王口气。

小夭扑哧笑了出来，对玱玹说："看，外爷还是帮你的！"

小夭低头思索，没打算问璟的意思，玱玹和轩辕王是她的亲人，她得罪了谁都没关系，可对璟而言，他们是两位帝王，帝心难测，小夭不想让璟冒险。

小夭默默思索了一会儿，说道："我选西陵氏。"西陵和涂山正好门当户对，轩辕却太尊贵了，会有太多束缚。

玱玹得意地笑了起来，轩辕王倒也不见失望，只是看着玱玹微微叹了口气。

◈

几日后，西陵氏的族长宣布将小夭写入族谱，小夭成了西陵家的大小姐。

轩辕国君为了恭贺西陵氏，赏赐了无数奇珍异宝，还将神农山小月顶的章莪（zhāng'é）殿赏赐给了小夭。章莪殿曾是神农王女儿瑶姬的宫殿，章莪山以出产美玉闻名，"章莪"二字有蕴藏美玉之意，不仅和玖瑶的名字相合，还暗示了小夭如王姬一般尊贵。

自从玱玹登基，一世轩辕王就从未颁布过政令，可对小夭的赏赐是以一世轩辕王和二世轩辕王两位陛下的名义赐下，圣谕上同时盖着两位帝王的印鉴，也算古往今来的一大奇观。

王母派侍女送来蟠桃酒四十八坛、玉髓四十八瓶，恭贺西陵玖瑶。王母向来冷淡，二世轩辕王大婚时，她也只不过送了九十九坛蟠桃酒，给小夭的厚礼让众人都明白，这位徒弟在王母心中地位非同一般。

当小夭被夺去高辛大王姬的身份时，所有恨小夭的人以为机会来了，可没想到新老两位轩辕王竟然毫不介意小夭是赤宸的女儿，大张旗鼓地表明了对小夭的宠爱。

对轩辕的老氏族而言，西陵这个姓氏提醒着他们，就算小夭是赤宸的女儿，可她更是轩辕开国王后西陵缬祖的血脉，为保护他们而战死的轩辕王姬的女儿。以应龙和离怨为首的握有实权的重臣、将军都表明他们只认小夭是轩辕王姬的女儿，其他不管。再加上两位轩辕王陛下的态度，轩辕的老氏族很清楚，不管他们再恨赤宸，都不能把仇恨转嫁到流着轩辕氏和西陵氏血脉的小夭身上，更不能伤害小夭。

中原的氏族面对两位帝王的圣谕心惊胆战，沐氏遗孤重伤小夭后，轩辕王的冷酷再次浮现心头，知道内情的中原六大氏也想起了玱玹的狠绝。当年孤立无援的玱玹都能不惜开罪樊氏和郑氏诛杀了凶手，现在大权在握的玱玹会怎么对待伤害小夭的人可想而知。

他们无法放下对小夭的仇恨，可究竟是报几百年前的仇，还是灭族？所有氏族都做了最理智的选择。

◈

小夭带着璟游览章莪殿，传闻瑶姬爱花，虽然人已逝去千年，宫女们依旧将花草照顾得很好，园内奇花异草、姹紫嫣红，又遍布湖泊溪流，倒有几分像承恩宫的漪清园。

小夭走到湖畔，掬起一捧水，看着水滴从指间滴落，微笑着说："父王曾对我说，他不是一般的父亲，唯一能给我的就是一国威仪，可最终他收了回去。错了，我该叫他陛下，可我总是忘记。"

璟拿过了小夭的手，说道："掬起的水终会从指间流掉，看似你的掌中什么都没有，可你不能因为结果就否认了过程，刚才你手里确确实实地掬着一捧水。"小夭怔怔不语，璟将她的手擦干净，"高辛王曾经是你的父亲，非常宠爱过你，那些都真实地存在过。"

小夭眼中有蒙蒙雾气："你说的对。"

璟拖着小夭坐到湖畔的草地上："这场流言来势汹汹，揭穿了你的身世秘密，在两位陛下的安排下，你从高辛大王姬变成西陵氏的大小姐，看似一切都结束了。可对你而言，一切才刚刚开始。纵然有两位陛下的庇护，但他们不能阻止人们敌视、嘲讽、孤立、刁难你，你需要学习如何以西陵大小姐的身份面对很多人的恨意。没有人敢冒着灭族之祸去公开挑战两位陛下的威严，可难保不会有人暗中雇用杀手来刺杀你，你也要学习如何作为赤宸的女儿坚强地活下去。小夭，逃避不会让一切过去，勇敢地面对它！"

小夭呆呆看了一会儿璟，居然伸手掐了璟的脸颊一下："你我刚相逢时，你的名字叫什么？谁给你起的？"

璟笑道："叶十七，你起的。"

小夭抚着心口吁气："你是真的璟！难道是因为你做了族长，怎么说话的语气这么像玱玹？"

"我一直都这样，只不过……"璟笑看着小夭，欲言又止。

"只不过什么？"

"只不过因为一个叫玟小六的人，被爱意蒙蔽了双眼。"

小夭又气又笑，捶打璟，璟左躲右闪，两人嬉闹着滚倒在草地上，璟举起双手说："休战！投降，我投降！"

小夭四肢舒展，仰躺在草地上，望着蓝天白云："其实，我早知道你是个奸猾的。只凭琴棋书画，哪里能让赤水丰隆、离戎昶那帮世家的未来族长对你言听计从？只不过你从未把你精明强势的那一面展露在我面前，我倒真常常忘记了你其实可以和他们一样。"

璟坐在小夭身旁，低头看着她："小夭，不管日后碰到猛兽，还是遇到悬崖，我想你知道，我会陪你一直走下去。"

小夭唇角含笑："知道我为什么选择西陵氏吗？"

璟含笑说："我知道。"

小夭抬起一只手，璟握住了，两人默默不语，任由温暖的阳光将他们萦绕。

第三章 花开花谢故人别

LOST YOU FOREVER

季春之月，二八日，防风意映病危，防风族长赶往青丘，探望女儿。

两日后，涂山长老和防风族长一起宣布防风夫人病逝。

大荒内各大氏族都派了人去吊唁，可真正为防风意映伤心的人没有几个，所有人关心的是未来的涂山族长夫人会是谁。中原风俗：妻死，夫为妻齐衰杖期，一年后方可再娶，可一些性急的族长已经托人去询问涂山长老，打探璟的喜好。

办完葬礼，璟从青丘返回，依旧常居于轵邑。

有轩辕王的允许，璟出入神农山很方便。他每日都来小月顶，却不是陪小夭，而是在轩辕王的要求下，陪轩辕王下棋。用神族特制的棋盘，方寸棋盘就是一个世界，天地山川都在其中，可四野征战、逐鹿天下，下完一局棋常常要几个月。

小夭窝在他们身畔，看看医书，打打瞌睡。

一日傍晚，一局棋终于结束。

轩辕王凝视着棋局叹道："可惜，你志不在此；可庆，你志不在此！"

小夭端着酸梅汤过来，探头看了看棋局，什么都没看明白，问道："谁赢了？"

璟说："当然是我输了。"

小夭甜甜一笑，先将一碗酸梅汤奉给轩辕王，再递给璟一碗。

轩辕王突然不满地说："中原风俗最讨厌，守丧有何意义？若心里真存了亡者，世人不让守，也自会惦念一辈子。若心里无亡者，就算守了一年、三年又如何？还不是人前哀戚，人后作乐？在这些事情上，西北的氏族要比你们看得通透，亡夫去，只要小寡妇乐意，就是坟头土未干，都可以再洞房花烛，所以部落里多的是早上喝丧酒、晚上喝喜酒的事。"

小夭一口酸梅汤笑喷了出来："外爷，你可真是越活越回去了。人说老小孩老小孩，如今我算是信了！"

轩辕王看着小夭摇摇头："你啊，我这是在为你操心！"

小夭有些脸红，嚷道："我又没急着出嫁！"

"你不着急，有人着急。要不然为什么明明防风意映还活着，他却急急地发丧？"

小夭飞快地瞟了一眼璟，嘟囔："他也是看防风意映太可怜了，才出此计策。防风意映死了，就不用再祭养识神，能看着儿子长大。"

璟却坦然说道："帮防风意映只是顺便，我的主要目的就是想尽早迎娶小夭。"

小夭想瞪璟，可目光与璟一碰，心突突地跳着，有些羞恼，更多的是甜蜜，她低下了头，装作专心致志地喝酸梅汤，双颊却尽染霞色。

璟对轩辕王说："陛下，有一事请求。"

轩辕王说："讲！"

"我想带小夭出去走一走。"

轩辕王沉吟不语。

璟说："我知道陛下担心小夭的安全，但小夭不可能永远躲在神农山。这几个月来，小夭把丢掉的箭术又捡了起来，也一直在炼制各种毒药，一点自保之力是有的。"

轩辕王叹道："我一直知道圈养的是羔羊，雄鹰一定要放养，也一直希望我的子孙都是雄鹰。可也许年纪大了，总是不放心。"

"若陛下不放心，可以派侍卫暗中跟随我们。"

小夭不满地嚷道："外爷，你可别忘记了，我独自一人在外流浪了几百年，我是自己养大了自己！"

轩辕王道："小夭是该出去散散心，你们去吧！"

璟忙行礼："谢陛下！"

玱玹听闻小夭要和璟出去游玩，不同意，可轩辕王已经答应了小夭和璟。小夭又不停地央求玱玹，玱玹无可奈何下，只得放行，条件是小夭必须带潇潇和苗莆随行。

仲夏之月，璟带着小夭离开神农山，随行的有静夜、胡珍、胡哑、潇潇、苗莆。

一行人一路南行，一直行到赤水，在赤水乘船，继续南行，进入了高辛国界。

小夭惊疑不定地问璟："你这究竟是要去做生意，还是另有打算？"

璟笑道："生意要做，别的打算也有。"

"什么打算？"

"打算之一就是游山玩水。"

小夭走到船头，眺望着熟悉的景致，气闷地说："天下的好山好水多的是，何必眼巴巴地带我来高辛？难道你不知道这方土地上，从国君到百姓都不欢迎我吗？"

璟将一小瓶亲手酿造的青梅酒塞到小夭手里，搂住了她的腰："赤水秋赛那一年，你离开时，我很想去送你，人到了码头，却只能坐在马车里，让侍从把一篮子食物送过去。本想远远看你一眼，可只看到玱玹、阿念、丰隆、馨悦四人话别，直到船消失在赤水上，也没有看到你。明知道这一去你就会恢复王姬身份，我和你不见得能有缘分，心里很难受，却不停地安慰自己，将来我会陪着你一块儿再走一次这条路，也会亲口告诉你，那天我去送你了。"

小夭鼻子有点发酸，倚在璟怀里，一边喝着青梅酒，一边看着两岸景致飞掠后退。

一路行去，璟还真的是游山玩水，并不着急赶路，时不时让船靠岸，带小夭去寻幽探秘。

虽然小夭曾在大荒内流浪百年，可只在中原一带游荡，并未真正在高辛游玩过。璟却不一样，自小被作为未来的族长严格培养，刚懂事就跟着涂山氏的商队行走于大荒内，不管是毒虫恶兽聚集的百黎，还是风云变幻的海上，他都曾经走过。这一次带着小夭游玩，就像是旧地重游，哪里有好看的景致，哪里有好吃的食物，他都一清二楚，凡事安排得妥妥帖帖，一点不需要小夭操心。

自母亲离去后，小夭第一次觉得她依旧可以做个孩子，什么都不用考虑，什么都不用操心，只需吃喝玩耍。

晚上，两人露宿在山顶。

小夭笑道："给你露一手！"她像只猿猴般，攀上树去挑地方，打算在树上歇息。

璟却拿出一个一尺长的玉筒，拧开盖子，几只蜘蛛爬出来，挥舞着八只脚，在树与树之间忙碌。

小夭辨认了一下："盘丝蛛？你要纺纱吗？"大荒内，和鲛绡齐名的盘丝纱就是用盘丝蛛吐出的蛛丝纺成，薄如蝉翼，柔若流云，水火不伤，刀砍不断，十分珍贵。

璟飞跃到小夭身旁，揽住她，将带着寒意的山风挡在外面："这是我小时养的盘丝蛛，不过养它们可不是为了纺纱。"

小夭目不转睛地看着，八只蜘蛛一边吐丝，一边忙忙碌碌地织网，它们就如世间最灵巧的织女，不过一盏茶工夫，一张精巧的网就织好了。

八只蜘蛛向着璟爬来，璟给它们各喂了一滴玉髓，八只蜘蛛好像很满意，摇摇晃晃地爬回玉筒里。

小夭打量着蛛网，不知道璟用什么常年喂养盘丝蛛，它们吐出的蛛丝是海蓝色。这张海蓝色的蛛网呈八卦形，八个角与树桠相连，中间悬空，蛛丝横竖有序，呈细密的格纹，却又一圈圈交缠，犹如涟漪，朦胧的星光下，整张蛛网好似一匹精美无比的蓝色绸缎。

小夭左看右看，都想不出璟要这么一张蛛网干什么，困惑地问："你打算带回去做衣衫？"

璟笑，猛地抱住小夭向下跃去，小夭还未来得及惊呼，就发现自己掉到了蛛网上，非常舒服，就像躺在一张柔软的睡榻上。

小夭好奇地摸着蛛网，不但柔软，还带着一点暖意，她大笑起来："璟，你小时也真是个淘气的，竟然想出来这种露宿荒野的方法，不过，也只有你们涂山氏才住得起。"

璟眼中有对过去的缅怀和伤感，微笑道："母亲和大哥一直很纵容我。"

小夭仰躺在盘丝榻上，望着头顶的广袤苍穹，璀璨星辰。

自从流落民间，小夭露宿过无数次，露宿在她眼中，并不是风雅有趣的事，而是无家可归，意味着各种危险，睡觉时要保持警醒。可今夜，露宿变得和以前完全不一样。小夭低声说："璟，这段日子我觉得我好像变小了，又变成了一个小孩，和你在一起的感觉就像是在娘身边。"

璟猛地咳嗽了几声，无奈地说："这实在不像是夸我。"

小夭翻了个身，两人四目相对，她含着笑说："不是说你像我娘，而是说……就像小时候，什么都不用想，什么都不用忧虑，每天都很快乐。"小夭唇畔的笑意渐渐地消失，"一切都像是做梦，我真怕像以前一样，一下子梦就醒了。"

璟轻轻亲了她一下，说："这不是梦，我们会这样一直走完一辈子。"

小夭微笑："嗯。"

山风摇着他们的盘丝榻，两人相依相偎，看着满天星斗为他们而璀璨。

◈

一路走走停停、停停走走，一个多月后，季夏之月的月末，璟和小夭的船行到了归墟海中。

再往东南行驶，就要进入五神山的警戒区域，一直听命行事、从不多言的潇潇委婉地对璟说："族长，如果想去海上游玩，不如往北行，东海的风光也是极好。如果要谈生意，不如让小姐在这里等候。"

璟说："也好。"

璟命大船改变航道，向北行，去东海。他带着静夜和胡哑乘小舟去五神山，等谈完生意，他会去东海与小夭会合。

小夭站在船尾，目送璟远去。一叶小舟，与大船背道而行，不多久，小夭和璟就再看不到对方的身影。

等小舟驶入五神山的区域，蓐收乘船来迎接，璟带着静夜和胡哑上了蓐收的大船。

快要到五神山时，璟对蓐收说："还请大人先去向陛下奏报一声，就说涂山璟和西陵玖瑶求见。如果陛下愿意接见，我们再上去。如果陛下不愿意接见，我们立即原路返回。"

蓐收愣住。一直站在璟身后的静夜上前两步，摘下人面蛛丝织成的面具，微笑着说："蓐收大人，很久不见，近来可好？"

蓐收沉默了一瞬，说道：“我这就去见陛下。”他再顾不上礼节，召唤出坐骑，闪电一般消失在云霄中。

小夭站在船头，看似一脸平静，心中却忐忑不安。璟拍了拍小夭的手，示意她不要多想。

约摸小半个时辰后，当船到达山脚时，蓐收恰恰返来。

小夭看似一派泰然，心里却全是紧张。蓐收微微而笑，对小夭和璟说：“陛下请两位上山。”

小夭轻轻地呼出了一口气，心未及放松，又被另一种紧张盘踞，竟然不敢登上云辇，璟先上去，伸出手，鼓励地叫道：“小夭。”

小夭的心安定了几分，握住璟的手，跃上云辇。不过盏茶的工夫，云辇停在了承恩宫的朝晖殿前。

蓐收说：“陛下在里面。”

璟对小夭说：“在这里等我。”

小夭点点头。

璟走进大殿时，留意到高辛王的目光看向他身后，璟行礼，说道：“小夭在殿外。我想先和陛下单独说几句话。”

高辛王无喜无怒，平静地看着璟。

璟道：“前段日子，我尽我所能，搜集了一些陛下和赤宸的资料。不管是陛下，还是赤宸，都多智、多疑，小夭的母亲想要瞒过天下，不难。想要瞒过你们，绝不可能！除非有人帮她。我推测，小夭刚出生时，陛下就知道小夭是赤宸的女儿，正因为有陛下帮助封印驻颜花，幼年的小夭才能酷似陛下。”

高辛王的表情依旧是无喜无怒，淡然地说：“你的推测正确，是我和阿珩将驻颜花封印在小夭体内。”

阿珩想来是轩辕王姬的小字，璟说道：“世人皆以为，陛下是不知道真相，才把小夭当成亲生女儿，却不知道陛下是明知道真相，依旧把小夭看成是自己的亲生女儿。我能推测出是玱玹让流言传遍大荒，多智如陛下自然也能看破；我能猜度到玱玹的用意，多疑如陛下自然也能想到。”

璟跪下，行大礼：“璟谢过陛下对小夭的关爱保护。”璟是涂山氏的族长，见到轩辕王和高辛王只需行天揖礼，无须行跪拜礼，他现在却向高辛王跪拜。

高辛王无丝毫动容，抬了抬手，示意他坐：“族长专程来见我，就是说这些废话的吗？”

璟坐下后，说道：“小夭知道自己是赤宸的女儿后，一直很悲痛，现如今看似平静了，其实只是用外表的不在乎掩饰内心的在乎。陛下知道小夭是什么性子，她并不在乎自己的父亲是帝王还是魔头，她伤心的是不管母亲，还是父亲，都遗弃了她，留给她的只是谎言。还有一份她不肯承认的伤心，是因为赤宸。赤宸是她的父亲，可她对赤宸的了解和天下人一样，只知道他是暴虐嗜杀的魔头。这世间，知道小夭父母之事的人只有陛下了。陛下，我求您把过去的事告诉小夭。”

高辛王的右手无意识地摸着左手小指上的白骨指环，视线越过璟的头顶，不知道落在了何处，无喜无怒的表情并没有变化，可因为眼神的空茫，透出沉重的悲怆。半晌后，他自言自语地说：“阿玱真的想让小夭知道一切吗？我一直以为阿珩想让小夭无忧无虑地生活。”

“从小夭出生起，就注定她不可能如阿念一般。现在小夭已经长大，不管真相多么残酷，都请告诉小夭，唯有真相才能让小夭解开心结，获得平静。”

高辛王喃喃问：“她长大了？”阿珩生小夭时难产，小夭出生后，阿珩昏迷了一年多，是他带着小夭吃，带着小夭睡。阿珩，为什么我觉得小夭依旧是需要小心保护的女儿？可是，她的确已经长大了！

璟刚要说话，又听到高辛王说：“阿珩，我们的女儿是长大了！”璟这才意识到高辛王刚才的话不是在问他。

高辛王对璟说：“你出去吧！”

璟试探地问：“我让小夭进来见陛下？”

高辛王挥了挥手：“你们下山，船会送你们到赤水。”说完，他站了起来，身影飘忽，不过一瞬，就消失不见。

璟没想到高辛王竟然不肯见小夭，呆呆愣愣站了一瞬，无可奈何地出了殿门。

小夭看他出来，立即迎上前：“父……陛下和你谈什么生意？竟然说了那么久？他……我现在就进去吗？”

璟抱歉地说：“陛下让我们下山，说船会送我们去赤水。”

小夭心里十分失望难过，却做出毫不在乎的样子：“我早就和你说了，这片土地上从国君到百姓都不欢迎我，算了，不见就不见，我们走吧！”

从云辇下来，小夭看到一艘刻着高辛青龙部徽印的船停在海中，蓐收凝水为桥，请璟和小夭上船。

小夭走得飞快，好似一刻都不想停留。璟边走边思索，不明白他究竟哪里做错了，以至于让高辛王改变了心意，竟然将他和小夭赶下山。

待小夭和璟上了船，船立即出发，向着西北行去。

小夭对蓐收说：“我们自己会回去，你送我们出了五神山就行。”

蓐收一板一眼地说：“陛下的旨意是到赤水。”

小夭恼怒，叫道：“璟！”

璟心内一动，拉着小夭走开，低声问：“你还有心情去东海玩吗？”

小夭摇了摇头。

璟说：“那我们就借他们的船行一程吧，掌舵的是神族，船速很快，一路不停的话，不过三四日而已。”

小夭苦涩地说：“我只是觉得，他们这样子好像生怕我在高辛境内逗留一样，非要亲自押送到赤水。”

璟沉默了一瞬，指着海面上呼啸而过的一群海鸟说：“看！”

小夭随着他手指的方向，看到了水天辽阔，万物自由，烟霞缥缈中，五神山若隐若现。想到这样的美景此生只怕是最后一次看了，不禁凝目细望。

◈

四日后，船进入赤水，小夭本以为蓐收会找个码头靠岸，让他们下船，不想蓐收竟然逆流而上，丝毫没有靠岸的意思。

小夭惊疑不定，但看璟一派淡然，索性不再着急，等着看蓐收究竟想干什么。

船向着赤水城的方向行去。当年，蓐收送亲时，走的就是这条水路。小夭倚着栏杆，还有闲心打趣："蓐收，你难道还耿耿于怀我逃婚了？想把我押送到赤水家，让他们惩治一番？如今的我可是人见人嫌，赤水家不知道多感激我当年逃婚呢！"

蓐收正和璟说话，全当没听到她的打趣，反倒璟似笑非笑地瞅了小夭一眼，瞅得小夭不好意思起来，扭头去看岸上的风景。

因为水汽充沛，土地肥沃，两岸一直郁郁葱葱，突然，一片寸草不生的荒漠出现。

小夭记得，她和玱玹第一次来赤水秋赛时，看到过这片荒漠。小夭问璟和蓐收："你们知道这里为什么有一片荒漠吗？"

璟说："传闻里面住着一个大妖怪。"

小夭的眼睛突然直了，璟顺着她的视线，转头看去，竟然看到了高辛王。他一袭普通的白袍，迎风而立，眺望着荒漠尽头，没有帝王的威严，反倒有几分江湖游侠的落拓不羁。

璟作揖行礼："陛下。"

高辛王向着小夭走去，抓住小夭的手，带着小夭飘起，飞向河岸，璟赶紧跟上。

待三人落在岸上，璟回头看去，船没有减速，就好像什么事都没有发生过一样，依旧向着前方行去，船员在甲板上忙忙碌碌，准备着到了码头卸货。

小夭抽了下手，高辛王没有松开，小夭赌气地说："你都已经不承认我是你女儿，干吗抓着我不放？"

高辛王拉着小夭向沙漠深处走去，小夭拗不过他，只能跟随而行。

刚开始，地上还有些骆驼刺之类生长在沙漠中的植物，可随着他们的行走，渐渐地什么都看不到了。

小夭将一块绢帕扔出去，绢帕立即燃烧起来，还没落到地上，就化成了灰烬。小夭目瞪口呆，这才明白高辛王为什么握着她的手不放，如果不是有高辛王的灵力保护，只怕她已经被烧伤了。

小夭不禁问道："父王，你要带我去哪里？"话出口，才发现叫错了，可再改口已经晚了，索性紧紧地闭起了嘴巴。

高辛王温和地看了小夭一眼，没有回答小夭的话，却说道："我是高辛的大王子，我的母亲是父王的结发妻子，听说他们感情非常好，可惜母后生我时去世了。没有多久，常曦部的一对姊妹花进了宫，父王有了新欢。自小到大，我在宫内总是出着各种意外，好几次险死还生。后来，在舅父的帮助下，我离开了五神山，在大荒内四处流浪。我开了个打铁铺，以打铁为生，你大舅舅来找我修补破剑，我们在彼此都不知道对方身份的情况下，成为了至交好友……”

小夭竖起耳朵，凝神倾听。

“你娘是轩辕唯一的王姬，比我小了一千多岁，在你娘刚出生时，你大舅舅就半开玩笑地对我说‘做我妹夫吧’，我刚喝的一口酒全喷了出来。几年后，因为俊后和几个弟弟，我又一次差点死了，你大舅舅来看我时，正式提议，让我和你娘定亲。他对我分析，我能借助轩辕王姬的身份让自己多几分生机，他也可以借助我高辛大王子的身份保住母亲和弟弟，我同意了你大舅舅的提议。与其说是我和你娘定亲，不如说是处境艰难的我和青阳对外宣布，结成联盟。那时，你娘才刚会走路，话都不会说，说老实话，我完全无法想象娶她，所以一直没把这亲事当真……”

在高辛王的讲述中，过去的时光犹如一幅画卷在小夭眼前徐徐打开，那些早已逝去的悲欢离合、喜怒哀乐在她眼前上演：大舅舅青阳，二舅舅云泽，四舅舅仲意，外祖母缬祖，还有调皮贪玩的娘……

也不知道过了多久，小夭闻到焦煳味，侧头看去，只见高辛王的白衣已经发黄，嘴唇好似几日几夜没有喝水，干枯开裂，她一边急急叫道：“父王！”一边回头去找璟，看到璟脸颊通红、步履蹒跚，每走一步都好似走在滚烫的炮烙上，有青烟冒出。

小夭再顾不上听故事，叫道：“父王，快停下！再走下去我们都会死的！”

高辛王回头看向璟，问道：“你还能坚持吗？”

璟勉强地笑着，说不出话，只是点了点头，示意自己可以。识神九尾白狐跑了出来，紧紧地皱着眉头，趴在璟的肩头，璟的气色略微好了几分。

高辛王继续前行，小夭惊恐地说：“父王，越往里走只会越炙热。”

高辛王却好像什么都没听到，紧紧地握住小夭的手腕，一边淡淡地讲述着他和阿珩的故事，一边带着小夭飞掠向前。

往前看是无边无垠的漫漫黄沙，往后看依旧是无边无垠的漫漫黄沙。也许因为太过炙热，连蓝天都变了色，透着橙红的光，合着漫天发红的黄沙，整个世界万物寂灭，没有一丝生的气息。

因为有高辛王的灵力保护，小夭感受不到外面的世界究竟是多么热，可看到父王和璟的样子，毫无疑问，那种酷热可以焚毁一切，令万物不生。

璟肩膀上的九尾白狐在慢慢缩小，最终消失不见。璟猛地吐出一口血。脚下腾起火焰，高辛王一把握住璟的胳膊，火焰熄灭。

高辛王左手拉着璟，右手拉着小夭，依旧全速向前。小夭清楚地看到他的外袍正在一寸寸变成灰烬，他胳膊上的肌肤犹如干旱的大地，一点点龟裂开，血慢慢地渗出，染红了他的衣衫。

小夭哭喊：“父王，你是一国之君，难道你想置高辛百姓不顾，死在这里吗？”

高辛王的脚步微微一顿，继而越发迅疾地向前飞掠。

小夭看到高辛王的两只手已经干枯如老藤，只见黑骨，不见血肉，小夭哭求：“父王、父王，求你停下！求你停下……”

高辛王听而不闻，小夭边哭边骂：“你根本不是我爹，我和你什么关系都没有，你放开我，你凭什么抓着我，你放开我……”

高辛王脚步踉跄、灵力难以为继，却依旧抓着璟和小夭挣扎着向前。

他的神情与往常截然不同，不再是无喜无怒地俯瞰众生，而是迷茫悲伤，执着急切，就好像一个人失去了最珍贵的宝物，正在焦急地寻找。

到这一步，连退路都寻不到时，小夭反而什么都叫不出来，只能随着高辛王，踉踉跄跄地向前行，可小夭真的不知道高辛王要寻觅什么。

也不知道走了多久，高辛王脚下一软，跌倒在地，带着璟和小夭都摔倒，幸好璟的灵力已经恢复了一点，他匆匆拉了小夭一把，小夭才没有受伤，可高辛王的一条腿被严重炙伤，几乎变成枯骨。

小夭掏出怀里的玉瓶，想把里面的药液倾倒在高辛王的腿上，可药液刚离开瓶子，都没有来得及落下，就化为水汽，消失不见。

小夭悲愤地大叫：“这究竟是什么鬼地方？”

高辛王想站起，却难以站起。他眼中满是悲痛，仰望着橙红的天，茫然不甘：为什么？我只是想知道她是否真住在里面，为什么连她是生是死都不让我知道？

璟突然指着左手边，惊叫道：“陛下，你看！你看！”

顺着璟手指的方向，在橙红的天和橙黄的地之间，有一片桃花林，轻如烟、灿如霞、娇如脂，明媚芳菲，动人心魄。

小夭不敢相信地揉了揉眼睛，在这万物俱灭的地方竟然有一片桃花林？

高辛王悲痛绝望的眼眸中霎时透出璀璨的光华，他扶着璟的胳膊，站了起来，三人不发一言，不约而同地朝着桃花盛开的地方踉踉跄跄地跑去。

待进入桃花林，璟和高辛王都扑倒在地，奄奄一息，反倒灵力低微的小夭完好无损地站着，只头发和衣裙有些枯焦。

璟觉得身周依旧是焚毁一切的炙热，只不过在这桃花林内，有了水灵和木灵，他可以召集水灵，布置阵法对抗炙热，不像在那万物俱空的荒漠中，只能倚靠自己的灵力去对抗。

璟顾不上休息，急急地设置了一个简单的阵法，正要把小夭拽进阵法内，却看到小夭神态自若地漫步在桃花林内，像是在春日郊游。

璟目瞪口呆，如果不是他肯定小夭灵力低微，几乎觉得小夭是绝世高手。

璟问道：“小夭，你没觉得热吗？”

“热？没有啊！我觉得一进桃花林就很凉爽了，像神农山的春天。”小夭说着话，桃花簌簌而落，纷纷扬扬，犹如飘雪，将小夭笼罩其间，小夭不禁伸出手，接着落花。

难道是他感觉特异？璟疑惑地看向高辛王。高辛王坐在一个水灵汇聚的八卦阵中，显然高辛王也感受到身周依旧炙热，可他对小夭的异常，没有丝毫奇怪，默默地看着小夭，眼神悲喜难辨。

小夭问："你们打算在这里疗伤吗？等伤好后我们再继续往前走？"

璟苦笑，疗伤？勉强自保而已。

高辛王微笑道："小夭，我们不是在疗伤，这里并不比荒漠里凉快多少。"

"可是我什么都没感觉到。"小夭一脸茫然，"这些桃花开得多好，比神农山上的桃花都开得好。"

高辛王凝望着桃花林，默默不语，满眼哀伤。

璟精通阵法，仔细观察着桃花林，不禁对设置桃花阵的人佩服得五体投地，这些古怪的桃花生长在绝境中，自成一个小天地，于死地创造了一份生机，封锁住妖怪的恐怖妖力，可令他奇怪的是，这阵法又有保护那妖怪的意思。如果他继续往里走，桃花林势必不会再让他汇聚水灵，甚至他会面对桃花林的绞杀。

璟为了验证自己的判断，向着桃林深处走去，果然，水灵在迅疾地流失，像是严厉的警告，璟又试探地走了几步，桃林好似突然发怒了，千朵桃花瓣化作利刃，向他飞来，小夭大惊失色，没来得及多想，飞扑到璟身上，把他压倒在地。

漫天绯红飞罩而下，却在就要刺穿小夭时，所有利刃又变作了柔软的花瓣，犹如江南的雨一般温柔地坠下，落得小夭和璟满身满脸。

璟突然想到，好似就是从他们走进来时，桃林才一直有落花飘扬，也许不是因为他们惊动了阵法，而是这些落花只是为了小夭而坠落。

璟明白了为什么小夭感受不到一丝热气，他对高辛王说："陛下，桃林……在保护小夭。"就如刚才在荒漠中，高辛王用灵力保护小夭一般。

小夭满眼困惑："父王，这究竟是哪里？"

高辛王说："小夭，我想……你娘应该还活着。"

小夭盯着高辛王。

高辛王又说了一遍："你娘还活着。"

世界安静得好像停滞了。

小夭的心飞快地沉下去，沉到了世界的尽头，让她连喘息都困难。

她听见桃花瓣坠落在肩头的声音，也听见自己的声音好像从一个极其遥远的地方传来："你说什么？"

"你娘还活着。"

小夭听见自己的心如擂鼓般地在跳动，是喜悦吗？可为什么更多的是悲伤和愤怒？她觉得自己很平静，甚至在平静地问自己，为什么要悲伤，难道不是应该高兴吗？可她也听见了自己疯子般地大叫声："我不相信！如果她还活着为什么不来接我？你骗我！你骗我……"

高辛王悲伤地看着她。

小夭已相信，娘的确还活着！但是，这一刻，小夭真的宁愿她死了！至少小夭有借口原谅她。

"如果她还活着，为什么不去接我？为什么不要我了？她知不知道我是怎么长大的？我被人咒骂是孽种，被很多人追杀，我没有脸，为了一点食物和狼群打架……我被关在笼子里养了三十年，连畜生都不如！辛苦修炼的灵力被散去，被逼着生吞活吃各种恶心的东西……她不是我亲娘吗？我被人折磨羞辱时，她在哪里？难道她生下我，就是为了让我去受这些折磨羞辱吗……”

小夭以为经历了一切，已经足够坚强冷酷，可原来，这世间有些痛，就算把心藏在层层的硬壳里依旧躲不开；她以为再不会为过去的事情掉眼泪，所有的泪在无数个孤单无助的深夜里已经落尽，可原来，当痛被层层扒开，她依旧会哭泣、会痛苦。

小夭朝着桃花林外奔去，唯一的念头就是离开，永远离开！

璟想抓住她，可在这桃花林内，小夭来去自如，他却步步艰难，根本抓不住小夭。

“小夭，站住！”高辛王拦在小夭面前，喝道。

小夭推开高辛王，依旧向着桃花林外跑去：“我恨她！我恨她！从她抛弃我那一日起，我就没有娘了！不管她生她死，都和我没关系！不管她是英雄，还是荡妇，也不关我的事……”

“啪”一声，高辛王一巴掌甩到小夭脸上。

小夭的脸火辣辣地疼着，她不能相信地看着高辛王。从小到大，高辛王对她连句重话都没有说过，在荒漠中时，他宁可自己重伤都先用灵力护住她，可现在，他居然为了那个抛弃了他的女人动手打了她。

小夭倔强地瞪着高辛王：“她几百年前就休了你！她不要你！”

“你娘是不要我，可她从没有想抛弃你！如果不是为了你，她何必要这么人不人、鬼不鬼地痛苦活着？你看看这里的天，再看看这里的地，你觉得这是人活的地方吗？”

小夭呆呆地看着高辛王，高辛王的一只腿干枯如柴，两只手像枯藤，这是一个灵力高强如高辛王也待不过一天的地方，娘亲却日日夜夜在这里，已经待了几百年。

小夭心内的愤怒不甘都烟消云散，唯有悲哀如烈火一般，烧灼着她的五脏六腑，她猛地转身，向着桃花林的深处奔去，边跑边大叫：“娘！娘！娘……我来了，我来了，你的小夭来了……”

漫天桃花飞舞，就如江南四月的烟雨，绵绵没有尽时。

小夭在桃花林内一遍遍呼唤：“娘，娘，娘，我是小夭……”

一袭青色的身影，出现在绯红的桃花雨中，小夭停住脚步，呆呆地看着那一天绯红中的一抹青色。

隔着漫天花雨，她的身影模糊不清，只能看出她走得迟疑小心。

终于，她接近了小夭，却隔着一长段距离就停住了。桃花雨越落越急，她的面目笼罩在桃花中，小夭怎么看都看不清楚。

小夭张了张嘴，喉咙发涩，什么都没有叫出。小夭向前走，桃花雨温柔却坚决地把她向后推，她一步都动不了。

高辛王在小夭身后唤道：“阿珩，是你吗？”

好一会儿后，嘶哑的声音响起，就好似她的嗓子曾被火烧过：“少昊？”

“是我！”高辛王的声音在发颤。

“你老了。”

高辛王想笑一笑，却怎么都笑不出：“你……可还好？”

“很好。”

非常平静、非常淡然，就好似他们真相逢在江南烟雨中，纵然年华逝去，可故交重逢，依旧可以欣然道一声好。

高辛王说："我带小夭来见你。"

青色的身影默默伫立，不知道她是何种表情，只看到她身周的桃花瓣飞来飞去，犹如朝云散、暮云合，变幻无端。

小夭拨开越来越多的花瓣，努力挣扎着往前走，青色的身影却好似被吓了一大跳，立即向后急退："别，别过来！"

小夭大叫："为什么不让我过去？我偏要过去，偏要！你为什么要躲在桃花里，让这些桃花散开！"

"小夭，听话。"

小夭小时常常听到这句话，"小夭，听话"。她调皮捣蛋时，娘会这么说；她只想吃零食不肯吃饭时，娘会这么说；她不肯叫玱玹哥哥时，娘会这么说……那时，娘的声音温柔动听，不像现在这样嘶哑难听。

小夭的眼泪落了下来，她没有像小时候一般和娘扭着干，而是真的听话，停住了脚步，只是口气依旧如小时一般倔强别扭："为什么不让我过去？"

"我体内有太阳之火，能把原本水草丰美的土地变作千里荒漠。距离太近，会伤到你。"

小夭脑内轰然巨响："你……你是……那只旱魃大妖怪？"

"世人叫我旱魃吗？想来是了。"

小夭问："你一直住在这里吗？"

"嗯。"

"你没有去接我，不是不想，而是不能，对吗？"明显的事实就摆在眼前，可小夭依旧要亲口问出，她等这个答案等了太久。

青影好似知道小夭的痛苦，不自禁地伸出手，往前走了几步，却又立即缩回手，痛苦地后退："我体内有太阳之力，所过之处，万物俱灭，不能出去，只能在这里等你。我等了四百年，就是想亲口告诉你，娘对不起你。小夭，娘这一生，没有亏欠国家子民，却独独亏欠了你和你爹，娘对不起你……"

四百多年后，小夭终于等到了她要的解释，她曾以为这一生都不可能得到。

这一刻，一切都释然，小夭泪流满面，双膝发软，跪在地上："娘！"

青色的身影猛地颤了一下，萦绕在她身周的桃花零乱飞舞，似乎在安慰她，又似乎在和她一块儿悲伤。

小夭哭着问："娘，四百年来，你就一直一个人在这里吗？"

"不是一个人，你爹陪着我。"

小夭下意识地回头看高辛王，又立即反应过来，不是这个帝王爹，而是……小夭急切地问："赤宸也还活着？"

阿珩能理解小夭的心结，并未对小夭的称呼动气，却也未回答小夭的问题，而是问道："你身后的男子是谁？"

小夭回头看璟，一阵心慌紧张，一阵羞涩甜蜜，就像是和情郎幽会，被父母当场抓到的小女儿，又羞又怕。

高辛王说：“他叫涂山璟，青丘九尾狐涂山氏的族长。”

璟对阿珩行跪拜大礼：“晚辈见过王姬。”

阿珩抬了下手：“你是一族之长，不必如此。”

高辛王道：“他想要你最宝贝的东西，自然要如此。”

阿珩看璟随在小夭身后，长跪不起，自然明白了一切，心情复杂，一时间竟然一句话都说不出。

小夭和璟忐忑不安地跪着，半晌后，小夭终于按捺不住，叫道：“娘？”

阿珩如梦初醒，问道：“他待你好吗？”

小夭说：“好，很好。”

阿珩问：“没有别人待你好了吗？为什么是他？”

小夭说：“只有他，无论发生什么，都不会舍弃我。”

阿珩似乎笑了一声，叫道：“璟。”

“晚辈在。”

“请照顾小夭。”

这是表示认可他了？璟愣了一愣，连磕了三个头，喜悦地说：“晚辈一定做到。”

阿珩问：“玱玹呢？玱玹在哪里？”

小夭说：“玱玹已经登基为轩辕国君，如今常居神农山。”

阿珩沉默了一瞬，问道：“你外祖父什么时候去世的？”

“外祖父还活着。”小夭唇齿伶俐，将轩辕王如何禅位给玱玹活灵活现地讲了一遍，又讲了一些轩辕王和玱玹如今的情形。

阿珩问道：“玱玹娶妻了吗？”

也许因为已经说了一长串话，小夭变得活泼了许多，话痨本色也恢复了，“哎呀”一声，未说话先笑：“娘，你绝对做梦都想不到！你应该问玱玹现在究竟娶了多少个女人，而不是问他娶妻没有。”小夭说得兴起，也不跪了，盘腿坐在地上，掰着手指头数给娘亲听，“王后神农氏，王妃有中原的曋氏、姬氏、姜氏、樊氏，北边的方雷氏、离戎氏，西边的竖沙氏、小月氏，还有……唉！反正多得我都记不清楚了！”

阿珩轻叹了口气，有知道玱玹一切安好的欣悦，也有难掩的惆怅：“他和四哥、四嫂都不像。”

小夭看高辛王，娘亲的这句话只有熟知几个舅舅的高辛王能评判，高辛王说：“玱玹的容貌像仲意，性格却是像青阳，也有一些地方像我，不过比我和青阳都强，兼具了我们的优点。”

刚才小夭讲述轩辕王禅位给玱玹时，已经告诉过娘亲，玱玹在高辛长大，是高辛王的徒弟，阿珩道：“谢谢你照顾、教导玱玹。”

高辛王的声音十分痛楚：“你知道……不必，是我欠青阳和仲意，还有你的。”

小夭说：“娘，我现在医术很好，一定能找到办法治好你，等娘身体好了，就能见到玱玹了。”

她又急切地问，“赤宸呢？娘不是说赤宸一直陪着你吗？他为什么不出来见我？”

阿珩温柔地说：“你一进桃林，你爹爹就在陪着你了。”

小夭疑惑地四处看：“哪里？我怎么没看到？”

阿珩看璟还老老实实地跪着，说道：“璟，起来吧！”

璟恭敬地站起，阿珩对高辛王说：“少昊，我想和小夭单独说会儿话。”

“好！”

高辛王和璟走开，坐到了不远处的桃树下，隔着飞舞的桃花，能模糊看到小夭和阿珩，却听不到她们说什么。

阿珩温和地说：“小夭，你想知道我和你爹爹是如何认识的吗？”

小夭点点头，又想起两人隔着桃花瓣，不见得能看清，忙说道：“想知道。”

“我是轩辕王的小女儿，上面有三个哥哥，可惜二哥云泽在我出生前就过世了。大哥青阳对我十分严厉，母后和四哥仲意却对我十分纵容。我自小贪玩，常常偷跑下山，母后从来不管。我取母后的氏，化名西陵珩，在大荒内四处游玩。一个夏日的傍晚，夕阳满天，在去博父国的路上，我遇到一个红袍男子……”

在娘亲的讲述中，小夭随着少女阿珩，经历着她和赤宸的悲欢离合。

那个叫赤宸的男人，渐渐地和小夭幼时的记忆重叠，变得不再陌生。

当阿珩和赤宸在百黎的桃花树下约定，年年岁岁相逢于桃花树下，小夭既为他们高兴，又为他们悲伤。

当阿珩听闻轩辕王要她出嫁，她打伤大哥逃出轩辕山，在桃花树下等候一夜，赤宸却因为神农王突然驾崩，失约未来，小夭为他们着急。

当阿珩为了母亲和哥哥，选择了出嫁，在玄鸟搭建的姻缘桥上，赤宸来抢婚，却因为灵力不敌少昊，被少昊打落到河里，小夭为他们难过。

当阿珩和少昊在新婚中约定，只做盟友，不做夫妻，小夭既为阿珩和赤宸庆幸，也为那个叫少昊的男子难过，那时的他不知道，他将为这个决定终身遗恨。

…………

小夭的泪水无声而落，大舅舅的死、四舅舅的死，赤宸的痛苦、母亲的绝望……

到后来，小夭已经哭得双目红肿，阿珩的声音依旧很平静：“他，身后是神农；我，身后是轩辕。他，不能背弃神农；我，无法背弃轩辕。所以，我们只能在战场上决一死战。对不起，小夭，娘骗了你，在玉山和你告别时，娘已是存了死志。”

“那……爹呢？”

听过赤宸和娘亲所经历的悲欢离合、生死聚散，在小夭自己都没意识到时，她已经从心里接受了自己是赤宸的女儿，一声“爹”叫得自然而然。

阿珩说：“我没问过他，不过，应该不是。他那人太狂傲，不是随意赴死的人。但最后，却是他死了，我还活着。”

小夭急急地说：“可娘说过四百年来不是你一个人，爹一直陪着你。”

“我为了挽救轩辕，唤醒了身体内的太阳之力。太阳之力太庞大，纵然神族也无法承受，我的神智丧失，变成了一个没有心智的魔，所过之处，一切成灰，你爹爹为了救我，用自己的心换去了我被太阳之力毁灭的心。我答应过他‘藤生树死缠到死，藤死树生死也缠’，本想随他而去，可他要我活下去，他说‘我自己无父无母，不想我的女儿再无父无母，自小夭出生，我没有尽一天父亲的责任，我唯一能为她做到的事情，就是让她的母亲活着，让她有机会知道她的父亲和母亲究竟是什么样的，让她不必终身活在耻辱中’。”

阿珩扶着桃树，站了起来，对小夭说：“小夭，你的父亲一生无愧天地，无愧有恩于他的神农王和神农，他临死前唯一不能放下的就是你，唯一的遗憾就是一辈子没听到你叫他一声爹。他叮嘱我说‘你帮我亲口告诉小夭，我很爱她。告诉她，她的父亲和母亲没有做任何苟且的事，让她不要为我们羞耻’。”

小夭泪如雨下，哀泣不成声。

阿珩一手捂着自己的心口，一手指着桃林：“你爹爹的心在我体内，你爹爹的身体化作了桃林。小夭，他一直陪着我，在等你来。”

小夭仰头看着漫天桃花，绯红的花瓣，纷纷扬扬、飘飘洒洒地坠落，拂着她的脸颊，落在她的肩头，萦绕着她的身子，那么温柔、那么温暖，就像是爹爹的怀抱。

小夭泪若泉涌，冲着桃花林大叫：“爹！爹！爹……我是你的女儿小夭，你听到了没有？爹！爹……”

撕心裂肺的声音在桃林内回荡，好似有狂风骤起，桃林簌簌而颤，漫天漫地都是桃花在飞舞。

小夭哭着问阿珩：“娘，爹是不是听到了？”

阿珩捂着心口，感受着胸腔内的心跳，微笑着说：“小夭，娘要走了。”

“走？不，不，娘，你随我回去，我能治好你……”

阿珩向着小夭走来，面容渐渐清晰。

在绯红的流光中，小夭看见了娘，她的头上没有一根头发，面容干枯扭曲，丑陋到令人心惊胆寒。

阿珩也终于看清楚了小夭，她微笑着说：“你的眼睛和你爹爹一模一样！你爹爹没有说错，看到你时，一切的痛苦等待都值得。小夭，娘明白你舍不得娘走，可娘真的好累，如今你已长大，有了情郎，还有玱玹照顾你，娘可以放心离开，和你爹爹团聚了。”

小夭心如刀割，却知道对娘而言，死亡才是最好的解脱。娘已经为了她，在这千里荒漠中，痛苦地等待了四百年。

阿珩终于走到小夭的面前，在漫天飞舞的桃花中，阿珩伸手，把小夭紧紧地搂在怀里。

以死亡为结束的拥抱，世间最深沉、最喜悦的叹息：“赤宸，小夭，我们一家终于团聚了。”

为了能让妻子和女儿有这个拥抱，所有桃林灰飞烟灭，消失不见。

阿珩的身体也在慢慢消散。

小夭用力去握：“娘！娘……”却如同握住了一把流沙，怎么握都握不住。

阿珩微笑着轻轻吻了一下小夭额上的桃花胎记，小夭眼睁睁地看着母亲的身体化作绿色的流光，随着红色的桃花瓣飞舞翩跹。

在漫天飘舞的流光中，小夭好似看到了，一袭红袍的爹和一袭青衣的娘并肩而立，爹爹是她记忆中的魁梧矫健，娘亲是没有毁容前的娴雅清丽，他们相依相偎，笑看着她。

小夭向着他们跑去，伸出双手，想拉住他们："爹、娘！爹、娘，不要离开我……"

爹娘渐渐远去，桃花瓣融化，流光消失，一切都烟消云散，没有了桃花林，没有了炙热的荒漠，没有了橙红的天。

小夭呆呆地站着，很久后，她茫然地回头："我爹和我娘走了。"

高辛王竟然已是满头白发，眼角有泪滑落。

小夭正要细看，轰隆隆的惊雷响起，倾盆大雨突然而至，霎时间，每个人都是满脸的水珠。

第四章 有情终伴青山老

LOST YOU FOREVER

赤水之上，一艘刻着高辛青龙部徽印的商船平稳地行驶着。

船舱内，一头白发的高辛王靠在榻上休息，蓐收和璟站在一旁，小夭坐在榻侧，将一碗汤药奉给高辛王。

高辛王喝完后，对小夭冷淡地说："我帮你取出驻颜花后，你们就下船。"

小夭跪下："父王因我而重伤，我想照顾……"

高辛王不等她说完，就不耐烦地说："我说了，和你无关，这是我欠青阳、仲意和轩辕王姬的，与赤宸无关，与你更无关！真说起来，赤宸曾重伤我，我和他还有仇。"

小夭十分难过，难道从出生起的万千宠爱，难道荒漠里的拼死保护，都只是因为欠了舅舅和娘吗？难道一点都不是因为她吗？

高辛王凝视着小夭额间的桃花胎记，心内百感交集，阿珩含泪封印驻颜花的一幕犹在眼前，却已与他生死永隔。他伸手从小夭额间抚过，一道红光闪过，桃花胎记消失，一枝娇艳的桃花落在小夭手上。

高辛王闭上眼睛，对蓐收说："送他们出去。"

蓐收客气地请小夭和璟离开，小夭只得磕了三个头后，和璟出了船舱。

三人站在甲板上，蓐收看水天清阔、四下无人，问道："几千年前，陛下的灵力已经是大荒公认的第一，千年来，能伤到陛下的人唯有赤宸，可这一次，陛下却重伤归来。我不是想探听发生了什么，只是想知道，需要我做提防吗？"

小夭说："伤到陛下的……不是人，而是那片荒漠。"

蓐收知道赤水之北的千里荒漠。年少时，他也曾一时意气，和伙伴一起闯过荒漠，比赛谁能杀死旱魃，结果，几人差点死在里面，那片荒漠的可怕给他留下了深刻的印象。不过，自昨日起，荒漠就下起了大雨，蓐收灵力高强，自然能感受到恐怖的炙热消失了，想来明年春天到来时，这片荒漠就要有青翠之意，迟早会变得郁郁葱葱。

蓐收不知道发生了什么，但知道，身为臣子，不该探听的就不要探听，既然高辛王不是被人所伤，他就松了口气，恢复了嬉笑。蓐收笑道："不是我不想留二位，但……"他故作无奈地摊摊手，"反正我们就此别过，日后二位大婚时，我再带上厚礼，登门道贺。"

小夭的几分离愁别绪全被蓐收给气跑了，啐了他一声："身居高位，却没个正经！"

璟的坐骑白鹤收到召唤而来，绕着船徘徊。璟向蓐收道别，揽着小夭的腰跃上坐骑的背。白鹤几声清鸣，扶摇而上，隐入了云霄。

璟问小夭："我们是回神农山，还是去东海？"

小夭看着璟背上的包袱，说："去百黎。"爹和娘生前唯一的愿望就是想做一对平常的夫妻，厮守到老，可惜他们能号令千军，却无法给自己一个家。

小半日后，白鹤飞到百黎。传说中，这里到处都是瘴气毒虫，凶禽恶兽，物产十分贫瘠，出名的东西就两样，第一是赤宸，第二是蛊术，都恶名昭著。

小夭是第一次来，可因为娘亲的讲述，感觉上很熟悉——赤宸寨、白祭台、桃花林、绿竹楼，她甚至知道绿竹楼上悬挂的是碧螺帘子。

璟跟着涂山氏的商队曾来过百黎，几个大寨子都知道，驱策白鹤向着赤宸寨飞去。

小夭一眼就看到了白色的祭台，不是说它多么宏伟，而是因为，整个寨子里，都是小巧简朴的竹楼，唯有这个祭台是用白色的大石块砌成。

小夭跃下坐骑，打量着熟悉又陌生的祭台。古朴的祭台透着岁月的沧桑，四周悬挂着白色兽骨做的风铃，发出叮叮当当的悦耳声音。千年前，娘亲和爹爹都曾在这里听过。

几个巫师走过来，戒备警惕地看着小夭和璟，一个年纪略大的巫师用生硬的中原话说："这里不欢迎外客。"

小夭用生硬的百黎话说："我的父亲是百黎人。"

几个巫师的表情缓和了许多，可也许被欺辱得太多了，依旧很戒备，刚才问话的巫师用百黎话问："你阿爹在哪里？"

“他……死了！”

小夭看向璟，璟把背上的包袱解下，递给小夭，小夭抱在怀里：“我带了他和我娘回来，我想他们愿意回到这里。”

巫师们看着小夭手中的包袱，眼中是深沉的哀伤。因为百黎是贱民，男子生而为奴、女子生而为婢，每隔二三十年，百黎的少年和少女就会被送出山去做奴隶，他们中的大部分都一去再无消息，永远回不了家。

巫师问：“你阿爹是哪个寨子的人？我们可以为他吟唱引魂歌，你把他的骨灰撒在他的寨子周围，他就能回到家。”

“他就是赤宸寨的，我想……”小夭四处眺望了一下，指着祭台东南面山坡上的桃林，说道，“他和我娘的家就在那里。”

几个巫师悚然变色，刚要驱策蛊虫攻击小夭，一位白发苍苍的老者喝道：“住手！”

“巫王。”巫师们恭敬地后退。

巫王走到祭台前，细细打量小夭：“姑娘确定你爹娘曾住在那里？”

“我娘说，他们的竹楼距离祭台不远，在一片桃花林中，这附近只有那个山坡上有桃花林。”

巫王吟唱了一长串蛊咒，苍老的声音抑扬顿挫，就好似吟唱着一首古老的歌谣，小夭背诵过，只是从不知道可以这样吟唱，她随着巫王一起吟唱起来。

巫王停住了，小夭却依旧往下吟唱，直到把整首蛊咒歌诵完。

巫王眼中泪光浮动，他身后的几个巫师都惊骇敬畏地看着小夭，这首蛊咒歌是百黎最杰出的巫王所作，能完全吟唱完的只有历代巫王。

有过蛇莓儿的先例，小夭并不意外，对巫王点了点头，向着桃林行去。

巫王说：“姑娘，你可知道那个山坡是百黎族的圣地？那里供奉着赤宸，千年间，只有赤宸和他的妻子西陵巫女在那里住过。”

小夭的脚步停住，原来，在这里，母亲的身份只是爹爹的妻子。过了一瞬，她继续向着山坡走去：“现在知道了。”

“姑娘如何称呼？”

“西陵玖瑶。”

小夭是赤宸的女儿的事在外面闹得沸沸扬扬，可因为山高路险，百黎族和外面的消息不通，并不知道外面的事，此时，巫王格外激动，看着小夭和璟的身影隐入桃林后，下令道：“传召所有巫师，准备大祭祀。”

◈

来之前，小夭曾以为，桃花林内的绿竹楼应该已经很破旧，甚至倒塌了，可没有想到，绿竹楼完好无损。四周的毛竹篱笆修葺得整整齐齐，绕着篱笆，开满了各色鲜花：蔷薇、牵牛、芍药、玉兰、紫茉莉……井台旁放着两只木桶，轱辘半悬，就好似主人随时会回来，打上一桶水。

小夭轻轻推开门，走了进去。

正厅内有香案蒲团，墙上悬挂着一幅赤宸的木雕画像，他一身红袍，脚踩大鹏，傲啸九天。

小夭将包袱放在香案上，仰头看了好一会儿画像，微笑着对璟说："这就是我爹。"

璟跪下磕了三个头，上了三炷香。

小夭倚靠在窗前，望着桃花林，说道："刚才推门的一瞬，我竟有一种错觉，似乎我扬声一唤，爹娘就会应答。"

璟走到小夭身后，搂住了她："累吗？"

小夭半闭上眼睛："是有些累。我并没有我表现得那么坚强，所有的辱骂、鄙视、敌意……我都有感觉。"

璟说："已经七十多年过去，可有时看到身上的伤痕，我仍旧会觉得痛苦屈辱。有感觉才是正常，能感受到痛苦，才能感受到甜蜜，证明我们的心还活着。"

"话是这么说，可我希望自己能坚强一点。"

"伤心时的哭泣，痛苦时的逃避，都很正常，一时的软弱并不意味着不坚强，而是在休养伤口，积蓄力量。"

小夭笑："好吧！有了你的这番说辞，我可以心安理得地纵容自己软弱了。"

璟也笑，握住了她的手。

从祭台的方向传来低沉悠扬的吟唱，小夭说："有人在唱歌，他们在做什么？"

"祭祀。我想他们在欢迎你爹娘回家。百黎人对死亡的看法和中原不同，他们认为生命来自天地，死亡并不是结束，而是一种回归。"歌声告慰着死灵、引导着亡魂，有沧桑却无悲伤。

小夭默默听了一会儿，拿起香案上的包袱——里面装着泥土，是小夭离开赤水之北的荒漠时，特意挖的。

"璟，借用一下你的坐骑。"

白鹤翩翩飞来，小夭坐到白鹤背上。

白鹤腾空而起，小夭看到了祭台，二十多个巫师穿着古朴隆重的祭祀衣袍，在祭台前载歌载舞。他们也看到了空中的她，却没有在意，依旧又唱又跳。

白鹤绕着百黎的山峦河流缓缓飞旋，小夭打开包袱，里面装着桃花林中的泥土，也许因为浸染了几百年的落花，泥土是一种绯红的颜色。

小夭抓起一把，摊开手掌，任由山风把泥土吹散。

红色的泥土随风飘散，犹如点点落血，落入了山峦河流中。

巫王领着巫师，一边叩拜，一边歌唱。

多年后，百黎的山中有红枫如血，其形矫矫、其色灼灼，常有青藤攀援而生。也不知是哪个巫师说的，红枫是赤宸的鲜血化成，百黎人代代相传，把红枫视为神树。

◈

小夭醒来时，已日近晌午。

她不敢相信地看看日头："我竟然睡了这么久？你也不叫我。"

璟一边摆放碗筷，一边说："难得你睡个好觉，当然由着你睡够了。"这一年来，小夭纵使笑，眼内也藏着一缕悲伤，到如今，终于心结尽解，踏踏实实睡了一觉，璟当然不忍心叫醒她。

小夭坐到案前，埋头用饭。

等小夭吃完，两人在山间漫步，小夭总觉得每个地方都似曾相识，断断续续地给璟讲述着爹娘的事。

两人走到白色的祭台时，看到巫王坐在青杠木下，喝着苦艾茶。

小夭停下脚步，想了一想，对璟说："你先回竹楼，我有些话想和巫王私下说。"

璟没有离开："你是想问巫王你和相柳体内的蛊吗？"

小夭被点破心事，不好意思地说："我不是想瞒你，只是不想你担心。"

璟说："你什么都不让我知道，我才会担心。让我陪你一起去，好吗？"

小夭点了点头。

看到璟和小夭，巫王邀请他们一起饮茶。

小夭喝了一口苦艾茶，说道："我有个朋友叫蛇莓儿，想和巫王打听一下，她是哪个寨子的人？"

巫王说："原来你就是那位会蛊术、对蛇莓儿有恩的人，她已经死了。蛇莓儿是我娘的大姐，当年本该我娘去外面，可那时我娘已有情郎，刚怀上我，姨母就代替我娘，去了外面做奴隶。谢谢你让她平安归来。"

小夭默默地将一杯苦艾茶倒到地上。

巫王说："听蛇莓儿说，你想知道如何解除情人蛊。"

小夭飞快地看了一眼璟，心虚地说："我下蛊时，不知道有这么怪的名字。"

璟似笑非笑地说："只是个名字而已，何必急着解释？"

小夭赶紧说："对、对！只是个名字而已。"

巫王咳嗽了一声，郑重地说："情人蛊，顾名思义有一对雌雄蛊虫，中蛊的男女命脉相连、心意相通，一人痛，另一人也会痛，一人伤，另一人也会伤。"

小夭说："这些我都知道，还有呢？"

"蛊术在外人眼中，神秘歹毒，其实不过是我们百黎族一代代积累下的医术和防身术。百黎多毒虫、毒草、瘴气，为了活下去，祖祖辈辈都在努力了解它们、驾驭它们。蛊术以狠毒闻名大荒，可实际上，我们更多地用蛊术救人。情人蛊让两人命脉相连，也就是说，纵然一人重伤，只要另一人生机旺盛，就可以让重伤的人活下来，这本是极好的事，即使难养，也应该有很多人想养，但为什么一直罕有人养呢？"

小夭问："为什么？"

“孤阳不生，独阴不长，万物有利一面，则必有害一面，利越大，害就越大，情人蛊亦是如此。它能让有情人心意相通、命脉相连，可情人蛊的蛊虫就像相恋的恋人，脾气多变，非常难驾驭，蛊虫极易反噬，一旦发作，两人俱亡，所以情人蛊还有个名字，叫断肠蛊。”

璟震惊地看向小夭，小夭忙道：“哪里有他说的那么可怕？这都七八十年了，我不一直好好的？”

巫王悚然变色：“难道你的蛊不是种给这位公子？”

“不是。”

巫王面色怪异，问小夭：“能让我探看一下你的蛊虫吗？”

小夭点了点头。

也不见巫王有何动作，想来是用自己体内的蛊虫在探看。巫王眉头紧皱，喃喃说：“的确是情人蛊！怎么可能呢？‘有情人养情人蛊，断肠人成断肠蛊’，情人蛊和其他蛊都不同，必须要一对情人心甘情愿，才能种蛊，他若不是你的情郎，你怎么可能给他种下情人蛊？”

小夭道：“你可大大比不上你的先祖，太拘泥于前人的经验了。猛虎生于山野是百兽之王，但如果长于斗室，不过是大一点的野猫。蛊虫不是死物，所以蛊术才变幻莫测。”

巫王心中百般不解，可小夭的情郎明显是她身边的这位公子，有些话不好再说，只得敷衍道：“姑娘教训的是，姑娘体内的蛊虫的确不同于一般的蛊虫，想来姑娘和那人都有特异之处。”

小夭叹了口气：“他是很特异。”自从中蛊，只能相柳感受到她，她却从没有感受到他。

璟急切地问：“请问如何解蛊？”

巫王的脸皱成一团，说道：“要么同心而生，要么离心而死，情人蛊一旦种下，无法可解。我刚才还想说，这也是为什么很少有人养它的原因，只有一些执拗的女子才会养此蛊，即使养成，也很难找到男子愿意种蛊。”

璟愣住，半晌后，才缓缓问：“如果种了情人蛊的一人死了，另一人会如何？”

巫王叹了口气：“我们百黎族的歌谣说‘地上梧桐相持老，天上鹣鹣不独飞，水中鸳鸯会双死’。”

璟怔怔地看着小夭，猛地抓紧了她的手。

小夭笑着对他做了个鬼脸：“别担心！巫王的话不能全当真。巫王说，只有情人才能种情人蛊，我和相柳可什么关系都没有，我们依旧种了情人蛊。巫王还说，一旦种下，无法解蛊，可你别忘了，我这蛊先种给了玱玹，相柳不是帮玱玹解了蛊吗？”

璟松了口气：“对！玱玹的蛊就解了。”

小夭笑嘻嘻地摇着璟的手：“别犯愁了，天下没有绝对的事，前人解不了，我来解。”她做出一副豪气干云的样子，对巫王说，“等我寻找出解蛊的方法，我传授给你，也算回报你的先祖传授我蛊术的恩德。”

巫王苦笑，诚恳地说：“百黎族是贱民，能力有限，但为了保护姑娘，可以不惜一切代价，请姑娘以后不要再说什么回报的话。”

这是第一次因为爹爹，接受到别人的善意，小夭心中滋味十分复杂，都舍不得拒绝：“谢谢。”

小夭望向桃林，璟问：“要再住一晚吗？”

小夭摇摇头：“要办的事情都办完了，我们回去吧！只怕这个时候，潇潇已经发现船上的小夭是假的了。”

小夭和巫王告别，对巫王说：“现在轩辕的国君和以前的帝王不同，在他眼中，不以种族分贵贱，不以出身论尊卑。请给他一些时间，他一定会将百黎的贱籍销掉。”

巫王未置可否，弯下腰行礼，说道：“姑娘，保重！”

小夭和璟回到桃林内的竹屋，把屋子清扫干净。

小夭说：“可以走了。”

璟倚着白鹤在屋外等，特意留了一段时间，让小夭能单独和父母告别。

小夭在赤宸的画像前默默站立了一会儿，轻声道：“爹、娘，我走了。不要担心我，我会很好。”

她转身跑出去，对璟露出一个大大的笑脸，欢快地说：“去东海找潇潇和苗莆了。”

◈

回到涂山氏的船上时，潇潇果然已经发现船上的小夭是傀儡，可她也摸不准小夭究竟去了哪里，只能命船在东海等候。

看到璟和小夭从天而降，苗莆简直喜极而泣，潇潇却一如往常，平静地给小夭行礼。

小夭嬉皮笑脸地凑到潇潇身边：“你别担心，哥哥生气的话，我会担着的。”

潇潇既没说谢谢，也没说不必，只平静地问：“小姐要返回神农山了吗？”

小夭眺望着蔚蓝的大海，默默不语，一会儿后才说：“我想在海上住一夜。”

夜里，海浪拍打在船上，一阵又一阵的海浪声传来。

小夭翻来覆去都睡不着，索性下了榻，披上衣服，走出船舱。

微风习习，一轮明亮的圆月悬挂在天上，海面波光粼粼，十分静谧美丽。

就在这片大海下，她躺在白色的海贝里，沉睡了三十七年。没有人知道相柳如何救活了她，也没有人知道她身体的变化。每次玱玹问时，她都说一直昏睡，什么都不知道，可她自己心里一清二楚，她的身体内流着他的血。就如现在，她体内翻涌着对大海的渴望。以前，她也爱水，但那种感觉和现在的感觉完全不同。当年，海是海，她是她，如今，她是海的女儿，能驱策鱼群，能听懂鲛人的歌声，能像鱼怪一样潜入最深的海底，能比海豚游得更快。

只要一个纵跃，就可以跳进海里，痛快地畅游。小夭却就是不愿，紧紧地握着拳头，自己和自己较劲。

鲛人的歌声从大海尽头传来，小夭心内一动，站在船头，极目远眺，看到银色的月光下，有人白衣白发，踏着粼粼波光而来。

他没有说话，小夭也没有开口，两人一个船上，一个船下，一起听着鲛人的歌声。歌声犹如天籁，在茫茫大海上飘散开，空灵、纯净，触碰着心灵，像黑暗中的深情呼唤，像销魂蚀骨时的叹息，让灵魂都随着歌声沉沦。

歌声停止，小夭轻声说："真好听！"

相柳淡淡"唔"了一声。

鲛人的歌声是天籁之音，可世间能听到的人却没几个，这一瞬，小夭觉得她和相柳的心无限接近，似乎无话不可说。小夭说："我爹爹是赤宸。"

相柳的眼中掠过笑意，"我是赤宸的女儿"和"我爹爹是赤宸"看上去表述的意思一模一样，态度却截然不同。"我是赤宸的女儿"只是陈述一个事实，也许无奈，甚至怨恨，"我爹爹是赤宸"却有着认可和亲昵。相柳说："刚认识你时，你叫玟小六，后来你叫高辛玖瑶，现在你叫西陵玖瑶，若再有第四个名字，只怕别人就记不住了。"

小夭哈哈大笑，立即捂住嘴，回头看了一眼，见没惊动别人，才伶牙俐齿地回敬道："才三个而已，就算将来有第四个名字，你有九个脑袋，一个脑袋记半个，都随随便便记住了。"

相柳冷冷地盯着小夭。

小夭毫不惧怕地说："你敢动手，我就敢叫！"

相柳笑了笑，说道："何必我动手？你爹是赤宸，有的是人找你麻烦。"

小夭笑起来："我刚去了一趟百黎，巫王对我详细解说了一遍咱俩体内的蛊，别的我也记不清了，但有一句记得很清楚，这对蛊虫同生共死，你和我性命相连。我若有了麻烦，你也别想逃掉。"

相柳笑看着小夭，没有一丝一毫的惊讶。

小夭反应过来，吃惊地说："你从一开始，就知道这是什么蛊，对吗？"

"是又如何？"

"巫王说情人蛊是'天上鹣鹣不独飞，水中鸳鸯会双死'，我若死了，你能活吗？"

"不如反过来问，我若死了，你能活吗？"

小夭好声好气地说："不管谁死谁活，我都不知道，所以我才要问你，你告诉我吧！"

相柳脸上的笑容十分邪恶，貌似无奈地说："我如何能知道呢？你好歹还学过蛊术，我可是第一次玩蛊。不过，不用着急，等你和我死了一个时，结果不就知道了吗？"

小夭简直气得要蹦蹦跳："你能解了玱玹的蛊，一定知道如何解蛊，难道你不想解了蛊吗？"

相柳笑眯眯地说："不想！"

小夭无奈地问："你到底想怎么样？"

相柳的身体向海下一寸寸沉去："除了奇货可居，你说我还能做什么呢？"

"喂！你别走！"

小夭翻过栏杆，想跳进海里去追相柳，一双手却硬生生地把她抓了回去。

"放开我……"小夭挣扎着回头，见是璟，立即乖乖地由着璟把她拽回了甲板上。

小夭小心翼翼地问："你几时起来的？"

璟说："起来一会儿了。"其实，他也一直睡不着，小夭从船舱内走出时，他就知道。只不过小夭显然想一个人静静待会儿，所以他没去打扰她。

从一开始，相柳就知道他在一旁，设的禁制不让船上的人听到小夭和他说话，却偏偏让璟能听到。

看到小夭要去追相柳，璟也说不清为什么，想都没想就冲出去，拉住了小夭，似乎生怕她会消失。

小夭说："相柳刚来过，我问他解蛊的方法，他不肯告诉我。"

璟心内的不安散去。

小夭沮丧地说："我嘴巴没他恶毒，灵力没他高，做的毒药他当糖豆子吃，每次见他，都被他欺负。"

璟微笑着问："你要我帮你吗？"

小夭歪着脑袋想了一瞬，摇摇头："你们之间是生意，我和他之间是私仇，一事归一事。"

璟笑着点点头，赞道："如果我娘还在，听到这话，肯定要赞一声好儿媳。"

小夭笑着捶璟："谁要做你媳妇？"

璟猛地把小夭拉进怀里，紧紧搂住："不许你做别人的媳妇！"

小夭愣了一愣，安静地伏在了他怀里。

璟望着幽静神秘的大海，轻声说："小夭，明日离开。"

"嗯。"

"还想去哪里？"

"回神农山吧！"

◈

小夭回神农山时，特意挑了个早上。

早上，玱玹要处理政事，顾不上搭理她。

轩辕王正在田地里耕作，看到小夭和璟，放下药锄，走了过来。

璟恭敬地行礼："陛下，我和小夭回来了。"

轩辕王道："你们夏季离开，回来时已经是秋天，想来是走了不少地方，做了不少事。"

小夭听轩辕王话里有话，喜怒难辨，说道："外爷，不关璟的事，我……"

璟说："小夭，我会告诉陛下。"他明明知道玱玹不想让小夭再和高辛王有牵扯，也知道如果直接提出去见高辛王，玱玹肯定会激烈反对，小夭很难见到高辛王，所以，他用游山玩水做借口，欺骗了两位陛下，这是大忌，可为了帮小夭解开心结，他会不惜一切代价，即使要和两位帝王敌对！

小夭并不知道璟为了此行承担的风险究竟有多大，但知道璟算是欺骗了轩辕王，她对璟说："这是我们的家事，我自己会告诉外爷和哥哥。"

轩辕王说："小夭没有说错，这是我们的家事。璟，你先回去吧！"

小夭对璟笑笑，示意不会有事，让他离开。

璟对轩辕王行礼，告辞离去。

轩辕王洗干净手，坐在廊下，端起一碗半凉的茶啜着。

小夭跪坐到他对面，只觉各种各样复杂的感觉，一时间竟然不知道从何说起，“我……我去了赤水之北的荒漠，见到我娘了。”

轩辕王手中的茶碗砰然而碎，一句话都说不出，半晌后，才问道：“她走得可痛苦？”

小夭的眼眶发酸，低声道：“对娘而言，活着才是痛苦。”

轩辕王痛苦地低下头，好一会儿后，问道：“小夭，你恨我吗？”

“你其实是想问，我娘恨你吗？她没说，但我想，过了这么多年，她已经看明白，轩辕取代神农是必然，我娘和我爹的命运，在相遇的那一夜就注定了，除非不动心，一动心就是两人的劫。玱玹说您就像太阳，光辉普照大地、恩泽万物，可距离太阳太近的人却会被烧伤。”

“你恨我吗？”

小夭叹了口气：“我不知道。如果我没有偷下玉山，如果我一直在宫廷内长大，我想我肯定会恨你，可我曾经卖过炭、拉过纤、贩过酒、养过马、当过账房、做过医师……我曾经是沐浴在轩辕王光辉中的天下万民之一，感受过你的温暖，所以我没有办法彻底地恨你。玱玹曾经深恨夺去他父母性命的炎斧，最终却为了中原百姓，饶过了小炎斧。大概就如玱玹所说，这世间，有的男子只是为一家而生，有的男子是为一族而生，而你和玱玹都是为天下万民而生，为了天下千千万万的卖炭翁、纤夫、酒贩子……你们必须舍私情、全大义。外爷，其实你根本无须问我是否恨你，因为不管我恨不恨，一切都已经发生。”

小夭站起来：“我去沐浴更衣。对了，如果玱玹生我气，你可得站在我这一边。至于赤水之北的荒漠为什么突然变了天，你解释给他听吧！我娘是他的姑姑，他应该知道真相。”那种撕心裂肺的痛苦，她实不想再经历一遍，所以才选择了先见轩辕王。

轩辕王的声音从身后传来，小夭停住脚步。

“当年，我的确逼了你娘上战场，可我只想让她消耗掉赤宸军队的士气，待士气低迷时，我再领奇兵突袭。我真的没有想到她会用体内的太阳之力，更没有想到太阳之力那么恐怖，待发现你娘魔变时，我再悔不当初，已经晚了。小夭，我这一生是利用了无数人，可我从没有想过牺牲女儿的性命来成就我的雄心。”

小夭轻轻擦去眼角的泪，说道：“我相信，玱玹肯定也会相信。”

◈

晚上，玱玹来小月顶时，小夭坐在凤凰树下的秋千架上，有一搭、没一搭地晃荡着。

玱玹脸色不善，狠狠地盯着小夭。

小夭全当没看见，做了个鬼脸，笑嘻嘻地说：“外爷有话和你说。”

玱玹却没有离开，上下打量了一番小夭，急步走过来，一手托着小夭的头，一手去摸小夭的额头：“你额间的桃花呢？”

小夭指指髻上一支小小的桃木簪："在这里。"

"怎么会这样？师父帮你解开了封印？"

"外爷在等你，他会告诉你发生了什么。"

"等我！"玱玹放开小夭，快步走进屋子。

直到天色黑透，玱玹才走了出来。

小夭仍坐在秋千架上，手里玩着一个熏球，引得萤火虫绕着她飞来飞去。

玱玹走过去，坐在草地上。

小夭把熏球抛给玱玹，玱玹又抛回给她，两人逗着萤火虫一时飞向小夭，一时飞向玱玹。暗夜中，就好似看到无数流光疾驰。

小夭哈哈大笑起来，玱玹也笑。

玱玹说："对不起，我真的没想到姑姑还活着……我应该陪你去。"姑姑从死到生，又从生到死，小夭承受的痛苦难以想象。每一次他最痛苦时，小夭都在他身边，可小夭最痛苦时，他都不在她身边。

小夭把玩着熏球，萤火虫在她身周萦绕飞舞："谁都没有想到，就连外爷和高辛王也不敢确定我娘活着。不要担心我，我真的没事，以前我总是恨娘抛弃了我，每一次想起她，就会觉得心里很空。现在我才明白，娘和爹都很疼我，虽然他们已经不在了，但每次想起他们，我心里很满。"

玱玹依旧没有办法原谅自己，小夭颠沛流离时，他不在她身边；小夭被九尾狐妖囚禁时，他不在她身边；小夭去见姑姑时，他又不在她身边，玱玹真恨不得扇自己两耳光。

小夭歪着头打量玱玹："你不再生我的气了吧？"

"没有，我在生自己的气，以前就不说了……可现在，我应该陪着你的。"

"你是轩辕的国君，有太多事情要做，不可能陪着我四处游荡，我知道你的心意就够了。"

玱玹默不作声，心中渐渐弥漫起悲伤，他拥有天下，却没有办法陪着小夭游览这天下！

"玱玹？"小夭把熏球扔向玱玹，萤火虫飞向他。

点点流光中，他的面容清晰可见，尽是哀伤无奈。玱玹说："我真的很希望，能像璟一样陪你游山玩水、消解愁闷，陪着你去见姑姑。"

"玱玹，真的没有关系，我很好。"

玱玹凝望着头顶的天空，突然问："如果我爹和我娘没有死的话，我们现在在做什么？我会是什么样子？"

小夭愣住了，想要去思索，却没有一丝头绪："我不知道。也许就像现在一样，一个坐在秋千架上，一个坐在草地上，一边说话，一边逗着萤火虫玩。你觉得呢？"

玱玹把熏球抛给小夭，说道："我会像爹爹一样，一生一世只喜欢一个女子。我会吹笛子给她听，为她搭秋千，帮她画眉，给她做胭脂，我还会带她回若水，在若木下和她成婚，厮守一辈子，不管发生什么事，都陪着她。"

本应该是很伤感的话题，可小夭憋了半晌，终于忍不住，扑哧一声笑了出来，忙道歉："对不起、对不起！我不想笑的，可我实在……实在……想象不出来……你如果这样了，紫金顶上的那些女人怎么办？她们该嫁给谁呢？”

玱玹哈哈大笑起来。

小夭看不清他的表情，只觉得笑声中隐有悲怒，忙把熏球朝玱玹抛过去：“玱玹？”

玱玹接住了熏球，在萤火虫的光芒中，他的神情十分正常，满脸笑意，好似也觉得自己说的话很可笑，小夭放下心来。

玱玹站起身：“我回去了，你也赶紧休息。”

小夭从秋千架上跳下，小心翼翼地问：“哥哥，你不会生璟的气吧？他只是为了帮我。”

玱玹一边抛玩着熏球，一边说：“是我没照顾好你，和他有什么关系？”

“你会惩罚潇潇和苗莆吗？”

“你这么问，显然是不想我惩罚她们，那我就不惩罚了。”

“我就知道你不会生气。”小夭甜甜一笑，朝屋内走去，“我睡了，明日见。”

“小夭！”

小夭回身，笑眯眯地看着玱玹。

玱玹凝视了她一瞬，唇角微挑，笑了笑，把熏球抛还给她：“明日见。”

第五章 兵戈近，空奈何

LOST YOU FOREVER

这一年的春天来得迟，孟春之月的下旬时，小月顶上仍能看到不少残雪。

不过倒是方便了小夭，她喜欢在残雪里埋一坛果子酒，吃饭时拿出来，倒在琉璃盏里，喝起来别有一番风味，比用灵力快速冰镇的酒滋味要好许多。

虽然小夭有了一座自己的章莪宫，不过大部分时间她依旧住在药谷，和鄞研习医术，有时候还和鄞一起去医馆坐诊。

小夭和鄞学习医术走的是截然不同的路，在用药上常常发生分歧，时不时就会比着手势吵架。

一日，小夭说服不了鄞，着急起来，竟然让轩辕王评断。

“我承认鄞的用药没有错，甚至效果更好，可我们现在说的这个病人住在湖边，我用的药就长在水边，运气好可以采摘到，即使采摘不到，买起来花费也不会多，鄞用的药却长在深山中，当地根本不生长，必须去买，药资肯定不会便宜。”

鄞向轩辕王比画，小夭解说：“为病人治病，当然首要考虑的是药到病除，小夭的药见效慢，服用时还会食欲不振。”

轩辕王笑道：“你们俩都没错，到这一步时，哪个药方更合适不是取决于你们的医术，而是取决于病人的家境。如果是富庶之家，就用酆的药方，总不能明明可以用更好的药，却弃而不用，如果是贫寒之家，当然用小夭的，治病固然重要，可一家人的生计也很重要，总不能病好了，却饿死了人。”

酆想了会儿，同意了轩辕王的话：陛下说得有道理，我的病人都是贵族，所以我从没考虑过有很多病人根本吃不起药。

小夭忙说：“我也过于偏重‘就地取材’了。”

轩辕王叹道：“治病救人不应该局限于一个药方。比如你们刚才说的病例，如果那个病人家在山地，酆用的药反而会比小夭的便宜。”

小夭笑道：“对的，所以药方不仅仅取决于病人的家境，还取决于病人的家在哪里。当年，我在高辛开医馆时，病人多是渔民，我按照《百草经注》开的药方，很有效，可那些药来自中原，渔民们不熟悉，也买不起，后来我尝试着用当地的药材，比《百草经注》里的药方受欢迎多了。”

酆难以置信，比画着手势：竟然有人会嫌弃《百草经注》的药方？

轩辕王默默沉思了一瞬，突然说：“八荒六合内，水土不同、气候不同，一本《百草经注》不够，远远不够！你们想不想搜集编纂出几十本《百草经注》？”

小夭和酆震惊地看着轩辕王，酆比画手势：不可能，做不到！几万年来只有一本《百草经注》。

小夭也说：“太难了，不太可能！”

轩辕王这一生南征北战，创造了无数奇迹，在他的脑海里，从来没有“不可能”的字眼，他说：“我只问你们，这件事是不是好事？值不值得做？”

“如果真能收集整理出大荒各地的药草和药方，不仅仅是好事，而是天大的好事！惠及的是天下万民，子孙后代，每一个人！”

轩辕王咄咄逼问：“既然肯定了这件事的价值，为什么不做呢？一个‘难’字就成了不敢做的理由？”

酆和小夭苦笑，不是每个人都如轩辕王，敢想人所不敢想，敢做人所不能做，小夭想了会儿，咬了咬牙说：“能做多少算多少，即使只多一百个药方，也会有人从这一百个药方中受益。”

酆点头：即使只多十种药草，也是好的。

轩辕王说：“好！”

当天晚上，轩辕王告诉玱玹，打算修撰医书，希望玱玹全力支持他。

轩辕王自禅位后，从没对玱玹提过要求，这是第一次，玱玹毫不犹豫地答应了。

轩辕王先从轩辕国内，选拔了一批医师，又从所有医师内，挑选了二十几位最好的医师，把他们召集到小月顶。

小夭和酆开始为编撰医书做准备。

小夭每日忙着和医师们讨论医术，没有留意到，自开春以来紫金顶上就分外忙碌。玱玹居住的乾阳殿即使深夜也灯火通明，重臣大将进进出出，玱玹已经两个多月没有去过任何一个妃子的寝宫。

但不管再忙、再累，玱玹每日风雨无阻地去小月顶，给轩辕王请安。

看在朝臣和妃嫔眼里，最多就是感叹一句“陛下甚为孝顺”，可看在王后馨悦眼里，一切都别有意味，让她寝食难安，一时觉得只有她看穿了玱玹的秘密，一时又告诉自己，全是她胡思乱想。

季春之月，上弦日，轩辕的女将军赤水献带兵夜袭高辛在赤水之南的荆渡，以迅雷不及掩耳之势，将荆渡占领。荆渡像一把匕首探入高辛腹地，保证了纵然轩辕大军深入高辛，轩辕也可以从水路提供粮草物资的补给。

次日，玱玹命赤水丰隆为大将军，发兵三十万攻打高辛。

高辛已经上万年没有经历过战乱，高辛的军队就像一把藏在匣内的刀，即使本来是宝刀，可因为上万年没有经过磨砺，已经失去锋芒。轩辕的军队却不一样，自轩辕建国，一直出入沙场，经历了千年锤炼，像虎狼一样凶猛，像磐石一般坚定。前锋将军禺疆来自高辛羲和部，灵力精纯，善于控水，精通水战，又熟悉高辛的地形和气候，在他的率领下，强将加强兵，三日间连下高辛两城。

面对此剧变，整个大荒都在震颤。

小月顶上的小夭却一无所知，只是觉得医师们的话少了很多，干活时常常走神。

璟来探望小夭时，小夭问璟：“该不会是玱玹忘记给医师们发工钱了吧？我觉得他们最近干活的热情不高啊！”

璟还未开口，轩辕王咳嗽了一声，璟没有说话，却迎着轩辕王的锐利视线，毫不畏缩地看着轩辕王。

小夭看看轩辕王，看看璟，第一次发现璟的威仪竟然丝毫不弱于轩辕王，她突然跳到轩辕王面前，挡住璟，做了个鬼脸，嬉皮笑脸地问：“外爷，有什么古怪？”

“女大外向！”轩辕王无奈地摇摇头，“究竟有什么古怪，你去问玱玹，我和璟可不想担上这多嘴的责怪。”

小夭笑笑，推着轩辕王坐到廊下：“让璟陪您好好下盘棋，我为你们煮茶。”她取了茶具煮茶，待茶煮好，又钻进厨房忙忙碌碌，好似什么事都没有发生。

日头西斜时，小夭对苗莆吩咐：“派人去一趟紫金顶，就说今儿我下厨，陛下若有空，一起来用晚膳。”

半个时辰后，玱玹来了，看食案仍空着，小夭在不紧不慢地捣药，他笑问道：“不是你下厨吗？菜呢？”

小夭慢条斯理地洗干净手：“就等你来了。”

说着话，侍者拿出四个小巧的炭火炉子，在四张食案旁各摆了一个，将火钳放好，又陆陆续续地端出小夭腌制好的肉——白玉盘子里放着一条条小羊排，碧绿的芭蕉叶子上摆放着薄薄的鹿肉，还有切成两指宽的獐肉、兔肉。

小夭对玱玹说："除了肉，还有今天早上刚采摘的山菌、野菜。大菌子留下和肉一起烤着吃，小菌子做了菌子汤，野菜过水去掉苦涩后凉拌了，待会儿喝点菌子汤，吃点野菜，正好解肉的油腻。"

轩辕王、玱玹、璟依次落了座，小夭把刚才捣好的药材兑在调料里，端给轩辕王、玱玹和璟。荷花形状的白玉碟子，五个荷花瓣是一个个小碟子，盛放着五种不同味道的调料，中间的圆碟，放着碧绿的芥菜末，十分辛辣。

玱玹闻了闻，禁不住食指大动，忙拿了两块鹿肉烤起来："上一次自己动手烤肉吃还是去年的上元节，野菜倒好像已经几十年没有吃过了，每年春天都会想起，可一忙就又忘记了。"

小夭笑道："不管怎么做，野菜都带着一点苦涩，没吃过的人肯定吃不惯，吃习惯了却会喜欢上。我自己有些馋了，想着你们都是吃过的，所以做来尝尝鲜。"轩辕王少时，连肚子都填不饱，野菜自然没少吃；玱玹混迹于市井间时，常常用野菜下饭；璟是在清水镇时，每年春天，老木为了省菜钱，都是以野菜为主，璟自然而然就吃习惯了。

这顿晚饭足足用了一个时辰，吃饱喝足后，轩辕王和璟继续下还未下完的棋。

玱玹躺在藤榻上，仰看着漫天星斗。耳畔是落花簌簌，鼻端有花香阵阵，他觉得人生至美不就是如此吗？辛劳一天后，与喜欢的人一起吃一顿晚饭。

小夭侧身坐到藤榻边，一手提着酒壶，一手拎着两个琉璃盏，玱玹接过琉璃盏，小夭打开酒壶，将紫红的桑葚酒倒入，酒液的温度极低，不一会儿琉璃盏外就凝结了点点水珠。

玱玹喝了一口："封在雪窖里的？的确比用灵力冰镇的好。"

小夭笑道："那是自然。"

玱玹说："我听鄞说，你自从去年游玩回来，一直在搜集和蛊术有关的记载。"

"我去了一趟百黎，自然会对蛊术感兴趣。"

玱玹盯着小夭："这些年你身体可好？"

"在你的命令下，鄞每年都会检查我的身体，难道他没有告诉你吗？"

"他一直都说很好，可你自己觉得呢？"

"我也觉得很好。"

"你和相柳的那个蛊到底解了没有？"

"算是解了吧！"一个璟为她担心已经够了，小夭不想再来一个。

"什么叫算是？"

"那蛊是我养的、我种的，你担心什么？难道还担心我被自己养的蛊害死吗？我看你是那些乱七八糟的传闻听多了。蛊术没那么神秘可怕，就算你不相信我，也该相信百黎族。"

玱玹说："我只是不相信相柳。你也小心一点，如果相柳来找你，立即告诉我。"

小夭点头如捣蒜："遵命，陛下！"

玱玹一巴掌拍过去，小夭缩了缩脖子，玱玹的手落到她头上时，已经很轻了，手指从她乌发间缓缓滑过，带着几分难以言说的恋慕和缠绵。

小夭啜着酒，说道："外爷、璟，还有那些医师都有些古怪，外面发生了什么大事？"

玱玹迟迟没有说话，摇晃着琉璃酒盏，欣赏着光影随着酒液的摇晃而变幻。

小夭说："只要我下一趟山，自然就什么都知道了，但我想你告诉我。"

玱玹一口喝尽盏中的酒，一手撑着榻，坐起来一些。他直视着小夭，说道："我下令发兵攻打高辛。"

小夭嘴角的微笑凝结，她本来猜测，因为她的身世，玱玹做了什么事，却没想到……小夭觉得自己听错了："玱玹，你再说一遍。"

玱玹说："我下令发兵攻打高辛。"

小夭猛地站起，把手中的酒盏砸向玱玹。

酒盏重重砸在玱玹的额头上，紫红的酒液溅了玱玹一头一脸。

小夭转身就跑，玱玹都顾不上擦脸，急急去追小夭。

轩辕王和璟听到声音，全望过来，璟要起身，被轩辕王一把抓住。轩辕王把璟拽进室内，下令侍者把门窗都关上。

小夭跑进屋内，砰一声，门在玱玹眼前重重关上，玱玹拍着门叫："小夭，小夭……"

小夭用背抵着门，就是不让玱玹进来。

"小夭，你听我说。"

"我听你说什么？难道是听你说，当年你被四个舅舅逼得走投无路时，是高辛王收留了你吗？还是听你说，他收你为徒，教你弹琴酿酒，教你体察民生、处理政务，帮你训练暗卫吗？"

"小夭，你不明白！"

"我不明白什么？你倒是给我说明白啊！难道我刚才说的都是假话？"

"你刚才说的话都是真的，但还有更多的事情你不知道。如果不是他，你和我根本不会成为孤儿，我又何须他收留？你也不必颠沛流离三百年。"

小夭愣了一愣："你说什么，我听不懂。"

"姑姑在给你讲述过去的事时，和你爹爹有关的事都讲得很详细，可所有关于高辛王的事都隐去未提，也许是姑姑已原谅了他，也许是姑姑为了保护你，不想让你知道。"

"什么过去的事？你到底想说什么？"

"你可知道大伯为什么会被你爹误杀？"

"娘说大舅舅本打算让外爷退位，所以娘为他配制了一种药水，可以让人在一两个月内无法凝聚灵力，没料到大舅舅自己误喝了她配制的药水，所以抵挡不住爹爹。"

"不是大伯想让爷爷退位，而是师父游说大伯，同时亲手把姑姑配制的药水交给了大伯。姑姑配制药水时，根本不知道大伯要用。那是姑姑为师父配制的药水，让师父成功地逼上一世高辛王退位。之后，前高辛王被幽禁，直到神秘地死去。为什么会有五王之乱？师父又为什么那么血腥冷酷地镇压五王？现在已经听不到任何声音，质疑师父如何获得帝位。小夭，那时你就在五神山，如果仔细回忆，肯定能想起来。前高辛王，那个你曾叫爷爷的人，是被师父毒杀的！五王就是因为这个原因才造反。”

小夭很想否认，可心头浮现出的零碎记忆让她明白，玱玹说的一切应该都是真的，她想起了那个她曾叫过爷爷的高辛王。其实，她亲眼看到了他的死亡，娘还大哭着打了父王一耳光。

玱玹悲伤地说：“如果不是师父，大伯会死吗？如果大伯没死，你娘和你爹不至于无可挽回！”

小夭贴着门板，无力地说：“不能全怪父王。”

“那我爹呢？姑姑发现炎弃的阴谋后，第一时间向师父求救，师父拒绝了姑姑！”

小夭摇头，喃喃说：“不会！不可能！”那是悉心教导玱玹、疼爱宠溺她的父王啊！他怎么可能拒绝娘去救舅舅？可那也是亲手斩杀了五个弟弟，毒杀了自己父王的高辛王！

玱玹说：“你小时不是问过姑姑‘为什么娘少了一根手指’吗？姑姑回答你说‘不小心丢掉了’。师父左手的小指上一直戴着一枚白骨指环，你肯定看到过。你知道那枚白骨指环是用什么做的吗？就是姑姑的一根手指啊！是姑姑哭求他救我爹时，自断一根手指起毒誓求他，但他……拒绝了！”

玱玹声音嘶哑，一字一顿地说：“小夭，他拒绝了！”

小夭用手紧紧地捂住自己的嘴巴，身子一寸寸地往下滑。她还记得，有一日发现娘的一只手只剩下四根指头，她问娘“为什么娘少了一根手指”，娘笑嘻嘻地说“不小心丢掉了”，她问娘“疼吗？”娘说“不疼，现在最疼的是你四舅娘和玱玹哥哥，小夭要乖乖的，多陪着哥哥”。

如果四舅舅没有死，四舅娘不会自尽，外婆不会病情恶化，娘不用上战场，也许，一切的一切都会不同……

玱玹说：“还有你爹！直到现在，世间都在传闻，赤宸麾下有两员猛将，一个是风伯，一个是雨师。你知道雨师的真实身份吗？他另有一个名字，叫羲和诺奈。现在无人知道，可在千年前，他却是闻名高辛的翩翩公子，羲和部的大将军，也是师父的至交好友。事情太久远，人都已死光，我查不出雨师究竟做了什么，但你觉得师父会无缘无故地派他到你爹身边吗？”

小夭无力地闭上眼睛，觉得自己的喉咙好似被扼住，喘息都困难。

玱玹说：“也许如你所说，这些事不能完全怪师父，但是……小夭，每当我想起，我爹可以不死，我娘不用自尽在我眼前，奶奶可以多活几年，姑姑不用上战场，你不会离开我，我真的……”玱玹的呼吸十分沉重，“我真的没有办法只把他当作我的师父！”

小夭清楚地记得，赤水河上，她叩谢父王的救护之恩时，父王清楚地说：“这只是我欠青阳、仲意和你娘的。”如今她才真正理解了。

“小夭，我没有忘记他是我师父，可我也没有办法忘记……小夭，还记得那把匕首吗？”

“舅娘用来自尽的匕首吗？”那把匕首，让玱玹夜夜做噩梦，他却非要日日佩戴。

“嗯。”玱玹讥嘲地笑着，“那把匕首是师父亲手铸造，送给我爹和我娘的新婚礼物，娘却选择了用它自尽，娘死时，肯定恨着师父。”

“你是因为恨他才攻打高辛吗？”

“不是！他于我而言，恩仇两清，他是高辛王，我是轩辕王，我做的决定只是因为我是一国之君。”

小夭说："那里有和你一起长大的蓐收、句芒，有你看着出生长大的阿念……玱玹，你有没有想过他们的感受？"

"蓐收、句芒他们是男人，即使和我对立，也会明白我的决定。阿念……大概会恨我。小夭，我没想过他们的感受，也不在乎他们的感受，但我会承受一切结果。"

"既然你不在乎我们的感受，那你走吧，我不想见你！以后小月顶也不欢迎你来！"小夭跑进内室，扑到榻上，用被子捂住了头。

"小夭，小夭……"玱玹拍着门，门内再无声音。明明一掌就可以劈开门，他却没有胆量强行闯入。

玱玹的额头无力地抵着门，轻声说："我在意你的感受！"所以，才将本该三年前发生的战争推迟到今日，才宁可让高辛王猜到他的用意，也要先斩断高辛王和小夭的父女关系。在这个决定后，是一场更加艰难的战争，是无数的人力、物力。

玱玹不敢进去，又舍不得离开，只能靠着门，坐在地上，迷茫地望着夜色深处。

不管面对任何人与事，他总有智谋和对策，现在却脑内一片空白，什么都思考不出来。反倒想起很久远前的事——

他和小夭刚见面时，相处得并不好，虽然他是个男孩，打架却打不过刁蛮的小夭，他还玩了点小心眼，想赶走小夭。可渐渐地，两人玩到了一起。爹娘离开后，小夭夜夜陪伴他；他做噩梦时，小夭会亲吻他的额头，发誓说"我永远和你在一起"，他不相信地说"你会嫁人，迟早会离开我"，小夭着急地说"我不嫁给别人，我嫁给你，不会离开"。

从五神山到轩辕山，从轩辕山到神农山，小夭陪着他一步步走来，无论发生什么，无论他是什么样子，她都坚定地站在他身边。禺疆刺杀他时，是小夭用身体保护他；密室内戒除药瘾时，是小夭和他一起熬，宁可自己受伤，都拒绝了金萱的提议，绝口不提用绳索捆缚他，她明知道，只要她提，他会答应……

夜深了，小夭以为玱玹已离开，推开了窗户，默默地凝望着夜色。

玱玹猜不到她在想什么，是想起了她幼时在五神山的日子吗？

两个人，一个缩靠在门前，一个倚靠在窗前，隔着不过丈许的距离，凝望着夜色，风露一通宵。

东边露了一线鱼肚白，潇潇踏着落叶从雾气中走来，面朝着屋子跪下。

小夭以为潇潇在跪自己，忙抬手要她起来，却听潇潇说："陛下，请回紫金顶，大臣们就要到了。"

小夭愣住，眼角的余光看到玱玹走出来。

他竟然在门外枯坐了一夜？小夭低着头，不去看他。

玱玹也未出声，跃上坐骑，就想离去，潇潇勒住坐骑，叫道："陛下，请先洗把脸。"

小夭抬头，恰好玱玹回头，四目交接时，两人都是愣了一愣。

昨晚小夭泼了玱玹一脸酒，他只用手胡乱抹了几下，并未擦干净。此时脸上红一道白一道，甚是精彩，他自己却忘记了，居然这个样子就想回紫金顶，宫人看到了，非吓死不可。

小夭拉开门，对潇潇说："浴室里可以冲洗一下。"

潇潇还没答应，玱玹已经快步走向浴室，似乎生怕小夭反悔。

箱子里有玱玹穿过的旧衣，小夭翻出来，拿给潇潇："隔间里的架子上都是干净的帕子。"

玱玹快速地洗了个冷水澡，换好衣衫，束好头发，又上了药，才走出来。

小夭站在院内，听到他的足音，回头看了一眼，玱玹额头上有一块紫红的瘀伤，想来是被琉璃盏砸伤。刚才脸上有酒渍，没看到，这会儿人收拾干净了，反倒格外显眼。

小夭昨夜那一砸，盛怒下用了全力，玱玹流了不少血，虽然上了药，可灵药只能让伤口愈合，无法令瘀伤立即消散。

玱玹笑道："没有关系，过两日就散了。"

小夭低下头，径直从玱玹身边走过，进了门。

玱玹黯然地站了一会儿，转身上了坐骑，飞向紫金顶。

玱玹额上的伤，自然让紫金宫的宫人妃嫔惊慌失措了一番，也让朝臣心中直犯嘀咕。

玱玹没有解释，也没有一个人敢去问他。众人只能小心地从侍从那里打听，潇潇的回答是"陛下打盹时不小心磕的"。

所有人都知道玱玹这段日子的劳累，倒也相信了，唯独王后馨悦不相信，可如果不相信，她觉得那个猜测太让她害怕，所以她宁愿相信。

◈

轩辕王走出寝室，看到璟端坐在竹榻上。榻上的被褥和昨夜一模一样，案上的棋盘却已是半满，显然他一夜未睡，一直在和自己对弈。

轩辕王低头看了一会儿棋盘，温和地说道："玱玹是帝王，他能允许小夭用酒盏砸他，愿意苦苦求小夭原谅，却不见得能允许外人看见他的狼狈。玱玹和小夭自小经历坎坷，很多时候，在他们之间，我也是个外人。"

璟躬身行礼："我明白。谢谢陛下的回护。"

轩辕王说："你是个聪明孩子，一定要记得过刚易折、过强易损。"

璟说："记住了。"

轩辕王笑道："去看看小夭吧！一起用早饭。"

小夭洗了个澡，坐在小轩窗下梳头。挽好发髻，正对镜插簪，看到璟从山谷中走来，一只手背在身后，踏着晨露，行到她的窗前。

小夭看他衣衫依旧是昨日的，显然没有离开过小月顶："你昨夜……歇在哪里？"

"我在轩辕王的房内借宿了一夜。"璟将一束蓝色的含笑花递给小夭，娇嫩的花瓣上犹含着露珠。

小夭探头闻了一下，惊喜地笑了："好香！"

她放下手中的簪子，指指自己的发髻，转过身子，微微低下头。

含笑香气悠长、浸人心脾，花形却不大，盛开的花也不过拇指大小，并不适合插戴。璟想了想，选了一枝长度适合的含笑，将枝条绕着发髻，插了半圈。

“好了。”

小夭举起镜子照，只看发髻右侧密密地插了含笑花，呈半月形，就像是用蓝宝石打造的半月形花簪，可纵然是世间最好的宝石，哪里有这沁人心脾的香气？

小夭放下镜子，说道：“谢谢你。不仅仅是花，还有……我带给你的所有为难。”

璟轻弹了小夭的额头一下：“是谁曾和我说，两人要相携走一辈子，自然该彼此看顾？”

小夭低下头，沮丧地说：“璟，我该怎么办？”

“你觉得你有能力让陛下撤军吗？”

小夭摇头，她太了解玱玹了，他想得到的东西，没有人能阻止。

“你想站到高辛一边，帮高辛打轩辕吗？”

小夭摇头：“我不过是懂点医术和毒术，哪里有那个本事？再说，我虽然讨厌玱玹这么做，但绝不会帮别人对付玱玹。”

“小夭，这是两位帝王之间的事，你什么都做不了。”

“可是他们一个是我最亲的人，一个对我有养育之恩，难道我真就……冷漠地看着吗？”

“你不是冷漠地看着，你是痛苦地看着。”

“涂山璟！”小夭瞪着璟，“现在你还打趣我？你知不知道昨夜我胡思乱想了一夜？”

璟掐掐小夭的脸颊：“别什么事都还没发生，就想最坏的结果，这场仗没个一二十年打不完。现在的轩辕国不是当年的轩辕国，如今的轩辕王陛下也不是当年的轩辕王陛下，当然，高辛王也不是当年的赤宸。”

轩辕王站在门口，扬声问：“你们是吃饭呢，还是隔着窗户继续说话呢？”

小夭不好意思，大声说：“吃饭！”

用完早饭，璟下山了。

小夭恹恹地坐在廊下发呆，轩辕王也不去理她。

小夭一直坐到中午，突然跳起来，拿起弓箭，冲到山里，恶狠狠地练了两个多时辰的箭术。累极时，她爬到榻上，倒头就睡。

玱玹晚上来时，小夭依旧在睡。玱玹陪轩辕王用完饭，叮嘱了苗莆几句后，就离去了。

小夭一直睡到第二日清晨。起身后，告诉苗莆她以后晚上歇在章莪殿，晚饭也单独在章莪殿吃。

每日，玱玹来，都见不到小夭，也不见他生气、失望，看上去和以前一样，陪轩辕王说会儿话，神色如常地离去。

◈

轩辕和高辛的战事真如璟所说，一时半会儿根本分不出胜负。

玱玹在发兵之日，就昭告天下，不伤百姓。刚开始，一直是轩辕占上风，可随着轩辕军队进入高辛腹地，遭到了高辛百姓的激烈反抗。不管丰隆、禺疆、献他们麾下的军队多么勇猛，手中的兵器多么锋利，都不能伤及高辛百姓，所以一边倒的情形立即扭转。

玱玹显然也做好了打长期战争的准备，对丰隆早有交代，所以丰隆并未让大军继续推进，而是好好治理起已经攻下的城池。

盛夏是高辛的汛期，会普降暴雨，免不了洪涝灾害。丰隆自小生长在赤水，目睹过决堤时，洪水刹那间毁灭了整个村庄，他曾在爷爷的教导下，认真学习过如何疏通河水、修建堤坝、防洪抗涝。

在高辛的汛期来临前，丰隆从赤水家抽调了善于治水的子弟，把他们分派到各处驻守城池的军队里，带领着轩辕的士兵帮各地百姓去疏通河水、维护堤坝。高辛百姓刚开始很排斥，可这帮轩辕士兵不杀人、不放火，干活卖力，除了说的话听不懂，别的和一般人没啥两样。眼看着汛期就要来了，为了地里的庄稼和一家老小的性命，他们无法拒绝人家的帮助。

轩辕军队虽然深入高辛腹地，可背靠赤水，又有荆渡，通过船运，粮草物资的补给源源不断，高辛的军队没有办法夺回被轩辕占领的城池；但越往南，气候越闷热潮湿，雨季也即将到来，虽然丰隆很适应潮湿的气候，可有很多轩辕士兵不适应，轩辕也无法继续攻打，两军只能僵持对峙。

小夭一直躲着玱玹，却不可能躲开外面那场正在进行的战争，明明清楚自己知不知道都不会改变结果，却总会忍不住地打听："丰隆如今在哪里？最近可有大战？"

璟打趣她："你仔细被人听到了，说你现在悔不当初，心心念念惦记着丰隆。"

小夭被璟弄得哭笑不得，扑上去要打璟，璟一边躲，一边故作正经地说："现在丰隆是大将军，前程不可限量，远比我这小族长有权有势，你倒是和我说句实话，心里可有后悔？丰隆还没有娶妻，你若真反悔，也不见得没有机会。"

小夭恨不得在璟嘴上抓几下，却压根儿抓不到，她咬牙切齿地说："以前总听人说青丘公子反应机敏、言辞笑谑，我还傻傻地觉得，他们不是欺负你吧！如今我是后悔了，可不是因为丰隆前程不可限量，而是发现你是个大坏蛋！"

璟凑到小夭身边："那怎么才算是好人，我让你打一下？"

小夭扭头，仰头望着另一侧的天："不稀罕！"

璟转到小夭面前："那打两下？"

"哼！"小夭扭过头，看着另一边的天上。

"三下？"

轩辕王的笑声突然传来，小夭和璟忙站开了一些，轩辕王咳嗽两声，说道："我来喝口水，你们继续玩你们的。"

"谁跟他玩了？是他在欺负我！"小夭脸色发红，跑到廊下倒了杯水，端给轩辕王。

轩辕王看着小夭，笑道："我看倒欺负得好，璟不在时，你蔫答答的，璟一来，有生气了许多。"

小夭看了璟一眼，什么都没说。

◈

仲夏来临，高辛进入雨季，对轩辕和高辛的军人而言，意味着暂时不用打仗。对璟而言，他为"亡妻"服丧一年的丧期已满，按照风俗，可以议亲。

一日下午，璟去小月顶探望小夭时，说道："我们出去走走吧！"

小夭正在整理前人的医术笔记，刚好整理得累了，说道："好啊！"

小夭跟着璟走出药谷，璟召来他的坐骑白鹤，请小夭上去。

小夭笑道："我以为就在小月顶走一走呢，你打算带我去哪里？"

璟笑而不语，白鹤载着他们飞掠在山峰间。

没有多久，小夭看到了草凹岭，云雾缭绕，山峰陡峭。

白鹤停在潭水边，小夭跃下白鹤，看着茅草屋，说道："有时候觉得冥冥中自有注定。"

璟拉着小夭坐下："有件事想和你商量一下。"

小夭弯下身子掬水玩，漫不经心地说："你说啊！"

"汉水的民谣里唱'窈窕淑女，君子好逑'，每个少年在听得懂这句歌词后，都会忍不住憧憬一下未来的妻子是什么样。我年少时也一样，想着她该有花容月貌，性子温柔娴静，会琴棋书画，略懂烹饪和女红，不沉默寡言，也不多嘴饶舌，会治家理事，进退得宜，最好还懂一些如何做生意，这样也不至于我提起家族里的事务时，她完全听不懂……"

小夭心里一条条和自己比对，脸色难看起来。

"母亲为我选亲时，询问我有什么想法，我就把我的憧憬告诉了母亲。"

小夭期待地问："你娘有没有说你痴心妄想？"

璟含着笑说："母亲说'这些都不难，除去姿容是天生，别的那些，不要说世家大族，就是一般的家族，只要想让女儿嫁得好，都会悉心栽培，难的是她是否会真心待你'。"

小夭静静想了一想，璟说的那些要求听着很高，可的确不难满足，毕竟璟要求的只是"会和略懂"，没有要求像他一样闻名天下、惊才绝艳。

璟说："可没想到……我遇见了你。"

小夭皱鼻子，不屑地说："遇见了又怎么样？反正我没有花容月貌，不温柔娴静，不会琴棋书画，女红一窍不通，倒是很精通如何毒死人，话多聒噪，自言自语都能说一两个时辰，我不会穿衣打扮，不懂得如何治家，讨厌交际应酬，更不会谈生意……"

璟点点头："你的确是这样！"

小夭鼓着腮帮子，手握成拳头，气鼓鼓地盯着地面。

"可是，当我遇见了你时，才明白不管以前想过多少，当碰到喜欢的那个人时，一切的条件都不再是条件。”璟温柔地看着小夭，“你不娴静，可我已经很静了，正好需要聒噪好动的你；你不温柔，一言不合就想动手，可你帮我洗头、喂我吃药时，无比细致耐心；你不会琴棋书画，但我都会，恰好方便我卖弄；你不懂女红，但我又不是娶织女，一百个玉贝就可以买到大荒内最手巧的织女了；你不会做生意，我会，养你绰绰有余；你不懂做生意，可有了你的聒噪，再过一千年，我和你也不怕没话说，压根儿不需要和你提起家族里的事务；你懒于人情往来，我求之不得，因为我巴不得把你藏在深宅，不要人看到，不要人抢去……”

小夭脸色好转，歪头看着璟。

璟微笑着说：“小夭，你刚才说得很对，你的确不是花容月貌，你是……”小夭的鼻子刚刚皱起，璟点了一下她的鼻头，“纵世间万紫千红，都不抵你这一抹风流。”

小夭霎时间脸通红，站起身要走：“真不知道你今日发什么疯，尽说些莫名其妙的话！”

璟抓住小夭的手，不知何时，他们四周已是白雾缭绕，在弥漫的白雾中，桃树一株株拔起，以肉眼可见的速度结成花骨朵，开出娇艳的花。不过一会儿，千朵万朵的桃花，缤纷地怒放着，灿如晚霞、绚如胭脂，微风过处，落英缤纷。

小夭明知道这只是璟结出的幻境，仍旧忍不住伸出了手，去感受那缤纷绚烂。

璟说：“这里是你爹爹曾经住过的地方。我今日带你来这里，是想当着你爹娘的面告诉你，青丘涂山璟想求娶西陵玖瑶。”

小夭的身子僵住。

璟问：“小夭，你愿意嫁给我吗？”

当年，小夭和丰隆孤男寡女在密室议亲，都没有觉得不好意思，现在却是又羞又臊，恨不得立即跑掉。她低声嘟囔：“你想求娶，应该去问外祖父和玱玹。”

“我当然会和他们提，但在征询他们的意见前，我想先问你。小夭，你愿意嫁给我吗？”

漫天桃花簌簌而落，犹如江南的雨，小夭好似又看到了爹和娘，正含笑看着她。

“我愿意！”小夭甩掉璟的手，逃进茅屋，觉得脸颊滚烫，心怦怦直跳。在镜子前照了照，如同饮了酒，整张脸都是酡红色，她双手捂住脸颊，对镜子里的自己说：“真没出息！”

◈

晚上，玱玹来小月顶时，看到小夭也在，分外惊喜。

他笑对璟点点头，坐在了轩辕王下首，和小夭相对。

璟对轩辕王和玱玹恭敬地行礼，说道：“我想求娶小夭，恳请二位陛下恩准。”

玱玹心里咯噔一下，看向小夭。上一次丰隆求婚时，小夭满面惊诧茫然，而现在，她低着头，眉梢眼角三分喜、三分羞，还有四分是心甘情愿。

玱玹觉得自己好像坐在一个人都没有的荒凉山顶，身还在，心却飞了出去，穿行在漫长的光阴中，看着一幕幕的过去——

因为小时的经历，他早慧早熟，偶尔也会享受逢场作戏的鱼水之欢，可是一颗冷硬的心从未动过。

被人调侃地问究竟想要个什么样的女人时，他总会想起小时候，小夭抱着他说“我不嫁给别人，我嫁给你，永远陪着你”！

陪着小夭，从瑶池归来的那一夜，他翻来覆去都睡不着，眼前全是小夭，小时的她、现在的她，身着男装的小夭、穿着女装的小夭，不管哪个她，都让他时而欢喜，时而心酸。他不是毛头小伙子，很清楚发生了什么。

可是，他能怎么办？一个连睡觉的屋子都是别人赐予的人有什么资格？一个朝不保夕，随时会被刺杀的人有什么资格？

他一直都记得，姑姑送小夭去玉山时，他恳求姑姑留下小夭，诚心诚意地应诺“我会照顾小夭，不怕牵累”，姑姑却微笑着说“可是你现在连保护自己的能力都没有，更没有能力保护她，只是不怕可不够”！

他曾立志，要快快长大，等能照顾好小夭时，就去玉山接她，可几百年过去了，她再次回到他身边时，他依旧没有能力照顾她，只能告诉自己：你连保护她都做不到，你没有资格！

那时，小夭对璟有心动，却还没有情，对丰隆则完全无意，可因为那些男人是涂山氏，是赤水氏，每一个都比他更有资格，所以，他一半是退让，一半是利用，由着他们接近小夭。

轩辕城中，危机四伏，璟万里迢迢而来，小夭却和璟闹翻了，压根儿不肯见璟。

轩辕山上，他抓住小夭的天马缰绳，请她去见璟。这一辈子，他曾被很多人羞辱过，可从没有为自己感到过羞耻，但那一次，他觉得羞耻和屈辱。

小夭不仅见了璟，还和璟在屋中待了一个通宵，他在冰寒刺骨的水中浸泡了一夜，可他洗不去心上的痛苦，也洗不去自己的羞耻和屈辱。

他想冲进去，把璟赶走，可他知道不行，岳梁府邸前，小夭用身体保护他的一幕就在眼前，他没有资格！

那一次，他如愿得到了丰隆和璟的鼎力支持，做了他这一生最重要的决定，选择神农山，放弃轩辕山。当他放浪形骸、醉酒吃药，和岳梁他们一起半疯半癫、哭哭笑笑时，只有他自己知道他并不是在做戏，他是真的很痛苦，在麻痹和宣泄，因为他清楚地知道，他放弃的不仅仅是轩辕山，还有他的小夭！

来到神农山，璟和小夭的交往越来越频繁，他一遍遍告诉自己，只做兄长！只要两个人都活着，只要小夭快乐，别的都不重要！

那一天，小夭从青丘回来，软倒在他怀里，一口血吐在他衣襟上时，他觉得自己的心在被一刀刀凌迟。

小夭为璟重病，卧榻不起，他夜夜守着。无数个深夜，看着她在昏睡中哭泣，他痛恨得到却不珍惜的涂山璟，可更痛恨自己。

轩辕王巡视中原，轩辕上下人心惶惶，王叔和他已经彻底撕破脸。他站在一个生死关口，上一步乾坤在握、俯瞰天下，下一步则一败涂地、粉身碎骨，连馨悦都开始和他有意地保持距离，小夭却在最微妙的时刻，同意嫁给丰隆。

一夕之间，四世家全站在了他这一边。虽然小夭一直笑着说“丰隆是最适合的人选”，可他心里很清楚，如果不是为了他，纵然小夭因为璟心灰意冷，也不会同意嫁给丰隆。

丰隆和小夭的婚期定了，他心内有头躁动的猛兽在咆哮，爷爷语带劝告地说："小夭想要平静安稳的生活，用你的权势守护她一生安宁，才是真正对小夭好。"

为了小夭吗？他紧紧地勒住猛兽，不让它跑出来。

小夭出嫁那日，他在小月顶的凤凰林内坐了一夜，凤凰花随风摇曳，秋千架完好如新，那个赏花、荡秋千的人却走了。

他一遍遍告诉自己"丰隆的确是最适合的人选"，他可以守护她一辈子，只要他在一日，丰隆绝不敢轻慢小夭一分。

可是，当小夭逃婚的消息传来时，满天的荫翳刹那全散了，他竟然忍不住欢喜地在凤凰林内大叫大笑。

玱玹微笑着看向身周，轩辕王和璟都在看着他，显然轩辕王已经答应，只等他的答复了。

小夭抬起头，看向他，眼含期冀。

玱玹微笑着对璟说："你让族中长老去和西陵族长提亲，把亲事定下来吧！"

璟悬着的心放下，躬身行礼，真心实意地说："谢陛下。"

年末，涂山氏、西陵氏一起宣布涂山族长和西陵玖瑶定亲。

大荒内，自然又是沸沸扬扬，但璟和小夭都不会去理会。

亲事定下后，就是商议婚期了。

璟想越快越好，看着璟长大的钺长老笑着打趣："你自小就从容有度，不管做什么都不慌不忙，怎么现在这么急躁？"

璟说道："别人看着我着急，可其实，我已经等了几十年了。"

钺长老也知道璟对小夭情根深种，不再取笑他，呵呵笑道："别着急，这事也急不来。族长和西陵小姐的婚礼名义上是续娶，依照礼仪来说不该越过了那个女人，可族长舍得吗？就算族长舍得，老头子我也不答应！婚礼倒罢了，以我们涂山氏的能力，一年的准备时间足够了。可你算算，屋子要不要重建？家具器物要不要重新置办？要不要为西陵小姐开个药园子？反正照我的意思，但凡那个女人住过、用过的都拆了、扔了，一切按照族长和西陵小姐的喜好重新弄过。这可是个大工程，也是个精细活，族长，真急不来！"

璟不吭声，钺长老说的话很有道理，明媒正娶，本该如此。

钺长老说："就是因为知道族长在意西陵小姐，我这个过来人才提醒你，一辈子一次的事，千万别因为一时心急，留下个一辈子的遗憾。"

璟颔首："钺长老说的是。"

钺长老笑道："不过，族长放心，以涂山氏的财力，全力准备，不会让族长久等，到时，保管族长满意。"

璟不好意思地说："关键是要小夭喜欢。"

铍长老大笑："好！我一定把西陵小姐的喜好都打听清楚。"

轩辕王询问小夭对婚期的想法。

小夭看着窗外忙忙碌碌的医师，想了一会儿，说道："我想等编纂医书的事情有了眉目后，再确定婚期。"

轩辕王说："这可不是两三年的事，你确定吗？"

小夭点点头："《百草经注》在我手里已经四百多年，它救过我的命，我却从没有为它做过什么，或者说，我想为那位遍尝百草、中毒身亡的神农王做点什么。他耗费一生心血的东西，无论如何，都不该只成为几个医师换取钱财名望的工具。"

轩辕王叹道："小夭，你一直说你不像你娘，其实，你和你娘很像。"

小夭皱着眉头："我不像她！"

轩辕王笑道："好，不像，不像！"

傍晚，玱玹来小月顶时，听到小夭对婚期的决定，笑道："很好。"

也许因为和璟定亲了，小夭开始意识到，她在小月顶的日子有限，和玱玹相聚的时光并不是无限；也许因为轩辕和高辛的战争虽然互有伤亡，可并没有小夭认识的人死亡，如果不去刻意打听，几乎感受不到万里之外的战争，小夭不再躲避玱玹。

两人之间恢复了以前的相处，每日傍晚，玱玹会来，和小夭说说笑笑，消磨一段时光。

寒来暑往，安宁的日子过得分外快，不知不觉中，八年过去了。

不管是巫王，还是小夭，都没有找到解除情人蛊的方法。

小夭虽然有些失望，可并不在意，这个蛊在她身上已经八十多年了，似乎早已习惯，实在紧张不起来。

璟却很在意，每次解蛊失败时，他的失望都难以掩饰。

小夭笑嘻嘻地安慰他："那个心意相通没那么'亲密'了，实际只是相柳能感觉到我的一些痛苦，我完全感受不到他，这根本算不得心意相通。"

其实，璟并不是在意小夭和相柳"心意相通"，他不安的是"命脉相连"，可这种不安，他没有办法讲给小夭听，只能任由小夭误会他的"在意"。

一日，小夭从医馆出来，一边走，一边和苗莆说话。

天色将黑，大街上都是脚步匆匆的归家人，格外热闹。茫茫人海中，也不知道为什么，小夭一眼就看到了一个锦衣男子。她一直盯着男子，男子却没看她，两人擦肩而过，男子径直往前走了，小夭却渐渐地停住脚步，回过头去张望。

苗莆奇怪地问："小姐看到什么了？"

小夭怔怔站了会儿，突然跑去追，可大街上，熙来攘往，再找不到那个男子。她不肯罢休，依旧边跑边四处张望。

苗莆不知道发生了什么，一边寸步不离地追着小夭，一边问："小姐在找什么？"

"我……我……也不知道。"小夭倒不是骗苗莆，她是真不知道。

无头苍蝇般地乱转了一圈，正准备离开，突然看到阴暗的巷子里，一扇紧闭的门上有离戎族的地下赌场的标记。

小夭走到门前，静静看了一瞬，也不知道自己怎么想的，竟然敲了敲门。

"小姐想赌钱？"苗莆问。

"随便看看。"

地下赌场只对熟客开放，守门的侍者想赶小夭走，苗莆拿出一个令牌晃了晃，侍者竟然恭敬地行了一礼，将两个狗头面具递给苗莆。

小夭戴上面具，在赌场里慢慢地逛着。

大概因为天才刚黑，赌场里的人并不算多，小夭走了一大圈后，要了几杯烈酒，坐在角落里，默默喝着。苗莆看出来她有心事，也不出声打扰，安静地陪在一旁。

夜色渐深，赌场里越来越热闹，也不知道坐了多久，小夭又看到了那个锦衣男子，因为戴了面具，他变得狗头人身，可小夭依旧认出了他。

小夭急急地追过去，灯光迷离，衣香鬓影，跑过好几条长廊，好几层台阶，终于追到了锦衣男子。

锦衣男子站在一面半圆形的琉璃墙边，也不知道离戎族用了什么法术，琉璃墙外就是星空，漫天星斗璀璨，流星时不时坠落，让人觉得就站在天空中。

锦衣男子含笑问："你追了我这么久，所为何事？"

小夭迟疑着问："你不认识我吗？"

"我应该认识你吗？"

小夭摘下面具。

锦衣男子仔细瞅了几眼，吹了声口哨："如果我认识你，应该不会忘记，抱歉！"他说完，就要离开。

小夭一把抓住他："相柳！我知道是你，你别装了！"

锦衣男子想甩开小夭，可小夭如章鱼一般难缠，就是不放开，锦衣男子似有些不耐烦："再不放开，休怪我不客气了。"

"那你不客气啊！反正我痛了，你也别想好受。"

锦衣男子叹了口气，摘下面具，徐徐回过身，漫天星光下，他的面容渐渐变幻，露出真实的五官。

小夭盯着他，笑了起来，眼中尽是得意。

相柳无奈地问："西陵姑娘，你究竟想干什么？"

"我……我……"小夭其实也不知道自己想干什么，张口结舌了一会儿，说道："帮我解掉蛊，条件你提。”

相柳笑：“半个时辰前，涂山璟刚对我说过这句话。”

“你来这里，是和璟见面？”

“准确地说是涂山璟约我谈点生意。”

小夭明白了，肯定是璟看她解不了蛊，只好去找相柳谈判，“你答应璟了吗？”

“他给的条件很诱人，我非常想答应，但不是我不想解掉蛊，而是我真的解不掉。”

“你骗人！当年你帮玱玹解了蛊，怎么可能现在解不了？”

相柳啧啧叹气，摇着头说：“你真应该让涂山璟教教你如何和人谈生意，谈生意可不是吵架，尤其有求于人时，更不能随意指责对方。你的目的是让我帮你，不是激怒我。”

小夭瞪着相柳：“你明明就是骗人！”

“你觉得我会撒这么拙劣的谎言吗？涂山璟可比你聪明得多，虚心询问的是‘为什么以前能解，现在却不能解了’。”

“为什么？”

“蛊虫是活物，此一时，彼一时。难道你能打死刚出生的小老虎，就代表着你也能打死上千年的虎妖吗？”

小夭觉得相柳说得有点道理，可又觉得他并没完全说真话，悻悻地说：“我是不行，可你也不行吗？”

“你不相信我，何必问我？”

小夭不吭声，沉默了一瞬，问：“你来轵邑就是为了见璟吗？什么时候离开？”

“如果不是你拉住我，我已经离开了。”

小夭才反应过来，她一直拽着相柳的胳膊，几分羞赧，忙松开了：“璟呢？他还在赌场吗？”

相柳似笑非笑地看着幽暗的长廊：“一直在你身后。”

璟走过来，握住小夭的手。

小夭想叮嘱相柳小心，尽早离去，可又说不出口，只能沉默。

相柳扫了一眼璟和小夭交握的手，对璟微笑着说：“告辞。”说完，立即转身离去，不一会儿，人就隐入了黑暗中。

璟对小夭说：“我和相柳谈完事，为了避人耳目，各自离开，可我看到你竟然在，就跟了过来，顺便把苗莆引到了别处。”

小夭不想再提起相柳，摇了摇璟的手，笑道：“我可没介意这个，我知道你是担心我。走吧，我还没吃晚饭呢！”

两人携着手，并肩而行。

小夭说：“别再担心蛊的事了，船到桥头自然直，总会有办法解决。”

“好！”璟颔首答应了，心里想着，既然蛊无法可解，唯一庆幸的就是玱玹和小夭感情很好，如果有朝一日，真到了那一步，玱玹应该会为了小夭，手下留情。

第六章 却道相思苦

LOST YOU FOREVER

轩辕和高辛的战争已经持续了十年，在十年的时间里，双方各有胜负，轩辕略占优势，以十分缓慢的速度蚕食着高辛的土地。

在高辛的时间长了，很多轩辕的士兵学会了讲高辛话。玱玹下过严令，不得扰民，否则杀无赦，士兵对高辛百姓总是分外和善。每年汛期，士兵帮着百姓一块儿维护堤坝、疏导河水。农闲时，士兵常带着乐器和面具走进每个村寨，不要钱地给百姓演方相戏。

只要不打仗，高辛百姓对轩辕士兵实在憎恨不起来。

夏末，轩辕攻打高辛的重要城池白岭城，战役持续了四天四夜，丰隆败于蓐收。

玱玹得知消息后，担心的并不是一城一池的得失，而是丰隆。丰隆年少气盛，出身尊贵，天赋又高，被众人捧着长大，勇猛足够，韧劲欠缺，蓐收却被师父千锤百炼，打磨得老奸巨猾，不怕别的，就怕丰隆因为败仗心中有了阴影，影响到士气。万事好说，唯士气难凝，士气一旦散了，就败象显露。

玱玹一番思量后，决定还是要亲自去一趟军中，就算什么都不做，只陪着丰隆喝上两坛酒，一块儿骂骂蓐收，以丰隆的聪明劲，也就慢慢缓过来了。

玱玹去小月顶看轩辕王时，小夭和璟恰好都在。

玱玹对小夭说："我要离开一段日子。"

"去哪里？"

"对外说是去轩辕山，实际是去一趟军中，来回大概要一个月。"

小夭反应过来这个军中是指丰隆的大军，有些别扭地问："有危险吗？"

"危险总是哪里都会有，最艰难的日子都走过来了，现在有什么危险能比那时可怕？"

小夭轻轻点了下头："嗯，你放心去吧，我会照顾好外爷。"

玱玹说："你前段日子说有些药草生长在高辛，可惜没有机会看到，只怕记载不够准确，想不想和我一块儿去高辛，正好亲眼看一下那些药草？"

"不想！"小夭回答得很干脆。

玱玹微微一笑，对璟说："有一件事想和你商议。轩辕和高辛物产截然不同，因为两国联系并不紧密，以前虽然有一点互通有无，但只限于贵族喜好的物品，并未惠及普通百姓。物产流通各地，互通有无、互惠互利，对整个大荒的百姓都是好事。涂山氏的生意遍布大荒，若论对大荒各地物产的了解，首推涂山氏，我想请你随我去一趟高辛，看看现如今有什么适合引入中原的物产。如果可能，日后这事还要麻烦涂山氏，毕竟物产流通要靠随意自愿，并不适合大张旗鼓地派几个官员去做，做了也绝对做不好。"

璟看了小夭一眼，笑道："这是对天下万民都好的大好事，涂山氏也能从中获利。璟愿意随陛下前往高辛。"

玱玹睨着小夭："你要不要一块儿去？"

小夭羞恼于自己被玱玹拿捏住了，嘴硬地说："不去，不去，就不去！"

玱玹笑着未再多言，把潇潇叫来，吩咐她去准备东西，记得把小夭算上。

小夭自去和轩辕王说话，装作什么都没听到。

出行那日，玱玹派潇潇来接小夭。小夭早收拾妥当，和苗莆两人利落地上了云辇。

到高辛时，玱玹并不急于去军中，而是和璟、小夭闲逛起来。

本就是私下出行，并没有带大队的侍卫，玱玹命潇潇他们都暗中跟随。

玱玹、璟和小夭换上高辛的服饰，玱玹和小夭是一口地道的高辛话，璟也讲得像模像样，走在街上，让所有小贩都以为他们是高辛人。

也许，城池刚被攻下时，有过战火的痕迹，可经过多年的治理，小夭找不到一丝战火的痕迹。街道上，人来人往，茶楼酒肆都开着，和小夭以前看到的景象差不多，唯一的差别是——好像更热闹了一些，有不少中原口音的女子用高辛话在询问价格、选买东西。

小夭不解，悄悄问璟："为什么会这样？"

璟笑道："轩辕的军队常驻高辛，士兵免不了思念家人。陛下特意拨了经费，鼓励士兵的家眷来此安家，只要没有打仗，每个月士兵可轮换着回家住三日，有孩子的士兵还能多领到钱。陛下此举既安了兵心，又无形中让士兵守护巡逻时更小心，因为他们守护的不仅仅是别人的城池，还是他们的家。”

小夭看到不少妇人手中拎着菜篮子，背上背着孩子，不禁问道：“他们的孩子就出生在高辛了？”

“是啊！”璟想着，不仅仅是出生在这里，估摸着玱玹的意思，很有可能他们会在高辛长大，从此落地生根。

墙根下，一群半大的孩子蹲在地上斗蛐蛐，时不时大叫，一时也分不清到底哪个是高辛人，哪个是轩辕人。小夭看着他们，喃喃说：“这和我想象的战争不一样。”

璟道：“陛下和当年的轩辕王陛下不一样，高辛王陛下也和当年的赤宸不一样，最重要的是，如今的轩辕国和以前的轩辕国不一样。”

小夭和璟的对话，玱玹听得一清二楚，但小夭自进入高辛，就摆出一副不想和他说话的样子，所以他一直沉默，这会儿也一言不发，由着小夭自己去看、自己去听。

夕阳西斜，天色将晚。

玱玹说：“待会儿城门就要关了，我不想住在城里，打算歇在村子里，你们若不反对，我们就出城。”

璟看小夭，小夭对玱玹硬邦邦地说：“你是陛下，自然是全听你的。”

他们出了城门，乘着牛车南行。天黑时，到达一处村庄。

村口燃着大火把，人头攒动，十分热闹。有人坐在地上，有人坐在石头上，有孩子攀在树上，还有人就站在船上。

小夭对驾车的暗卫说：“停车，我们去看看。”

因为人多，暗卫只能把牛车停在外面，小夭站在车上，伸着脖子往里看。原来里面在演方相戏。方相氏是上古的一位神，据说他非常善于变幻，一天可千面，扮女人像女人，做男人像男人。他死后，化作了一副面具，人们只要戴上它，就可以随意变幻。没有人见过真正的方相面具，可人们用巧手制作了各种面具，戴起不同的面具，扮演不同的人，又唱又跳。渐渐地，就形成了方相戏。

说白了，面具是一种表征，戴起面具，就好像如同方相氏一样拥有了变幻的法力，变作那个人，可以演绎那个人的故事了。

方相戏盛于民间，讲的多是大人和小孩都喜欢的英雄美人传奇。今晚的方相戏已经演了一大半，估计是从传说中劈开了天地的盘古大帝讲起，故事里有聪慧多情的华胥氏，有忠厚勇猛的神农氏，有倜傥风流的高辛氏，有博学多才的西陵氏，有狡黠爱财的九尾狐涂山氏，有身弱智诡的鬼方氏，有善于御水的赤水氏，有善于铸造的金天氏……他们和盘古大帝一起铲除妖魔鬼怪，创建了大荒。那时的大荒天下一家，没有神农王族，没有高辛王族，更没有轩辕王族。

看戏的大人和孩子时而被狡黠爱财的九尾狐涂山氏逗得哈哈大笑，时而为身弱智诡的鬼方氏抹眼泪，时而为忠厚勇猛的神农氏喝彩，时而为聪慧多情的华胥氏叹息。看到倜傥风流的高辛氏为了大荒安宁，放弃了中原的富庶繁华，去守护遥远荒凉的汤谷，他们甚至会一起用力鼓掌、大声喝彩。

小夭也看得入了神，唏嘘不已。虽然当一切成为了传奇故事时，肯定和真相有不少出入，可她相信，故事里的英勇、友谊、忠诚、牺牲都是真的。

在唏嘘感慨故事之外，小夭更感叹玱玹的心思，这些只是农闲时难登大雅之堂的方相戏，高辛的百姓也都是看着玩，反正不要钱，笑一笑、哭一哭，第二日依旧去干活。但是，笑过哭过之后，他们却在不知不觉中接受着玱玹传递的一个事实：天下一家，无分高辛和轩辕，不管是中原、高辛的百姓，还是北地、南疆的百姓，都是大荒的百姓。

看完了方相戏，夜已很深，玱玹三人没有再赶路，当夜就歇在了这个村子里。

第二日，坐着牛车出发时，村口的大榕树下，一群孩子在玩游戏，没有钱买面具，就用乡野间随处可得的草汁染料把脸涂成五颜六色：你，是神农氏；我，要做涂山氏；信哥儿长得最俊，就做高辛氏；大山最会游水，就做赤水氏；小鱼儿老爱生病，鬼主意最多，就做鬼方氏吧……

英雄美人的传奇，在孩子的游戏中，古怪有趣地上演。

小夭边看边笑，边笑边叹气。只要玱玹和丰隆别造杀孽，等这群孩子长大时，想来不会讨厌赤水氏，也不会讨厌玱玹。

牛车缓缓离开村子，孩童的尖叫声渐渐消失。

小夭对玱玹拱拱手，表示敬佩："真不知道你怎么想出来的？就连我看了昨夜的方相戏，都受到影响，他们肯定也会被影响。"

玱玹说："方相戏讲述的是事实，我只是让百姓去正视一个事实。"

小夭忍不住讥嘲道："希望正视这个事实不需要付出生命。"

玱玹眺望着远处的山水，说道："我在高辛生活了两百多年，曾和渔民一起早出晚归，辛苦捕鱼；曾和贩夫走卒一起用血汗钱沽来劣酒痛饮；曾和同伴挖完莲藕后，绕着荷塘月下踏歌；也曾和士兵一起剿杀盗匪。当我被逼离开轩辕，在高辛四处流浪时，是这片土地上的百姓陪着我走过了那段孤独迷惘的日子，他们虽然早已经死了，可他们的子孙依旧活在这片土地上，依旧会为了养活家人早出晚归，依旧会用血汗钱去沽酒，依旧会在月下踏歌去追求中意的姑娘，也依旧会为了剿杀盗匪流血牺牲，我知道他们的艰辛，也知道他们的喜悦。"

玱玹回头看着小夭，目光坦然赤诚："小夭，论对这片土地的感情，我只会比你深，绝不会比你浅。"

小夭无言以对，的确，虽然她曾是高辛王姬，可她并不了解高辛，玱玹才是那个踏遍了高辛每一寸土地、每一条河流的人。

玱玹说："我承认有自己的雄心抱负，可我也只是适逢其会，顺应天下大势而为。统一的大荒对天下万民都好。战争无可避免会有流血，但我已经尽了全力去避免伤及无辜。小夭，我没有奢望你赞同我的做法，但至少请你看见我的努力。"

小夭扭头看着田野间的风光，半晌后，她低低地说："我看见了。"声如细丝，可玱玹和璟耳聪目明，都听得一清二楚。

玱玹心满意足地叹了口气，双手交叉，枕在头下，靠躺在牛车上，遥望着蓝天白云。他向来喜怒不显，可这会儿他想着小夭的话，犹如少年郎一般，咧着嘴高兴地笑起来。

洪厚嘹亮的歌声飞出，玱玹竟是用高辛话唱起了渔歌：

脚踏破船头
手摆竹梢头
头顶猛日头
全身雨淋头
寒风刺骨头
…………

不远处的河上，正摇船捕鱼的渔民听到他的歌声，扯开了喉咙，一块儿唱起来。

玱玹好似要和他比赛一般，也扯着嗓子，兴高采烈地大吼：

吃的糠菜头
穿的打结头
渔船露钉头
渔民露骨头
黄昏打到五更头
柯到野鱼一篮头[1]
…………

璟心中非常讶异，他知道玱玹流浪民间百年，也知道他身上市井气重，只是实在想不到他现在依旧会流露出这一面，小夭却见怪不怪，显然很习惯于这样的玱玹。看来玱玹在小夭面前一直都这样，只不过今日恰好让他撞到了。

璟想起轩辕王的那句话“在玱玹和小夭之间，我也只是个外人”，璟忽而有几分不安，可细细想去，又不明白为何不安，他和小夭的婚事已定，玱玹和轩辕王都赞同，一直以来，玱玹从没反对过他和小夭交往。

第二日傍晚，他们到了丰隆的大军驻扎地。

小夭想到要见丰隆，别别扭扭的，低声对玱玹说：“要不我换套衣衫，扮作你的暗卫吧！”

玱玹说：“这都躲了快二十年了，难不成你打算躲一辈子吗？不就是逃了一次婚吗？丰隆和璟

1. 引自民歌。

都不介意你这点破事，你怎么就放不下呢？”

玱玹说话时嗓门一点没压着，走在后面的璟和刚出营帐的丰隆都听得一清二楚，两人都有些尴尬，玱玹却全当什么都没看到，把小夭拎到丰隆面前，含笑问道：“丰隆，你倒是和她说说，你现在心里可还有地方惦记她逃婚的事？”

丰隆对玱玹弯身行礼，起身时说道：“我现在从大清早一睁开眼睛到晚上闭上眼睛都在想蓐收，夜里做梦也都是蓐收。”

玱玹又问璟：“你可介意小夭曾逃过婚？”

璟凝视着小夭，非常清晰地说：“一点不介意。”

玱玹说：“听到没有？一个早忘记了，一个完全不介意，你是不是也可以放下了？”

小夭虽然很窘迫，可也明白玱玹是趁机把事情都说开，毕竟就算她能躲丰隆一辈子，璟还是丰隆的好友，不能因为她，让丰隆和璟疏远了。小夭向丰隆见礼：“大将军。”

丰隆客客气气地回了一礼：“西陵小姐。”

小夭退到玱玹和璟身后。

丰隆看着璟，好奇地问：“你怎么跟着陛下来了？”刚才的尴尬已经烟消云散，恢复了平日的随便。

璟含笑说：“我以为你这辈子碰不到治你的人了，没想到蓐收居然让你连吃了三场败仗，我自然来看个热闹了。”

丰隆做出痛心疾首的样子，怪叫：“陛下，你听听！”

三个男子走进营帐，谈起正事。

小夭悄悄离开，去洗漱换衣。现在她真的相信，丰隆已经放下一切。这就是男人和女人的不同，男人的世界更宽广，很多事很快会被冲淡。就像璟和玱玹当年所说，三个月内，丰隆的确会很介意，可三年后，丰隆就不会有什么感觉，到今日，做了大将军的他，统领几十万兵马，更不会在乎小夭的逃婚，更何况小夭已不是高辛王姬，顶着是赤宸女儿的传闻，只怕雄心勃勃的丰隆很庆幸没有娶她。

玱玹派了一个人来见璟，能提供璟需要的所有消息，帮助璟一块儿完成玱玹交托的事，居然是金萱。

故人重逢，小夭格外高兴，特意备下酒菜，和金萱小酌几杯。

小夭问：“你怎么会在高辛？”

金萱道：“陛下现在最需要高辛的消息，我就来了高辛，帮陛下收集消息。”

小夭笑道：“我以为你和潇潇会成为陛下的妃嫔，可没想到你们两个竟然都继续做着原来的事情。以你的功劳，想要封妃，很容易，我看你对陛下……还以为你会留在紫金顶，看来是我误会了。”

金萱笑看着小夭，一时没有说话，慢慢地喝完一杯酒，才道：“你没有误会，我的确动情了。正因为我对陛下动情了，所以我才主动要求离开。”

小夭惊讶地问："为什么？"

"如果不动情，一切不过是付出多少、得到多少，陛下向来赏罚分明，只要我恪守本分，定不会薄待我。可动了情，就会控制不住地想要更多，但我清楚地知道，陛下给不了我。与其我被心魔折磨，痛苦难受，甚至铸下大错，惹陛下厌弃，不如趁着情分在时，远避天涯。以我的功劳，反倒能得陛下一生眷顾。"

小夭叹道："你……你……可真聪明，也够狠心！很少有女人能在你这种情形下还能给自己一个海阔天空。"

"也要谢谢陛下肯给我海阔天空。我知道的秘密不少，换成其他人，势必要把我留在身边才放心，可我想要离开，陛下就让我离开了。"金萱摇晃着酒杯，笑了笑，说道："忘记陛下这样的男人不容易。不过，我相信，时间会淡化一切，天下之大，只要我还在路上，总有新的希望，我迟早能碰到一个男人，让我忘记陛下。"

小夭举起酒杯，给金萱敬酒："祝你早日遇见那个人。"

金萱笑着饮了酒，告辞离去，带璟去收集璟想要的信息。

孟秋之月，十七日，蓐收的大军发起主动攻击。

蓐收挟之前三次胜利的士气，大军步步紧逼，句芒打败了献。

为了不至于陷入孤军深入的困境，丰隆下令献撤退，献率领军队撤退到丽水北，和丰隆的大军会合。

有精通水战的禺疆守在丽水岸边，蓐收不敢贸然下令强行渡过丽水追击，下令大军在岸边驻扎，两军隔着丽水对峙。

这已是第四次败给蓐收，丰隆很羞惭，玱玹却宽慰丰隆："保存兵力最重要，疆域总会有得有失，人死却不能复生。如果让献孤军深入作战，失去了献和右路军才是无可挽回的失败。只要他们活着，我相信他们打下的疆域只会越来越多。"

因为献是赤水氏子弟，丰隆本来还有点担心，怕玱玹误会他是舍不得让自家子弟冒险，才下令撤退，没想到玱玹没有丝毫怀疑，十分理解信任他。丰隆放心之余也很感动，当年他没有选择错，玱玹的确是值得追随的明君。

丰隆约了璟去外面走走。

四下无人时，丰隆对璟说："当年，我虽然觉得玱玹不错，可看他势单力薄，一直难下决心支持他争夺帝位，幸亏你不停地游说我，促我下了决心，谢谢你。"璟为了促使他下决心，甚至说"正因为玱玹势单力薄，你才更应该选择他。不管你选择岳梁还是禺号，都是锦上添花，你只是众多拥戴者中的一个，可如果你选择玱玹，你就是第一个，也会是玱玹心中的唯一"。

璟笑道："我只是就事论事地分析，你是凭借自己的眼光做的决定。"

丰隆眺望着远处的丽水，叹道："你总是这样，什么都不愿居功。你想出了争夺帝位的计策，放弃轩辕山，选择神农山。你分析给我听，陛下根基浅薄，既然无法和苍岩他们在轩辕城争夺，不如索性示弱，放弃轩辕城，远走中原，争取中原氏族的支持。有我和你的帮助，一切很有希望。待中原定，再有四世家的支持，以陛下是轩辕王和缬祖的嫡长孙身份，轩辕的老氏族不可能激烈反对他继位。你的游说和计策打动了我，让我决定支持陛下。陛下到现在都以为是我的计策，是我慧眼识英雄，对我一直有一分感念和信任，我才能和陛下亦臣亦友，地位卓然。"

丰隆困惑地问："璟，为什么你什么都不和我争？"他和璟一样的出身，一个是赤水氏未来的族长，一个是涂山氏未来的族长，在玱玹成为君王的路上，璟比他出的力只会多，不会少，可璟一直躲在幕后，扮演着他的追随者，凡事都让他居功，成就了他的雄心壮志。

璟说："我怎么没和你争呢？我让出的都是我不想要的，我真正想要的可真没舍得让给你。"

"你是说……"丰隆皱眉思索了一瞬，反应过来，"你是说小夭？"

璟叹息一声，说道："你一直视我为兄，可我对你并不光明磊落。明明知道你看中了小夭，我却在你府里抢了她；明明知道你想娶小夭，我却让防风邶帮我去抢婚。我一生未做亏心事，只有这两件，却全是对你。"

丰隆想起当年事，依旧有些愤愤："当年小夭悔婚，让我难受了好长一段日子，几乎觉得无颜见人。"

璟说："我以为我能放手，可我高估了自己，对不起！"

丰隆盯了璟一瞬，忽而笑起来："我以为你为人从容大度，行事光风霁月，每次看到你都自惭形秽，原来你不过也是个自私小气阴暗的男人。"

璟道："小夭和我订婚时，你已在高辛打仗，你送的那份贺礼应该是赤水氏的长老一边咒骂着我一边准备的，这几年我们虽有通信，却从未提过此事，全当什么事都没有，但我希望能得到你真心实意的祝福。"

"你很在乎吗？"

"我很在乎。你知道，此生我不可能得到大哥的祝福了，我不想也没有你的祝福。"

丰隆心内禁不住乐了，璟把他和篌相提并论，可见是真把他看作兄弟，面上却故作为难地说："我会考虑。"

璟和丰隆朝夕共处三十多年，一眼就看出了丰隆眼内的促狭，他笑起来："你慢慢考虑，反正我和小夭成婚还有一段日子。"

丰隆也不装了，笑道："说老实话，刚知道你和小夭订婚时，我是有点气恼，毕竟很难不想起往事，可更多的是钦佩你的勇气。小夭今非昔比，以前是个宝，人人都想要，如今却是个大麻烦，谁都不想招惹，至少我是绝没勇气去碰，所以气了几天也就过去了，但我也不可能开心，就吩咐长老随便给你准备点贺礼。"丰隆拍拍璟的肩膀，"你放心，等你成婚时，我会亲自给你准备贺礼，只要蓐收那死人没有正和我打仗，我一定会抽空去参加婚礼。"

"谢谢！"

"你谢我做什么？真要说谢，也该是我谢你。人人都羡慕四世家的一族之长，在我眼内却是牢笼。

以前，只有你肯听我胡说八道，也只有你不会斥责我胆大妄为，不但不斥责，还一直支持我。现在，我终于打破祖训，入朝为官，成为大将军，去追逐我的梦想。璟，你帮我得到了我真正想要的，别说小夭本就不属于我，就算是我的，你拿去就拿去了，她并不是我想要的，却是你愿意用生命去交换的。”

丰隆勾住璟的肩膀，笑叹了口气：“其实，我该庆幸你想要的是小夭，如果你想要的和我想要的一样，一山不容二虎，我真怕我们做不了兄弟。”

璟没有像以前一样因为抗拒身体接触，不动声色地甩脱丰隆，经历过那么多悲欢离合之后，他知道在权势名利下，在他们今日的位置上，一份勾肩搭背的亲密并不容易，在这一刻，丰隆和他全然信任彼此，所以都给了对方可以一击致死的距离。

◈

丰隆和璟刚到营地外，禺疆匆匆而来，奏道：“抓到一个潜入军营的女子，来路不明，但应该是高辛贵族。”

丰隆诧异地说：“你难道没审问清楚？”

禺疆的脸上有两道伤痕，神情很是尴尬：“那女子太刁蛮，我……我……还是大将军去审吧！”

丰隆对璟说：“反正没事，顺道去看一眼吧！”

璟没有反对，跟着丰隆，向着禺疆的营帐走去。

老远就看到一个女子被捆得结结实实，她却不肯服软，依旧左发一支水箭，右扔一把水刃。士兵不敢杀她，又不能放弃职责，只能把她围困在中间。

丰隆叹道：“如果说是高辛细作，这都已经被抓住了，还这么张扬，没道理啊！可她若不是细作，为什么不肯好好说话？”

璟已经认出是谁，没有说话，随着丰隆快步而去。

待走到近前，看到女子的脸，丰隆愣住了。这个被堵着嘴，手脚都被捆住的女子竟然是高辛王姬。禺疆虽然来自高辛羲和部，可他从没有见过王姬。

丰隆忙问：“谁堵的嘴？”

一个士兵高声奏道：“是属下，她一直在骂陛下和将军，我就用汗巾把她的嘴塞起来了。”

丰隆赶紧挥手解开妖牛筋，把汗巾拿下，阿念破口大骂：“死玱玹，你个黑了心肠、忘恩负义的浑蛋！还有禺疆，忘恩负义的浑蛋，你滚出来……”

丰隆愁得眼睛鼻子都皱到了一起，很想把汗巾塞回阿念的嘴里，却没那个胆子。

璟端了一杯干净的水，递给阿念：“先漱漱口。”

阿念愣了一下，顾不上骂人了，立即端过杯子，用力地漱口，想起刚才那竟然是一条臭男人用过的汗巾，她简直恨不得拿把刷子把自己的嘴从里到外刷洗一遍。

璟好似很了解她的想法，说道：“要骂也先洗漱了再骂，我带你去洗漱。”

阿念歪头打量着璟，眼前的男子眉眼清雅，身材修长，若空谷清泉、山涧修竹，见之令人心静，“我见过你，你是青丘公子——涂山族长。”

璟笑着颔首：“这里都是男子，不干净，请王姬随我来。”

阿念乖乖地跟着璟离去。

丰隆暗自庆幸把璟拉了来，他对士兵下令，今日的事不许泄露！然后，他立即赶去见玱玹，这个“高辛细作”他可审不起，要审也得陛下亲自去审。

璟带着阿念来到小夭住的营帐，叫道：“小夭，你猜猜谁来了。”

璟掀起帘子，请阿念进去，他态度平和、语气自然，似乎完全没觉得他们如今立场对立，小夭也只微微愣了一下，看阿念一身狼狈，立即对潇潇和苗莆说：“快为王姬准备沐浴用具。”

阿念站在营帐口，不说话，也不动，只是瞪着小夭。显然，她完全没想到会在这里见到小夭。

璟对小夭做了个要漱口的手势，小夭拿了归墟青盐、扶桑花水给阿念：“漱下口吧！”

阿念觉得该拒绝，可那条臭烘烘的汗巾更困扰她，她微微挣扎了一下，就开始忙着漱口洗牙。

璟疑问地看着小夭，小夭笑点了下头，璟掀开帘子，静静离开了。

阿念洗完牙、漱完口，刚想气势汹汹地说几句狠话，小夭平静地说：“你身上一股子臭汗味，快去洗澡。”

阿念沮丧地闻闻自己，立即跟潇潇去洗澡。

等洗完澡，换上干净的衣衫，再次回到小夭的屋子时，阿念觉得刚才的那股气势已经没有，真实的情绪涌上心头。

小夭突然出现在五神山，抢了她的父王，抢了她的玱玹哥哥，她讨厌小夭，从不愿喊小夭姐姐，但她又时时刻刻关注着小夭。因为王姬的尊贵身份，没有人敢当面得罪她，却又在背后议论她。小夭却不一样，从不在背后说她是非，甚至不让婢女去告状，可是敢骂她，也敢打她。当她和馨悦有矛盾时，小夭会毫不迟疑地维护她，会教导她怎么做，她终于渐渐接受了小夭这个姐姐，甚至喜欢上了这个姐姐。

父女三人一起出海游玩，姊妹俩通宵夜话。离别时，明明约定了冬季再见，她甚至为小夭准备了精美的礼物。

可是，小夭没有来！

她突然又消失了，就像她突然出现在五神山时一样，没有和阿念打一声招呼。

阿念恨小夭，并不是因为她是赤宸的女儿，对高辛人而言，虽然都听闻过赤宸很可怕，但究竟如何可怕却和高辛没有丝毫关系，阿念恨小夭只是因为小夭失约了，一声招呼都没打地失约了。

阿念看着平静从容的小夭，忽然觉得很伤心很愤怒。看！小夭过得多么好！压根儿不记得答应过她冬天时要回五神山，要教她游泳！

如果换成小夭，此时肯定会用平静默然来掩饰伤心愤怒，用不在乎来掩饰在乎，可阿念不同，她气极了时就要把心里的不满发泄出来。

阿念对小夭怒嚷："蓐收劝我不要怨怪你，说你其实很可怜。可你哪里可怜了？我才是最可怜的，一个假姐姐，骗着我把她当姐姐，还有玱玹，他竟然……"阿念说不下去，眼中全是泪，"你们两个都是黑心肠的大骗子！我恨你们！"

小夭说："我没有骗着你把我当姐姐，我是真心想成为你姐姐，只是……"小夭想说天不从人愿，但又觉得虽然做不成父王的女儿很难过，可她是爹爹的女儿也很好，既然她喜欢做爹爹的女儿，那么说天不从人愿显然不合适。

阿念见小夭说了一半突然又不说了，大声地质问："只是什么？"

"当时我并不知道我的亲生父亲是赤宸。"

"你后来知道了，所以你就不想做我姐姐了？"

小夭走到窗前，望着远处的丘陵，不想让内心的软弱暴露在阿念面前："不是我想不想，而是……阿念，高辛王将我从高辛族谱中除名，不允许我再以高辛为氏。"

阿念张了张嘴，不知道该如何去谴责小夭，被除名后，小夭的确再无资格上五神山，想到朝臣对小夭的鄙视和恶毒咒骂，阿念心软了。

阿念说："那你……你……不能来五神山，至少该和我打声招呼，我……我……还在等你。"

"你在等我？"小夭十分意外，这才意识到阿念对她的态度是生气而不是鄙夷。

阿念哼了一声，不耐烦地说："我可不是来和你叙旧的！既然你在这里，是不是玱玹那个黑心肠的混账也在，我要见他！"

小夭走到阿念身旁坐下，说道："我一直不知道自己的身世，突然知道后，心里非常痛苦，从一出生，一切就是谎言，我什么都不知道，却人人都恨我，都想杀我。我真的没想到你会等我。我以为你也会瞧不起我，不愿意再见我，毕竟所有人都觉得是我娘对不起你父王，我爹爹又是赤宸。就是现在，我面对你，依旧小心翼翼，生怕一言不合，你会说出最伤人的话。我怕你骂我娘，也怕你骂我爹，还怕你骂我是孽种。"

阿念盯着小夭，犹疑地说："我看不出你痛苦，也看不出你小心翼翼。"

小夭微笑着说："小时候无父也无母，不管再痛都不会有人安慰，哭泣反倒会招来欺软怕硬的恶狗，我已经习惯将一切情绪都藏在心里。"

阿念沉默了一会儿，表情柔和了，问道："玱玹是不是和你一样？"

"差不多。"

"是不是他在高辛时受了什么委屈，却没有让我和父王知道，所以他现在才会攻打高辛？"

"玱玹在高辛时，肯定受过委屈。但他攻打高辛，绝不是因为这个。"

阿念又急又悲，问道："那是为什么？为什么他要这么做？我和父王有什么对不起他的地方吗？他为什么要这么对我们？"

小夭正不知该如何回答，玱玹挑帘而入，说道："你没有对不起我的地方，这是我和你父王之间的事。"

小夭松了口气，轻手轻脚地走出营帐，让几十年没见过的两人单独说会儿话。

阿念看到玱玹，百般滋味全涌上心头，自己都没有意识到，泪珠儿已经一串串坠落，她软跪在地上，哭着说："我不明白！父王也说一切和我无关，这是你和他之间的事，可怎么可能和我无关？你们是在打仗啊！会流血、会死人，怎么可能和我没有关系？"

玱玹说："师父怎么会让你偷偷溜出来？我派人送你回五神山。"

阿念哭求道："玱玹哥哥，你不要再攻打高辛了，好不好？父王真的很辛苦，他的头发已经全白了，身体也越来越差，连行走都困难。"

阿念抓着玱玹的袍角，仰头看着玱玹，泪如雨落："玱玹哥哥，我求求你！我求求你！"以前，每当她撒娇央求玱玹时，无论再难的事玱玹都会答应她，可现在，玱玹只是面无表情地沉默。

良久的沉默后，玱玹终于开口说道："对不起，我无法答应。"

阿念既悲伤又愤怒，质问道："如果小夭还是父王的女儿，如果是她求你，你也不答应吗？"

玱玹平静地回答："十年前，她已经逼求过我。阿念，我是以一国之君的身份做的这个决定，绝不会因为你或者小夭求我，就更改。"

阿念"哇"地一声大哭起来，恨玱玹无情，却又隐隐地释然，原来小夭已经求过玱玹，原来玱玹也没有答应小夭。

玱玹毕竟是看着阿念出生长大，心下不忍，蹲下身，将手帕递给她："我知道你会恨我，也知道我这么说显得很虚伪，但我是真这么想。有些事是轩辕国和高辛国之间的事，有些事是我和你父王之间的事，但在你和我之间，你依旧是阿念，我也依旧是你的玱玹哥哥，只要不牵涉两国，凡你所求，我一定尽力让你满足。"

阿念用手帕掩住脸，号啕大哭，她不知道该怎么办，一边是父王，一边是玱玹，为什么父王和玱玹都能那么平静地说"和你无关"？如果和她无关，为什么自从两国开战，蓐收不再为她收集玱玹的消息，玱玹也不再给她写信？如果和她无关，为什么她不敢再和父王说，去神农山看玱玹？如果和她无关，为什么连什么都不懂的娘都让她不要再记挂玱玹？

玱玹没有像以往一样，哄着阿念，逗她破涕为笑，他坐在阿念身旁，沉默地看着阿念。眼睛内有过往的岁月，流露着哀伤。

阿念哭了小半个时辰，哭声渐渐小了。

玱玹问："你说师父的头发全白了，是真的吗？"

阿念呜咽着说："父王宣布小夭不再是王姬那年，有一天我去看他，发现他受了重伤，头发也全白了，本来一直在慢慢养伤，没想到你竟然发兵攻打我们，父王的病一直不见好转……我觉得父王是因为伤心，头发和身体才都好不了。"

玱玹说："既然师父重病，你为什么不好好在五神山陪伴师父，却跑来这里？"

阿念立即抬起头，瞪着泪汪汪的眼睛，说道："我可不是来找你！我是看到小夭，才知道你来了。"

"我知道。"

阿念说："我是来刺杀禺疆和丰隆。"

玱玹哑然，暗暗庆幸阿念不是来刺杀献。丰隆认得阿念，必不会伤到阿念，禺疆性子忠厚，对高辛怀着歉疚，看阿念一个弱女子，也不会下杀手，唯独那个冰块献，一旦出手就会见血。

玱玹没好气地说："高辛有的是大将，还轮不到你来做刺客！我看我得给蓐收写封信，让他加强五神山的守卫。"

阿念又开始流泪，呜呜咽咽地说："你知道的，白虎部和常曦部因为记恨父王没有从两部中选妃，却选了出身微贱、又聋又哑的母亲，一直都不服父王，也一直瞧不上我。这些年来，军队忙着打仗，父王的身体一直不见好，他们就开始闹腾，嚷嚷着要父王立储君。父王就我一个女儿，青龙部和羲和部提议立我为储君，白虎部和常曦部坚决不同意，说我能力平庸、愚笨顽劣、不堪重用，他们要求从父王的子侄中选一位立为储君，父王一直没有表态，他们就日日吵。我才不稀罕当什么储君，可我见不得他们日日去闹父王。他们说我能力平庸、愚笨顽劣、不堪重用，我就想着非干一件大事给他们看看不可，所以我就打算来刺杀禺疆或丰隆。禺疆是我们高辛的叛徒，丰隆是领兵的大将军，不管我杀了谁，他们都得服气！"

玱玹说："以后不许再做这种傻事了。你不必在意白虎部和常曦部，他们和师父的矛盾由来已久，并不是因为王妃和你。你不要因为他们说的话歉疚不安，觉得是因为王妃和你才让师父陷入今日的困境。"

阿念将信将疑："真的吗？"

"真的！只不过师父当年的确可以用选妃来缓和矛盾，可师父没有做。"

阿念瘪嘴，眼泪又要落下来："那还是和我们有关了。"

玱玹说："师父是因为自己的执念不肯选妃，并不是为了你娘，才不肯选妃。和你们无关，明白吗？"

阿念想了一想，含着眼泪点点头。

"阿念，你要相信师父，有时候看似是困境，也许只是像蜘蛛织网。"玱玹指着窗外的蛛网，"蜘蛛织网，看似把自己困在了网中央，可最后被网缚住的是飞来飞去的蝴蝶。"

阿念似懂非懂，琢磨了一会儿，"哇"一声又大哭起来："你为什么要攻打高辛？你要不攻打高辛，我就可以早点问你了，你告诉我怎么做才对，我也不用来刺杀禺疆，还被臭男人的汗巾堵嘴……"

玱玹一边轻拍着阿念的背，一边琢磨着：以师父的手段，白虎部和常曦部肯定讨不着好，可是立储君的事既然被提了出来，师父就必须面对。因为这不仅仅是白虎部和常曦部关心的事，还是青龙部、羲和部，所有高辛氏族和朝臣都关心的事。除了阿念，没有人再名正言顺，但师父从未将阿念作为国君培养过……师父这一步如果走不好，高辛会大乱。最稳妥的做法自然是为阿念选一个有能力又可靠的夫婿，立阿念为储君，再悉心栽培阿念的孩子。师父要选蓐收吗？难道这就是蓐收最近一直在强硬进攻的原因？

玱玹实在猜度不透师父的想法，虽然他跟在师父身边两百多年，可他依旧看不透师父，就如他永远都无法看透爷爷，也许这就是帝王，永远难以预测他们的心思。

为了刺杀禺疆和丰隆，阿念连着折腾了几日，昨儿夜里压根儿没合眼，这会儿哭累了，紧绷的那根弦也松了，呜呜咽咽地睡了过去。

玱玹对侍女招了下手，让她们服侍阿念歇息。

玱玹走出营帐，顺着侍卫指的路，向着山林中行去。

夕阳下，璟和小夭坐在溪水畔的青石上，小夭喋喋不休地说着什么，璟一直微笑地听着，小夭突然飞快地在璟唇角亲了一下，不等璟反应过来，她又若无其事地坐了回去，笑眯眯地看着别处。

玱玹重重踩了一脚，脚下的枯枝折断，发出清脆的声音。

小夭立即回头，看到他，心虚地脸红了："哥哥。"

璟若无其事地站起，问道："王姬离开了吗？"

玱玹说："她睡着了，我看她很是疲累，不想再折腾她，命侍女服侍她在小夭的帐内歇下了。小夭，你今夜就和苗莆凑合着睡一晚。"

"我和阿念睡一个营帐也可以啊！"

玱玹不想小夭和阿念接触太多，说道："不用，我让潇潇在照顾她，你去和苗莆凑合一晚。"

小夭说："好。"

璟看玱玹好像有心事，主动说道："我先回去了。"

小夭笑着朝他挥挥手。

玱玹沿着溪水慢步而行，小夭跟在他身侧，等他开口，可等了很久，玱玹都只是边走边沉思。

小夭不得不主动问道："你在想什么？是为阿念犯愁吗？"

"我在为这片土地上的百姓犯愁。"玱玹叹了口气，"我在轩辕出生，在高辛长大，有时候，我分不清我究竟是把自己看作轩辕人，还是高辛人。作为轩辕国君，我应该很高兴看到高辛出乱子，对轩辕而言是有机可乘的大好事，可我竟然一点都不高兴，反而衷心地希望师父能想出妥当的法子，解决一切，不要让这片土地被战火蹂躏。"

小夭眨巴着眼睛："现在究竟是谁在用战火蹂躏这片土地？"

玱玹气恼，拍了小夭一下："我虽然挑起了战争，但我和师父都很克制，迄今为止战争并未波及平民百姓，但如果高辛真出了内乱，那些人可不会有师父和我的克制，他们只会被贪婪驱使，疯狂地毁灭一切。"

小夭心中惊骇："究竟会出什么乱子？"

"告诉你也没用，不想说！"

"你……哼！"小夭气结，转身想走，"我去找璟了。"

玱玹一把抓住她："不许！"

玱玹的手如铁箍，勒得小夭忍不住叫："疼！"

玱玹忙松了手，小夭揉着胳膊："你怎么了？太过分了！"

玱玹紧抿着唇，一言不发，越走越快。

小夭看出他心情十分恶劣，忙跑着去追他："好了，你不想说，我就不问了。慢一点，我追不上你了……"

玱玹猛地停住步子，小夭小心翼翼地看着他。

玱玹望向西北方，低声说："还记得在轩辕山的朝云殿时，你曾说……"

小夭静静等着玱玹的下文，玱玹却再没有说话，小夭问："我怎么了？"

玱玹微笑着说："没什么。"

玱玹的微笑已经天衣无缝，再看不出他的真实心情，小夭狐疑地看着他。

玱玹拉住小夭的手，拖着她向营帐行去，笑道："回去休息吧，我没事，只是被阿念的突然出现扰乱了心思。"

小夭却没有随着玱玹走，她看着他说："我不喜欢你攻打高辛，时不时会讽刺打击你，但我并不是完全不理解你。虽然你出生在轩辕，可你在高辛的时间远远大于轩辕，这片土地让你成为了今天的你，从感情来说，只怕你对高辛的感情多于轩辕。我知道你这次带我出来，只是想让我不要那么紧张担忧，你想告诉我，你没有变！你是帝王，可你也依旧是那个和普通人一样会伤心难过的男孩，自己失去过亲人，自己痛过，所以绝不会随意夺去别人的亲人，让别人也痛。我不知道高辛会发生什么，但我知道你会阻止最坏的事发生。"

玱玹缓缓回过头，笑看着小夭，这一次的笑容，很柔和、很纯粹，是真正的开心。

小夭不好意思地笑了笑，摇摇玱玹的手："我们回去吧！"

◈

清晨，阿念醒来时，发现自己在飞往五神山的云辇上。

她不甘心，觉得玱玹不能这么对她，可又隐隐地觉得这是最好的告别方式。能说的都说了，剩下的都是不能说，或者说了也没用的！

阿念摸着手腕上缠绕的扶桑游丝，这是她请金天氏为她铸造的刺杀兵器，昨日，她距离玱玹那么近，却压根儿没有动念想用它。

丰隆的大军进攻缓慢，仗打了十年，所占的高辛国土连十分之一都没有，可如果有朝一日，轩辕大军到了五神山前，她会不会想用扶桑游丝去刺杀玱玹呢？

未解相思时，已种相思，刚懂相思，尝的就是相思苦，本以为已经吞下了苦，可没想到还有更苦的。

细细想去，对玱玹的爱恋，竟然从一开始就是九分苦一分甜，到今日，已全是苦，却仍割舍不下。

阿念弯下身，用手捂住脸，眼泪悄无声息地坠落。原来能号啕大哭时，还是因为知道有人听，盼着他会心疼，独自一人时，只会选择无声地落泪。

第七章 天下本一家

LOST YOU FOREVER

高辛和轩辕两军隔着丽水僵持了十日后，蓐收突然率兵大举进攻，派羲和部的青涟将军和禺疆交战。

虽然轩辕和高辛已经打了十年，可因为禺疆的有意回避和蓐收的暗中安排，禺疆从未在战场上和以前的朋友交战。禺疆本以为这一次和他交战的是句芒，没想到竟然是他少时一起玩耍练功的青涟，一个事出意外，一个早有准备，一个心怀歉疚，一个满心怨愤，禺疆缩手缩脚，青涟勇往直前，胜败立分。

献率领的右路军遇见了句芒。句芒也是高辛王的徒弟，和玱玹一般年纪，却总喜欢幻化成童子，看似一派天真烂漫，实际狡诈如狐。碰上性子沉稳、灵力高超的禺疆，他就如狐遇见虎，诸般花招都难以施展，可碰到献，诸般花招都可施展，占着地势之便，句芒竟然重伤了献。

主将重伤，军队溃败。

句芒趁势追击，想杀了献。就在句芒差点得手时，禺疆不顾一切，闯入句芒布的阵法中。

蓐收的计划，本就不仅仅是杀献，而是让句芒用献做诱饵，诱杀禺疆，所以那个阵法是专门为禺疆布置。

蓐收这个诱敌计策对一般人不会起作用，可禺疆为了救献，竟然失去一切理智，军纪军法都不管了，明知道是刀山火海也往下跳，九死一生救出了献，他却重伤将死。

蓐收率领的中路军这才出击，在禺疆和献都重伤的情况下，丰隆再勇猛也难以抵挡蓐收，何况玱玹就在军中，丰隆不敢冒险，只能下令撤退。

这一退，就连丢了三个城池。前两个城池是吃了败仗不得不丢，永州则是丰隆下令放弃。永州城墙低矮、无险可守，且城内粮草储备不足，在两个主将重伤的情况下，丰隆不认为撤入永州会是个好战略。

玱玹面对颓势，淡定地说："你是大将军，军中一切你做主。"丰隆一咬牙，也不管玱玹是否会认为他无能了，下令撤到三面环水的晋阳城，反正留得青山在，不怕没柴烧。

这次战役可谓两国开战以来，轩辕最惨的一次败仗，败得非常凄惨，差一点献和禺疆就都死了。轩辕大军本就推进缓慢，施行的是蚕食政策，一次败仗就相当于三年的仗白打了。再加上前面三次的败仗，轩辕相当于五年的仗白打了。

因为这次战役，蓐收扬名大荒。玱玹后来下令把蓐收刁钻的用人策略详细记录，但凡镇守一方的将军都必须揣摩学习。为什么蓐收之前宁可一直输，也不允许羲和部的子弟上战场？为什么要用句芒对献？至于为什么能用献诱杀沉稳的禺疆，玱玹反倒没有问。在很多很多年后，当冷面将军献嫁给禺疆时，所有人在不敢相信的同时也都明白了，他们不得不惊叹于蓐收的见微知著，当年就能连这点都看出并利用上。

丰隆气得大骂，骂禺疆、骂蓐收。可骂也没用，输了就是输了。

这一次是他们幸运，幸亏小夭恰好在军中，一身医术已经出神入化，禺疆才侥幸活了下来，献才没有残废，否则一下子失去两员年轻有为的大将，不要说丰隆，就是玱玹也承受不起。

面对惨败，丰隆担心玱玹会震怒，没想到玱玹反过来宽慰他："我早料到禺疆会大败一次，他是未开锋的宝刀，只有大败一次后，才会真正露出锋芒，只是没想到蓐收竟然和我的想法一样，一直不给禺疆这个机会。一旦给了机会，就是想要他的命。这次险死还生，对禺疆是好事，让他明白，一旦做了选择，就不可再犹疑，否则毁掉的不仅仅是自己，还有别人。"

丰隆郁闷地说："这个蓐收往日里看着嬉皮笑脸，没个正经，没想到竟然如此难对付。"

玱玹笑道："他是师父亲自教导的人，如果容易应付，高辛王也就不是高辛王了。"

丰隆心里嘀咕，陛下也是高辛王亲自教导的人，只是不知道陛下和蓐收谁更胜一筹。

玱玹似知他所想，说道："我和蓐收不同，没有可比性。不管是爷爷，还是师父，都是培养我如何成为一国之君。蓐收从小学习的是如何做人臣子，为官给一方富庶，为将守一方太平。"

丰隆嘿嘿地笑："陛下既得轩辕王教导，又得高辛王教导，自然是陛下远胜蓐收。"

玱玹笑盯了丰隆一眼："你别学着朝堂上那帮老家伙阿谀奉承。"

丰隆理直气壮、厚颜无耻地说："我这也是学习如何为人臣子。"

玱玹笑而未语，丰隆和馨悦这对双生兄妹，看似丰隆粗豪迟钝，馨悦聪慧细致，可实际真正精明的是丰隆，他懂得何时能进一步，何时该退一步，馨悦却不懂取舍，也不懂退让。

丰隆问道："陛下打算什么时候回神农山？不是我想赶陛下回去，这里毕竟是战场，我实在担心陛下的安危。"

玱玹道："本来应该回去了，可我总觉得会有事发生，再等等吧！"

半个月后，丰隆接到密信，高辛白虎部和常曦部竟然暗示，他们愿意投降。

丰隆大惊，立即把密信拿给玱玹，玱玹看完后，对丰隆说："你回信，态度摆得倨傲一些，表示不相信。"

丰隆按照玱玹的命令，回了信。

几日后，密使携密信到，要求必须见到丰隆，才能呈上密信。

丰隆请示过玱玹后，召见密使。

密使走进丰隆的大帐，作揖行礼。

丰隆端坐在上位，玱玹化身为侍卫，站在丰隆身后。丰隆按照玱玹的吩咐，依旧做出倨傲不信的样子，言谈间很是冷淡："不是我多疑，而是此事实在蹊跷，让人难以相信。如果我们轩辕已经占领了高辛大半国土，胜局注定，白虎和常曦两部来投降，还算合情合理，可如今，我们刚吃了大败仗，高辛占上风，白虎和常曦两部为何如此？凡事不合理则必有阴谋！"

密使摘去面具，竟然是常曦部的大长老泖。丰隆成年后，来高辛寻找金天氏铸造兵器时，爷爷拜托的就是泖长老帮忙，常曦部和赤水氏有姻亲关系，论辈分丰隆还得叫泖长老一声爷爷。

丰隆愣了一愣，忙站起，和玱玹眼神一错而过间，看玱玹赞许，他放下心来，说道："泖爷爷，您怎么来了？快快请坐！"

泖长老很满意丰隆的谦逊有礼，含笑道："事关重大，你不相信也是正常，有些话实不方便在信里说，为了让你放下疑虑，所以我亲自跑一趟。"

泖长老说着话，视线从玱玹和另一个侍卫的身上扫过，丰隆只当没看见，诚恳地说："在这个帐内说的话绝不会外泄，泖爷爷有话请直讲。"

泖长老犹豫了一瞬，说道："常曦部和赤水氏祖上有亲，当年常曦部落难时，你太爷爷还收留过常曦部子弟，我们常曦部的遭遇你应该听说过，想来知道常曦部和青龙部的恩怨。"

"略闻过一二。"

"前代高辛王的结发妻，第一位俊后，也就是现如今高辛王的母亲来自青龙部，在生高辛王时去世。我的两个姑姑美貌聪慧，被选进宫，很得前代高辛王喜欢，大姑姑大常曦氏被立为俊后，养育了四位王子，小姑姑小常曦氏养育了两位王子两位王姬，两位王姬嫁给了白虎部，两位王子的王子妃也来自白虎部。大概因为两位姑姑太得宠爱，青龙部总觉得姑姑想杀高辛王，从那个时候起，青龙部和我们两部就矛盾不断。年代久远，已经没有人相信，可前代高辛王的确很不喜欢还是大王子的高辛王，而是偏爱二王子宴龙，大姑姑对我父亲说，前代高辛王已决定立二王子为储君。但变故突生，一夕之间，二王子和俊后都被关入龙骨狱，高辛王登基，几年后，前代高辛王神秘逝世，大姑姑和小姑姑自尽。二王子被削去神籍，不知所终，其他五位王子流放的流放、幽禁的幽禁。五位王子不堪忍受，联合我们常曦和白虎两部起兵造反，这就是全天下都知道的五王之乱。”

泖长老眼内流露出深切的悲痛：“后来，五位王子全死了，株连妻妾儿女。”

丰隆说：“这已经是好几百年前的事，丰隆不明白和泖爷爷今日秘密来此有什么关系。”

“几百年来，看似常曦、白虎二部与青龙、羲和二部是地位平等的高辛四部，可实际高辛王只信任青龙和羲和二部，凡事都偏向他们。高辛王只有一位王姬，王姬性子顽劣、才能平庸，实在难当大任，可高辛王在青龙、羲和两部的鼓动下，竟然想立王姬为储君。”

丰隆困惑地看着泖长老，表示他依旧什么都没听明白。

泖长老气愤地说：“青龙部和羲和部打的好主意！他们想让蓐收成为王姬的夫君，王姬平庸，陛下身子一年不如一年，等陛下逝世后，高辛不就是蓐收说了算吗？与其等到日后整个高辛落入青龙部手里，常曦和白虎两部被逼到末路，不如现在就未雨绸缪、早做打算。”

丰隆说：“我没有听闻一点消息，可见高辛王还未做决定，泖爷爷可以联合诸位朝臣反对啊！”

泖长老说：“我们反对了，本来不少朝臣支持我们。可蓐收打了一次又一次胜仗，名扬天下的同时也俘获了人心，现在不仅朝中大臣很支持蓐收娶王姬，只怕民间百姓也会高兴王姬嫁给蓐收。白虎和常曦孤掌难鸣啊！”

丰隆这才彻底明白为什么他们打了大败仗，白虎和常曦反而向他们示好，想要投降。丰隆说道：“泖爷爷，丰隆实话实说，白虎和常曦两部虽然实力不如以前，但在高辛依旧举足轻重，两部投降，会动摇高辛的根基，泖爷爷想要什么？”

泖长老迟疑着没有说话，丰隆说：“泖爷爷请直言，只有这样丰隆才能清楚明白地奏报陛下，让陛下做决断。”

听到丰隆表示自己无权做任何决定，只是个传话人，泖长老反倒放心了，因为他所求，本就不是丰隆能做主的。泖长老咬了咬牙，说道：“我们帮轩辕王陛下取得高辛，陛下封常曦和白虎两部的部长[2]为王，将青龙、羲和两部的领地赏赐给我们。”

饶是丰隆已做了心理准备，还是被惊得心颤了一下，白虎和常曦竟然是要将青龙和羲和，甚至高辛王族驱逐出这片土地。难怪他们愿意投降！

丰隆定了定神，回道：“事关重大，我会立即密信禀奏陛下。五日内必有答复。”

泖长老听到明确的时间，略微放心，却看向丰隆身后站着的两名侍卫，眼含杀意。

丰隆也知道刚才泖长老说的话关系到两部的生死存亡，必须给泖长老一个满意的答案：“实不相瞒，这两位侍卫是陛下指派给我的人，就算我不让他们知道，陛下也会让他们知道。”

泖长老知道是轩辕王的心腹，不敢再计较，戴上面具，告辞离去。临别时，殷殷叮嘱道：“陛下一有回音，请立即通知我。”

丰隆一一答应，亲自把泖长老送到营帐口，泖长老也知道不好引人注目：“大将军就送到这里吧！”

待泖长老走了，丰隆回身看着玱玹，难掩激动。玱玹却平静地坐在丰隆刚才坐的位置上，以手

2. 部长：古代民族部落的首领。

支颔，默默地沉思着。

丰隆不敢打扰，恭敬地站立在一旁。

半晌后，玱玹说："地图。"

丰隆赶紧手握图珠，注入灵力，屋内出现一幅水灵凝聚的蓝色地图，山川河流历历在目，玱玹凝视着高辛的版图，问道："你怎么看？"

丰隆兴奋地说："划算！要让璟那家伙听到，肯定会说，是我们赚了的大买卖。如果不靠白虎和常曦两部，等轩辕千辛万苦攻下高辛，陛下也要论功行赏，将土地封给某个家族，让他们去做诸侯王。封给谁都是封，只要常曦和白虎真的归顺轩辕，封给他们也可以啊！这可是于国于民都有利的大好事，唯独可惜的就是我要少打好多仗了。"

玱玹说："答应了他们，可就没有你的份了。"

丰隆嘿嘿地笑："怎么会没有呢？"丰隆点着地图，"这里、这里，还有这里……我们已经打下的，正好和赤水相连，封给我刚刚好，再多了我也不敢要。"

玱玹含笑瞅了丰隆一眼："你要的都是好地方。"

丰隆嘟囔："不好的地方陛下给了我，陛下也没面子啊！"

玱玹笑而不语，他并不怕臣子和他讨东西，他反倒喜欢丰隆这种大大方方的态度，所谓天下，本就是让天下人共享，好地方交给能干的人去治理，变成更好的地方，对他也是好事。

丰隆试探地问："陛下打算答应他们吗？"

"不急，五日后再说。"

丰隆明白了，即使玱玹打算答应，也要先晾他们五日，待他们坐卧不宁时，再附加一些条件。丰隆十分庆幸自己早早就选择了站在玱玹这边。

五日后，丰隆通知泖长老，陛下已有回复，但必须两部部长亲来商谈。

泖长老有点不满，可丰隆态度诚恳，一再说事关重大，所以才十分慎重。泖长老觉得丰隆说得也有道理，换成是他，只怕也会如此。

在丰隆和泖长老的安排下，两部的部长秘密赶来。

当他们看到接见他们的人不是丰隆，而是玱玹时，又惊又喜。两部都没想到玱玹居然会万里赶来，亲自和他们商谈，待他们若上宾，受宠若惊之余也彻底定了心，决意跟随玱玹。

经过商议，玱玹同意了他们提出的条件，日后封常曦和白虎两部的部长为王，子孙世世代代安居于此。常曦和白虎两部承诺彼此永不通婚，嫡系子孙的正妻必须选自轩辕的大氏。

签订了血盟后，两部部长和长老行大礼跪拜玱玹，表明常曦和白虎两部从此归顺轩辕，对玱玹效忠。

泖长老主动提议，两部可以即刻发兵，和丰隆的大军前后夹击，将蓐收的大军全部歼灭。

玱玹婉转地谢绝了泖长老的提议。

泖长老询问，他们该如何配合轩辕大军。

丰隆说："你们只需昭告天下，常曦和白虎两部从高辛脱离，从此效忠轩辕王，以轩辕为国。"

两位部长满面惊讶："只需要我们做这个？"他们本来以为一旦归顺，玱玹必定会先要他们出兵，一则看他们的忠心，二则他们毕竟不是轩辕的士兵，纵然损伤，玱玹也不会心疼。与其等着玱玹发话，不如他们主动请战，所以他们才主动提议前后夹击，歼灭蓐收。

玱玹说："只需要你们做这个。虽然从现在起，你们已是轩辕人，但士兵将领都祖祖辈辈生于此、长于此，命他们将刀剑对向一同生活在这片土地上的人，只怕心中不会情愿。能不动兵就不动兵吧！"

两位部长和几位长老既感激又惶恐，应道："是！我们这就往回赶，一回去，两部就联合昭告天下，从今后，常曦和白虎两部属于轩辕国。"

玱玹道："静候佳音。"

第二日，常曦和白虎两部宣布脱离高辛，归顺轩辕。

消息迅速传遍大荒，整个大荒都震惊了。在高辛氏的先祖还没有创建高辛国时，常曦和白虎两部就追随着高辛氏，至今还有他们动人的故事在流传，可几万年的情谊终于毁于一旦。

天下氏族一边唏嘘感叹，一边密切地注意着高辛王的反应。按理来说，高辛王应该讨伐常曦和白虎，但轩辕王的三十万大军还在高辛北边，他一旦调兵，轩辕王必定会挥军南下。如果他不讨伐，等于他默认了常曦和白虎以后不再属于高辛。

玱玹也在等高辛王的反应，他在军中的时间已太长，再隐瞒行踪很不方便，反正神农山有爷爷坐镇，无须担心出乱子，玱玹索性借机大张旗鼓地表露了行踪，让轩辕和高辛两国的大臣都看到：他亲自到军中督战，以一种虎视眈眈、势在必得的姿态。

两日后，高辛王宣布讨伐常曦和白虎两部，蓐收的军队按兵不动，高辛王将率五神军御驾亲征。

现在，天下氏族又等着看轩辕王的反应，虽然高辛王还未出征，可所有人都认定了常曦和白虎必败。常曦和白虎已宣布了自己是轩辕子民，轩辕王必须救援，否则会让天下部族寒心，谁还敢归顺轩辕？

一场波及整个高辛的惊天大战难以避免，全大荒都屏着一口气，在不安地等待。

玱玹的眉头紧紧地皱着，不允许任何人打扰他，总是望着五神山的方向沉思。

就在剑拔弩张、千钧一发时，突然传出消息；五神军阵前换帅。原来——就在高辛王全副铠甲、驱策坐骑起飞时，突然踉跄摔下，将士们这才发现高辛王一条腿上有伤，行走都困难，他根本无法领兵作战。

王姬高辛忆穿上铠甲，宣布代父出征。

也许因为百姓爱戴的高辛王竟然被常曦和白虎两部逼得抱病都要出征，也许因为王姬一个纤纤弱质的女子居然要临危受命代父出征，高辛百姓无比痛恨常曦和白虎两部，都盼着王姬打败常曦和白虎。但所有氏族的首领都认为，如果高辛王姬能打败常曦和白虎两部，就相当于太阳要从虞渊升起、汤谷坠落了。

大概因为玱玹也是这个认定，所以他按兵不动。

玱玹按兵不动，蓐收自然也按兵不动。

小夭没心情管谁赢谁输，她听闻高辛王竟然病到连坐骑都难以驾驭，立即决定赶往五神山，就算高辛王不想见她，她也要闯进去见他。

玱玹劝道："你先别着急，好不好？你不觉得代父出征这一幕有些似曾相识吗？阿念是师父一手养大，师父怎么可能会认为阿念能打仗呢？"

小夭怒嚷："我不管！我不管你的计谋，也不管他的计策，你们的王图霸业和我没有丝毫关系！现在，我只知道他养育过我，疼爱过我，用命保护过我！玱玹，我没有能力阻止你攻打高辛，你也休想阻止我去看他！"小夭怒瞪着玱玹，一副要和玱玹拼命的样子。

玱玹叹气："好、好、好，我不管，你去吧！"

他看向璟，璟说："陛下放心，我会陪小夭去。"

玱玹看着小夭上了璟的坐骑，两人同乘白鹤，飞入云霄，渐渐远去。也不知为何，玱玹心里很难受，竟然一个冲动，也跃上坐骑，追着他们而去。

待飞到小夭身旁，玱玹才觉得自己太冲动了，可已经如此——冲动就冲动吧！

小夭诧异地看着玱玹："你是送我们吧？你肯定不是要跟我们一起去五神山吧？"

玱玹板着脸说："一起！"

"你还是回去吧！"毕竟两国在交战，小夭不敢用己心揣度高辛王的心，她担心玱玹的安危。

"少废话！"玱玹的语气虽凶，脸色却缓和许多。

"那你变个样子，承恩宫的人可都认识你。"

"别唠叨了，我知道怎么做。"虽然是一时冲动，但玱玹有自信能安全回来，看小夭依旧忧心忡忡，他的心情终于好了。

到五神山时，小夭不能露面，玱玹更不能露面，只能璟出面，求见高辛王。

涂山族长的身份很好用，即使高辛王在重病中，侍者依旧立即去奏报。没多久，内侍驾驭云辇来接他们。

到了这一刻，小夭反倒豁出去了，反正她不会让玱玹有事，玱玹和高辛王见一面不见得是坏事。

在内侍的引领下，三人来到高辛王起居的梓馨殿。小夭心内黯然，高辛王往日处理政事、接见朝臣都是在朝晖殿，看来如今是身体不便，所以在梓馨殿见他们。

走进正殿，高辛王靠躺在玉榻上，满头白发，额头和眼角的皱纹清晰可见。小夭和璟倒还罢了，毕竟上次在赤水分别时，高辛王就重伤在身。玱玹却自从随小夭离开高辛，就再未见过高辛王，虽然小夭说过高辛王受伤，阿念也说过高辛王身体不好，可玱玹的记忆依旧停留在一百年前，那时的高辛王如巍峨大山，令人景仰惧怕，眼前的高辛王却好似坍塌了的山。

玱玹震惊意外，一时间怔怔难言，都忘记了给高辛王行礼。

小夭正想着如何掩饰，高辛王挥了下手，所有侍者都退了出去，殿内只剩高辛王和小夭他们三人。高辛王凝视着玱玹，叫道："玱玹？"

"是我。"玱玹向着高辛王走去，一边走，一边恢复了真容。

高辛王笑道："我正打算设法逼你来见我，没想到你竟然自己主动跑来了。"

玱玹跪在高辛王面前："师父，为什么会如此？"在这个殿堂之内，师父重病在身，却没有叫侍卫，依旧把他看作玱玹，对他没有丝毫防备，他也只是师父的徒弟。

高辛王笑道："你都已经长大了，我自然会老，也迟早有一天会死。"

玱玹鼻子发酸，眼内骤然有了湿意，他低下头，待了无痕迹时才抬起头，微笑道："小夭现在医术很好，有她在，师父的身体肯定会好起来。"

小夭跪在玱玹身旁，对高辛王说："陛下，请允许我为您诊治。"

高辛王把手给小夭，小夭看完脉，又查看高辛王的伤腿，待全部看完，小夭说："陛下虽然在赤水之北的荒漠中受了重伤，可高辛有很好的医师，更有无数灵药，陛下只要放宽心，静心修养，到今日就算没有全好，也该好了七八成。但陛下心有忧思，日日劳心，夜夜伤心，不能安睡，现如今伤不但没有好转，反而加重。陛下再这样下去，可就……"小夭语声哽咽，说不下去。

玱玹惊问道："日日劳心，夜夜伤心？"小夭说的真是师父吗？

高辛王无言，他可以瞒过所有人，却无法瞒过高明的医者，他能控制表情，以笑当哭，身体却会忠实地反映出内心的一切。

玱玹说："师父，日日劳心我懂，可夜夜伤心，我不懂。"

高辛王说："玱玹，你应该懂。当你坐到那个位置上，会连伤心的资格都失去，并不是我们不会伤心了，只不过一切都被克制掩藏到心底深处。"高辛王自嘲地笑，"很不幸，在我受伤后，我藏了一生的伤心都跑了出来，如脱缰的野马，我竟再难控制。"

玱玹眼中是了然的悲伤，低声说："我知道。"

高辛王好似十分疲惫，合上了双目，正当玱玹和小夭都以为他已睡着时，他的声音突然响起："我每夜都会做梦，一个又一个零碎的片段。有时候梦到我是个铁匠，在打铁，青阳笑嘻嘻地走进来；有时候梦到云泽和仲意，他们依旧是小孩子，就像你刚来高辛时那么大，他们一声声唤我'少昊哥哥'，一个求我教他剑法，一个求我教他弹琴；有时候梦到我的父王，我出生时，母后就死了，父王怕我不知道母后的长相，常常绘制母后的画像给我看；有一夜，我还梦到父王抱着我，教我辨认各种各样的桃花，我从梦中惊醒，再难以入睡，就坐在榻头，一个人自言自语地背桃花名，碧桃、白桃、美人桃……一百多个名字，我以为早就忘记了，可原来都记得。"

高辛王喃喃说："这些梦很愉悦，做梦时，我甚至不愿醒来，大概心底知道，梦醒后只有满目疮痍。一个梦里、一个梦外，却已是沧海桑田、人事全非。有时候，整宿都是噩梦，我梦见青阳死在我怀里，他怒瞪着我，骂我没有守诺；梦见仲意在火海中凄厉地叫'少昊哥哥，你为什么不救我？'；梦见满地血泊，五个弟弟的人头在地上摆了一圈，我站在圈中央，他们朝着我笑；还梦见父王，他笑吟吟地把我推到王位上，一边说'你要吗？都给你'，一边脱下王冠和王袍给我，他撕开自己的皮肤，鲜血流满他的全身，他把血肉也一块块递给我，直到变成白骨一具，他依旧伸着白骨的手，笑着问我‘你要吗？都给你’！”

玱玹、小夭、璟三人都听得心惊胆战，不敢发出一丝声音，似乎承恩宫的殿堂里真会走出一个白骨人，捧着自己的血肉，笑着问儿子“你要吗？都给你！”。

高辛王用手掩住眼睛，喃喃说：“所有人都遗憾我没有儿子，他们不知道我十分庆幸没有儿子。我害怕我的儿子会像我。如果他像我一样，我该怎么办？难道要我杀了他吗？还是让他像我一样，杀了他的父……”

“陛下！”璟突然出声，打断了高辛王的话。

高辛王睁开眼睛，神情迷惘，像是从梦中刚醒，不知置身何处。

也许因为玱玹和小夭都是局内人，不管再心志坚忍，都不知不觉被带入旧日往事，心神恍惚。反倒璟这个局外人最淡定，他将一碗茶端给高辛王，温和地说：“陛下，喝几口茶吧！”

高辛王饮了几口茶后，眼神渐渐恢复清明。他无声地惨笑，有些事一旦做了，他不能对人言，也无人敢听。

高辛王说：“静安王妃生完阿念后就无法再怀孕，我又不打算再选妃，很早我就知道此生只有两个女儿了。”

小夭咬着嘴唇，看着高辛王。

高辛王伸手：“小夭，我还记得你小时候，每日傍晚都会坐在宫殿前的台阶上，眼巴巴地望着路，一旦看到我，就会欢喜地跳起，飞快地奔向我，那是我一天中最开心的时刻。你对我的喜欢亲昵，不是因为我的权势，也不是因为其他，只是因为你喜欢我这个父王，我对你的疼爱呵护，也只是因为你是我的女儿。即使我没有答应过你的母亲，从不认识你的舅舅，我依旧会像当年一样对你。不要怨恨我曾冷酷地对你，我只是不想让你在我和玱玹之间左右为难。”

小夭紧紧地抓住高辛王的手，就好像唯恐再失去：“我知道……我心里能感觉到……我没有怨恨你。”

“没有怨恨吗？从你进来，一直陛下长、陛下短，似乎生怕我不记得自己做过什么。”

“我是有点怨气，就一点点，绝没有恨。”

“那你该叫我……”

小夭毫不迟疑地叫：“父王！”

高辛王笑了，玱玹却眉头蹙起。

高辛王瞅了玱玹一眼，说道：“我的子侄不少，却无一能成大器。三个亲手教导的孩子倒都很好，句芒可倚为臂膀，蓐收可委以重任，玱玹……”高辛王盯着玱玹，目光炯炯。

玱玹觉得自己被一览无余，下意识地想回避高辛王的目光，却终是没有低头，和高辛王平静地对视着。

高辛王说：“抚养教导了你两百多年，我很清楚，你的心不在一山一水，而是整个大荒。当你离开高辛时，我就在等待你回来。”

玱玹的心剧颤了几下：“既然师父知道，为什么允许我回轩辕？”

“璟，帮我个忙。”高辛王对璟指了下案上的图球。

璟走过去，把手搭在上面，随着灵气的灌注，一幅气势磅礴的大荒地图出现在殿内，占据了整个大殿，把他们几人都笼罩其间，群山起伏，江河奔涌。在这一刻，不要说高辛王和玱玹，就是小夭和璟也被这万里江山震撼。

高辛王说：“很多年前，在冀州的旷野上，小夭的娘亲指着远处问我‘那里有什么’，我极目远眺，说‘有山，有水，有土地，有人群’，她一连换了三个方向，分别是高辛、神农、轩辕，我的回答都一模一样。我想，她在那时就预见到，高辛和轩辕迟早会有一战，可她不想再有人像她和赤宸一样，所以她寄希望于我，试图点化我。”

玱玹凝望着万里江山，思索着姑姑的话。

高辛王笑对小夭说：“玱玹到高辛后，我看他年纪不大，行事已有青阳的风范。我又惊又喜，尽心尽力地培养他。见识不凡的臣子对我说‘虎大伤人’，那时，我就时时想起阿珩的话。我没有采纳臣子的建议，以温柔繁华令玱玹丧志，反而怕他们私下纵容子弟引诱玱玹走上歪路，所以鼓励玱玹去民间，像平凡百姓那样生活，鼓励玱玹走遍高辛，只有真正了解一方土地，才能真正治理好一方土地。”

玱玹困惑地看着高辛王，高辛王说的每一句话他都懂，可连在一起后，他不明白高辛王的用意了。

高辛王温和地道：“玱玹没有让我失望，更没有让青阳、阿珩和他的爹娘失望，玱玹像我期待的那样长大了，不对，应该说比我期待的更好。常曦和白虎两部认定我没有为高辛培养储君。身为一国之君，还是个百姓赞誉的贤明君主，我怎么可能忘记这么重要的事？我不但为高辛培养了储君，还培养了重臣，我教导的三个孩子，句芒可倚为臂膀，蓐收可委以重任，玱玹可托付天下。”

玱玹结结巴巴地说：“我……我不……不明白师父的意思。”

高辛王笑道：“傻孩子，你就是我培养的高辛储君啊！”

高辛王的话云淡风轻，甚至带着几分打趣，可听到的三人全被震得一动不能动，就连万事从容的璟也满面惊讶。

高辛王笑看着三个晚辈的表情。

半晌后，玱玹说：“师父，你说的是真的吗？”

“你觉得我会拿这事开玩笑吗？花费几百年的心血栽培你，只是一个玩笑？”

“可是……”玱玹强压住混乱的思绪，尽量理智平静地思索，“可是我不是高辛氏，我是轩辕氏！”

“谁规定了轩辕氏不能成为高辛百姓的君主？你都能让士兵去田间地头演方相戏，宣扬天下本一家，怎么今日又说出这种话？”

“朝臣会反对。”

“难道你攻打高辛，想将高辛纳入轩辕版图，他们就不会反对？”

“不，不一样！”

小夭实在听不下去了：“玱玹，父王不给你时，你硬想要，父王愿意给你时，你反倒推三阻四，你什么意思？难道你是觉得东西一定要抢来吃才香，还想接着打仗？”

“我不是那个意思，我只是……”玱玹深吸了一口气，苦笑起来：“我只是觉得枉做了小人，有些羞愧，一时间不好意思要而已。”

高辛王哈哈大笑，指着玱玹说：“他这点无赖的磊落像足了青阳，我和你们祖父都是端着架子宁死不认错的。”

小夭只觉满天阴云都散开了，笑着问：“父王，你既然早早就想过要传位给玱玹，为什么不告诉玱玹呢？还让他枉做小人，发动了战争？”

高辛王说：“我能想通，不管高辛还是轩辕，都是山、水、土地、人群，高辛的百姓也能接受不管谁做君王，只要让他们安居乐业就是好君王，可玱玹刚才说得很对，朝臣不会答应，这不是我一人之力能改变的，必须玱玹有千万铁骑，刀剑逼到他们眼前，当然还要有实实在在的利益，他们才会接受。比如常曦和白虎两部，不就是因为逼迫和利益，已经接受了玱玹为帝吗？”

玱玹头疼地说：“本来以为是我赚了，没想到是他们赚了。”

高辛王问：“你究竟答应了他们什么？”

玱玹沮丧地把和白虎、常曦两部的约定说出。

本以为高辛王就算不发火，也要训斥他几句，没想到高辛王说：“和我想的差不多。你做得很好，不允许他们通婚，待他们成为诸侯国时，就会彼此牵制。”

玱玹深感惭愧，不安地问：“青龙部、羲和部怎么办？他们一直忠心追随师父，不能让他们心生不满。”

高辛王说：“在五神山住了一辈子也住腻了，我想问你要一座山。”

“哪座山？”

“我想迁居轩辕山，青龙、羲和两部随我过去，请你将轩辕山一带的土地赐封给他们。”

轩辕山在轩辕国有举足轻重的地位，迄今为止唯一的主人就是老轩辕王。在小夭眼内，用五神山换轩辕山算是公平交易，可在玱玹和璟的眼里截然不同。高辛王移居轩辕山，一则向天下表明，自己和老轩辕王的地位一样尊崇，让所有氏族明白高辛绝不是亡国投降，二则类似于当年老轩辕王禅位后，放弃轩辕山，长居神农山，他们都不想让旧臣心存幻想，以为国能有二君。两位帝王都用封死自己的退路为代价，让玱玹的路走得容易一点，减少没必要的流血和牺牲。

影响更深远的一点是，高辛王此举等于将高辛一分为二，一半留在高辛，一半迁往西北，随着一代代通婚，口音会同化，风俗会彼此影响，高辛会完完全全融入轩辕族群中。玱玹刚开始攻打高辛时，就鼓励士兵举家迁徙到高辛，待城池稳固时，又采取各种政策，让轩辕的百姓迁居，也是和高辛王一样的心思，让高辛和轩辕先杂居，后交融。甚至玱玹答应丰隆，将赤水以南的土地赐给赤水氏，最终目的也是希望借助赤水氏，让赤水南北无分彼此。

玱玹心中感动，却实不愿师父为了他离开从小长大的故乡，说道：“师父，实不必如此。五神山和轩辕山的气候截然不同……”

高辛王抬了下手，打断了他的话：“神农山和轩辕山的气候也截然不同，你爷爷不住得好好的？我听闻轩辕王的身体养得比在轩辕山时好多了。轩辕山对轩辕国意义非同一般，肯定会有很多氏族反对，你敢给我，我很欣慰。”

“师父……”

“玱玹，我是真心实意想离开五神山，固然有你想到的那些原因，可我也有私心。五神山到处都是我父王的身影，一丛花、一潭池，甚至随便一个亭子上的楹联，都是他的作品，他一生的精力都花在了这些琐事上，我走到哪里都能看见。虽然我出生长大在这里，可这里没有什么快乐的记忆，回想过去，总是一个又一个阴谋，一次又一次谋杀。我累了！轩辕山看似没有我的记忆，可青阳、云泽、仲意、阿珩都在那里出生长大，我对朝云峰很熟悉，不会觉得寂寞。"

高辛王眼内都是疲惫："在那里，我应该不会再做噩梦。"

小夭说："玱玹，答应父王吧！"

玱玹重重地磕头，额头贴着地面，迟迟不肯起来。知道父亲死亡的原因后，他一直对师父心存芥蒂，今时今日，芥蒂终于完全消失。

玱玹能轻易地原谅小炎弅，却没有办法原谅师父，只因为小炎弅和他没有任何关系，而师父——危难时的收留、两百多年的悉心教导，在他心中，早逝父亲的面容已经和师父的面容渐渐融合。正因为在心里他已把师父看作了父亲，所以他无法用大道理说服自己去原谅。现在，一切恩怨都淡去，只留下心底最纯粹的感情。高辛王在以父亲之心待他，为他细细打算了一切；而他也如世间所有的儿女，竟无可回报父恩。

高辛王让小夭把玱玹扶起来。

璟看高辛王说了好一会儿话，担心他累了，端了碗蟠桃汁奉给高辛王，高辛王喝了几口，微微咳嗽一声，说道："正事说完，我们谈点私事。"

玱玹和小夭都看着高辛王，高辛王瞅了一眼璟说："小夭的事不需要我操心，我只需准备好嫁妆，等着她成婚就好了。可另一个女儿……"高辛王长长地叹气，"却实在让我发愁。玱玹，你说让她嫁给谁好？"

小夭扑哧笑了出来，玱玹尴尬地说："我以为师父想让蓐收娶阿念。"

"蓐收？他宁可为我出生入死地去打仗，也不会愿意娶阿念。就算他愿意娶，阿念也不会嫁。"

玱玹说："那就慢慢再找。"

"从你离开高辛，我就在找，已经找了一百年了，还是没找到一个她喜欢的。"高辛王揉了揉眉头，叹道："我应付她竟是比应付白虎、常曦两部都累。该讲的道理全讲了，能逼的也逼了，本想借着你攻打高辛，让她断了心思，没想到她竟是执迷不悟，还是一门心思念着你。玱玹，你说我该拿她怎么办？"

玱玹低着头，如坐针毡，小夭笑得趴在高辛王身边，只是捶榻。

高辛王说："小夭，你说说该怎么办？"

小夭笑道："妹妹想怎么办？"

"当然是嫁给那个玱玹了。"

"父王不反对吗？"

"我反对有用吗？反对了几十年，我也累了。如今想通了，罢罢罢！人生一世，看似漫长，也不过转眼沧海变桑田，不如称了她心、如了她意。小夭，你说父王说得对不对？"

小夭想了想，点点头。让阿念求而不得，她一生都会痛苦，与其如此，不如遂了她的心愿。就算日后有什么差池，玱玹看在父王的情分上，也不至于薄待阿念。

高辛王问：“小夭，你说那玱玹可愿意娶我女儿？”

小夭看高辛王一本正经，忍不住又捶着榻笑起来。可怜天下父母心，连高辛王也逃不过。阿念是高辛王姬，嫁给玱玹，有利于玱玹统一高辛，可高辛王绝不要女儿的婚事和政治利益扯上一点关系，一定要先谈妥了正事，才提出阿念的婚事，还强调是私事。高辛王想直接问玱玹的意思，却又担心自己有逼婚的嫌疑，只得让小夭做个缓冲。

小夭扯玱玹的衣袖：“喂，你愿不愿意娶我父王的女儿啊？”

玱玹看着小夭的手，觉得万分荒谬，如果当年他没有帮助涂山璟接近小夭，如果当年他像涂山璟一样向小夭表明心意，如果他从没有放手……是不是今日小夭的问话“你愿不愿意娶我父王的女儿”指的是她自己，而非阿念？是不是他就会欣喜若狂地说“愿意”，而不是又一次在她面前，痛苦无奈地答应另一个女人的婚事？

玱玹一直低着头，默不作声。小夭把头探到玱玹膝上，歪着头，从下往上看：“玱玹？”

玱玹抬起头，微笑着，说道：“只要师父不反对，我自然愿意。只是……阿念是王姬，而我已经有王后。”

高辛王显然早考虑过此事，说道：“只听说过国无二君，没听说过国无二后，你能立神农馨悦为王后，当然也可以立阿念为王后。”

小夭忽然想起，当年玱玹娶馨悦为王后时，阿念和轩辕王说了一通悄悄话后就平静地回了高辛，难道轩辕王早就有此打算……小夭立即说：“我同意，我同意。我妹妹自然也要做王后。”

玱玹看着小夭，唇畔的笑意越发的深，两只眼睛却黑沉沉的，如两潭深不见底的古井，透不出一点光亮来，小夭莫名地心惊，为了摆脱心里古怪的感觉，小夭大声问：“怎么？我说错什么了？”

玱玹笑：“没有，你说得很有道理，我会以王后之礼迎娶阿念，阿念与馨悦地位平等。”

高辛王说：“我迁居轩辕山后，五神山上所有的宫殿就是你的宫殿，我的想法是不如你将一座宫殿赐给阿念。你看着阿念出生长大，她是什么性子，你一清二楚，我实在不放心让她和神农家的姑娘住在一起。与其到时你左右为难，不如索性让两人一个居于神农山、一个居于五神山，永不见面。”

小夭拍掌：“这个主意好！”她也正担心阿念如何应付紫金顶上的一群女人，没想到父王早有安排。当高辛归入轩辕版图，玱玹必定要年年来一趟，即使每年只到五神山住一个月，那这一个月他也是完全属于阿念。

玱玹笑说：“好！说老实话，我本来还有点犯愁怎么给中原氏族交代，现在这样安排很妥当。”

小夭暗中叹了口气，虽然父王努力让女儿的婚事纯粹一点，可如果阿念背后没有一位强大的父亲和一个帝国，她怎么可能独享一座神宫？父王禅位给玱玹，与阿念无关，只是因为他和玱玹的感情，但在外人眼里，却像一次奢侈的嫁娶，高辛王将整个帝国做了阿念的陪嫁，中原氏族再自以为是，也不能说什么。

高辛王对小夭说：“我饿了，你去问问有什么吃的，帮我拿几样。”

“好。”小夭往外走。

璟明白这是高辛王想支开小夭，他道：“我陪小夭一块儿去，可以多拿一点。”

待小夭和璟都走了，高辛王盯着玱玹上下打量了一番，说道："你并不高兴娶阿念。"

玱玹的微笑淡去，说道："我不想隐瞒师父，阿念不是我喜欢的女人，就如静安王妃也不是师父喜欢的女人，但我会如师父对静安王妃一样，让阿念一生安稳。"

高辛王一直知道玱玹对阿念没有男女之情，并没有意外，他叹道："记住你今日的诺言。"其实，只有他明白，玱玹和阿念相比，幸福快乐的那一个是阿念。

玱玹脸上浮现出悲伤，问道："师父，娶自己喜欢的女人是什么感觉？"

高辛王黯然一笑，说："我不知道。"

"师父不是娶了姑姑吗？"

"我娶她时，并未喜欢她，待喜欢她时，她已把自己看作赤宸的妻。"

玱玹叹道："原来师父也不知道！"

高辛王轻声叹道："是啊！"

玱玹幽幽地说："有时候觉得很荒谬，我好像把整座花园都搬进了家里，可偏偏没有我想要的那一朵，偏偏没有！其实，我根本不想要一座花园，我只想要那一朵花！"

高辛王的手放在玱玹的肩上，轻轻地拍了拍，只有他明白，玱玹的平静下有多少苦涩和无奈。坐在了至高的位置上，看似拥有一切，实际上，连每一次的婚姻都不能随心所欲。一次又一次的联姻，不是玱玹多情，而是只有联姻可以化解矛盾、减少流血、避免战争……如果当年他能像玱玹一样委屈自己，也许就不会到今日，高辛四部不是你死就是我亡。

小夭和璟绕着梓馨殿转圈子。

小夭面朝着璟，倒退着走："以前，你和我说'轩辕王陛下不是当年的轩辕王陛下，高辛王也不是当年的赤宸'，让我不要事情刚发生就想最坏的结果，我没把你的话当真，可现在我终于明白了。"

璟说："其实，最重要的是现在的轩辕国不是以前的轩辕国。"

"怎么讲？"

"一场战役比的是将帅，漫长的战争比的却是国力，大半个天下都属于轩辕。轩辕、神农两大族群融合后，轩辕人才济济、物产富饶、兵强马壮，以轩辕的国力来说，不论是强攻还是蚕食，迟早会将高辛纳入版图。所幸陛下并不着急，选择了蚕食，轩辕对高辛就会像蚕吃桑叶一般，不管桑叶再大，蚕吃完桑叶都不会弄出太大动静。从玱玹发兵那日起，高辛注定会属于轩辕，高辛王陛下选择禅位给玱玹，很英明……"

小夭捂住耳朵，嚷道："不要听了！被你一说很多事都变了味道。"

璟拽住小夭，让她低头避开路边横生的树枝，笑道："大势虽不可逆，可人力也决定了很多，若没有陛下的克制、高辛王的豁达，很难有现在皆大欢喜的结局。"

小夭踮着脚往殿内看："你说他们谈什么呢？谈完没有？"

璟看她等不住了，笑道："过去看看。"

小夭立即跑到殿外，大叫："父王！"

玱玹走到门口，向她勾勾手，示意她进去。

小夭蹦过门槛，朝着玱玹跑过去，到了玱玹身边，才记起自己两手空空，忙回头看，发现璟提着食盒。她向玱玹吐吐舌头，笑起来："有你爱吃的糕点。"

进了正殿，小夭把装着糕点的大拼盘放在高辛王手边，笑眯眯地问："阿念真去打仗了吗？"

"真去了。不管我如何安排计划，常曦和白虎两部的行为必须惩戒，否则不能以儆效尤，给天下交代。"

"啊？"

"句芒在她身边。"

"那就是阿念会打个大胜仗了？"

"对。"

"打完了呢？"

高辛王看向玱玹，玱玹满面笑意，拿起块糕点丢进嘴里："打完仗，师父就宣布阿念会嫁给我。这样做两全其美，阿念以高辛王姬的身份惩戒了常曦和白虎两部的背叛，但她马上又是轩辕王后了，纵然打了两部，也相当于是我打的，不会逼得我还要去打回来。"

小夭哈哈大笑："所有人以为等的是一场惊天动地的大战，没想到等来的是一场盛大的婚礼。"

仲冬之月，十七日，代父出征的高辛王姬大败常曦和白虎二部。

同一日，轩辕王玱玹派赤水丰隆为使者，去五神山求娶高辛王姬为王后，高辛王同意了婚事。

婚事一定，两国之间的战争自然就停止了，本来还打算哭求玱玹帮他们报仇的常曦和白虎两部什么都不敢再说，只希望王姬千万不要记仇。

宫殿是现成的，只需布置一下；嫁妆早就准备好了，到时候不过是换个地方。经两国的大宗伯商议，用伏羲龟甲卜算后，婚期定在了第二年的季秋。

别人看着神农山和五神山来往密切，以为是在筹备婚事，实际上，高辛王和轩辕王是在为禅位做准备。

自玱玹离开高辛时，高辛王就在为今日做准备，很多的人与事早安排好。老轩辕王让玱玹放心留在高辛，有他在神农山，轩辕国的一切暂不需要玱玹操心，所有阻挠此事的人都会乖乖地表示支持。

高辛王禅位给玱玹看似是一件绝难完成的事，但在三位聪明卓绝的帝王谋划下，一步步有条不紊地进行着。

第八章 多情却似总无情

LOST YOU FOREVER

虽然玱玹已经迎娶过很多女子，可小夭从没为他准备过贺礼，每次都是玱玹帮她准备，吩咐苗莆以她的名义送出。很多时候，小夭连送的是什么都不知道。

这一次，玱玹和阿念大婚，小夭第一次亲自准备贺礼，她真的希望玱玹和阿念幸福快乐，虽然她很清楚，玱玹可以得到一切，某些简单的幸福却遥不可及，但她希望在玱玹给阿念快乐的同时，阿念也能给玱玹一点点快乐，毕竟阿念和其他女人不同。

婚礼的前一夜，当小夭正在最后检查准备的礼物时，玱玹走了进来。

小夭张开手，用身体挡住她的礼物："不许看，不许看，这是要你和阿念一起看的。"

玱玹压根儿没兴趣，连扫都没扫一眼，拽着小夭就往外走："陪我去漪清园走走。"

小夭沮丧了："你根本不在乎我的礼物。"

"对，我不在乎，我根本不想要！"

玱玹大步流星，小夭得小跑着才能跟上。直到进了漪清园，玱玹的步子才慢下来，小夭侧着头看玱玹："你喝酒了？你没有喝醉吧？"

"没有！"玱玹冷笑，讥嘲地说，"明日不是一般的婚礼，可是二世轩辕王迎娶高辛王姬的婚礼，高辛国内和边境上的军队加起来有上百万，事关重大，我哪有资格喝醉？”

小夭困惑地看着玱玹：“我以为你娶阿念会有一点点开心，难道在你心中，阿念和紫金顶上的女人一模一样吗？”

“阿念和她们不一样，但那种不一样不是我想娶她的不一样。”玱玹猛地朝着水面挥出一拳，漫天水花飞起，又噼噼啪啪地落下。

以前，玱玹成婚时也会不开心，可他控制得很好，这一次却好像要失控了。小夭问：“既然你如此不愿意，为什么要答应？”

玱玹猛地转身，盯着小夭，怒气冲冲地说：“为什么我要答应？你们不都觉得我理所当然应该答应吗？你有真正关心过我想什么吗？你关心的只是阿念想嫁给我！在你心里，反正我已经有那么多女人了，多一个阿念根本不算什么！”

小夭也火了：“难道不是吗？紫金顶上有那么多女人，再多一个能怎么样？你当年能兴高采烈地娶馨悦，阿念和她比，哪里差了？阿念给你的难道比馨悦少了？她给你的是整个高辛的太平安稳！”

玱玹脸色铁青，胸膛被气得一起一伏，一步步逼向小夭：“我几时兴高采烈地娶馨悦了？你倒是说说，我怎么兴高采烈了？”

小夭一步步后退，当年她在婚礼前就跑回了高辛，压根儿没亲眼见到玱玹成婚。小夭心虚，却嘴硬地说：“高辛的酒楼茶肆里都在说你的婚礼，又盛大又热闹，全天下都知道你兴高采烈了！”

小夭退到亭子的栏杆边，再无可退的地方，玱玹却依旧逼了过来。小夭缩坐到长凳上，背紧紧靠着栏杆：“玱玹，你别借酒撒疯，有本事你明日当着全大荒来宾、两国重臣的面闹去！”

玱玹双手撑在栏杆上，把小夭圈在中间，他弯下身子，脸凑在小夭脸前，一字一顿地说：“我告诉你，每一次成婚时，我都很难受，娶馨悦那次，难受到我都恨自己！也恨你！”

小夭身子往后仰，作势想用脚踹玱玹：“我告诉你，你再撒酒疯，我就动手了。”

玱玹凝视着小夭，头慢慢俯下，小夭的眼睛瞪得滴溜溜圆：“我真踹了！”

就在玱玹的唇要碰到小夭时，玱玹忽然头一侧，伏在了小夭的肩头。呼哧呼哧，小夭耳畔是他沉重紊乱的喘息。

小夭没敢动，柔声问：“玱玹，你究竟怎么了？”

玱玹抬起头，双手用力在小夭头上胡乱揉了一通，坐在小夭身旁：“你说得对，我没本事！明日，我依旧会像你说的那样，让全天下看到我兴高采烈。”如果他真有本事，当年何须为了涂山氏和赤水氏的支持，将小夭拱手相让？

小夭正在抓头发，听到玱玹的话，扭头看玱玹，可玱玹脸朝着亭子外面，她完全看不到玱玹的表情。小夭用手指头戳戳玱玹的肩膀：“你究竟是为什么生气？以前你的心思我能感受到，可现在我真的不明白。好吧！我承认我只考虑了阿念，没有考虑你，但我真的以为……对你而言，多一个少一个没什么差别。”

“小夭！”玱玹的声音又带着怒气了。

小夭忙道：“你不要这样，如果你真的不愿意娶阿念，我们想办法取消婚礼。”

玱玹沉默了一瞬，语气缓和了："怎么取消？明天就是婚礼，全天下都已知道，上百万大军在严阵以待，一个不小心，就会天下大乱，阿念会恨死你我。"

"我不知道。我不在乎阿念恨不恨我，也不管什么百万军队、天下安稳，反正只要你真不愿意，我就支持你。我们一起想办法，总有办法的。"

小夭为了他，可以不要性命，可以和全天下作对，可她想要长相厮守的却是另一个男人，玱玹轻声笑起来，听不出是悲是喜。

小夭猛地站起："我去找父王。"

玱玹拉住她，笑着说："反正紫金顶上已经有那么多女人了，多一个少一个的确没有什么关系，只不过我今天喝多了，但……已经好了。"

小夭盯着玱玹，玱玹拍拍身边，示意她坐。小夭坐下，玱玹说："老规矩，不要给我准备贺礼，不要说恭喜，明日也不要出现。"

"那我怎么对父王和阿念解释？"

"你是被高辛王除名的王姬，你出现本就很尴尬。"

虽然小夭很在乎高辛王和阿念，可和玱玹比，他们都没有玱玹重要，小夭说："好，我明天躲起来。"

玱玹懒散地靠着栏杆而坐，搭在膝上的手无意地弹着，每弹一下，一道灵力飞出，在湖面上溅起一朵水花。

小夭抱膝而坐，看着水花发呆，良久后，突然没头没脑地说："你一次都没有高兴过吗？"

玱玹回答得很快："没有。"

"我想你总会高兴一次的，迟早你会碰到一个喜欢的女子。"

"我也很想知道娶自己喜欢的女子是什么感觉，我想感受一次真心的欢喜，我想在别人恭喜我时，开心地接受。"

小夭忽而十分心酸，很用力地说："肯定会知道的。"

玱玹笑，低沉的声音在夜色中散开："我也是这么觉得，只要我有足够的耐心，肯定会等到那一日。"

"嗯，肯定会等到。不过，真等到那一日，你可不许因为她就对阿念不好。"

玱玹温柔地看着小夭，只是笑。小夭用手指戳他："你笑什么？"

玱玹笑着说："只要我娶了她，这事我全听她的。"

"什么？"小夭用手指狠命地戳玱玹，"你……你有点骨气好不好？什么叫全听她的？你可是一国之君啊！"

玱玹慢悠悠地说："这可和骨气没关系，反正我若娶了她，一定凡事都顺着她，但凡惹她不高兴的事，我一定不会做。"

小夭连狠命戳他都觉得不解气，改掐了："那如果她看我不顺眼，万一她说我的坏话，你也听她的？"

玱玹乐不可支，笑得肩膀都在轻颤，小夭有点急了，掐着他说："你回答我啊！"

玱玹一脸笑意地看着小夭，就是不回答。

小夭双手举在头两侧，大拇指一翘一翘，做出像螃蟹一般"掐、掐、掐"的威胁姿势，半开玩笑半认真地说："你说清楚，到那一日，你听她的，还是听我的？"

"两个人都听行不行？"

"不行！"

"也许你们俩说的话都一样。"

"不一样的时候呢？"

"也许没有不一样的时候。"

小夭着急了："玱玹，你给我说清楚！我也好早做准备，省得到了那一日，我招你们嫌弃！"

"我自然是听——"玱玹拖长了声音，"你的！"

"哼！这还差不多。"小夭舒了口气，又觉得自己幼稚，竟然被玱玹给逗得着急了，可看玱玹眉眼都含着笑，神情十分愉悦，又觉得没有白被玱玹逗。

小夭问："心情好一些了吗？"

玱玹点头。

小夭说："明天不开心时，就想想你得到的。即使你不开心，但让阿念开心吧！"

玱玹盯着小夭，眼睛眯了起来。小夭立即说："不是说我在意阿念多过在意你，而是为了你好……反正你明白的。"

"好，我听你的。"

明明可以说"我答应你"，玱玹却偏偏说"我听你的"，显然还惦记着刚才他和小夭的玩笑，小夭笑着捶玱玹。

玱玹一手握住小夭的拳头，一手搭在小夭身后的栏杆上，笑吟吟地看着小夭："五神山上你最喜欢的就是这个漪清园，日后，我在神农山的小月顶照着漪清园修个一模一样的园子给你。"

小夭明白玱玹的意思，虽然娘已离开很久，可父王依旧将娘常去的地方维持得和娘离开前一样，但以后这座园子不再属于父王。阿念势必会按照自己的心意重新修葺，所有属于小夭的记忆都会消失。

小夭凝望着不远处的竹林，默不作声，半晌后，微笑着摇了摇头，不是不心动，只不过小月顶也不会是她长居之地，何必白费功夫？倒是可以考虑让璟帮她在青丘山上建一个漪清园。

玱玹扭过了头，唇畔的笑意犹在，眼神却骤然转冷。

两人各怀心事，在亭内默坐许久，小夭说："回去歇息吧，你明日还要早起。"

两人走出亭子，才发觉繁星满天，不禁都放慢脚步。

小时，夏日的晚上，洗过澡后，小夭和玱玹常在廊下的桑木榻上戏耍，玩累了时，头挨着头躺下，就能看到满天的繁星。

玱玹轻声说："有时候会很怀念在朝云峰的日子。只是当年的朝云峰不属于我，我没有能力留住你。”他一直清清楚楚地记着姑姑要送走小夭时，他求姑姑留下小夭，慷慨地应诺“我会照顾小夭，不怕牵累”，姑姑却微笑着说“可是你现在连保护自己的能力都没有，更没有能力保护她，只是不怕可不够”。

小夭默默不语，眼中有淡淡的怅惘，直到走到自己的寝殿时，她才说道：“一切都已过去。现在，轩辕山、神农山、五神山都属于你了。”

玱玹微笑，自嘲地说：“是啊，都属于我了！”

小夭觉得玱玹的笑容中没有一丝欢欣，她担心地说：“明日的婚礼……”

玱玹挥挥手，示意她进屋：“难道我还能出什么差错？安心去休息，明日让苗莆和潇潇陪你出海去好好玩一天。”

小夭想了想，是啊，从小到大，玱玹从不会出差错。她放下心来，点点头，转身进了屋子。

玱玹负着手，在漫天星辰下，慢慢地走着。

他当然不会出差错！因为只有他不出差错，小夭才能想什么时候出差错就什么时候出差错，才能纵然是赤宸的女儿，依旧自由自在、无拘无束。

玱玹在心里说：姑姑，现在我是不是既有能力保护自己，又有能力保护小夭了？

◈

季秋之月，望日，二世轩辕王玱玹迎娶高辛王姬高辛忆为王后。

婚礼第二日，高辛王召集群臣，宣布了他的决定：因为他的身体实在难以再负荷繁重的朝事，为了不愧对列祖列宗、不辜负黎民百姓，他决定禅位给玱玹。

满朝哗然，可是常曦、白虎两部已经归顺玱玹，青龙、羲和两部坚定地支持高辛王的决定，高辛王的五神军自然也支持玱玹，等于高辛所有的军队都支持玱玹为帝，而赤水丰隆率领的三十万大军在高辛西北，离怨率领的三十万大军压逼到高辛东北，轩辕国内还有大军随时待发，反对的声音再激烈也没有用。

在上百万铁骑的拥护下，玱玹以强硬的姿态，成为了高辛的君王。

轩辕和高辛的战争彻底结束，两国合并，共尊玱玹为君。

自此，整个大荒几乎都在玱玹的统治下。

但，成为高辛的帝王并不是一个胜利的结束，而只是一个艰难的开始。以前只中原氏族和轩辕老氏族就矛盾不断，如今再加上高辛氏族，三方势力相争，更是大小冲突频起。大臣不仅彼此针锋相对，还会和玱玹针锋相对，政令的实施遭遇困难。

不过，玱玹的帝王路一直都风雨不断，从小到大，所有的磨难锤炼出他今日的性格——平和宽容、坚忍智慧。他以博大的胸襟去容纳所有的反对质疑，以坚忍智慧去化解一个又一个危机。对于打败过轩辕大军的蓐收，玱玹不但没有丝毫刁难，反而厚待尊重，私底下两人过从甚密；对于曾经反对他继位的臣子，玱玹也没有打压迫害，在处理政事时，玱玹依旧会聆听和采纳他们的建议；对于少数心怀恶意，四处煽风点火，企图以乱谋利的臣子，玱玹则是毫不留情地镇压。

在高辛王和轩辕王的帮助下，玱玹扛过了继位后最艰难的日子，让臣子和百姓都意识到，他们的帝王真的是玱玹了。

◈

玱玹的婚礼后，小夭在五神山又住了一段日子，主要是确定高辛王的身体无碍。

也许因为这一年来的忙碌让父王无暇去做噩梦，高辛王的身体有所好转，但要想全好，则必须静心休养。眼前显然不可能，只能等玱玹的帝位稳固，高辛王将一切事都真正放下，迁到轩辕山后，才有可能静心疗伤。

看高辛王身体已无大碍，小夭没有等玱玹，决定随璟先回中原。

回到神农山，神农山依旧是老样子，五神山的欢喜并没有传到这里。

小夭悄悄问轩辕王："馨悦没有反对吗？"

轩辕王漫不经心地说："肯定很不高兴，但她是个聪明人，知道无力阻止，也知道这事于她并无影响，总比玱玹把阿念娶回神农山好。"

小夭想想也是，阿念居于遥远的五神山，也就这几年玱玹要多花些时间在高辛，待一切稳定，绝大部分时间玱玹都在神农山，可以说阿念只拥有五神山和王后的名分，不行使任何王后的权力，不会抢走馨悦已经拥有的一切。

小夭道："父王真的很睿智，他知道放弃才能让阿念真正安稳一生。"

轩辕王面容一肃："能看清天下大势的人不多，看清了又能甘心舍弃、顺应的人寥寥无几，我以前小瞧了他的胸襟和气魄，可惜你娘先遇见了……"轩辕王悠悠一叹，未再多言。

小夭拿出一个玉蚕丝袋，递给轩辕王："这是玱玹让我带给你的。他说他没时间琢磨这东西，让爷爷看着办。"

轩辕王打开袋子，里面是半枚像鸭蛋的玉卵，轩辕王拿出自己的半枚，合在一起，变成了一枚完整的玉卵。

轩辕王悠悠一叹，几百年后，河图洛书终于完整。传闻说得到它就能得到天下，可其实是得到了天下，才能得到它。难怪赤宸、玱玹都不稀罕！

小夭好奇地问："这里面究竟藏着什么秘密？"

轩辕王说："我研究了几百年，已经有些头绪，很快就能知道。"

轩辕王闭起双目，将灵力探入玉卵，半晌后，他睁开眼睛，笑着叹了口气。

小夭问："外爷，看到了吗？"

轩辕王说："里面有大荒的地图，记载了很多阵法，可以变幻出各种气候地势，还有一段盘古大帝的笔记。"

“看来这东西真的是盘古大帝的遗物，他说什么？”

“只是一些稼穑笔记，记录着什么气候适宜种植什么，有点像神农王留下的医术笔记，是盘古大帝还未完成的东西。那些阵法，并不是用来行兵打仗，而是用来模拟各地气候，研究如何种植作物。”

小夭想了想，明白了：“神农王想去除天下万民的病痛，盘古大帝想让天下万民再无饥饿。”

轩辕王点了点头，叹道：“如何得到天下从来不是秘密，让天下万民免于饥饿，免于痛苦，自然就能得到天下。”

轩辕王看向窗外山坡上的一块块田地，若有所思。

小夭偷笑，外爷又有事要忙了。外爷不但想完成神农王的遗愿，还想完成盘古的遗愿，授民稼穑，丰衣足食。

轩辕王回过神来，收起了玉卵：“你笑什么？”

小夭弯下身子行了一礼，说道：“陛下，您把天下人的疾苦都装在了心上，天下人也会把您真正放进心里，千秋万代后，您会像神农王一样，被万民祭祀敬仰。”

轩辕王笑摇摇头：“我现在倒不在乎这些，只想尽力做些惠及黎民的事。”

◈

一年多后，高辛王移居轩辕山，入住朝云峰的朝云殿。

青龙、羲和两部随高辛王迁往轩辕山。玱玹将轩辕山附近原本属于轩辕王族的肥沃土地封赐给了青龙、羲和两部，除了土地，还有无数其他赏赐，十分丰厚，让原本因为背井离乡而心情低落的两部看到赏赐，都目瞪口呆，忘记了低落。

全部落迁居新地，必须要有大的祭祀活动。在用伏羲龟甲卜算时，青龙部的祭司卜出不吉，青龙部得高辛王准许后，请玱玹为他们改名。玱玹赐名青阳部。

本来，众人也没多想，后来才得知这是玱玹大伯的名字，青阳曾是老轩辕王最钟爱的儿子，也是轩辕王族都敬爱的一位大英雄。听闻镇守轩辕城的大将军应龙就十分尊崇青阳，玱玹在赐名前不仅询问了高辛王和老轩辕王的意思，还问过应龙。两部都明白了，“青阳”这个部落名代表了轩辕王族对他们的尊重，也代表了大将军应龙的认可。有了应龙的照应，不管在这片陌生的土地上碰到什么麻烦，想来都不会成为真正的麻烦。

最嘲讽的是，玱玹虽然将原属于青阳、羲和两部的大部分土地赐给了常曦、白虎两部，却让蓐收成为了大将军，率兵镇守常曦和白虎的封地，蓐收可是天下皆知的青阳部子弟。

虽然玱玹此举的确狠辣，但所有人也不得不佩服玱玹的胸襟气魄，他竟然就如此放心地把八十万大军交给了蓐收，没有猜忌、没有打压，连监军都没有派一个。

玱玹又任命句芒为大将军，统领原属于高辛王的五神军，镇守五神山。句芒和蓐收都是高辛王的徒弟，彼此交情很好，显然，玱玹对蓐收和句芒完全信任，不怕他们“私下勾结、意图不轨”。

青阳、羲和两部真正感受到了玱玹对他们的与众不同。

不管这种看重是因为想补偿他们远离故土，还是因为玱玹对高辛王的感情，反正玱玹对他们比对早早归顺了他的白虎、常曦两部要好很多，青阳、羲和两部本来的几分不甘和郁悒也就渐渐地消失了。

◈

整个大荒几乎都在玱玹的统治下，不再有以前的诸国纷争和壁垒。各国珍藏的医书都能收集到一起翻看阅览，印证对错，增补各自不足。

以前，各国的优秀医师害怕医术外传，互不交流，如今在轩辕王的传召下，汇聚到小月顶，一起讨论医术。

刚开始，他们还是说五分、留五分，当小夭毫不藏私地将整理好的《百草经注》分给他们时，他们捧着天下至宝，震惊到难以置信。

小夭说："各位都是大荒内最好的医师，翻阅一遍自然知道这本书是真是假。我不想多解释为何失传的《百草经注》会再次出现，我只想给各位讲一段我的小故事。"

在所有医师专注的目光中，小夭娓娓道来："我刚开始接触医术不是为了救人，而是为了杀人，我杀的人远比我救的人多。那时候，我从不觉得医者值得尊敬，也从不觉得《百草经注》有多么珍贵，直到有一日，我遭遇痛苦，对所有事都心灰意懒，我的外祖父轩辕王领着我走进医祖神农王曾住过的屋子。在那个屋子里，有半箱神农王的手札。你们肯定都听说过神农王以身试药，尝百草中毒身亡，那些手札记录的就是神农王从毒发到逝世前的所有用药和身体反应。"

小夭的表情很凝重，所有医师的表情也都很凝重。

"说的是百草，可单一本《百草经注》就何止百草？你们是医师，应该能想象万毒齐发的痛苦，但就在那么巨大的痛苦中，神农王不仅要处理国事，还坚持着记录下他所用的每一种药物。我从没见过神农王，但在阅读神农王的手札时，我边看边哭，看了一夜也哭了一夜。在神农王承受的痛苦前，我不能说自己的痛苦就变轻了，毕竟神农王是神农王，我是我，可因为感受到了一位伟大帝王的胸襟和情怀，我看待事情的眼界发生了变化。我为自己曾经轻视《百草经注》而羞愧，更为自己身怀宝物却未惠及他人而羞愧。从那一刻起，我才立志要学习医术，我一边学医一边行医，医馆没什么名气，来看病的都是普通人，但正因为接触了他们，我才开始理解一个医者带给别人的是什么，不仅仅是解除身体的痛苦，他给予的还是一个人，甚至一个家庭的喜乐安宁。因为我治好了一个小姑娘的父亲，小姑娘不用再被卖掉，她每日都和弟弟把采摘的野果放在我的门口。从那时起，我才真正开始用医者的心去学习医术。诸位都是名闻天下的医师，你们可还记得自己最初想学习医术的原因？"

小夭的目光清如水，从他们面上一一扫过。

"为了学习医术，我请求陛下派了个老师给我，就是陛下御用的医师鄞，我们经常一起交流学习医术。我是有小小的私心的，我只是一个人，不管医术再好，都能力有限，所以希望鄞的医术更好，能更好地照顾陛下的身体。我的外祖父轩辕王看到我和鄞时不时为了一种药草、一个药方争执，当外祖父听我说《百草经注》中记载的药草多生长于中原，很多海里的药物《百草经注》中就没有记载，外祖父突然生了一个念头，想集天下医师之力共同整理编纂出一套医书，补《百草经注》之不足，让更多的药草和药方能惠及世人。”

所有医师震惊地看着小夭，疯狂，太疯狂了！竟然有人想比《百草经注》做得更多？

小夭平静地说：“当时，我也觉得不可能。这个念头很疯狂，全天下估计也只有轩辕王陛下敢想、敢做。我没有外祖父的气魄，根本不相信能编纂出一套记录全大荒药方和医术的医书，只是觉得能收集一点是一点，我虽比不上神农王以身试药的情操，但只要尽了全力，至少问心无愧。可没想到，竟然真有这一日，全大荒的优秀医师汇聚在小月顶，大荒各地还有外祖父派出去深入民间、搜集整理药方的小医师们，我想，外祖父的心愿有希望完成了。”

小夭诚恳地说：“我们每个人学习医术的原因各不相同，在座诸位都是大医师，医术给诸位带来了名和利，但名和利终不过身死就散。这世间无数人来了又走了，不过飞鸿飘絮、爪影不留，有几人能为后世留下点什么？又有几人能为千秋万代留下点什么？外祖父给诸位的不仅仅是彼此交流和提高医术的一个机会，还是让各位能影响千秋万代的机会。很久很久后，恢宏雄伟的城池坍塌了，一代又一代的帝王死了，无数的英雄传奇湮灭了，可我坚信，你们所编撰的医书依旧会在世间流传，依旧会让无数的父亲康复、无数的女儿欢笑。”

小夭站起，对所有的医师行大礼：“我恳求各位，将一生所学分享给世人，让大荒、让千秋万代的人，因为你们，重获健康和幸福。”

不知何时，轩辕王站在一旁聆听，此刻，他徐徐说道：“你们能学有所成，都是有智慧的人，请明白，在分享你们所学的同时，不是失去，而是得到。”

所有医师看看手中的《百草经注》，再看看轩辕王，最后望向小夭，有人震惊，有人深思，还有人满目热切，到后来都渐渐地变成坚定，开始三三两两地向小夭回礼，最后全都在给小夭行礼：“我们愿效仿医祖神农王，尽一生所学，编纂医书。”

轩辕王看着伏地对拜的小夭和医师，微微而笑。

四海之内无战事，春去春回，寒来暑往，忙碌的日子过得格外快，不知不觉中，十五年过去了。

傍晚，玱玹到小月顶时，看到小夭和几个医师在忙忙碌碌地整理书籍，门外站着二三十个医师。他们神情疲惫，脸上却带着满足的笑，期待地盯着屋内，就连轩辕王也好像有些焦灼，看似和璟品茶聊天，却时不时看向医师围聚的方向。

玱玹停住步子，好奇地看着。

一会儿后，听到有人说：“完成了，完成了，最后一册也完成了！”

所有医师都挤到门口，轩辕王也站起来。

小夭捧着两摞厚厚的帛书向轩辕王走去，所有医师尾随在她身后。

小夭跪倒在轩辕王面前，朗声说道："不负陛下重托，医书历时四十二年完成。前后共有六十八位大医师编纂，三千七百七十三名小医师搜集整理。为了搜集药物，小医师们足迹遍布大荒，三十八人坠下悬崖身亡，五十二人在山洪和暴风雪中失踪，六十一人死于怪兽毒物瘴气，还有七位大医师病殁于书案前，死时仍握着笔，在记录药方。"

几十年的努力，无数人的心血，甚至是生命，随着小夭的话，所有医师都默默地掉下眼泪。小夭眼中也泪光闪烁，她将手里的书高高举起："医书共有五十五卷，分为两大部，三十七卷记录了大荒内的药草、药方和医术，论述生死之途，十八卷是未有病而防病，论述养阴养阳之道，请陛下赐名！"

创建一国、征战四方、统一中原、刺杀、禅位……所有大荒内惊心动魄的大事轩辕王都经历过，他从来喜怒不显，没有动容，可是这一次，他的手在微微发颤。

轩辕王轻轻地抚着书，说道："这套医书虽然是我召集所有医师完成，但没有玱玹，我不可能做到。因为玱玹，才有可能召集到天下各族医师，踏遍大荒，一起完成一套医书。所以，玱玹，你来赐名吧！"

玱玹本来在一旁津津有味地看着，突然听到爷爷叫他的名字，有些意外，却没有推辞。他走到轩辕王身旁，拿起侍者准备的笔，微微沉吟了一瞬，在十八卷医书上挥毫写下：圣济内经，又在三十七卷医书上挥毫写下：圣济外经。

八个苍劲有力的大字宣告着旷古医书《圣济内经》和《圣济外经》的诞生，众人齐声欢呼。

老轩辕王名济，突然看到自己的名字，愣了一下，欢畅地大笑起来。医书成，令天下苍生去病痛，让万民得欢乐，是帝王喜！有孙如玱玹，是他的喜！

◈

编纂医书的心愿完成，持续了几十年忙忙碌碌的生活突然结束，小夭十分兴奋，觉得终于可以什么事都不做地休息了，她和璟去了一趟轩辕山，看望高辛王。

大概因为不再有案牍劳神、政事操心，高辛王的伤恢复得很好，只是耽搁的时间有些长了，所以走路时略有些不便，小夭很遗憾。

高辛王瞅了璟一眼，笑道："我已是糟老头子，又没有姑娘看我，走得难看一些有什么关系？倒是璟的腿，如果能治还是治了。"

璟淡淡一笑，什么都没说，高辛王也就没再提起。

轩辕王住在神农山时，连小月顶都不下，除了组织医师编纂医书，就是研究稼穑。曾经行兵打仗的阵法被轩辕王用来变幻出大荒内各地的气候，种植各种各样的作物，有的是药草，有的是粮食，有的是瓜果，还有的连小夭都不知道是什么。反正轩辕王待在小月顶上天天种地，只关心他田地里的作物，对外面的事情全不在意。

高辛王却是相反的，他在轩辕山上根本待不住，总是在山外面，连带着小夭和璟也住在了山下。

高辛王在轩辕城的一个偏僻巷子里开了个打铁铺子，从农具到厨具什么都打，就是不打兵器。铺子很偏僻，但手艺真的没话说，十几年下来，已经很有名气，每日来打东西的人络绎不绝。高辛王迎来送往，亲切和蔼、耐心周到，各家大婶大伯都喜欢这个俊俏的老头。

不打铁时，高辛王会从一个号称千年老字号的小酒铺子里沽一斤劣酒，一边喝酒，一边和一个留着山羊胡的三弦老琴师下一盘围棋。

高辛王总是输的多，山羊胡老头赢得高兴了，会拍着高辛王的肩膀说："不怪你天赋差，而是这玩意可不是一般人能玩的，知道是谁发明的吗？是一世轩辕王！我是祖上很有来历，身世不凡，才学了点。"

高辛王笑呵呵地听着，山羊胡老头高傲地翘着他的山羊胡。

铁匠铺子前，有一株大槐树，槐树下堆了不少木柴。

璟帮高辛王劈柴，小夭坐在一块略微平整的大木头上，双手托着下巴，呆滞地看着完全陌生的高辛王。这是那个在五神山上几乎不笑，一个眼神就能让臣子心惊胆战的高辛王吗？

璟劈完了柴，走到小夭身边坐下。

小夭喃喃地说："怎么就变成了截然不同的一个人呢？如果让蓐收和句芒看到，非吓死不可。"

璟说道："也许他只是做回了自己，你大舅青阳认识的高辛王大概就是这样吧！"

"也许吧！明明轩辕山上有的是美酒，他却偏偏要去打这种劣酒喝，总不可能喝的是酒的味道吧，应该是酒里有他想留住的记忆，难道那家破酒铺子真的是千年老字号，他和大舅以前喝过？"小夭叹了口气，"本来担心他在轩辕山会不适应，显然，我的担心多余了。我们在这里反倒打扰了他，明日，我们就离开吧！"

◈

回到神农山，小夭突然发现无事可干，她有些不能适应，和璟商量："你说我要不要去泽州城开个医馆？"

璟道："不如去青丘城开医馆。"

"可泽州近，青丘城远，每日来回不方便啊！"

"如果你住在青丘，肯定是青丘城更方便。"

"嗯？我住在青丘？"小夭一时还是没反应过来。

璟含笑道："青丘的涂山府早已经收拾布置好，随时可以举行婚礼。"

小夭的脸渐渐染上一层霞色，璟握住她的手，低声道："小夭，我们成婚吧！从订婚那日起，我就一直在盼着娶你。"

小夭心里溢出甜蜜，轻轻点了下头。

有了小夭的同意，当天晚上，璟就和轩辕王、玱玹商量婚期。

璟说不清原因，可他一直有种直觉，轩辕王对小夭嫁给他乐见其成，玱玹却似乎并不高兴小夭嫁给他。

按理说，不应该。因为当年璟和小夭不方便联系时，都是靠着玱玹帮忙，他才能给小夭写信，到了神农山后，也是靠着玱玹的帮忙，他才能和小夭频频在草凹岭见面，应该说，没有玱玹的支持，他和小夭根本不可能走到一起。

璟也曾静下心分析此事，玱玹态度的变化好像是从那次意映怀孕，小夭伤心重病后，大概因为当年他伤小夭太重，而且在玱玹眼里，和身家清白、年少有为的丰隆相比，他根本配不上小夭。不过，玱玹依旧答应了他和小夭订婚，璟只能寄希望于日久见人心，让玱玹明白他会珍惜小夭，绝不会再犯错。

果然，当璟提出他想近期完婚时，轩辕王和玱玹都在笑，可璟就是觉得玱玹并不高兴。

轩辕王说："你们订婚这么多年，是该成婚了。我这边嫁妆已经置办好，只要涂山氏准备妥当，随时可以举行婚礼。"

璟立即说："全准备好了，就算明日举行婚礼也绝对可以。"

轩辕王和玱玹都笑，小夭也红着脸笑。璟忙道："明日……明日肯定不行，我的意思是……已经全部准备好了。"

轩辕王问玱玹："你的意思呢？"

玱玹微笑着说："先让大宗伯把一年内适合婚嫁的吉时报给我们吧！"

潇潇领命而去，半个时辰后，潇潇就带着大宗伯写好的吉时返来。玱玹看了一眼后，拿给轩辕王看，轩辕王看完又递给璟，小夭忍了忍，没有忍住，凑到璟身旁，和璟一起看。

轩辕王问璟："你看哪个日子合适？"

真到做决定时，璟反倒平静了，想了想道："一个月后的日子有些赶了，不如选在三个月后的仲夏之月，望日。"

轩辕王道："很好的日子。"

璟和小夭都看向玱玹，等他裁夺。

玱玹的眼神越过璟和小夭，不知道落在何处，他微笑着喃喃说了一遍："仲夏之月，望日？"

璟道："是。"

玱玹迟迟未语，好像在凝神思索什么，正当璟的心慢慢提起来时，玱玹的声音响起，十分清晰有力："是很好的日子，就这样定吧！"

璟如释重负地笑了，朝轩辕王和玱玹行礼："谢二位陛下。"

轩辕王看了一眼玱玹，打趣道："要谢也该谢小夭，我们可舍不得把她嫁给你，只不过小夭眼里、心里都是你，我们真心疼她，自然要遂了她的心愿，让她嫁给你。"

璟笑起来，竟然真给小夭行礼："谢谢小姐肯下嫁于我。"

小夭又羞又恼："你们怎么都没个正经？"匆匆离席，出了屋子。

小夭觉得脸热心跳，有些躁动，不想回屋，沿着溪水旁的小径，向着种满凤凰树的山坡走去。

走进凤凰林内，芳草鲜美，落英缤纷，一个大秋千架上满是落花。小夭用袖子拂去落花，坐在秋千架上，荡了几下，心渐渐地宁静了。

玱玹穿过凤凰林，向她走来，小夭笑问："璟呢？"

"在和爷爷商量婚礼的细节。"

秋千架很大，足以坐两个人，小夭拍了拍身旁，让玱玹坐。

两人并肩坐在秋千架上，看着漫天乱红，簌簌而落，随着风势，红雨淅淅沥沥，时有时无，小夭心内有现世安稳的喜悦幸福，还有几缕难以言说的惆怅悲伤。

从朝云峰的凤凰花，到小月顶的凤凰花，一路行来，她和玱玹一直相依相伴，不管发生什么，都知道另一人就在身边。三个月后，她就要出嫁了，虽然青丘距离神农山不远，可不管再近，她和玱玹只怕也要几个月才能见一面。她有璟，可是玱玹呢？到时候，伤心时谁陪着他？喝醉后胡话说给谁听？

小夭问："你找到想娶的女子了吗？"

玱玹伸手接住一朵凤凰花，凝视着指间的凤凰花，微微笑着，沉默而忧伤。

小夭安慰道："迟早会碰到的。"可自己都觉得很无力，玱玹经历了无数困境磨难，无数阴谋鲜血，各种贪婪欲望，各式各样的女人，小夭实在想象不出究竟什么样的女子才能让玱玹那颗冷心动情。

玱玹将凤凰花插到小夭鬓边，问道："如果我找到了她，是不是应该牢牢抓住，再不放开？"

"当然！"小夭肯定地说："一旦遇见，一定要牢牢抓住。"

玱玹凝视着小夭，笑起来。

◈

小夭和璟的婚期定下，涂山和西陵两族开始紧锣密鼓地筹备婚礼。

季春之月，月末，玱玹要去一趟大荒的东南，处理一点公事，自然还会顺便去五神山住一小段日子，来回大概一个月。

临走前，玱玹对小夭说："我把潇潇留给你。"

"不，你自己带着。"

"小夭，我身边有的是侍卫，比她机警厉害的多的是。"

小夭十分固执："不，你自己带着，她是女人，有时候方便帮你打个掩护，最最重要的是她对你忠心。"

玱玹只得作罢："那我另派两个机灵的暗卫给你。"

小夭笑道："别瞎操心了，这都多少年过去了？何况有外爷在，没有人吃了熊心豹子胆敢动我。"小夭不好意思说还有璟，她如今是西陵氏的大小姐，又即将是涂山氏的族长夫人，小夭真不觉得还会有人像沐斐那样毫不畏死地来杀她。毕竟爹爹做事狠绝，一旦动手从不手软，留下的遗孤很少，没有灭族之恨的人纵然憎恶她，也犯不着得罪两位陛下和西陵、涂山两大氏。

小夭说："倒是你，一路之上小心一点。虽说两国合并已久，这些年没有前几年闹得厉害，可毕竟还是有危险。"

"危险总是哪里都会有，就算我待在紫金顶也会有人来刺杀。放心吧，我最精通的就是怎么应付危险，一定在你婚礼前平平安安回来。"

"嗯。"小夭轻轻点了下头。

玱玹走后，小月顶冷清了不少，幸好璟打着商议婚礼的名号，日日都来小月顶。

璟和轩辕王坐在廊下，一边品茶，一边下棋。

苗莆给小夭算日子："过了今日，还有四十九日小姐就要出嫁了。赶紧想想还缺什么，再过几日，就算想起来，也来不及置办了。"

小夭捂住苗莆的嘴，做了个嘘的手势："你别再闹腾了，涂山氏负责婚礼的那两个长老都被你折腾得去掉半条命了。"

苗莆呜呜几声，见反抗无用，只能闭嘴。

内侍走来，给轩辕王行礼，奏道："王后神农氏求见，说是来恭贺小姐喜事将近，为小姐添嫁妆。"

轩辕王问小夭："你想见她吗？"

小夭想起她和玱玹初到神农山时，馨悦是她的第一个闺中女友，两人曾同睡一榻、挽臂出游，可当馨悦真成了她嫂子时，两人反倒生疏了，她逃婚后，更是彻底反目。这些年，从未相聚过。

小夭说："她是王后，既然主动示好，我岂能还端着架子？何况毕竟是我先对不住丰隆和赤水氏。"

轩辕王对内侍吩咐："让她进来吧！"

馨悦进来，跪下叩拜轩辕王。

轩辕王温和地说："起来吧，一家人没必要那么见外。我正在和璟下棋，你也不用陪我，让小夭陪你去随便走走，这里什么都没有，就花还开得不错，值得一看。"

馨悦看到棋盘上的落子，知道自己的确打扰了轩辕王的兴致，不安地说："爷爷继续下棋吧，我和妹妹说会儿话就走。"

小夭陪着馨悦往外行去，馨悦看璟，人虽坐在轩辕王面前，目光却一直尾随着小夭，她心中滋味十分复杂，有点羡慕，又有点释然。

待看不到轩辕王和璟时，馨悦说："恭喜你。"

小夭笑道："光口头说说可没意思，要有礼物我才接受。"

馨悦笑起来："礼物有的是，已经派人送到章莪宫，估计这会儿你的侍女正清点记录呢，你要不要去看一眼？"

"不用了，王后送的东西肯定都是好东西。"

虽然两人都刻意地表达了善意，但已经破裂的关系，想回到当初不再可能。说了这几句话后，竟然就无话可说。

小夭搜肠刮肚都想不出来说什么好，馨悦却好像神游天外。两人顺着山径，沉默地走着，一直到了山顶，馨悦才惊觉她们竟然沉默了小半个时辰。

沉默的时间长了，小夭也无所谓了，大大咧咧地坐在石头上，怡然自得地享受着山风拂面。

馨悦突然说："我真的非常开心你能嫁给璟。"

小夭仰着头，笑得很灿烂，毫不扭捏地说："我也非常开心。"

馨悦看到她的笑容，不禁笑起来，这一次，小夭真的要嫁给一个男人，真的要彻底离开神农山，离开——玱玹了！

站在山顶，能远远地看见隐在云霄中的紫金顶，馨悦望着紫金宫，大声说："我祝福你和璟恩恩爱爱、美美满满。"

小夭抱抱拳，表示谢谢，她歪头看着馨悦，问道："做王后快乐吗？"

馨悦笑着说："我得到了我想要的一切，快不快乐我说不清楚，但很满意。"

小夭笑着说："我也该恭喜你。"

馨悦盯着小夭，很认真地说："因为得到了，所以最害怕的就是失去。谁要是和我抢，我一定不会饶了她。"

小夭暗叹口气，幸好父王让阿念永居五神山，不掺和到紫金顶上的争斗中，不过，抢的与被抢的都是玱玹的女人，要叹气也该玱玹叹气，和她无关。

小夭站起，迎着山风，张开双臂，忍不住大喊了一声："喂"！

喂——喂——喂——

在一波波的回音中，璟快步走过来，先把站在峭壁边的小夭拉到自己身边，才向馨悦行礼。

馨悦对小夭说："看看！这才不过大半个时辰，他就不放心地寻了过来。小夭，你是个有福的，一定要好好惜福。"

小夭总觉得馨悦话里有话，可仔细想去，又没有一点恶意，小夭微笑着说："我会的。"

馨悦说："我先走一步，去和爷爷拜别，你们慢慢下山吧！"说完，不等璟和小夭回答，她就施展灵力，飞掠下山。

第九章 魂梦安能定

LOST YOU FOREVER

孟夏之月，距离璟和小夭成婚只剩一个月，按照习俗，两人不能再见面。璟不得不回青丘，试穿礼服，检查婚礼的每个细节，确保一切顺利，然后就是——等着迎娶小夭了。

整个涂山氏的宅邸都翻修一遍，他和小夭日后常住的园子完全按照小夭的心意设计建造：小夭喜欢吃零食，园内有小厨房；小夭喜欢喝青梅酒，山坡上种了两株青梅；小夭喜水，引温泉水开了池塘……

虽然钺长老已经考虑得十分周到细致，可当璟把园子看成他和小夭的家时，对一切的要求都不同了，他亲自动手，将家具和器物都重新布置过。钺长老看璟乐在其中，也就随璟去。

孟夏之月，二十日，胡聋传来消息，涂山瑱病危，已经水米不进，清醒时，只知道哭喊着要见爹爹。

胡聋和胡哑是亲兄弟，也是璟的心腹，自涂山瑱出生，他就一直负责保护涂山瑱，虽然他深恨意映和篌，却无法恨怨涂山瑱，对瑱一直很好。

璟不忍意映被识神吸干灵力精血而亡，巧施计策，让意映病故，暗中却安排意映离开了青丘。

意映以前很爱热闹，各种宴请聚会都会参加，和各个氏族都有交情，整个大荒从西北到东南，很多人都见过她。如今意映却十分害怕见人，璟想来想去，也只有清水镇可以让意映安心住着，所以把意映送到了清水镇。

虽然意映不必再用灵力精血供奉识神，可毕竟以身祭养过识神，已经元气大伤。纵然仔细调养，顶多熬到瑱儿长大。璟为了不让意映消沉求死，也为了让瑱儿能多和母亲聚聚，每年春夏，都会派胡聋送瑱儿去清水镇住三四个月。今年因为他要成婚，特意嘱咐胡聋秋末再回来。可没想到瑱儿竟突然重病。

胡聋是稳重可靠的人，消息绝不会有假，还有二十多天才是大婚日，来回一趟并不耽搁，可璟心中隐隐不安，似乎不应该去，但瑱儿纵然不是他的儿子，也是他的侄子，何况在瑱儿心中，他就是父亲，如果瑱儿真有什么事情，璟无法原谅自己。

璟思量了一会儿，决定带着胡珍赶往清水镇，同时命令幽带上所有暗卫。

这是璟第一次要求最严密的护卫，幽愣了一愣，说道："下个月就要大婚，如果族长有什么预感，最好不要外出。"

璟问道："如果瑱儿出了什么事，我和小夭还能如期举行婚礼吗？"

幽躬身说道："明白了！请族长放心，我们一定让族长顺利回来举行婚礼，这就是我们存在的意义。"

临行前，璟给小夭写了一封信，告诉小夭他必须去一趟清水镇，将事情的前因后果解释清楚，让小夭不要担心，有暗卫跟随，他会尽快赶回青丘。

璟赶到清水镇时，已是第二日拂晓时分。

意映坐在榻旁，身穿黑衣，脸上戴着黑纱，整个人遮得严严实实，只一双剪秋水为瞳的双目留在外面。

璟问道："瑱儿如何了？"

意映神思恍惚，指指榻上没有说话，胡珍上前诊脉，璟俯下身子，柔声说："瑱儿，爹爹来了。"

瑱儿迷迷糊糊中看到璟，"哇"一声就哭了出来，伸手要璟抱，声音嘶哑地说："爹，我好难受，我是不是要死了？"

璟把瑱儿抱在怀里："不哭，不哭。你可要坚强，爹带来了最好的医师，待你病好了，爹带你去看大海。"

瑱儿有气无力地说："我要看大海。"

璟和瑱儿都期待地看着胡珍，胡珍皱皱眉，放下瑱儿的手腕，查看瑱儿的舌头和眼睛。璟看胡珍脸色难看，微笑着对瑱儿说："睡一会儿，好不好？"

瑱儿本就很疲惫困倦："嗯，我睡觉，爹爹陪我。"

"好，爹爹陪你。"璟的手贴在他额头，瑱儿沉睡过去。

璟这才问胡珍："是什么病？"

胡珍说："不是病，是毒。"

璟顾不上探究原因，急问道："能解吗？"

胡珍惭愧地说："这是狐套毒，下得刁钻，我解不了，但西陵小姐能解，只是时间有点紧……"

一直沉默的意映突然道："胡珍，你这些年倒有些长进，居然能辨认出狐套毒。其实，何必往远处寻什么西陵东陵，直接找下毒的人要解药不就行了。"

璟说："这倒也是个办法，可下毒的人是谁？你有线索吗？"

意映指着自己："近在你眼前。"

胡珍失声惊呼，下意识地挡在了璟面前，怒问道："虎毒不食子，你竟然给自己的儿子下毒？"

璟惊讶地盯着意映，眼中也全是难以置信。

意映笑道："你安排的这些人一个比一个像狐狸，如果不是用这刁钻的毒，让他们相信瑱儿快死了，如何能把你请来？"

璟冷冷道："我现在来了，你可以给瑱儿解毒了。"

意映愣了一下，笑问："你就不问问为什么要把你诱骗来？"

璟猛地抓住意映的胳膊，把她拖到榻前："解毒！"因为愤怒，他的声音变得十分阴沉，清俊的五官也有些狰狞。

意映无力地趴在榻上，仰头看着他，眼内忽然有了一层泪光："你是真的很在意瑱儿。"

璟冷冷地说："解毒！"他掌下用力，意映痛得身子发颤。

意映挣扎着说："解药在让我下毒的人手里。"

璟把意映甩到地上，大叫道："涂山篌！"

篌走进屋内，笑睨着璟，轻佻地说："中毒的是我儿子，我还没着急，我的好弟弟，你倒是着的什么急？"

璟问道："你究竟想要什么？"

"你留在清水镇的人已经全部被……"篌做了个割喉的动作，"你的暗卫也被拖住了，现在这个屋子外都是我的人，只要我一声令下，你会立即被万箭攒心。"

胡珍不相信，立即大声叫："胡聋，聋子，聋子！胡灵、小冬瓜……幽！幽……"竟然真的没有人回应他，胡珍气怒交加地说："篌，你不要忘记在列祖列宗面前发的血誓！如果你敢伤害族长，你也会不得好死！"

篌好似听到了最好笑的笑话，哈哈大笑起来："我不得好死？你以为我会怕死吗？"

璟问篌："既然想杀我，为什么还不下令？"

篌眯着眼笑起来："从小到大，所有人都说你比我强，不管我做什么，你都比我强。这一次，我要求一次公平的决斗，用生死决定究竟谁比谁强。"

璟说："我有个条件，放过胡珍。"

筱笑道："他是你那个侍女的情郎吧？好，为了不让她掉眼泪，我放过胡珍。"

胡珍叫道："不行，不行！族长，你不能答应……"

篌一掌挥过，胡珍昏倒在地。篌摊摊手掌，笑眯眯地说："终于可以和我的好弟弟安静地说话了。"

璟问："公平的决斗？"

篌说："对，直到其中一个死去，活下的那个自然是更好的，谁都不能再质疑最后的结果。即使母亲看到，也必须承认，对吗？"

璟盯着篌，黑色的眼眸里透出浓重的哀伤。

篌笑嘻嘻地说："从小到大，母亲一直在帮你作弊，不管我干什么，总是不如你。涂山璟，你欠我一次公平的比试。"

璟眼眸里的哀伤如浓墨一般，他说："既然这是一次公平决斗，你已选择了决斗的方式，我来选择决斗的地点。"

篌不屑地笑笑："可以。"

"好，我答应你。"

"这是解药。"篌把一丸药扔给意映，转身向外行去。

璟默默跟在篌身后。

从小到大，他曾无数次跟在篌的身后，跟着哥哥溜出去玩、跟着哥哥去学堂、跟着哥哥去打猎、跟着哥哥去给奶奶请安……当年的他们，无论如何都不会想到，有一日，他们会生死决斗。

两人乘坐骑飞出清水镇，璟选了一块清水岸边的荒地："就在这里吧！"

篌说："有山有水，做你的长眠地不错。"

璟看着篌，篌做了个请的姿势。

雾气从璟身边腾起，渐渐地弥漫了整个荒野，篌不屑地冷哼："狐就是狐，永远都不敢正面对敌，连子子孙孙都改不了这臭毛病。"

篌手结法印，水灵汇聚，凝成一条蓝色的猛虎，在白雾里奔走咆哮。老虎猛然跳起扑食，一只隐藏在白雾里的白色九尾狐打了个滚躲开。

篌大笑起来："璟，我知道你答应决斗是想拖延时间，希望幽他们能赶来，下个月可是你的大日子，你很想活着回去做新郎，可我告诉你，绝不可能！"

篌驱策猛虎去扑杀九尾狐，因为篌自小就更擅长杀戮，猛虎明显比九尾狐厉害，好几次都差点咬上九尾狐的脖子，九尾狐借助弥漫的雾气才堪堪闪避开。

篌笑了笑："不止你是狐的子孙。"灵力涌动，蓝色的猛虎变作了白色，白虎的身影也隐入了雾气中。

白雾里，忽然出现了很多只九尾狐，一只又一只从白虎身旁纵跃过，白虎急得左扑一下、右扑一下，却始终一只都没扑到，累得气喘吁吁，老虎的身形在缩小。

篌知道这是璟的迷术，那些九尾狐应该全是假的，如果再这样下去，他的灵力会被耗费到枯竭。篌猛然闭上眼睛，白色的老虎也闭上眼睛。

看不见，一切迷惑皆成空。虽然九尾狐就在老虎身边跑过，老虎却不为所动，藏身于迷雾中，只是警惕地竖着耳朵。

篌暗自庆幸，幸亏璟的喉咙和手都被他毁了，再唱不出也奏不出迷之音。世人只道青丘公子琴技歌声绝世，成风流雅事，却不知道那是璟自小修炼的迷术。如果璟现在能用迷之音，他得连耳朵都塞上，一只又瞎又聋的老虎还真不知道该如何杀九尾狐了。

老虎的耳朵动了动，猛地和身向上一跃，从半空扑下，看似是攻击左边的九尾狐，铁链般的尾巴却狠狠地剪向了右边的九尾狐，九尾狐向外跃去，身子躲开了，毛茸茸的大尾巴却没躲开，被老虎尾剪了个结结实实，一下子就断了两条。

璟喉头一阵腥甜，嘴角沁出血来，白色的雾气淡了许多，老虎长大了一圈。

九尾狐失去了两条尾巴，再不像之前那么灵活，因为白雾淡了，它也不容易躲藏，老虎开始凶猛地扑杀它。不一会儿，九尾狐又被老虎咬断了两条尾巴。

篌说："璟，你如果认输，承认你就是不如我，我让你死个痛快。"

璟面色煞白，紧抿着唇，一言不发。篌说："那我只能一条条撕断你的尾巴，让你以最痛苦的方式死去。"

老虎又咬断了九尾狐的一条尾巴，璟一面对抗着体内好似被撕裂的痛苦，一面还要继续和篌斗。

老虎一爪拍下，九尾狐又断了一条尾巴，篌怒吼着问："璟，你宁愿五脏俱碎，都不愿意说一句你不如我吗？"

璟的身体簌簌轻颤，声音却清冷平静："如果是以前的大哥问我这个问题，我会立即承认，我的确很多地方不如他。可现在你问我，我可以清楚地告诉你，我瞧不起你。你不过是一个被仇恨掌控了内心的弱者！"

篌气得面容扭曲，怒吼一声。

一声虎啸，好像半天里起了个霹雳，震得山林都在颤抖。老虎几蹿几跃，把九尾狐压在爪下。

璟跌倒在地，满身血迹。

篌咆哮着说："现在谁是弱者？你还敢瞧不起我？说！谁是弱者？"

璟一言不发，看都不看篌。

猛虎一爪用力一撕，九尾狐的一条尾巴被扯下，璟的身子痛得痉挛。篌怒吼着问："究竟谁比谁强？你回答啊！究竟谁不如谁？你回答我……"

白虎的后爪按着九尾狐，前躯高高抬起，两只前爪就要重重扑到九尾狐的身体上，将九尾狐撕成粉碎。

突然，篌的身体僵住，怒吼声消失，白虎的身体在慢慢虚化。

篌难以置信地低头，看到心口有一支刻着交颈鸳鸯的箭，他摸着箭镞上的鸳鸯，喃喃低语："意映。"

篌抬眼看向天空。

一匹白色的天马降落，一身黑裙的意映趴在天马上，手中握着一把铸造精美的弓。

因为身体虚弱，大概怕自己射箭时会掉下，意映用绳子把自己捆缚在了天马上。现在，意映解开绳子，身子立即从天马上滑落，她好似站都再站不稳，却用弓做杖，一步步，蹒跚地走过来。

篌盯着意映，心口的鲜血一滴滴滑落，唇畔是嘲讽的笑："这是我为你设计铸造的弓箭。"

"这也是你给我的！"意映一把扯落面纱。

她的脸犹如干尸，几乎没有血肉，一层干枯的皮皱巴巴地黏在骨头上，偏偏一双眼睛依旧如二八少女，顾盼间，令人毛骨悚然。

篌喉咙里发出咕噜咕噜的声音，不知道他究竟是想笑还是想哭："你救他？你竟然来救他？如果没有他，你我何至于此？"

"也许你该说，如果没有你，一切会截然不同！"意映看向地上的璟，眼中有极其复杂的情感，她曾一再伤害他，可他却宽恕了她。她曾经鄙夷地把那种善良看成软弱，但直到自己也经历了伤心彻骨的痛苦，她才明白，仇恨很简单，宽恕才需要一颗坚强宽广的心。

意映朝着篌摇摇晃晃地走去："可是偏偏我先遇见的是你！那年的五月节，我和女伴在高辛游玩，看高辛百姓放灯。没想到出了意外，不小心掉进水里，我不会游水，偏偏又被水草妖缠住，是你救了我。你撑着一叶扁舟，一边带着我观赏花灯，一边帮我寻找同伴，我看你不是第一次来高辛，问你来高辛做什么，你说'特意来看一个女子，听说她来看花灯了'，我明知道自己已经订婚，心里竟然微微有些失落。后来，寻到了我的同伴，你听到她们叫我'意映'，突然问道'你是防风小姐'？我说'是'，你盯着我看了一瞬，笑着说'原来是你'。说完，你就撑着扁舟，滑向了灯海。我听到远处有人叫'涂山公子'，你应了一声，女伴们都看着我哄笑起来，我们都以为你就是和我定亲的涂山公子，特意来看我。我眺望着你离去的方向，又惊又喜，心里居然也回荡着一句话'原来是你'。我准备好嫁衣，欢喜地等着出嫁，却传来你病重的消息，婚礼被取消。父亲打听出你不是生病而是失踪，舍不得把我这枚精心培育的棋子浪费在个死人身上，想要退婚，我却眼前总是你的身影，花灯如海，你撑着小舟，笑吟吟地说'原来是你'。我不顾父亲的反对，穿上嫁衣，千里迢迢赶到青丘，唯一的念头就是，我一定要找出害你的凶手，谁杀了你，我就为你杀了他。虽然你没有娶我，可我以你的妻子自居，尽心尽力地侍奉奶奶。当我确信是涂山篌害了你时，我决心要为你复仇。等篌回来后，就设法杀了他。那日是上元灯节，你刚做完一笔大生意，从轩辕城归来，我搀扶着奶奶去迎接你，满府都是花灯，你提着一盏水晶灯，徐徐行来，我呆呆地看着你，耳畔轰鸣的是'原来是你'！"

意映竭尽全力才射出那一箭，此时，顾着说话，再走不稳，被荒草一绊，跌倒在地上。她顾不上擦拭脸上的泥污，仰头看着篌："那一刻，我的恨化作了满腔欢喜，我不管你究竟是谁，你又做过什么，只要你还活着，我就很开心。"

意映柔声问："篌，我只想知道，你对我可有一分真心？"

篌冷笑，讥讽地说："人都要死了，有真心如何，没真心又如何？"

意映往前爬了几步，颤颤巍巍地站起，她回头对璟说："我答应篌设置这个陷阱，不是为了诱杀你，而是为了诱杀篌。我以前就和你说过，我和你不一样，辜负了我的人，我必要他偿还！瑱儿的毒已经解了，我留了一封信给他，让他知道他的父母做错了事，希望他长大后，能帮我偿还欠你的。璟，对不起，不是你不好，而是你太好。老天知道我配不上你，所以，让我先遇见了他。”

意映走到篌身前，抱住篌，在篌耳畔说：“不管你是真心还是假意，反正你答应过我做交颈鸳鸯，同生共死。”她一手紧抱着篌的腰，一手握住篌背上的箭，用尽全部力量往前一送，箭穿过篌的心脏，插入她的心脏。

篌虽然受了致命的一箭，可体内的灵气还未尽散，完全可以推开意映，可不知道篌是没反应过来，还是对意映有一分真心，竟然任由意映紧紧地抱住了他。篌好像对于意映想做什么一清二楚，在意映刚握住箭时，他竟然伸出双手，紧紧搂住意映，一边把意映用力地按向怀里，一边对璟笑说：“这一次，依旧不公平，又有人帮你作弊。还是我的妻子！”

当箭刺入意映的心口时，篌用尽所有残余力量，向前冲去，狠狠一脚踹在璟的心口：“一起死吧！”

璟的身子飞起，落入清水。

那一脚大概用尽了篌的全部灵力，他怒睁着双目，气息已断，身子却去势未绝，像一头山野猛虎般向前扑去，带着意映落入了清水。

意映紧紧地抱着他，倚靠在他怀里，眼角的泪珠簌簌而落。

被一支交颈鸳鸯箭连在一起的两人，一起消失在滚滚波涛中。

◈

小夭赶到清水镇时，正是夕阳西下时。

一片血迹斑斑的荒地；一匹未系的天马，悠闲地啃吃着草叶；一把染血的鸳鸯弓，静静躺在草丛里，弓身上反射着点点金色的夕阳。

人，却一个都不见。

小夭很清楚璟根本不擅长与人打斗，他和篌之间的差距就如山林中狐和虎的差距，山林里老虎不见得能捉住狐，可狐如果和老虎正面决斗，肯定是死路一条。篌口口声声地说着公平决斗，实际却是用己之长去和璟之短比试，让璟不管答应不答应都是死。

可是小夭不相信，她一遍遍告诉自己，璟一定活着！一定活着！因为再过二十四天他就要迎娶她，他怎么可能不活着呢？

小夭沿着河岸，不停地叫着：“璟——璟——”没有人回应她。

小夭不肯罢休，嗓子已经嘶哑，依旧不停地叫，静夜跪在她面前，哭着说：“我们都搜寻过了，没有族长。”

胡哑和幽在荒草地里走来走去，幽停留在岸边一堆被压倒的草上，胡哑对小夭说：“这是族长的血，应该是因为灵力凝聚的九尾狐被一条条砍去了尾巴，族长的五脏受到重创，再难支撑，倒在了这里。”

胡哑在四周走了一圈，抬头看幽，幽摇摇头。胡哑说：“这是族长最后停留的地方，他受了重伤，动作会很迟缓，不管朝哪里移动都会留下踪迹，除非……”幽点点头，胡哑指着清水说：“除非族长从这里跃入了河中。”

静夜欣喜地说：“那就是说族长逃掉了，他一定还活着。”

胡哑看了一眼幽，阴沉着脸说：“幽说不一定。如果族长是逃掉的，那么篌应该还活着，可是她闻到了篌的死气。”胡哑指着地上一长串的血，从远处一直蔓延到岸边，“这些血全是从篌的心口流出，到岸边时，血里已经没有一丝生气，说明他生机已断。”

小夭急切又害怕地问幽：“你能闻到篌的死气，那……那别人的呢？”

胡哑说：“族长是狐族的王，幽没有能力判断他的生死。”胡哑看小夭面色煞白，目中都是焦灼，好似随时会大哭出来，不忍心地补充道：“目前，只有篌，闻不到防风意映的死气。”

小夭说：“反正你们肯定璟掉进了河里。”

胡哑说：“族长总不可能凭空消失，这是唯一的可能。”

“我去找他！”小夭扑通一声跳进河里，身影瞬间就被浪花卷走。

胡哑叫：“已经派了船只在顺河寻找。”

静夜流着泪说：“让她去吧，如果什么都不让她做，她只怕会崩溃。”

这一夜，清水河上灯火通明，有的船顺流而下，有的船逆流而上，来来回回地在河里搜寻，还有几十个精通水性的水妖在河底寻找。

到后半夜，更多的船、更多精通水性的水妖陆续赶到清水镇，加入搜寻的队伍，清水河上热闹得就像过节。

天色将明，一天中最黑暗的时刻，也是一天中最冷的时刻，玱玹赶到。

他一身戎装，风尘仆仆，显然是在军中听闻消息后，连衣服都来不及换，就驱策最快的坐骑飞奔而来。

小夭仍在河里寻找璟，从昨天傍晚到现在，她就没有出过水。她在水下，一寸寸地寻找，竟然从清水镇一直搜到了入海口。

船把小夭带回清水镇，小夭不肯罢休，竟然想从清水镇逆流而上，所有人都看出小夭已经精疲力竭，可没有人能阻止她。小夭跳进河里时，双腿抽搐，根本无法游动，她却紧紧地抓着船舷，就是不肯上来，好似只要她待在水里，就能靠近璟一点，就能让璟多一分生机。

直到玱玹赶到，他强行把小夭从水里拎了出来。

小夭面色青白，嘴唇紫黑，目光呆滞，头发湿淋淋地贴在脸颊上，整个人冷如冰块，玱玹叫她，让她喝点酒，她没有任何反应。玱玹掐着她的脸颊，强迫她张开嘴，将一小壶烈酒硬给她灌进去，小夭俯下身子剧烈地咳嗽，整个人才像是活了过来。

潇潇用帕子把小夭的头发擦干，又用灵力把她的衣衫弄干。玱玹用毯子裹住小夭，想抱她离开。小夭的眼睛惊恐地瞪着，一边往后缩，一边用力地摇头，玱玹无奈，只能由着小夭坐在岸边。

小夭呆呆地看着河上的船只来来往往，不管玱玹说什么，她都好像听不到，只是过一会儿，就问一句：“找到了吗？”

一直到正午，清水被翻了个底朝天，不但没有找到璟，也没有找到篌和意映，唯一的收获就是一枚玉镯。青碧的软玉，不见任何雕饰，只是玉本身好，色泽晶莹、质地细腻，因为还未做好，形状还没全出来。

静夜看到，哭着说："族长说小姐不喜欢戴首饰，镯子戴着倒不累赘，所以自己动手做了这镯子。"

小夭猛地站起，玱玹拉住她，问道："在哪里发现的？"

一个人分开众人，上前奏道："在河下游，已经靠近入海处。"

小夭急切地说："璟……璟在那里。"

"因为发现了这个玉镯，所以小人们把上上下下又搜寻了一遍，连大点的石头底下都没放过，可一无所获。想来是顺着水流，漂入大海了。"

"那去大海里找。"小夭的声音好似绷紧的琴弦，尖锐得刺耳。

众人不敢多言，低声道："入海口附近已经都找过了。"

不管涂山氏的人，还是玱玹派来的人，都尽了全力，把附近的海域都找了，可那是无边无际的茫茫大海，别说一个人，就是把一座山沉进去，也不容易找到。何况海里有各种各样凶猛的鱼怪，神族的身体含着灵气，是它们的最爱。

玱玹下令："继续去找！"

"是！"众人上船的上船，下水的下水，不过一会儿，全部走空了。

明亮的阳光下，河水泛着一朵朵浪花，迅疾地往前奔涌，没有迟滞，更没有一丝悲伤，丝毫没有意识到它吞噬的是两个人的幸福。

小夭摇摇晃晃地说："我要去找他。"

玱玹说："就算去找璟也要吃点东西，你没有力气怎么去找他？乖，我们先吃点东西。"

小夭想挣脱玱玹的手，固执地说："我要去找他。"

玱玹看了潇潇一眼，潇潇立即快跑着离开，不一会儿，她摇着一艘小船过来，玱玹揽着小夭飞跃到船上。

船向着下游行去，小夭手里握着那枚没有做完的镯子，呆呆地盯着水面，像是要看清楚，无情带走了璟的河究竟长什么模样。

潇潇灵力高强，船行得飞快，太阳西斜时，船接近了入海口，从河上到海上有不少船只，依旧在四处搜索。

潇潇撤去灵力，让船慢慢地顺着水流往前漂。

小夭摸着镯子喃喃说："就在这里找到的镯子吗？"小夭挣扎着站起，想要往水里跳。

玱玹拉住她："你连站都站不稳，你下去能干什么？"

船晃了一下，小夭软倒在玱玹怀里，却仍坚持要下水，眼睛直勾勾地盯着水面："我……我……去找他。"

玱玹掐住她的下巴，用力抬起她的头，强迫她看四周，几乎怒吼着说："你看看，有多少人在找他？他们比你身强体壮，比你熟悉这里的水域，比你懂得如何在水下寻人，你下去，我还要让他们紧跟着你、保护你，你是在找人，还是在给他们添麻烦？"

小夭的嘴唇颤抖着，身体也在颤。

玱玹拥住她，放柔了声音："小夭，如果璟还在，他们肯定能找到。"

小夭紧紧地盯着在水下搜寻的人，他们两人一组，互相配合，真的是连一寸地方都不放过。

潇潇掌着船，慢慢地跟在搜寻璟的人身后。

从太阳西斜一直搜寻到半夜，小船已经进入深海。

这是一个没有星星也没有风的夜晚，天上的月儿分外明亮，月光下的大海分外静谧。上千人依旧在搜寻璟，因为每个人都戴着涂山氏紧急调来的夜明珠，上千颗明珠散落在大海里，就好像上千颗星辰，在海水里摇曳闪烁。

从落水到现在，已经两日两夜，所有搜救的人都知道已经没有任何希望，可没有玱玹的命令，没有人敢放弃，甚至不敢有一丝懈怠。

小夭盯着黑色的大海，喃喃说："我不明白。以前每一次出错，我都知道哪里错了，有的是因为他仁而不决，有的是因为我不相信他，没有抓紧他，可这一次我们究竟哪里错了？他赶去看一个病危的孩子没有错，他小心地带了所有暗卫没有错，他在出发前给我写了信没有错，他在立即被乱箭射死和能拖延时间的决斗中，选择了决斗没有错，我一接到他的信就立即赶来，我也没有错，那究竟是哪里错了？"

玱玹说："你们谁都没有错。"

"如果我们谁都没有错，那为什么会出错？"

玱玹回答不出来。

"以前出错了，我们改了，一切就会好，可这一次怎么办？哥哥，你告诉我，我们究竟哪里做错了？我改，我一定改，不管我做错了什么，我都改……"小夭的身子痛苦地向前倾，喉咙里发出干呕声，两日两夜没有进食，根本吐不出东西，她却一直在痛苦地干呕，就好似要把五脏六腑都吐出来。

"小夭……小夭……"玱玹轻抚着小夭的背，灵力能减轻身体的痛苦，却无法减轻小夭的痛苦，她的痛苦是因心而生。

月儿静静地从西边落下，太阳悄悄地从东方探出，半天火红的朝霞将天与海都染得泛着红光。

一个统领模样的军士来奏报："已经接连搜寻了两夜一天，不少士兵灵力枯竭昏厥了。陛下看是稍做休息后继续寻找，还是再调集人来？"

玱玹说："稍作休息后继续寻找。再传旨，调一千水族士兵过来。"

军士欲言又止，一瞬后，弯身应诺："是！"

精疲力竭的士兵爬上船休息，连水都没力气喝，横七竖八躺在甲板上。

不少人陆续昏厥，时不时听到大叫声："医师！医师！"

还有人连爬上船的力气都没有，爬到一半，扑通又掉进海里，连带着后面的士兵全摔下去。

也许因为玱玹在，没有人敢发出一点声音，纵然摔了下去，他们不过苍白着脸、紧咬着牙，再次往上爬。

小夭呆呆地看了他们一会儿，目光投向无边无际的大海。

大海是如此广袤无垠，就算倾大荒举国之兵，也不过沧海一粟。

她找不到璟了！

小夭低声说："让他们别找了。"

玱玹说："也许，璟会被哪条渔船救了；也许，他会碰到鲛人，被鲛人送回陆地。"

小夭的泪如断了线的珍珠簌簌而落："还有二十二天，才是我们的大婚日，他抓紧点时间，依旧赶得回来。"

话刚说完，小夭突然直直地向前倒去，玱玹赶紧伸手抓住她。两日两夜没有进食休息，又悲痛攻心，小夭终于再撑不住，昏死过去。

玱玹小心地用毯子裹住小夭，把她揽在怀里，细细看着。

小夭面色发青，嘴唇泛白，两夜间就好似整个人脱了形，玱玹觉得胸口发闷，胀得疼痛。他望向天际绚烂的朝霞，深吸了一口气，又缓缓吐出："小夭，一切都会过去，迟早你会忘记他！"

◈

小夭昏迷了四日，鄞说她身体一切正常，可她却好像得了重病，昏迷不醒。即使在昏迷中，她都会痛苦地颤抖，却就是醒不来。

玱玹急得不行，却一点办法都没有，只能守在小夭身边。

四日四夜后，小夭终于醒来，整个人干瘦，犹如大病初愈。

玱玹也累得瘦了一大圈。他想带小夭回去，小夭不肯，玱玹只得又陪着小夭在东海边待了十几日。

夜夜小夭都在等候，日日她都会下海，玱玹拿她一点办法没有，只能派潇潇日日跟随着她。

直到十一日，还有四天，就是望日——璟和小夭的婚期，小夭对玱玹说："我要回神农山。"

玱玹带着小夭回到神农山，小夭看到轩辕王时，问道："外爷，我的嫁衣修改好了吗？"

轩辕王说："好了。"

"嫁妆都装好了？"

"装好了。"

小夭好像放下心来，回了自己的屋子。

轩辕王面色阴沉，望着不远处的青山。早上刚下过一场雷雨，青山苍翠，山下的田里积了不少水，一群白鹭一低头、一抬头地在觅食。

轩辕王沉默地伫立了很久，才开口问道："璟死了？"

玱玹说："死了。"

轩辕王闭目静站了一瞬，好似突然之间很疲惫，苍老尽显，他弯着腰，向屋内走去："这段日子，你荒于政事了。"

玱玹说："我并未荒于政事，即使在东海边，依旧每日不敢懈怠，白日都是让潇潇看着小夭，我只能晚上陪她。"

轩辕王疲惫地说："你知道自己在干什么就最好。涂山氏的生意遍布大荒，族长突然出事，不仅仅会影响到大荒的各大氏族，你若处理不好，甚至会影响整个大荒，危及现在的安宁。"

玱玹在庭院内站了一会儿，跃上坐骑，赶回紫金顶，不能休息，而是立即传召几个重臣和心腹。

十四日夜，天上的月儿看上去已经圆了，依旧没有璟的消息。

章莪殿冷冷清清，没有丝毫送亲的样子，可那些早早就布置好的喜庆装饰却依旧在，没有人敢用，也没有人敢取下。人人都在努力地装作明日没有什么特别，普通得不能再普通。

半夜里，小夭从梦里惊醒，好似听到有人叩窗，她光着脚就跳到了地上，几步跃到窗旁，打开窗户："璟……璟，是你回来了吗？"

苗莆一手拿着明珠灯，一手拿着衣服："小姐，只是风吹树枝的声音。"

小夭觉得头有些晕，站不稳，她倚在窗上，喃喃说："真的不是他吗？"

明亮的月光下，窗外一览无余，只有花木，不见人影。小夭失望伤心，幽幽问："苗莆，你说为什么我一次都没有梦见璟呢？"

苗莆把衣服披到小夭身上，又拿了绣鞋给小夭，不知道该如何回答小夭的问题，只能含糊地说："奴婢不知道。"

小夭仰头看着月亮，说道："我很想他。就算真的见不到了，梦里见见也是好的。"

苗莆鼻子发酸，她跟在小夭身边，看着小夭和璟一路走来的不容易，本以为一切要圆满了，却变故突生。

小夭说："大概因为我没有亲眼看见，一切都不像真的，总觉得他随时会出现。为什么一个人可以说消失就消失？为什么他都没有和我道别？我宁可他死在我怀里，好歹两人能把最后想说的话都说了，可这样算什么呢？头一日我还收到他亲手写的信，叮嘱我要好好睡觉，别总夜里看书，可隔一日，所有人就都说他没了。怎么可能，我不相信！他为什么不告诉我一声？我恨他！"小夭对着月亮大叫："涂山璟，我恨你！"

夜风徐徐，银盘无声。

小夭无力地垂下了头，泪如雨一般坠落："可是，我舍不得恨你，我知道，你不能守约，你肯定也很痛苦。"

苗莆用衣袖悄悄擦去脸上的泪："别想了，睡吧！"

小夭对苗莆说："去拿截汤谷扶桑枝来。"

苗莆猜不到小夭想干什么，也没问，立即跑去拿。

她回来时，小夭站在廊下，居然搬着个梯子。苗莆把用玉石包着的扶桑枝拿给小夭："小姐，拿来了。小心点，这东西看似无火，实际全是火，手要握在外面的玉石上。”

小夭放好梯子，接过扶桑枝，爬到梯子顶，用扶桑枝把廊下的大红灯笼点燃。

小夭跳下梯子，想要搬梯子。

苗莆已经明白小夭想干什么，立即说：“我来！”她是玱玹训练的暗卫，灵力高强，轻轻松松地把梯子移到了另一盏灯笼下。

小夭爬上去，点燃灯笼。

安静黑沉的夜里，苗莆陪着小夭，一个搬梯子，一个点灯笼，将章莪殿内的红灯笼一盏盏点亮。

廊下、门前、亭中、桥头……花灯挂在不同的地方，样子各式各样，圆的、八角的、四方的……材质也各种各样，羊皮做的、鲛绡做的、琉璃做的、芙蓉玉做的……可不管什么样的花灯，都是同一种颜色——吉祥喜庆的红色。

随着一盏盏红色的花灯亮起，整个章莪殿都笼罩在朦胧的红光中，平添了几分热闹和欢喜。

点亮殿门前最后的两盏红灯笼，小夭跳下梯子，望着满殿的喜庆，对苗莆说：“好了！”

回到屋内，苗莆看小夭眼眶下有青影，劝道：“天就要亮了，小姐赶紧歇息吧！”

小夭坐到镜前，对苗莆说：“帮我梳妆。”

这段日子，小夭连饭都懒得吃，几曾梳妆打扮过？苗莆愣了一下，明白了小夭的心意，她忍着心酸说：“是！”

苗莆并不会梳理嫁妇的发髻，那要专门训练过的老妪才会梳，可因为璟出事了，本来应该来的老妪都没来。苗莆梳了小夭最喜欢的垂云髻，把以前璟送给小夭的步摇为小夭插好。

小夭对着镜子照了照，和苗莆一起动手，为自己上了一个淡妆。

小夭问：“我的嫁衣呢？”

苗莆打开箱笼，拿出了红底金绣的嫁衣，有些迟疑地叫：“小姐？”

小夭展开双手，肯定地说：“我要穿！”

苗莆咬了咬牙，展开嫁衣，服侍小夭穿衣。

自玱玹迁都轵邑后，西边和中原的衣饰渐有融合，小夭的嫁衣就兼具二者之长，有神农的精致繁丽，也有轩辕的简洁流畅，穿上后，庄重美丽，却不影响行动。

待收拾停当后，小夭就好似等待出嫁的新娘一般，安静地坐在了榻上。

小夭问：“苗莆，你知道定的吉辰是什么时候吗？”

“不知道。”

“你说璟知道吗？”

“肯定知道。”

“那就好。”

小夭从榻头拿了一册帛书，竟然翻阅起医书来，苗莆呆呆站了一会儿，出去端了些汤水糕点，摆在小夭身侧的小几上。

正午时分，轩辕王来章莪殿，看到小夭穿着嫁衣端坐在榻上，嫁衣的明媚飞扬和翻看医书的沉静寂寞形成了诡异的对比。

仲夏日，灿烂的阳光从窗户活泼地洒入，照在小夭身上，却没有照出吉祥如意、一世好合，而是生离死别、一生情殇。

低垂着眼眸的小夭是多么像她啊！轩辕王好似看到眼前的小夭守着一个寂寞的屋子迅速老去，青丝染上了飞霜，花般的容颜枯槁，朝云殿内苍老寂寥的身影和眼前的小夭重合，轩辕王竟不忍再看，猛然闭上了眼睛。

小夭听到声音，抬头看去，见是轩辕王，她探头去看窗外的日冕。

轩辕王走进屋子，看小几上的糕点和汤水一点没动，他说："小夭，陪我吃点东西。"

小夭收回目光，拿起一块糕点，一点点吃着。

轩辕王陪着小夭，从正午一直等到天色黑透，苗莆把明珠灯一一打开。

◈

因为璟的突然身亡，玱玹这段日子忙得焦头烂额。

等忙完手头的事，天色已黑，他顾不上吃饭，就赶来小月顶。

小夭这段日子都在章莪殿，他也径直去往章莪殿。坐骑还在半空，就看到章莪殿笼罩在一片喜庆的红色中。

待飞近了，看到——从门前、廊下到桥头、亭角的花灯都点亮了，各式各样的花灯，照出了各种各样的喜庆。

坐骑落在正殿前，玱玹跃下坐骑，阴沉着脸问："怎么回事？"

潇潇弯身奏道："是小姐昨夜点燃的。"当日布置时，所用器物都是最好的，这些灯笼里的灯油可长燃九日。

玱玹静静地凝视着廊下的一排红色花灯，潇潇屏息静气，纹丝不动。

半晌后，玱玹的神情渐渐缓和，提步要去小夭的寝殿。

潇潇立即跪下，小心地奏道："小姐换上了嫁衣，上了妆。"

玱玹猛地停住步子，面色铁青，一字一顿地问："她穿上了嫁衣？"

"是！"

玱玹没有往前走，却也没有回身。潇潇弯身跪着，额头紧贴着地，看不到玱玹，却能听到玱玹沉重的呼吸，一呼一吸间，潇潇的身子在轻颤。

一会儿后，玱玹转身，一言不发地跃上坐骑，离开了章莪殿。

潇潇瘫软在地，这才敢吐出一口一直憋着的气，背上已经冒了密密麻麻一层的冷汗。

潇潇走进寝殿，向轩辕王和小夭奏道："陛下有要事处理，今晚就不来了，明日再来看陛下和小姐。"

小夭心神根本不在，压根儿没有反应。轩辕王却深深盯了潇潇一眼，什么都没说，挥了下手，示意她出去。

小夭低声问："是不是吉辰已经过了？"

轩辕王说："小夭，璟不会回来了，你的一生还很长，忘记他吧！"

小夭说："外爷，我想休息了，你回去休息吧！"

轩辕王担心地看着小夭。小夭说："我没事，我只是……需要时间。"

轩辕王默默看了一会儿小夭，站起身，脚步蹒跚地走出了屋子。

小夭走到窗前，看着天上的圆月。

望日是月满之日，璟选定这个日子成婚，应该想要他们的婚姻圆圆满满吧？可竟然是团圆月不照团圆人。

小夭告诉轩辕王她只是需要时间，但是，这个时间究竟是多久呢？究竟要有多久才能不心痛？

小夭问："苗莆，你说究竟要有多久我才能不心痛？"

苗莆讷讷地说："大概就像受了重伤一样，刚开始总会很痛，慢慢地，伤口结痂，痛得轻一点，再后来，痂慢慢脱落，就不怎么疼了。"

小夭颔首，她不是没受过伤，她很清楚如何才能不痛苦。

想要不痛苦，就要遗忘！时间就像黄沙，总能将人心上的一切都掩埋。

可是——

璟，我不愿意！

如果不痛苦的代价是遗忘你，我宁愿一直痛苦，我会让你永远活在我心里，直到我生命的尽头。

我已经穿起嫁衣，对月行礼，从今夜起，我就是你的妻！

第十章 日日思君不见君

LOST YOU FOREVER

小夭对月三拜，起身时，一只小小的白鸟飞落到窗上。它没有鸟儿的聒噪，格外沉静，默默地看着小夭。

小夭伸出手，白鸟落在小夭的掌上，吐出一枚晶莹的水晶珠子。小夭捡起珠子，这并不是真的水晶珠子，而是回音鱼怪的鱼卵。回音鱼怪并无智慧，但它有一种古怪的本事，能记忆人说过的话，一字不改地重复，世家大族常用它的鱼卵，炼制成音珠，用来传递消息。

小夭将音珠贴在耳边，指间用力捏碎，声音响起的刹那，小夭身体剧颤：“小夭，立即来东海，不要告诉任何人。”竟然是璟的声音。

小夭下意识地说：“璟，你再说一遍。”

可一枚音珠，只能记忆一次声音，不可能重复。

白鸟扑扇着翅膀飞走，小夭回过神来，一把抓住苗莆，说道：“我要去东海，立即！不能告诉任何人！”

苗莆面色大变，拼命地摇头：“不行！不行！”

“苗莆，你究竟帮不帮我？”

苗莆结结巴巴地说：“可是……可是……陛下命潇潇守在外面，我打不过她……”苗莆突然闭上嘴巴，看着门外。

潇潇出现在门口，手里握着刚才飞走的那只白鸟，但已经是死的。潇潇对小夭行礼：“小姐，这只白鸟刚才交给您了什么？”

小夭说：“我为什么要告诉你？”

潇潇盯向苗莆，苗莆迟疑了一下，低声说：“一枚音珠。”

潇潇问：“说了什么？”

苗莆说：“我没听到。”

潇潇弯身对小夭行礼：“请小姐告诉我，音珠说了什么。”

小夭歪着头想了想，说道：“你不问清楚，没有办法向玱玹交代。算了，不为难你了，我告诉你吧！”小夭走到潇潇面前，手搭在潇潇的肩膀上，头凑到潇潇耳畔，压着声音说：“潇潇，你是个好姑娘，可有时候太古板。我要去东海，不带你去，因为你肯定不会让我去。”

潇潇眼前发黑，身子发软，向后倒去。苗莆赶紧抱住潇潇，惊慌地瞪着小夭。

“还不帮忙？”小夭让苗莆把潇潇抬放到榻上，盖好被子，放下纱帐，乍一眼看去，好似小夭在睡觉。

小夭麻利地穿好衣服，对呆呆站着的苗莆说：“还愣着干吗？赶紧准备走啊！”

玱玹并不是只派了潇潇来保护小夭，但只有潇潇和苗莆近身守护，其余的四个暗卫是男子，都守在外面。他们一直提防外人潜入，并没有想到小夭会暗算潇潇，此时潇潇被小夭放倒，他们都没有察觉。

小夭打开隐藏的机关，带着苗莆从密道悄悄溜出寝殿。当年在紫金顶时，因为玱玹负责修葺神农山的宫殿，小夭也没少看各个宫殿的图卷，每个宫殿都有密道，只是多或者少的区别。

苗莆一脸沮丧，边走边说：“我一定会被陛下杀了。”

小夭说：“那他一定得先杀了我。”

小夭的话显然没有任何宽慰的作用，苗莆依旧哭丧着脸。

密道尽处已经远离章莪宫，竟然恰好是一个养天马的马厩，小夭说：“不知道章莪殿以前的主人中哪一个贪玩，今夜倒是方便了我们。”

苗莆挑选了两匹最健壮的天马，和小夭一起架好云辇。

小夭缩到车厢里，把一块玉牌递给驾驭天马的苗莆：“这是外祖父的令牌，可以随意出入神农山。”

苗莆深吸了口气，对自己说：“死就死吧！”苗莆扬起马鞭，一声“驾”，天马快跑几步，腾空而起。

经过神农山的东天门时，苗莆傲慢地举起令牌，侍卫仔细看了几眼，顺利让苗莆通过。

远离神农山后，小夭从车厢里探出个脑袋，对苗莆说："谢谢。"

苗莆没好气地说："我的大小姐，你到底为什么非要深夜赶去东海？就不能让潇潇去请示陛下吗？陛下一向顺着你，你要去，肯定会让你去，何必非要偷偷摸摸，和做贼一样呢？"

"我听到了璟对我说，立即去东海，不要告诉任何人。"

苗莆惊讶地叫："什么？音珠里是涂山族长的声音？他说了几句话？"

"两句话。"一句让她赶往东海，一句让她不要告诉任何人。

苗莆默默思量了一会儿，说道："既然能说两句话，为什么不能再多说几句？找个精擅口技又听过涂山族长声音的人，绝对可以惟妙惟肖地模仿涂山族长说话，但是，再相似的模仿都只是模仿，越是熟悉的人越容易发现破绽，所以话越少越可信。我觉得这事有古怪，好小姐，我们还是回去吧！"

"也许你说得对，可也许情况危急，只来得及说两句话。苗莆，你明白吗？就算只有万分之一的可能，就算是个陷阱，我也必须立即赶去。"

苗莆轻叹口气，用力甩了一下天马鞭，驱策天马飞得更快。如果这是一个陷阱，只能说设置陷阱的人太毒辣，抓住了小夭的心理，知道小夭纵然看到各种疑点，依旧会毫不迟疑地赶去东海。

苗莆忍不住祈求，就让那万分之一的可能变为现实吧！

两匹最健壮、最迅疾的天马，一刻未停地飞驰。小夭为了给它们补充体力，不惜用玉山的琼浆喂它们，第二日中午时分，赶到东海边。

苗莆把云辇停在一个海岛上，眺望着无边无际的大海，茫然地问："现在怎么办？"

两匹天马累得口吐白沫，想要驾驭它们去海上四处寻找，太危险。力竭时寻不到陆地，就得一起掉进海里去喂鱼怪。

小夭指着东方："那边，那边！"蔚蓝的大海上，碧蓝的天空下，一艘美丽的白桅船在迎风而行，风帆上有一只美丽的九尾狐。

小夭说："我先过去看看，你躲在这里等我。"

苗莆立即说："不行，我陪你一块儿去。"

"那谁看着天马？天马跑了，万一要逃命时，难道靠我们的两条腿？"

苗莆回答不出来，想了想说："潇潇肯定会追过来，他们灵力高，坐骑飞得快，估摸再过两三个时辰就能赶到，不管什么事，等他们来了再说。"

"我们等得，璟却不见得能等得。"小夭拿起脖子上挂着的鱼丹紫晃了晃，循循善诱，"我从海底游过去，悄悄探看一下。如果有危险，我就一直往海底沉，他们拿我没办法。你和我一起去，反倒是个拖累。再说，你守在这里，等于我有个策应，进可攻、退可守，真要有个什么，你既能告诉潇潇他们，也可以去找驻扎在附近的轩辕军队求救。"

苗莆不得不承认小夭说得有道理，她脸色难看地说："那你快点回来，只是探看一下，不管船里有什么，我们商量后再行动。"

"好。"小夭借着礁石遮挡，慢慢潜进大海。

实际上，小夭并不需要鱼丹，可她一则不想让别人发现她身体的怪异，二则这是璟送她的东西，所以一直贴身戴着。此时，含着鱼丹紫，小夭十分心酸，只能在心里默默祈求：老天，你可以做任何残酷的事，不管璟是重伤还是残废，我只求你让他活着。

小夭悄悄游近白桅船，正琢磨着是上船，还是在水下悄悄观察，一个风姿绰约的紫衣女子趴在船舷边，探头说道："想见到涂山璟，就上船。"

小夭浮出水面，吐出口中的鱼丹紫，问道："凭什么我要相信，你能让我见到璟？"

紫衣女子将一块从里衣上撕下的白帛扔给小夭，小夭抬手接住，是璟的字迹，写着：

君若水上风
妾似风中莲
相见相思
相见相思
君若天上云
妾似云中月
相恋相惜
相恋相惜
君若山中树
妾似树上藤
相伴相依
相伴相依
缘何世间有悲欢
缘何人生有聚散
唯愿与君
长相守、不分离

小夭看完，忍着泪意，一声不吭地攀住船舷，翻上船。

紫衣女子把一碗酒推给她，笑道："听闻你精通药理，不敢在你面前用毒，这只是一碗玉红草酿的酒，凡人饮用一碗可睡三百年，神族饮用了不过是头发晕、四肢乏力，睡上一觉就好。不是毒药，不是迷药，自然也没有解药。喝下后，我送你去见涂山璟。"

小夭端起酒碗，凑在鼻端，摇了摇，的确只是玉红草酿的酒，久喝会上瘾，只喝一次，对身体没有任何危害。

紫衣女子说："我从不迫人，你若不愿喝，就回去吧！"

小夭仰起头，咕咚咕咚喝尽酒，说道："璟呢？带我去见他。"

"我向来有诺必践。"紫衣女子开船，向着大海深处行驶去。

风声呼呼，从小夭耳畔迅疾地掠过。小夭头发沉、四肢发软，她靠躺在甲板上，仰望着碧蓝的天、洁白的云。

船停在大海深处，四周再看不到一点陆地的影子。

紫衣女子走过来，抱起小夭，把她放进一个厚实的水晶棺材里。

小夭有气无力地问："你想做什么？"

紫衣女子把那片写了歌谣的里衣毁了，又从小夭的衣领里拽出鱼丹紫。小夭抬起手，想阻止她，手上却使不出劲，被紫衣女子随手一拍，就推到一边。紫衣女子用力一扯，鱼丹紫被拽下，她凑在眼前看了看，笑道："这倒是个好东西，可惜太惹眼，不能据为己有。"她掌间用力，鱼丹紫化作紫色流光，消散在海风中。

小夭眼中的泪摇摇欲坠，问道："璟呢？"

紫衣女子趴在棺材上，笑着说："涂山璟已经死了！我现在就是送你去见他！这艘船已经在进水，没有多久就会沉到海底，你也会被棺材带入海底。我只是个杀手，奉命行事。雇主做了具体要求，不能见血，却要你永远彻底地消失，消失得连一根头发都再找不到。我冥思苦想了一夜，想起这片海域下面的可怕，才想到这个法子。"紫衣女子轻佻地拍拍小夭的脸，"你说雇主得多恨你，竟然连一根你的头发都不允许存在。不过，也只有这个方法才能真的不留一点痕迹，否则新老两位轩辕王可不好应付。"

小夭望着碧蓝的天空，没有被欺骗的愤怒，没有将死的恐惧，只有希望破灭后的悲伤。从小到大，她一直活得很辛苦，一颗心一直在漂泊，总觉得自己随时会被抛弃，和璟订婚后，一颗心终于安稳了，本以为一切都不一样了，可没想到璟竟然走了，他像她的父母一样，也因为不得已的原因，不得不抛弃了她。未来的日子太漫长，她不想再痛苦地坚持，既然璟长眠在这片海域中，她愿意和他在一起。

紫衣女子看小夭异样的平静，一点不像以前她要杀的那些人，竟然有些惋惜，帮小夭整理好衣服和发髻，真心赞美道："你的嫁衣很好看，发髻也梳得很好看，你是个很美丽的新娘子，涂山族长见到你一定会很欢喜。"

小夭竟然展颜而笑："谢谢。"

紫衣女子愣了一愣："你不想知道是谁要杀你吗？"

小夭懒得说话，知道了又能如何？

紫衣女子说："我也不知道是谁，反正雇主付了天大的价钱，我和我的搭档就决定干了，干完你这一次买卖，我们就可以找个地方养老了。"

海水漫到她的脚面，船就要沉了。紫衣女子封上水晶棺，看了看天空，嘀咕："真讨厌，又要不得不露出妖身。"说着，她化作一只信天翁，向着高空飞去。紫色的衣衫从半空掉落，燃烧起来，还没等落到甲板上，就化作了灰烬。

水晶棺向着海底沉去。

小夭觉得憋闷，喘不过气，好似就要憋死，可等海水渗进水晶棺里，浸没她的口鼻，她反而觉得舒服了，就像一条已经搁浅的鱼儿又回到了大海里。小夭不禁无奈地苦笑，这是一次计划周详的完美谋杀：海天深处，没有见血，甚至都没有动手杀死她，连一条穿过的紫色衣衫都被烧成灰烬，没有留下一点证据，可唯一的不完美就是——他们不知道她淹不死。

因为喝了玉红草，小夭的头昏昏沉沉，难以清醒地思索，被沉下海时，竟然也以为自己要死了。她已经决定平静地迎接死亡，可突然发现死不了，就好像从悬崖上纵身跃下，本来期待的是粉身碎骨、一了百了，但居然发现悬崖下没有底，只能一直往下坠、往下坠……看不到始处，也看不到尽处，就这么痛苦地卡在了中间。

小夭躺在水晶棺里，看着身周的鱼群游来游去。一群红黑相间的小鱼围聚在水晶棺周围，好奇地探望着，小夭突然敲了敲水晶棺，问道："你们见过璟吗？"

鱼群受惊，呼啦一下全部散去。

小夭只能继续躺在水晶棺里发呆。

夕阳西斜，天渐渐黑了，海水的颜色越来越深，变得如浓墨一般漆黑。

很多鱼都能发光，闪电一般游来游去，还有像萤火虫一样的蜉蝣，闪烁着蓝色、绿色的荧光，飘来荡去。海底的苍穹比繁星满天的夜空更绚烂，像是永远都下着彩色的流星雨。

不知道潇潇赶到没有，玱玹是否在找她，苗莆一定在哭。小夭突然想到，如果玱玹找不到她的话，真会一怒之下杀了苗莆。小夭再不敢躺在海底看"流星雨"了，她用力去推棺盖，却完全推不开。

小夭又踹又推，直到她精疲力竭，棺盖依旧纹丝不动。也许因为折腾了一通，肚子居然有些饿，小夭无力地看着棺盖，觉得好讽刺，原来这个谋杀计划还是很完美的，只不过，她不是被淹死的，而是被饿死的。

小夭记挂着苗莆，休息了一会儿，又开始用力地踹棺盖。

正砰砰地踹着，突然，她感觉到了危险，本能在告诉她，快逃！她四处看，发现不知道何时已经一条鱼都没有了，本来五彩缤纷的海底苍穹变得漆黑一片。小夭感觉整个大海都在颤抖，她想起那只信天翁妖说这片海域下面很可怕。突然，她脑内闪过一段相柳说过的话，他从奴隶的死斗场里逃出来时，差点死于海底的大涡流。虽然那个时候相柳并不强大，但无论如何他都是海之妖，能杀死他的大涡流一定很可怕。

小夭没见过大涡流，只能想象大概类似于陆地上的龙卷风，所过之处，一切都被摧毁绞碎。原来，这才是信天翁妖说的"永远彻底地消失"，还真的是一根头发都不会再存在。

小夭拼命地踹棺盖，想赶在大涡流到之前逃出去，但棺盖严丝合缝，没有一丝松动的迹象，小夭这会儿才明白为什么信天翁妖要多此一举地把她关在棺材里。

浓墨般的海水在咆哮翻涌，水晶棺被卷了起来。没等小夭反应过来，水晶棺随着水流急速地旋转，小夭在棺材里左翻右倒，被撞得眼冒金星。

她听到，棺材被挤压变形，发出"咔嚓咔嚓"碎裂的声音。小夭现在又巴不得棺材再结实一点，如果大涡流的力量强大到能把坚固的水晶棺挤成粉碎，那么当水晶棺裂开的刹那，她也会立即变成血肉末。

随着水流旋转的速度越来越快，大涡流的力量越来越强大，一声巨响，水晶棺轰然碎裂。小夭“啊”一声尖叫，闭上眼睛，却没有感受到刹那间碎裂成肉末的痛苦。

她缓缓睁开眼睛，在天旋地转中，看到相柳白衣飘拂，屹立在她身前，飞扬的白发张开，犹如一双巨大的鸟儿翅膀，将小夭轻柔地呵护在中间，阻隔住了大涡流撕碎一切的巨大力量。

小夭几疑是梦，呆呆地看着相柳。

相柳皱了皱眉头，显然，身处大涡流中间，他也很不好受，而且他们正被急速地带向涡流中心，真到了涡流眼，相柳也会粉身碎骨。

他的手抚过小夭的眼，让小夭闭上眼睛，小夭的脑海里响起他的话：“我必须要露出妖身才能离开这里，不要看。”

小夭点了下头，感觉到翻山倒海般的震颤，就好像大涡流被什么东西生生地撕开了一条缝隙。

小夭感觉到他们在远离，危险在消失。她忽而很好奇，十分想睁开眼睛看看相柳的妖身，犹疑了一下，在心内告诉自己“就一眼”，睁开了眼睛——

层层黑云，犹如即将倾倒的山峦一般压在他们头顶。滔天巨浪中，一只通体雪白的九头海妖正在和整个大海搏斗。大海愤怒地咆哮，想要撕碎他们，九头海妖却夷然不惧，从容地迎接着大海的攻击。一波又一波的海浪砸向九头海妖的身躯，释放出强横至极的力量；浪峰犹如利剑，直冲云霄，想要把九头海妖的头撕下。这是最强者和天地的对抗，没有丝毫花招，没有丝毫技巧，有的只是力量和力量的碰撞，令天地失色、日月无光。

风起云涌、惊涛骇浪中，相柳竟然察觉了小夭的小动作，一只头看向她。

小夭立即闭上眼睛，心扑通扑通直跳，不是害怕，而是震撼，就如从未见过大海的人第一次看到大海翻涌，从未见过高山的人第一次见到火山喷发，无关美丑，只是对力量的敬服和畏惧。

“我让你不要睁开眼睛。”相柳的声音冷冰冰地响起。

小夭睁开了眼睛，发现他们在一个荒岛上，相柳衣衫凌乱，很是狼狈，脸上脖子上都有伤痕。

小夭努力笑了笑，尽量若无其事地说：“我只是太好奇你的九颗头是怎么长的了。”

“现在你知道了。”相柳转身就走。

“相柳……相柳……”眼看着他就要消失不见，小夭情急下，猛地扑上去，相柳竟然没能躲开，被小夭抱了个正着，而且他连站都站不稳，带着小夭一起摔到沙滩上。

小夭惊问：“你伤得很重？”

相柳用力推开小夭，想要随着潮汐离开。

小夭又抓又缠，用尽全身力气，就是不让他走：“是我不对！我答应了闭上眼睛不看，却言而无信，偷偷睁开了眼睛。我只是……只是……我承认，是卑劣的好奇心，我想知道你究竟长什么样，我错了！我错了……”

海浪呼啸着涌上海滩，又哗啦啦地退下，两人一会儿被海浪淹没，一会儿又露出来。小夭的声音时而清楚，时而模糊，也不知道相柳究竟听到了多少，唯一肯定的就是相柳不接受她的道歉，一次又一次地想推开小夭。

他再次甩开了她，小夭着急了，用力钩了一下他的腿，猛地跳起，如同摔跤一样，把他扑倒，用身体紧紧地压住他，相柳连推开小夭的力量都没有了，却如倔强别扭的孩子一般，蛮横地挣扎着。

海水里漂浮起丝丝缕缕的血红色，肯定是相柳身上的伤口破了，小夭求道："我错了，我真的错了！你要打要罚，怎么都行，只求你别再乱动了！"

相柳说："放手！"

"不放！除非你先答应我不走。"

相柳暴怒下，露出獠牙："不要逼我吃了你。"

"你想吃就吃吧！"

相柳猛地把小夭拽向他，一口咬住小夭的脖子，小夭痛得身子颤了几颤，却依旧没有松手，反而放软身子，温驯地配合着相柳。

相柳犹如沙漠中濒死的旅人，大口大口地吸食着鲜血，小夭靠在他的肩头，闭上了眼睛，只感受到潮汐漫上来，又退下去。

也不知道过了多久，相柳停止了吸血，小夭晕沉沉地睁开眼睛："你可以再吸一点，我没事。"

相柳望着头顶的星空，目光迷蒙："你一点都不怕吗？你应该知道妖怪毕竟是妖怪，重伤时，会失去神智，被本能驱使，我很有可能把你吸成人干。"

小夭轻轻碰了一下他染血的唇角，温和地说："是你在怕。"

相柳不屑地冷笑："我怕？"

"我看到了你的妖身，并不丑陋。你也并没有把我吸成人干。"相柳看向小夭，脸色阴沉，小夭却依旧不怕死地说："你的身躯是比我大了一点……嗯，好吧！不止大了一点，大了很多……脑袋也比我多了一点点，只多了八个而已……但天生万物，谁规定了我这样一个脑袋的小身板才算正常？只不过恰好一个脑袋的我们占了绝大多数，如果九个脑袋的你们多一些，大概我们会自卑自己只有一个脑袋。"

"你精神这么好，我看我的确应该再吸点血。"相柳脸色很臭，可当他咬住小夭的脖子，吸吮鲜血时，小夭只感到一阵酥麻，并没有觉得痛。

小夭说："喂、喂！我刚才只是随便客气一下，你还真吸啊？妖怪就是妖怪……"小夭昏厥了过去，终于闭嘴了。

相柳停止了吸血，静静地凝视着怀里脸色苍白的小夭。

❖

小夭是被食物的香味勾醒的，她睁开眼睛，看到相柳坐在篝火旁，在烤鱼。鱼儿已经被烤得金黄，鱼油一滴滴落在火焰上，发出嗞嗞的响声。小夭手脚并用地爬过去，眼巴巴地盯着烤鱼，垂涎欲滴地问："我能吃吗？"

相柳把烤鱼放在一片大贝壳上，递给她。雪白的贝壳上还有一份海藻做的绿色小菜。

小夭吞了口口水，开始狼吞虎咽，都顾不上说话，待海贝碟子里的鱼和菜都进了肚子，才叹道："好吃，真的好吃。"

"只是你饿了。"相柳把一个海螺递给她，里面是温热的海鲜汤，小夭双手捧着，一小口一小口地喝着。

海鲜汤喝完，小夭说："谢谢。"

相柳冷冷地说："不必，这是我买你血的报酬。"

小夭不满地嘀咕："我有那么廉价吗？"

"你想要什么？"

小夭说："我说谢谢，是谢你救了我，你该不会忘记自己为什么受伤了吧？"

相柳蹙眉说："不是我想救你，我只是没兴趣拿自己的命去验证巫王的话。"

哦，对！情人蛊不独生。她若死了，相柳很可能也会死。小夭苦笑："不管怎么说，你总是救了我。"

相柳问："你为什么会被关在那片海域里？"

"有人要杀我。"

相柳鄙夷地看着小夭："有人要杀你，你就被关住了？"

小夭凝视着篝火，不说话。

相柳问："为什么没有反抗？"

小夭低声说："璟……不见了。"她忽而想起什么，急切地问："东海就像你家一样，你……你……你见没见过璟？"

相柳讥嘲地问："你以为我闲得整天守在海上，只等着救人吗？"

"不是……我只是觉得……清水镇算是你的地盘，也许你察觉了涂山篌的异动，东海虽大，可你是海妖……也许……"

相柳冷冷地说："没有那么多也许。"

小夭埋下头，眼泪无声地落着。

相柳转过身子，望向海天尽头，明明背对着她，可就是清楚地听到了泪珠坠落的声音，一滴又一滴，又细又密，传入耳朵，就好似芒刺一样，一下下戳着心尖。

相柳说："有哭的时间，想想究竟是谁要杀你。"

小夭想起苗莆，忙用袖子擦去眼泪："我得回去了，要不然玱玹非杀了苗莆不可。"

"轩辕王想杀苗莆也找不到人。"

小夭想起，信天翁妖说她还有个搭档，苗莆一直没有来救她，肯定是遇见了另一个杀手。小夭的脸色变了："苗莆……苗莆……死了吗？"

"不知道。我赶来时，看到海岛上有两具天马尸体，她应该遇到袭击了，但没有发现她的尸体。"小夭刚松了口气，相柳又恶毒地补了一句，"也许也被沉到海底了。"

相柳永远有本事让她前一刻感激他，后一刻想掐死他，小夭又急又怒，却拿相柳一点办法没有："我要去找苗莆，你送我去那个海岛。"

相柳说："我正好有点空，可以陪你去找苗莆。"

"你几时变成善人了？"

"当然有条件。"

"我只有一个头，实在算计不过你的九个头，这买卖不做也罢。"

相柳干脆利落地纵身跃进大海，打算离去，压根儿不吃小夭以退为进的讨价还价。小夭赶忙也跳进大海，去追他，抓住了相柳的一缕白发。

相柳回头，像盯死人一般盯着她，小夭讪笑着放开了："帮我找到信天翁妖，我答应你的条件。"信天翁妖会利用海底的大涡流让她彻底消失，可见对这片海域十分熟悉，唯有相柳能最快地找到她。

相柳从海水中缓缓升起，站在海面上，白发如云，白衣如雪，纤尘不染，银色的月光将他映照得高贵圣洁，可他俯瞰着小夭的表情却透着邪恶："任何条件都答应？"

小夭也站在了海面上，平视着相柳说："只要和玱玹无关，任何条件我都答应。"为了苗莆的命，就算真和恶魔做买卖，她也只能做，何况现在，她还有什么能失去的呢？

相柳说："活着！就算涂山璟死了，你也要活着！"

小夭呆呆地看了一瞬相柳，视线越过他，望向大海尽头的夜色。漫长的生命，没有尽头的思念……不放弃地活着，那是什么感觉？大概就像永远不会有日出的黑夜。小夭不明白，相柳为什么要关心她的死活？

相柳冷冷地说："我只是没兴趣和你一块儿死，你要想放弃，必须先想出解蛊的方法。"

对了！她的命和相柳相连，还真要先寻出解蛊的方法。小夭说："我答应你的条件，带我去找信天翁妖。"

相柳召来坐骑白羽金冠雕，带着小夭向海天深处飞去。

他们已经在海深处，可广阔无垠的大海好似没有边际，白羽金冠雕飞了一夜，大海依旧和之前一模一样。从空中俯瞰，没有一块陆地，只有茫茫大海，小夭说："大海真的能吞噬一切。"

相柳淡淡说："到了。"

小夭看到一艘褐色的帆船，苗莆昏躺在甲板上。信天翁妖穿着一袭火红的衣衫，正在和一个男子吵架。那男子背对着小夭他们，看不见长相，穿着洗得发白的粗布衣裳，身材颀长，有些瘦弱，一点不像杀手。

"杀了她！不杀了她，轩辕王迟早会找到我们，你想死吗？我说，杀了她！"信天翁妖气得已经失去理智，大吼大叫，恨不得连着她面前的男子一块杀了，可她眼里有深深的忌惮，始终不敢动手。

她面前的男子好像不喜欢说话，对信天翁妖的大吵大叫置若罔闻，只是平静简短地说："不杀。"

相柳驱策白羽金冠雕向着船飞去，丝毫没有遮掩身形。

小夭低声说："他们是杀手，一对二，你的伤如何了？"

相柳扫了小夭一眼："二对二。"

小夭翻白眼，真不知道是该高兴相柳如此高看她，还是该气愤相柳如此高看她。

信天翁妖在气怒中，一直没察觉相柳和小夭的接近，那个瘦弱的男子却立即察觉到了，猛地回身，像一只蓄势待发的野兽，全身都散发出危险的气息，小夭竟然有一种咽喉被扼住了的窒息感，想要后退。幸亏相柳身上也发出强大的压迫感，逼得那个男子只能紧紧地盯着相柳，往后退了一步。

相柳和小夭落在船上，信天翁妖指着小夭，惊恐地叫："你……你没死？"

小夭展开双手，转了个圈，笑着说："没死，从头到脚，完好无损。"

信天翁妖看向小夭身旁的相柳，白衣白发、容颜俊美，她想起了大荒内一个很有名的妖，面色剧变，立即躲到搭档的身后，却又好像不能相信，探出个脑袋，迟疑地问："相柳，九命相柳？"

相柳显然没把信天翁妖放在眼里，根本懒得扫她一眼，只是饶有兴趣地看着她身前的男子。两人如两只对峙的野兽，看似一动不动，实际都在等待对方的破绽。

小夭看信天翁妖被吓得躲在后面，压根儿没有动手的勇气，不禁笑问："是相柳如何？不是相柳又如何？"

信天翁妖道："不可能是相柳。你是轩辕王的外孙女，相柳不可能救你。"

原来连不把人情规则放在眼里的妖族也是这么看她和相柳的关系，小夭突然觉得索然无味，不想再逗信天翁女妖，板着脸说："把我的侍女还给我。"

正在此时，那个苍白瘦弱的少年发动了攻击，如猛虎下山，又如灵狐腾挪，向相柳扑去。信天翁妖立即化回妖身，振翅高飞，如闪电一般逃向远处，竟然抛弃了同伴。

小夭的箭术足以让信天翁妖明白，长着两只翅膀可没什么大不了，可相柳身有重伤，她担心相柳，顾不上看信天翁妖，目光一直紧紧地锁着少年。

相柳和少年快速地过了几招，不过一瞬，已经分开，又恢复了对峙的情形，只不过少年胸膛剧烈起伏，目光冰冷骇人，相柳却很闲适，微笑着说："小夭，你可还认得这只小野兽？"

小夭也觉得少年似曾相识，盯着少年打量。少年听到小夭的名字，似乎有些动容，可此时他就如在一只猛兽的利爪下，根本不敢擅动，没有办法去看小夭。

小夭看到少年少了一只耳朵，终于想起了他是谁，那个坚持了四十年，终于获得自由的奴隶。小夭高兴地跑向少年："喂，你怎么做杀手了？我是小夭啊！你还记得我吗？"

相柳没有阻止她，如同纵容幼崽去探索危险的大兽，并不想打扰孩子寻找点乐子，他只是紧盯着少年，但凡少年露出攻击意图，他必定会瞬间杀了少年。

少年也感觉出相柳暂时不会杀他，他怕引起相柳的误会，不敢动，只把目光稍稍转向小夭，努力挤出一丝微笑，不过显然因为不经常做微笑这个动作，看上去十分僵硬。

少年说："我是左耳。"

小夭很惊喜："你用的是我起的名字呢！你还记得我？"

左耳说："记得。"他永不可能忘记她和另一个被她唤作"邶"的男子。

小夭问：“这些年，你过得如何？”

“你的钱，花完了。饿肚子，很饿，快死了。杀人，有钱。”

小夭愣了一下，掰着手指头算了算，对相柳说：“他竟然用十八个字就说完了几十年的曲折经历，和我是两个极端，我至少可以讲十八个时辰。”

相柳笑了笑，说：“你肯定十八个时辰够用？能把一只猴子都逼得撞岩自尽，十八个时辰不太够。”

小夭悄悄瞪了相柳一眼，指着苗莆，对左耳说：“放了她，好吗？我给你钱。”

左耳看相柳没有反对，跑过去，抱起苗莆：“给你，不要你的钱。”

小夭检查了一下苗莆，还好，只是受伤昏迷过去。小夭给苗莆喂了一些药，把苗莆移进船舱，让她休息。

相柳质问左耳：“你为什么没有杀苗莆？”

小夭走出船舱：“是啊，你为什么没有杀她？”以左耳的经历和性子，既然出手，肯定狠辣致命，可苗莆连伤都很轻。

左耳说：“她身上的味道和你以前一样。”

小夭想了想，恍然大悟。那时候，邶带她去花妖的香料铺子里玩，她买过不少稀罕的香露，因为觉得新鲜好玩，自己动手调配了十来种独特的香，送了馨悦四种，送了阿念四种，她自己常用一种被她命名为“梦”的香，后来看苗莆喜欢，就送给苗莆用，自己反倒玩厌了，不再用香。

小夭有些唏嘘感慨，叹道：“我都很久不玩香了，没想到几十年了，你竟然还记得？”

左耳说：“记得！”那时的他，又脏又臭，人人都嫌弃畏惧地闪避，连靠近他都不敢，小夭的拥抱是他第一次被人拥抱，他一点不明白小夭想干什么，但他永远记住了她身上独特的味道，若有若无的幽香，遥远又亲近，犹如仲夏夜的绚烂星空。

小夭不得不感慨，人生际遇，诡秘莫测！缘分兜转间，谁能想到她几十年前无意的一个举动竟然能救苗莆一命？

相柳问左耳：“谁雇用你杀小夭？”

“不知道，阿翁说她会杀另一个人，让我去杀她。”左耳指了下船舱里的苗莆，“事成后，阿翁给我十枚金贝币，她说我可以去乡下买间房子和几亩地，娶媳妇生孩子。”

小夭难以置信，指着自己的鼻子，恼火地说：“什么？她才给你十枚金贝币？我怎么可能才值那么点钱？你被她骗了！”

左耳低下头，盯着自己的脚尖，愧疚不安地说：“我不知道是你，我不该答应阿翁。”

小夭拍着他的肩膀说：“没事，没事。这不是大家都活着吗？”

一声清亮的雕鸣传来，白雕毛球双爪上提着一只信天翁飞来，得意扬扬地在他们头顶上盘旋了几圈，还特意冲着小夭叫了两声。小夭这会儿才理解了相柳起先的话“二对二”，二是指他和毛球，而不是小夭，他都不屑把小夭算作半个。

毛球炫耀够了，收拢双翅，落在甲板上，一爪站立，一爪按着信天翁。

信天翁瑟瑟发抖，头贴着地面，哀求道："我实不知道西陵小姐是相柳将军的朋友，求相柳将军看在大家都是妖族的分儿上，饶我一命，以后绝不再犯。"

相柳说："雇主的身份。"

"我不知道。对方肯定明白西陵小姐身份特殊，和我的接触非常小心，我只能听到他的声音，声音很有可能是假的。"

相柳冷哼一声，毛球爪上用力，信天翁惨叫，急急地说："有一幅写在里衣上的歌谣，对方说，拿给西陵小姐看，西陵小姐就会听话。但我和左耳都不识字，不知道写的是什么。"识字是贵族才特有的权利，别说信天翁妖这个浪迹天涯的杀手，就是轩辕朝堂内的不少将领，都不识字。

毛球用嘴拔了一撮信天翁头上的羽毛，信天翁惨叫着说："别的真都不知道了，什么都不知道了，将军饶命……饶命……"

小夭说："不必逼她了。如果我真死了，的确没有线索可以追寻，但我没死，其实有很多蛛丝马迹可查。"

相柳问小夭："想出是谁了吗？"

小夭神情黯然，说道："音珠里是瑒的声音，里衣上写的是我唱给瑒的歌谣，就连里衣的布料也是瑒一直喜欢用的韶华布，想杀我的人一定和瑒很熟悉。我不能确定，但大致有些推测。"

毛球扑扇着翅膀，对相柳兴奋地鸣叫，相柳对毛球点了下头，小夭还没反应过来，一声凄厉的惨叫，毛球的利爪已经插进信天翁的身体。它叼起信天翁，背转过身子，藏到船尾去进食了。

相柳眼睛眨都没眨一下，左耳也是平静漠然地看着，就好像毛球真的只是捉了一只普通的信天翁吃。小夭在深山里待了二十多年，看惯了兽与兽之间的捕杀，她明白，对妖族而言，这只是正常的弱肉强食。其实想得深刻点，人和妖的分别，只不过一个是弄熟了吃，一个是生吃活吞，可听着船尾传来的声音，小夭还是有点不舒服，她对相柳说："我知道你又要嘲讽我了，不过，你能不能让毛球换个地方进食？"

相柳瞥了小夭一眼，说道："毛球，听见了吗？"

毛球不满地哼哼几声，抓着信天翁飞走了。

没有了嚼骨头的嘎巴声，小夭长长吁了口气，得寸进尺地对相柳说："你做个小法术，用海水冲洗一下甲板呗，血腥味你闻着也不舒服啊！"

"我不觉得。"相柳倚在栏杆上，显然不打算照顾小夭的不舒服。

左耳却提了水，开始刷洗甲板，小夭很是感动，一边感慨妖和妖真是不同，一边和左耳一起干活。

干完活，小夭饿得眼冒金星："有吃的吗？"

"有。"左耳跑进船舱，端了一堆食物出来。

小夭拣了块阴凉处，和左耳一块儿吃饭。

待吃饱了，小夭拿了碗酒，边喝边问：“我不是告诉你可以去神农山找玱玹吗？你饿肚子时为什么不去神农山呢？”

“太远了，饿得走不动。后来有了钱，有饭吃，就没去。”

小夭估摸着那时候他已经到了东海，没有坐骑，想去神农山的确不容易，“原来是这样。”

左耳问：“玱玹是谁？”

世人都知道轩辕王，可知道轩辕王名字的人倒真不多，小夭说：“他就是轩辕王。”

“以前和你在一起的那位公子呢？你叫他‘邶’。”左耳在奴隶死斗场里见过好几次邶，可邶都是狗头人身，左耳并不知道邶的真正长相。

小夭下意识地看向相柳，相柳也恰看向她，两人目光一触，小夭立即回避了。小夭对左耳说：“他死了。”

左耳冷漠的眼睛内流露出伤感，在他心里，邶不仅仅是他的同类，还是指引他重生的老师。很多次重伤倒下，觉得再没有一点希望时，看到邶坐在看台下，静静地看着他，虽然什么都没说，可邶的存在，本身就在传递着温暖和希望，他总能再一次站起。左耳对小夭的感激和亲近，不仅仅因为小夭给予了他一个拥抱和一袋钱，还因为小夭和邶的关系，小夭接受他的同类，是他的同类的朋友。

左耳问：“你会想念他吗？”

小夭轻轻叹了口气，没有回答。

左耳非常固执，盯着小夭，又问了一遍：“他不在了，你会想念他吗？”

小夭道：“会。”

左耳笑了，对小夭说：“他会很开心。”

小夭盯着相柳说：“你不是他，你怎么知道他会不会在乎别人的想念？他根本不在乎。”

左耳面容严肃，明明不善言辞，却激动地说：“我知道！我们从来都不怕死，我们什么都不怕。可我们怕黑。如果我死了，有一个人会想念我。”左耳手握成拳头，用力地砸砸自己的心口，“这里就不会黑了，很明亮！很开心！”

小夭问相柳：“他说的对吗？”

相柳似笑非笑地看着小夭，轻佻地问：“难道你竟然想相信？我完全不介意。”

“我疯了，才会相信。”小夭哈哈大笑，用夸张的声音和动作打破了古怪的气氛，她对左耳说：“你会开船吗？会开的话，送我们回陆地吧！”

“会开。”左耳扯起风帆，掌着舵，向着陆地的方向行驶去。

小夭走到相柳身旁，说道：“至少要四五天才能看到陆地，海上就我们这一艘船，很安全，你正好可以养伤。”

相柳眺望着大海，沉默不语。

小夭以为他拒绝了时，听到他说：“也好。”

相柳指了指在认真驾船的左耳：“回到陆地后，你打算拿他怎么办？让他继续四处流浪，去做廉价杀手？日子长了，他要么变成真正的浑蛋，要么被人杀了。”

左耳的耳朵很灵，听见了相柳的话，不满地反驳："我能吃饱饭。"

小夭笑看着左耳："你能为信天翁妖干活，也能为我干活吧？我也能让你吃饱。"

左耳很爽快地说："好，我帮你杀人。"

小夭觉得额头有冷汗滴落，干笑道："我不是请你做杀手。"

"我只会杀人。"左耳的神情很平静，眼睛中却流露出悲伤和茫然，从记事起，他就是奴隶，唯一会的技能就是杀人。

小夭收起嬉笑的表情，静静想了一会儿，很认真地说："我请你做我的侍卫。平时不需要你杀人，但如果有人来杀我，你要帮我杀了他们，可以吗？"

左耳盯着小夭，似乎在思索小夭到底是真需要人保护，还是在怜悯他。

小夭说："我不是怜悯施舍，是真的需要。你也亲眼看到了，有人想杀我。我没有自己的侍卫，苗莆是玱玹给我的，她还打不过你。你很厉害，如果你愿意保护我，其实是我占大便宜了。"

左耳的眼睛变得亮闪闪的，洋溢着开心，他说："我愿意，我愿意做你的侍卫。"

小夭道："那就说定了，以后你保护我，我负责你有饭吃、有衣穿，还会帮你讨个媳妇。"

左耳苍白的脸颊竟然慢慢地变红了，他紧抿着唇，专心致志地驾船，不好意思看小夭和相柳。

小夭微笑着，温柔地看着他，心中有着说不清、道不明的滋味。很多很多年前，相柳是不是也是这样子？看似狡诈凶狠，却又质朴简单，如果那个时候，她能遇见相柳，是不是相柳也可以找到一个心爱的女子？他会带着她一起去花妖的店铺里买香露，一起去找藏在深巷里的食铺子……小夭下意识地去看相柳，相柳侧身而立，望着海天深处，唇畔含着一丝温和的笑意。因为唇角这个浅浅的弧度，他完美的侧脸不再冰冷无情，有了一点烟火气。

小夭怔怔看了一会儿，收回目光，也将各种胡思乱想都收好。她进船舱去看苗莆，喂她喝了点水和药，看她一切正常，才走出船舱。

小夭找了个舒适的角落坐下，望着蔚蓝的碧空，听着海鸟的鸣叫，昏昏沉沉地打起瞌睡。

相柳的声音突然响起："根据你的推测，要杀你的人是谁？"

小夭迷迷糊糊地睁开眼睛，清醒了一会儿，说道："音珠里的声音倒罢了，听过璟说话的人很多，模仿璟说话并不难。可里衣上那首歌谣听过的人却不多，除了璟的侍从，我的侍女，还有丰隆、馨悦，就连玱玹都没听我唱过。我的侍女不可能，璟的几个侍从，我也相信他们。那只有丰隆、馨悦了，他们有这个能力胆魄，也给得起信天翁妖说的天大的价钱。"

"赤水丰隆，神农馨悦？"

"嗯，但我想不通为什么。我和他们唯一的过节就是当年的悔婚，可这都多少年过去了？看上去，丰隆真的一点不介意了。至于馨悦，我的确不够讨好她，可除了我和丰隆的事，我也从没得罪过她，她就算讨厌我，也不至于想杀了我。"小夭笑挥挥手，像是已赶走了讨厌的苍蝇，"算了，不想了！"

小夭这样子，完全不把一位大将军族长、一位王后当回事，丰隆和馨悦都不是一般人，不管是谁做的，有第一次，就绝对会有第二次，下一次可不会这么好运。左耳都不赞成，插嘴说："应该杀了他们。"

小夭笑起来，对左耳说：“这不是山野丛林，不是觉得他危险，就能打死他。”天下初定，丰隆和馨悦的身份都十分敏感，玱玹正在尽全力让各族融合、和谐共处，小夭不想因为自己让玱玹头痛，更不想因为自己引起氏族间的冲突，甚至战乱。

船平稳快速地向着西边行驶，一群群白色的海鸟时而盘旋而上，冲上碧蓝的天空，时而飞扑而下，冲进蔚蓝的大海。相柳望着海鸟，慢慢地说：“以前我认识的玟小六有很多缺点，唯独没有逆来顺受、愚蠢白痴的缺点，你是不是这些年被涂山璟照顾得太好了？他一死，你连如何生存都忘记了？”

小夭现在最忌讳人家说璟死了，怒瞪着相柳。

相柳轻蔑地看着她，讥讽地说：“难道我说错了吗？你的确不是置身于山野丛林，你在比山野丛林更危险的神农山。山野丛林中，再危险的猛兽不过是吃了你，可在神农山，不是你一个人的事，这次如果你死了，会有多少人因你而死？赤水丰隆已经打破了几万年来四世家的均衡格局，现在涂山氏的族长突然亡故，唯一的子嗣还小，你有没有想过，如果你死了，涂山氏也许就会被赤水丰隆和其他氏族瓜分了？在权势利益的引诱前，都有人甘冒奇险去弑君，杀个你算什么？我现在是真后悔和你这个愚蠢软弱的女人命脉相连。算我求你了，在你蠢死前，赶紧想办法，把我们的蛊解了！”

小夭走到船舷边，眺望着海天尽处，海风呼啸而过，血红的嫁衣猎猎飞舞。夕阳的余晖将她的身影勾勒得浓墨重彩，她身上的嫁衣红得就好似要滴下血来。

太阳渐渐落下，月儿从海面升起，刚过满月之日不久，不仔细看，月亮依旧是圆的。

小夭指着月亮，对相柳说：“你看。”

相柳冷冰冰地看着她，动都没动，左耳倒是扭过头，看了看月亮，干巴巴地说：“很圆的月亮。”

小夭扑哧笑了出来，凝视着月亮，说道：“璟选了满月之日成婚，我本来想问他为什么，但有些不好意思，想着成婚后有的是时间，就没有问。我们最后一次见面，是在三十二天前，孟夏之月的满月日。他下午来小月顶和我辞行，说是晚饭前走，可用过晚饭后依旧没走，一直到月亮攀上了山顶，我们依旧在山涧踏着月色散步。那一晚的月亮很美，我拉着他月下踏歌，他不会，我边唱歌边笑他笨拙。后来，他骑白鹤离去前，指着月亮，对我说‘下个满月之日后，不管月亮阴晴圆缺、人世悲欢离合，我和你长相守、不分离’。”

小夭突然对着辽阔的大海唱起了歌：

君若水上风
妾似风中莲
相见相思
相见相思
君若天上云
妾似云中月
相恋相惜
相恋相惜

君若山中树
妾似树上藤
相伴相依
相伴相依
缘何世间有悲欢
缘何人生有聚散
唯愿与君
长相守、不分离

银色的月光哀伤地洒落，波光粼粼的大海温柔地一起一伏，小夭的手伸向月亮，微笑着说："没有见到他的尸体，他在我的记忆里，永远都是倚着白鹤笑看着我，指着月亮对我说'下个满月之日后，不管月亮阴晴圆缺、人世悲欢离合，我和你长相守、不分离'。我大概真的很愚蠢、很软弱，我没有办法相信他死了，总觉得也许下个满月之日，他就会回来。"

小夭转过身，看向相柳，双眸清亮冷冽："相柳，我现在没有办法解掉你我的蛊。神农山危机重重，清水镇也不是祥和之地，咱俩究竟谁会拖累谁，还说不定。你与其担心我拖累你，不如多担心一下自己吧！"小夭走到相柳面前，挽起袖子，伸出胳膊，"趁着我还能让你吸血，赶紧养好伤，别拖累了我。"

相柳也没客气，托着小夭的手腕，一口咬了下去。

◈

之后的旅途，每日的清晨和傍晚，相柳会吸食一次小夭的血，有时候两人会说几句话，有时候谁都不理谁，一个抱膝坐在船头，悲伤地凝视着大海，像是在等候；一个盘膝坐在船尾，面朝大海，闭目疗伤，无喜也无忧。

三日后的夜里，相柳结束疗伤。他站起，对左耳说："谢你载我一程。"

左耳说："你要走了？"

小夭闻声回头，想要说什么，却又闭上了嘴巴。

相柳说："明日，你们就会碰到轩辕王派出来搜寻小夭的人。"他把一枚龙眼大小的珠子扔给小夭，从船上跃下，落到海上。

"这是什么？"小夭跑到船尾，举着珠子问。

"海图。如果你没本事在神农山活下去，可以来海上。这个海图只是一小部分海域，不过以你现在的身体，用不了多久，就会像水中的鱼儿一般熟悉大海了。"

小夭想起来，相柳曾说过，在无边无际的大海中有很多岛屿，有的寸草不生，有的美如幻境。

"我用不着这个。"小夭想把珠子还给相柳，可他已经转身，踩着碧波，向着北边行去，看似闲适从容，却不过一会儿，身影就被夜色吞没。

左耳看到，小夭一直凝望着相柳消失的方向。

很久后，小夭收回目光，把海图珠贴身藏好，对左耳说："明日清晨，我会唤醒苗莆，不要让她知道相柳来过，也不要让任何人知道是相柳杀了那只信天翁妖。如果有人问起，你就说带着苗莆回到船上时，发现信天翁妖要杀的人是我，你杀了信天翁妖，救了我。"

左耳点了下头。

小夭不担心左耳会露馅，左耳既简单质朴，又狡诈凶残，他不是不会撒谎，只是认为没有那个必要。

◈

清晨，小夭将一直昏睡的苗莆唤醒。

连睡了几日几夜，苗莆身上的伤已经好了大半，她看到小夭还活着，喜极而泣。小夭正劝慰，她又看到左耳，怒吼一声，就冲了出去。

小夭大叫："自己人！自己人！"

苗莆不是没听到，但她太恼恨左耳，并没有停手，依旧攻向左耳。左耳没有还手，苗莆的两掌结结实实地打到他身上，苗莆居然还想打，小夭严厉地说："苗莆，住手！"

苗莆这才停下，小夭厉声说："我说了是自己人，你干什么？就算他打败了你，那是你技不如人，也不能迁怒到想杀了他。"

苗莆又是羞恼又是委屈，含着眼泪说："我打他才不是因为他打败了我，而是……他轻薄我！"

左耳会轻薄姑娘？小夭十分好奇，兴致勃勃地问："他怎么轻薄你？"

"我不能动，他在我身上嗅来嗅去。"

小夭明白过来，如果要解释清楚来龙去脉，势必会牵扯出邶，小夭不想提起邶，直接命令道："左耳不是故意的，他只是好奇纳闷，在靠着气味判断，绝不是轻薄你，不许你再介意此事。左耳以后会跟着我，你不要欺负他。"

她能有胆子欺负他？苗莆狠狠瞪着左耳，不说话。她是玱玹训练的暗卫，早见惯了各种杀人的方法，可看到左耳徒手撕裂两匹天马时，还是被惊住了，她毫不怀疑，左耳杀人时，也会采用最直接、最血腥的方式。

一个多时辰后，他们碰到一艘在搜寻小夭的船。

潇潇恰在船上，看到小夭完好无损，她腿一软，跌跪在甲板上。小夭忙上前，扶着她坐下，看她面色憔悴，抱歉地说："让你受累了！"

潇潇说："奴婢受点累没什么。陛下昼夜担忧小姐，不肯吃、不肯睡……小姐赶紧随奴婢回去见陛下。"

小夭对左耳说："我先走一步，你随着船，晚一点就能到。"她又叮嘱苗莆："左耳刚到，人生地不熟，你照顾一下他。"

苗莆翻白眼："他一出手，全是最恶毒的招式，谁敢招惹他？"

小夭知道她也就是嘴巴上恶毒，笑拍了拍她的脑袋，对左耳说："苗莆心软嘴硬，她说什么，你别理会，跟牢她就行了。"

潇潇驱策坐骑，带小夭赶去见玱玹。

飞了半日，小夭看到大海中的一个小岛，正是那日她和苗莆驾驭天马逃出来时停落的岛屿。

天马尸体仍在，残碎的身躯静卧在荒草中，一地的鲜血已经变成了黑红色的血污。一个人也不怕脏，就坐在黑红的血污中，呆呆地看着不远处的大海。他的衣服上都是泥污和乱草，完全看不出本来的颜色。他头发散乱，满脸胡子拉碴，几乎看不出他的本来面貌。

小夭不敢相信地走过去，不太确信地叫："玱玹，是你吗？"

玱玹缓缓扭头，看到小夭，脸上闪过喜色，可立即变成了紧张，迟疑地说："小夭，是你吗？"

小夭走到他面前，蹲下，摸着他蓬乱的头发："是我。天哪！你怎么会变成这样？"

"不是幻象？"玱玹的眼眶深陷，显然几日几夜没睡。

小夭心酸，猛地抱住了他："不是。对不起，对不起！我错了，我错了……"

玱玹这才相信小夭真的活着回到了他身边，失而复得，有狂喜，更多的却是惧怕，他紧紧地搂住小夭，就好像要把她牢牢锁在身边，再不丢失："你回来了，你终于回来了……我已经几百年不知道惧怕为何物，可这几天，我真的很害怕！"

小夭伏在玱玹肩头，眼泪缓缓滑落："对不起，我错了。"

玱玹说："不怪你，不是你的错，是我大意了。"

小夭默默地流着泪，不敢告诉玱玹，那一刻，她放弃了。她忘记了一切，也忘记了玱玹，没有尽力逃生，竟然只想结束痛苦。小夭对玱玹许诺："以后我不会了。"

玱玹以为她是说以后绝不会再轻信别人、上当中计。玱玹拍了拍她的背，说道："我也不会给你机会再犯错误。"玱玹的话中有刀光剑影，透出难以承受的沉重。

小夭擦去眼泪，捂住鼻子，故作嫌弃地说："你好臭！"

玱玹举起胳膊闻了闻，赞同地说："是挺臭的，可我是为谁变得这么臭的？"玱玹说着话，竟然要把又臭又脏的衣袖按到小夭脸上。

小夭边躲，边推了一下玱玹，不想灵力不弱的玱玹竟然被几乎没有灵力的小夭推得摔倒在地上。小夭吓了一跳，赶紧去拉他："我扶你回去休息，你得吃点东西好好睡一觉了。"

玱玹听而不闻，举着胳膊，依旧想把臭袖子罩到小夭脸上。小夭抓起他的袖子，贴到自己脸上，用力地吸了吸："满意了？可以去休息了吗？"

玱玹笑起来，终于不再闹了。

小夭扶着他站起，暗卫想上前帮忙，被玱玹扫了一眼，立即又退回暗处。

小夭和玱玹乘坐云辇，去了清水镇外轩辕驻军的营地。

扶着玱玹走进屋子，小夭探头探脑地四处看，玱玹说："出来得匆忙，没来得及带服侍的人，潇潇他们被我派去寻你，都累得够呛，我命他们去休息了。”

玱玹倒不是非要人服侍的人，可现在他这样子，小夭还真不放心他一个人，只得自己动手服侍玱玹沐浴换衣。玱玹打了小夭的头一下：“你别不乐意，本来就该你做。”

小夭知道自己这次错了，点着头说：“我没不乐意，能伺候陛下，小的深感荣幸。”

玱玹没好气地在小夭脑门上弹了一下。

玱玹洗完澡后，说没有胃口，不想吃饭。小夭也不敢让他骤然大吃大喝，只让他喝了小半碗稀粥，又兑了一点百花酿的琼浆服侍玱玹喝下。

小夭让玱玹休息，玱玹躺在榻上，迟迟不肯闭眼，小夭说：“你不累吗？”

“虽然几日几夜没合眼，可一直没觉得累，洗完澡，放松下来后才觉得很累，累得好像眼皮子上压了两座山，只想合上。”

“那你合上啊！”

玱玹沉默了一会儿，苦笑着说：“你别笑话我。平生第一次，我竟然有点后怕，不敢睡觉，怕一觉睡醒，你又不见了！”

小夭心酸，推了推玱玹，让他往里睡。她又拿了一个玉枕放好，脱下鞋子，上榻躺下，“我陪你一块儿睡。”

玱玹的手探过去，想握小夭的手，犹疑半晌，终只是握住了小夭的一截衣袖。

小夭瞅着他，笑道：“像是回到了小时候。”

玱玹微笑着，没有说话。其实，并不像小时候，那时两人亲密无间，小夭偎在他怀里，不会在两人之间留下半尺的距离，他也不会只敢握一截她的衣袖，他会搂着她，耳鬓厮磨间，听她哼唱歌谣。

小夭说：“还不闭眼睛？睡了！”

玱玹说：“你唱首歌。”

小夭嘟囔：“多大人了？还要哄睡吗？”说是说，却依旧哼唱了起来。

熟悉的旋律中，玱玹终于再撑不住，闭上眼睛，沉沉睡去。小夭却睁着双眸，定定地看着帐顶。在告诉玱玹和不告诉玱玹之间犹豫了很久，小夭决定了，不告诉玱玹实情。一是还没确定究竟是馨悦做的，还是丰隆做的，或者他们二人联手做的，甚至不是没有可能，别人探听出了她和璟的私事，想嫁祸给馨悦和丰隆；二是此事牵涉相柳和她体内的蛊，真要解释起来，得把几十年前的事情重新交代一遍，玱玹从一开始就非常反对她和相柳来往，她也答应过玱玹不和相柳打交道，总是说体内的蛊无足轻重，所以撒谎就是这样，如同滚雪球，只能越滚越大。

玱玹从傍晚一直睡到第二日中午，迷迷糊糊醒来时，一个鲤鱼打挺坐起，眼睛还没全睁开，就扬声叫：“小夭！”

小夭掀开帘子，探出脑袋，笑眯眯地说：“你醒了？饿了吗？我已经做好吃的了，你洗漱完就可以吃了。”不等他回答，小夭就缩回了脑袋。

不一会儿，潇潇进来，一边服侍玱玹洗漱，一边详细禀奏了一遍昨日如何寻到小夭的。

玱玹听到苗莆也在船上时，脸色很是阴沉，潇潇小心地说："可以用饭了，都是小姐亲手做的，忙了一早上。"

玱玹的眉目柔和了，穿好外袍，向外行去，刚走了两步，又回身，在镜子里打量了一番自己，看没有差错，才出了寝室。

食案上摆了六碟小菜，四素两荤：姜米茼蒿、核仁木耳、酸甜红莱菔、石渠白灵蘑、炙鹌鹑、银芽烧鳝丝，绿是绿、黑是黑、红是红、白是白，颜色鲜亮，分外讨喜。玱玹只看到已是觉得胃口大开。

小夭将一碗肉糜汤饼端给玱玹，笑眯眯地说："今日可以多吃点，不过也不要太多，七八分饱就好了。"

小夭坐到他对面的食案上，端起碗，静静用餐。玱玹一边吃，一边禁不住满脸都是笑意。如果每天都能如现在一般，劳累一日后，和小夭一块儿吃饭，那么不管再多的劳累都会烟消云散。

用完饭，小夭和潇潇一块儿把碗碟收了。

玱玹打算晚上出发，赶回神农山，临走前，还有很多事要处理。

小夭想做些东西晚上吃，带着苗莆在厨房忙碌。左耳坐在树下，闭着眼睛打盹。

潇潇刚悄无声息地出现，左耳就睁开了眼睛。潇潇盯了左耳一眼，走到窗前，对苗莆说："陛下召见你。"

苗莆的脸色刹那惨白，小夭说："你先去，我会立即过去的，放心，绝不会有事。"

苗莆随着潇潇走进花厅，一看到玱玹，立即跪下。

玱玹淡淡说："从头说起。"

苗莆将小夭如何得到音珠，如何迷倒潇潇，如何打开暗道，偷了两匹天马，如何用轩辕王的令牌溜出神农山，如何到了东海，看到一艘船，一一交代清楚。

苗莆说："小姐下海后，好一会儿没回来，我决定去找小姐，刚要走，左耳——就是跟着小姐回来的那个男人，出现了，一言不发就徒手撕裂了两匹天马。我和他打了起来，他出手非常狠毒，我打不过他，本以为要被他杀死了，没想到一阵风过，他嗅了嗅，竟然放弃了杀我，只是封了我的穴道，在我身上嗅来嗅去，我挣扎反抗，他把我敲晕了。等我再醒来时，在一艘船上，就是潇潇看到的那艘船，不是我和小姐最早看到的那艘，小姐和左耳都在船上。我问过小姐究竟怎么回事，小姐说她和左耳以前就认识，左耳杀了信天翁妖，救了她，还说左耳以后跟着她了，我觉得左耳对小姐很忠心。"

玱玹说："你认为该怎么处罚你？"

苗莆磕头："我没有劝阻小姐，及时奏报陛下，反而擅自帮助小姐逃出神农山，差点铸成大错，万死难辞其咎，不敢求陛下宽恕，只求陛下赐我速死。"

玱玹对潇潇颔首，潇潇刚准备动手，小夭走了进来，说道："陛下不能处死苗莆。"

玱玹寒着脸，冷冷地说："功不赏，何以立信？罪不罚，何以立威？赏罚不严明，何以治国？

这事不是你能插手的。小夭，出去！”

小夭说：“兼听才明，请陛下听我说几句话。”

“你说。”

“苗莆以前是陛下的暗卫，可陛下已经把她给了我，她现在是我的侍女。也就是说陛下是她的旧主人，我才是她的新主人了？”

“对。”

“那她究竟是该忠于陛下这位旧主，还是该忠于我这位新主？”

玱玹沉默了一瞬，说道：“该忠于新主。”

小夭说：“苗莆所作所为都是我下的命令，她只是忠实地执行了我的命令，我认为她对我很忠心，我很满意。”

玱玹看着小夭，叹了口气，神色缓和了：“尽会胡搅蛮缠！”

小夭笑起来：“哪里是胡搅蛮缠了？难道我说得没有道理吗？难道陛下送我侍女，不想侍女对我真正忠心吗？赏罚是要严明，可赏罚也要有道理啊！”

玱玹说：“苗莆不再是合格的暗卫，倒是勉强能做你的侍女，罢了，你领她回去吧！不过，我说清楚了，你若有半分差池，我就扒了她的皮。”

苗莆打了个寒战，瑟缩地说：“奴婢一定会保护好小姐。”

小夭对玱玹说：“说起保护，倒是有件事要和你说一声。我收了个侍卫，叫左耳。”

“根据收到的调查，他是个杀手。”

“以前是，以后是我的侍卫。”

玱玹说：“你先告诉我，在你失踪的几天里究竟发生了什么事？”

“有人雇用左耳和另一个杀手信天翁妖杀我，但左耳和我是故交，之前他不知道要杀的人是我，等发现后，自然不愿意杀我，信天翁妖还想杀我，就被左耳杀了。我问过信天翁妖是谁雇用他们杀我，她压根儿没见过雇主，完全不知道。”

“你叫左耳进来，我要单独问问他。”

“左耳以前是地下死斗场里的奴隶，常年被锁在笼子里，不善言辞，也不喜说话，对人情世故完全不懂，反正你见过就知道了。”

小夭领着苗莆出去，让等在门外的左耳进去见玱玹。

以左耳的性子，在他眼里，玱玹和别人没什么不同，肯定不要指望他恭敬有礼。但小夭并不担心玱玹会为难左耳，玱玹不是一直生长在神山上的贵族公子，他见过各种各样的苦难，也经历过各种各样的苦难，他会理解左耳的怪诞，也会尊重左耳的怪诞。

小夭完全可以想象，玱玹问左耳时，左耳肯定面无表情，惜言如金，一问三不知。不过，他的确什么都不知道，在刺杀小夭这件事中，他唯一知道的就是——杀了苗莆，他能赚十个金贝币，希望玱玹不要被左耳眼中的“天价”给气着了。玱玹压根儿想不到相柳牵扯了进来，所以他不会问。他只会追问信天翁妖的事，左耳只需按照小夭教他的，不管玱玹问了什么，简单地说“她要杀小夭，我杀了她”就可以了。不需要任何解释，他也做不出任何解释。

大半晌后，左耳出来，小夭问："怎么样？"

左耳想了想，说："他很好，不当我是怪物。"

小夭笑着拍拍左耳的肩膀："早和你说了，我哥哥很好的，没有说错吧？"

潇潇走出来，对小夭恭敬地说："陛下让小姐进去。"

小夭跑了进去，问道："如何，你觉得左耳如何？"

玱玹说："左耳是头无法驾驭的猛兽，但他会对自己认定的人奉上全部的忠心。小夭，你真的相信他吗？"

小夭很严肃地说："我相信他。"

"那让他跟着你吧！在我没有查出是谁雇用杀手杀你前，你身边的确需要一个这样的人。"

小夭忽而想，相柳该不会也是怕她再次遇刺，才提醒她为左耳安排条出路吧？

玱玹看小夭突然发起呆来，站起身，走到小夭面前，问道："在想什么？是不是有什么线索？"

"啊？没有。想杀我的人那么多，像沐斐那样明着来的都不敢了，只能躲在暗处雇用杀手了。"

玱玹说："我不相信查不出来。别害怕，像左耳这么愣的杀手很少，一般的杀手不敢接，不管钱再多，他们也怕没命花。"

小夭点点头："我知道。"她很清楚，如果不是玱玹，世间会有太多的人想要她的命，因为玱玹，他们中的绝大部分才只能想想，永远不敢付诸行动。

玱玹走回案前坐下，拿起一沓文书，一边翻看，一边说："你去和苗莆他们玩一会儿，我还有事情要处理，等全部处理完了，我们就回神农山。"

小夭看着玱玹，一时没有动，他前几日熬得太狠了，即使休息了一整夜，眼眶下仍有青影，看着很憔悴，可从睁眼到现在，他一直没有闲过。

玱玹抬头："怎么了？"

"哥哥，我……"小夭的声音有点哽咽，她转过了身，背对着玱玹，说道："我现在只有你了，你一定要好好的！"

玱玹说："我会的。"

小夭匆匆向外行去，玱玹的叫声传来："小夭！"

小夭停住步子，因为眼中都是泪，她没有回头。

玱玹凝视着她的背影说："我一直都守在你身后，不管什么时候，只要你愿意回头，就会看到我。"

小夭擦去眼角的泪，微微点了下头，掀开帘子，出了门。

◈

用过晚饭后，玱玹又接见了几位当地驻军的将领，和他们谈了半个时辰左右。直到天色黑透，玱玹才带着小夭乘云辇返回神农山。小夭知道他这次为了她耽误了不少事，所以只能趁着晚上睡觉的时间赶路。

玱玹的云辇是特别定做的，为了速度，并不大。不过，平日里就他一人乘坐，即使晚上赶路时，躺倒睡觉也还宽裕，可现在加上小夭，两个人都睡，就有些挤了。玱玹让小夭休息："你睡吧，我恰好要看点东西，困了时，靠着车厢眯一会儿就好了。"

小夭劈手夺过他手里的文卷："你躺下睡觉，我坐着就能睡。"

玱玹伸手要文卷："给我！你怎么老是和我扭着干呢？听话，乖乖睡觉。"

"你明日回到神农山，还有一堆事情要忙，我回去躺倒就能睡，所以你该听我的话。"

玱玹把脸板了起来，一本正经地说："我真有事要做，你可别闹了，我让你睡你就睡，别的事少瞎操心。"

小夭问："这次我私自溜出神农山，你就不给我点惩罚？"

玱玹失笑："你想我惩罚你？你倒是提醒我了，的确要罚你！你想怎么罚呢？"刚听闻她偷偷溜走时，不是没气得想要好好收拾她一顿，可真发现她消失不见时，他唯一的祈求就是她平安归来。等她回来了，他只有高兴、后怕和自责，哪里还舍得罚她？

小夭用手指比了个一点点的手势："一点点惩罚，可不可以？"

玱玹故作为难地想了一想，说："好，就罚一点点。"

小夭说："君无戏言！"

玱玹皱着眉头，说道："我怎么觉得又被你给带进了沟里呢？"

"惩罚就是——罚我今晚坐着睡觉。好了，谁都不许再反悔！"小夭手脚麻利地把文卷塞到抽屉里，迅速地把挂在车顶上的明珠灯拿下合上，车厢内陷入黑暗。

虽然他又被小夭给骗了，可玱玹心里没有恼，只有甜，他把一条薄毯子搭在小夭身上，自己躺下休息。

"小夭，唱首歌吧！"

小夭哼唱起了那些伴随着她和玱玹长大的古老歌谣，在低沉舒缓的哼唱声中，玱玹沉睡了过去。

小夭闭着眼睛，仍旧随意地哼唱着。也不知道什么时候，旋律变成了那首踏歌：

缘何世间有悲欢
缘何人生有聚散
唯愿与君
长相守、不分离……

小夭的眼角，一颗颗泪珠，缓缓滑落。

◈

清晨，玱玹和小夭回到神农山。

玱玹把小夭放在小月顶，都来不及和老轩辕王问安，就匆匆赶去紫金顶。

轩辕王坐在廊下，静看着青山白云，面色憔悴。小夭跪在他面前："让外爷担心了。"

轩辕王没有说话，似乎在凝神考虑着什么。小夭一直跪着，跪得腿都酸麻了时，轩辕王悠悠叹了一口长气，好似终于有了决定。他说道："自你失踪，玱玹一直守在东海，谁劝都不听。下次涉险前，先想想玱玹。"

"不会再有下一次。"小夭不仅和相柳做了交易，也对玱玹许诺过，绝不会再放弃。

轩辕王说："你起来，去休息吧！"

小夭磕了个头，起身要走，轩辕王又说道："我很喜欢璟那孩子，但不管怎么样，你和他没有缘分，他已经死了，你忘记他吧！从今往后，你安心留在神农山，玱玹会给你一世安稳。"

小夭没有吭声，低着头回了自己的屋子。连着两夜没有睡好，她很疲惫，却睡不着，配了点药喝下，才有了睡意。迷迷糊糊中，她悲伤地想，本以为再也用不着这些药，没有想到，又要开始依靠药物才能入眠了。

第十一章 故人心易变

LOST YOU FOREVER

章莪殿里所有婚庆的饰物，已经全部摘去，就好像什么事都没有发生过，没有人提璟，也没有人提小夭失踪的事。小夭的生活变得和以前一样，不管是老轩辕王，还是玱玹，都表现得没有什么不一样，可小夭知道不一样了——当她眺望天际时，即使看上一整天，也不会再看到一只白鹤驮着璟翩翩而来。

小月顶上的侍卫更多了，玱玹肯定和左耳说了什么，不管小夭去哪里，左耳都会跟着。他安静到像是不存在。刚开始，小夭常常以为他离开了，可等她扬声叫："左耳！"也许头顶的树荫里会探出一个脑袋，也许路边的荒草中会传出应答声，也许身侧的廊柱阴影中会冒出一截衣袖，左耳就像山林里的野兽一般，总有办法把自己隐匿在周围的环境中。

小夭问起涂山氏的事，玱玹说："有些混乱。涂山瑱是名正言顺的继承人，可那些长老也知道涂山瑱并不是璟的孩子，都在各怀私心地耍花招。在各大氏族眼里，涂山氏是块大肥肉，所有人都想吃一口，巴不得涂山氏越乱越好，都拼了命地在乱上加乱。"

在和璟有关的事情上，玱玹从不主动提起，但小夭提起时，他也从不回避。他的态度大概就像医师对待病人的伤口，既不去刺激，也不会藏着捂着，必要时，甚至明知道小夭会痛，他也会像割去腐肉一般该怎么做就怎么做。比如，他明知小夭很忌讳人家在她面前说璟死了，可玱玹该讲时，从不刻意避讳。

小夭问玱玹："你方便插手涂山氏的事情吗？"

"当然不方便！但那些氏族就方便了吗？大家不都在暗地里插手掺和吗？"

小夭说："只要我还活着一日，我不想看到涂山氏垮掉。"

玱玹问："你想怎么做？"

小夭说："涂山瑱虽不是璟的孩子，却也是血脉纯正的涂山氏，我想涂山太夫人不会反对让他继任族长。"

玱玹问："他的父母害死了璟，你不恨他吗？"

小夭被玱玹的话刺得沉默了一会儿，才说道："如果篌还活着，我会千刀万剐了他，可涂山瑱只是个孩子，他并没有做错什么。你和我都是从小没有父母的人，知道孤儿的艰难，他又是那样不光彩的出身，活着对他而言很不容易。如果他不能被确立为未来的族长，只怕有人会动手除掉他，毕竟他才是名正言顺的继位者。我可不想璟哪一天回来了，再见不到他。"

玱玹被小夭的话刺得沉默了一阵，微笑道："那好，让涂山瑱做涂山族长。"

小夭说："谢谢。"

玱玹在小夭的额头上敲了一记："你和我客气？是不是想讨打？"

小夭揉着额头说："别仗着你现在有灵力就欺负人，我不是没有办法收拾你。"

"那你来啊！"玱玹十分嚣张。

小夭颓然，她最近根本提不起精神折腾那些迷药、毒药。

玱玹揉了揉小夭的头："你整日这么待在小月顶上，会待出毛病的。"上一次因为璟而痛苦时，小夭还知道自己给自己找事做，分散心神，可这一次她好像什么都无所谓。

"你派了那么多侍卫跟着我，难道我要带着一群侍卫满大街跑吗？再说了，神农山附近哪里我没去过呢？"小夭苦笑，"这就是活得太长的弊端，活到后来，什么都是见过的。"

玱玹说："不如这样，你去轵邑开个医馆，省得整天胡思乱想。"

"你放心让我跑来跑去？我可不想医馆不是因为我的医术出名，而是因为医馆里有一堆侍卫而出名。"

"我不放心让你跑来跑去，可我更不放心你这样子下去，侍卫的事我会想办法，不用你操心。小夭，反正你闲着，不如用自己的医术去帮别人解除痛苦。当年是谁慷慨激昂地说什么用医者之心在学习医术？"

小夭想起，璟曾和她商量，在青丘城开个医馆。小夭微微笑起来，对玱玹说："好啊，我去轵邑城开个医馆。"正好可以查查究竟谁要杀她，这样整天待在小月顶上，被保护得严严实实，别人完全接触不到她，她也没有办法接触别人。

◈

小夭用自己的私房钱在轵邑城开了个医馆。

为了出入方便，她穿了男装，打扮成个男子。医馆里除了苗莆和左耳，只有两个小夭雇用的少年。小夭特意试探过他们，真的就是普通人，绝不会是玱玹派来的高手冒充。

医馆的生意不同于别的生意，顾客很认医师，因为小夭没有名气，生意很不好。小夭也不着急，教两个少年辨认药草，还开始教左耳和苗莆认字。

苗莆跟在她身边多年，已经七零八落地认识了一些字，有时候小夭忙着收拾药草，就让苗莆去教左耳识字，总能听见苗莆叽叽呱呱训斥左耳的声音。苗莆很清楚，看上去苍白瘦弱的左耳有多么厉害，每次小夭让她照顾左耳，她总喜欢翻着白眼说："谁敢欺负他啊？"却不知道她自己一直在欺负左耳。

因为小夭的医术是真好，但凡偶然来过一次的人，就知道这个每日都笑眯眯的少年真的堪称药到病除。她的诊金不便宜，可用的药材都很常见，很少会用到那些贵重的药材，毕竟诊金是一次性，抓药的费用才是大头，折算下来，并不算贵。渐渐地，附近的人有个头疼脑热都会来找小夭，小夭的医馆开始有了进账。

小夭对左耳和苗莆说："我终于能养得起你们了。"

苗莆完全无法理解小夭为什么那么执着于自己赚钱，左耳却放心地笑了笑，不再担忧自己会饿肚子，在左耳眼里，只有小夭的钱才可靠，别人的都不可靠。

除了担忧饿肚子的事，左耳更大的担忧是小夭的安全，在他眼里，玱玹派的侍卫不算是自己的，都不可靠。左耳问小夭："为什么你不追查谁想杀你？"

小夭说："已经在追查了啊！"

左耳困惑地看着小夭，小夭笑起来，也不知道是不是因为左耳整日和面部表情格外丰富的苗莆在一起，现在左耳的表情也多了一点，开始越来越像一个人了。

小夭说："那人想杀我，如果不是为了利益，就是很憎恶我。如果有一个人很憎恶你，恨不得你立即消失，结果你不但没有消失，反而整天在他眼前晃来晃去，日子还过得滋润得不得了，你说那个人会怎么办？"

左耳很痛快地说："我会杀了他。"

小夭无语地拍拍左耳的肩膀，安慰自己，没有关系，继续努力，迟早左耳会改掉这个口头禅。

苗莆不屑地说道："那个人害小姐没有害成功，看到小姐回来了，肯定会寝食不安，密切注意小姐。小姐的日子过得越滋润，他越难受，恐惧加上憎恨，说不定他就会再次想办法害小姐。只要他行动，我们就能知道他是谁了。"苗莆抬起下巴，高傲地看着左耳，"这就是陛下说的以静制动，你这样的蛮人，是不会懂的。"

左耳像以往一样，沉默不语、面无表情。但小夭相信，左耳明白，在看过他出手后，苗莆还敢在他面前这么嚣张，苗莆也从来没把他看成怪物。小夭微微咳嗽了一声，压低声音，对苗莆说："这事我还不想告诉陛下。”

苗莆沉默了一瞬，坚定地说：“奴婢明白。”上一次小夭和陛下争论她的生死时，她就明白了，旧主和新主之间她只能忠于一个。

小夭拍了下手，笑道：“好了，我要去干活了，咱们就等着看那个人能熬多久。”

◈

一日下午，小夭诊治病人时，丰隆走了进来。小夭对他笑了一笑，继续和病人说话。苗莆迎上前，招呼丰隆坐下。左耳看似木然，却是将身体调整到了能瞬间发动进攻的姿势。

待丰隆喝完一碗茶，小夭才看完病人。病人离开时，边走边抱怨诊金有点贵，小夭一副生意人的态度，赔笑听着，不反驳，也绝不降价。

丰隆道：“这些看病的人如果知道为他们看病的医师，是修撰《圣济外经》和《圣济内经》的大医师，肯定不会嫌诊金高。”自从医书修成，全天下医师都交口称赞，虽然大部人压根儿不知道这套医书讲的是什么，却都知道是比《百草经注》更好、更全面的医书，能救很多人的性命。修纂医书的大医师被传得医术高超无比，一副药方价值千金，还很少人能请到。

小夭说：“他的病不是疑难杂症，一般的医师就能看好，我的诊金的确有点高。他嫌贵，下次别找我就好了。”

丰隆好奇地问：“如果不是做善事，何必隐姓埋名开医馆？如果是做善事，又何必把诊金定得偏高？”

小夭理直气壮地说：“我的医术那么好，如果诊金便宜了，谁都来找我看病，我能受得了么？再说了，我是不用靠着医术去养家糊口，可别的医师需要，我不能为了自己做善事，断了别的医师的生路。还是该怎么来就怎么来，老老实实地做生意，大家都有钱赚，大家都老老实实地过自己的日子。”

丰隆笑起来，小夭的想法永远和别人不同，他永远抓不住她的思路，也许真正能理解小夭的人只有璟，可是……丰隆的笑苦涩起来，他说：“涂山氏的长老同意了让涂山瑱继任族长，九位长老会一起教导、辅助他，在他能独立掌事前，涂山氏的事务会由所有长老商议决定。我想，有陛下的暗中照拂，涂山氏可以熬到涂山瑱长大。”

这些事玱玹已经告诉她了，小夭可不相信丰隆突然出现是为了告诉她这些事，她默默地看着丰隆。

丰隆说：“今日，我和曋氏、姜氏的一些老朋友相聚，以前他们就对我唯唯诺诺，现在更是我说什么，他们就顺着我说什么，我觉得特没意思，找了个借口中途离席了。我只是随便转转，并没打算进来，也不知道为什么竟然就拐了进来。璟的事，我很难过。”

小夭垂下了眼眸。

丰隆说：“小时候总是盼着长大，觉得长大后可以自由自在、干很多事，现在却总会想起小时候。那时候，璟和篌好得让我嫉妒，我和篌都好动，却玩不到一起。每次我被师父责骂后，都会钻到璟房间里，对他愤愤不平地谈我的宏伟抱负。还有昶那个狗头军师，老是和我针锋相对，每次出去玩，只要璟不在，我们总会打架……我们一群臭小子打着闹着，不知不觉就变成了现在这样。昶如今和我说话，总是笑容亲切、有礼有节，就好像我是他的主顾，篌死了，璟也不在了。突然之间，我发现竟然再找不到一个一块儿胡吃海喝、胡说八道的朋友了。”丰隆苦笑起来，“我也不知道为什么和你说这些，大概因为我以前总是一有烦恼就会去找璟，和他胡说八道。今日竟然对着你也胡说了，你别嫌烦。”

小夭温和地说：“只是借出一副耳朵，不会嫌烦。”

丰隆站起身，说道：“我走了。你……你不要太难过，日子还很长，璟肯定希望你过得好。”丰隆觉得很荒谬，小夭曾是他的新娘，她扔下他逃婚后，他以为自己绝不会原谅她，恨不得她一生凄惨孤苦。可没想到，现如今真看到她如此，他竟然也不好受。

小夭送着丰隆到了门口，不经意地问：“你怎么知道我在这里开了一家医馆？”

“王后随口提了一句。”其实馨悦不是随口提了一句，而是厌恶地提了很多句。这也是丰隆不明白的地方，自从小夭逃婚后，馨悦就对小夭十分憎恶，张口闭口妖女，到现在他都已经完全不介意了，馨悦却只要提到小夭，总是厌憎无比，有一次竟然说小夭像她母亲一样是淫娃荡妇，咒骂小夭迟早会像她母亲一样不得好死。丰隆厉声训斥了馨悦两句，馨悦却甩袖离去。丰隆无可奈何，馨悦现在是王后，他已经不可能再像以往一样管束她。两人虽然是双胞兄妹，可一个是赤水氏，一个是神农氏，一个在赤水长大，一个在轩辕城长大，他和馨悦从没有像篌和璟那样亲密过。所幸，馨悦表面上依旧举止得体，并未流露出对小夭的憎恶。

小夭回到医馆，静静地坐着，问自己，是馨悦吗？为什么呢？丰隆刚才说，不明白为什么旧日朋友死的死、散的散，纵然见面也言不及义、客套敷衍，小夭也不明白为什么，当年她和馨悦曾同榻而眠，曾一起为哥哥们打掩护，曾一同为玱玹担忧……为什么到了今日，非要置她于死地？

左耳问：“苗莆说他是赤水丰隆，是他吗？”

小夭说：“如果不是他太会演戏，我想……应该不是他。”

“是神农馨悦？我去杀了她。”

“站住！”小夭拉住左耳，严厉地说，“没有我的吩咐，你什么都不能做，明白吗？要不然，我就不要你做侍卫了！”

左耳木然冷漠的脸上，好似闪过委屈不解，闷闷地说：“明白了。”

小夭也不知道为什么会想起相柳受委屈的样子，又是好笑，又是心软，放柔了声音：“我会处理好这件事，你不要老是惦记着杀人，侍卫和杀手不同。”

左耳倔强地说：“杀了她，保护你。”

小夭头疼，扬声叫：“苗莆，你给左耳好好讲解一下杀手和侍卫的区别。”

苗莆笑嘻嘻地跑到左耳面前，开始了她的叽叽喳喳。

在玱玹迎娶馨悦之前，小夭就离开了紫金顶。从那之后，小夭再未去过紫金顶。

当小夭再次站在紫金宫前，宫人都不认识她。小夭拿出老轩辕王的令牌，在宫人震惊的眼神中，苗莆对宫人说："是小月顶章莪宫的西陵小姐。"

宫人都听说过这位身世奇怪、命运多舛的西陵小姐，更听闻过新老两位轩辕王陛下都十分宠爱她。如今看到如同轩辕王亲临的令牌，确信传闻无误，他们打开了宫门，恭敬地请小夭进去。

小夭离开时，紫金宫还有几分荒凉，现如今已是焕然一新，一廊一柱都纹彩鲜明，一草一木都精心打理过。来往宫人络绎不绝，却井然有序、鸦雀无声，让行在其中的人感受到一种沉默的威压，不知不觉就放轻了脚步，屏住了呼吸，收敛了眼神，唯恐一个不小心冒犯天颜。

小夭微微而笑，原来这就是馨悦想要的一切。

今日是三月三，中原的上巳节。白日人们会去河滨沐浴、祭祀祈福，晚上则会相约于春光烂漫处，插柳赏花。上巳节对中原人非常重要，相当于高辛的五月五，放灯节。

玱玹对各族一视同仁，既保留了轩辕的重大节日，也保留了中原和高辛的重大节日，每一个节日，玱玹都要求官员必须依照各族的风俗去庆祝，至于百姓们过与不过，则听凭自愿。

紫金宫内的妃嫔来自大荒各族，每个节日都会庆祝，可王后是中原人，上巳节这一天宫里会格外热闹。玱玹为了晚上的宴会，下午早早去看过轩辕王和小夭，就回了紫金顶。

在宫人的引领下，小夭走进了百花园。

园内，清流掩映，林木葱茏，芳草萋萋，百花绽放，有小径四通八达，与错落有致的亭阁、拱桥相连，步步皆是美景。溪水畔、亭榭间，零零落落地坐着不少妃嫔，还有数位女子坐于花荫下，居中放着一张高尺许的龙凤坐榻，玱玹和馨悦坐在上面，只不过玱玹歪靠着，很是随意，馨悦却端坐着，很是恭谨。众人正在听几个宫娥演奏曲子，丝竹管弦，彩袖翩飞，看上去，一派花团锦簇，美不胜收。

待曲子奏完，掌声响起，一个小夭不认识的妃嫔道："好虽好，但比起王后可就差远了。"

姜嫔笑道："听闻陛下和王后是在赤水湖上初相遇，那夜正好起了大雾，十步之外已不可见，陛下听到王后的琴曲，吹箫相和，人未见面，却已琴箫合奏了一曲。不如陛下和王后今夜再琴箫合奏一曲吧！当年合奏时，还未相识，如今合奏时，已是夫妻，可真是姻缘天注定。"

有妃嫔跟着起哄，央求玱玹和馨悦答应；有妃嫔只是面带微笑，冷眼看着；还有两三个不屑地撇撇嘴。小夭让苗莆拉住宫人，先不要去奏报，她站在花荫下，悄悄旁观起来。

馨悦眉梢眼角似嗔还喜，三分恼，三分羞，四分喜，显然已是愿意抚琴，玱玹却一直微笑着不说话。起哄的妃嫔摸不准玱玹的心思，声音渐渐小了下去，冷眼旁观的妃嫔心中暗笑，唇畔的笑意渐渐深了起来。

馨悦视线轻扫一圈，脸朝着玱玹，羞涩地嚷道："陛下，快让她们别闹了，竟然一个两个拿我当琴女取笑！”

玱玹含笑说：“今日过节，既然她们要你做琴女，你就做一回，我陪你一起，看谁敢取笑你？”

妃嫔们的神情变幻甚是精彩，馨悦眉目间都是笑意，机灵的宫娥已经将琴摆好，把箫奉到玱玹面前。

馨悦轻移莲步，坐到琴前，玱玹拿过箫，走到了溪水边。馨悦先拨动琴弦，奏的是当日她和玱玹在赤水湖上相遇时合奏的曲子，玱玹吹箫相和。

四周寂静无声，只闻琴箫合鸣。一个潇洒飞扬，一个温柔缠绵；一个大开大合，一个小心谨慎；一个随意纵横，一个步步追随，倒也和谐。

小夭却想起了赤水湖上那自傲自矜、随性飞扬的琴声，敢和箫声比斗较劲，敢急急催逼，也敢怒而裂弦。馨悦竟然放弃了那样的琴音，选择了这样的琴音，小夭不禁叹息一声。叹息声不大，可轩辕王和王后在合奏曲子，人人都屏息静气，唯恐听得不够专心，唯恐显得不够恭敬。在寂静肃穆中，小夭的叹息声显得很不专心，很不恭敬。玱玹和馨悦都微微蹙眉，眼含不悦，视线扫向了花荫。

小夭也知道自己失礼了，心里感叹自己果然是没有教养，上不得大场面。她上前几步，面朝玱玹和馨悦弯身行礼，本是表示请罪的恭敬动作，可抬起头时，小夭想到只有玱玹和馨悦能看到她的脸，心念一转，却是对玱玹和馨悦做了个鬼脸，无一丝恭敬，更无一丝请罪的意思。馨悦的手一抖，琴弦断了，琴声骤止。恰好玱玹看到小夭，惊愕下也忘记了吹箫，倒好像两人同时停止，谁都没显得突兀。

玱玹定了定神，问道：“你怎么来了？”

小夭低下头，很是恭敬地说：“外祖父种的樱桃提前成熟了，知道陛下和众位娘娘在过节，特命我送一些过来。”

苗莆上前，把一篮子樱桃奉上，内侍接了过去，躬身听命。玱玹说：“是祖父的心意，都尝尝吧！”

内侍忙给每位娘娘都分了一小碟樱桃。

老轩辕王自从避居小月顶，从未来过紫金顶，也从未召见过任何一个他的孙媳妇，只有王后偶尔能去拜见。众位妃嫔得了这份意外的赏赐，都十分惊喜，一个个妙语连珠，又要赞美好吃，又要感谢老轩辕王，还要谢谢送了樱桃来的小夭。当然，最最要紧的是做这一切时都是为了让玱玹留意到自己。一时间，满园内莺莺呖呖、燕燕喁喁，真是樱唇软、粉面娇、目如水、腰似柳，一派婉转旖旎。

小夭微眯着眼，笑看着各位美人。玱玹脸上挂着和煦的微笑，心里却不自在起来，就好像做了什么不该做的事，被小夭正好逮住了。他看了眼身边的内侍，内侍说道：“时辰不早了，各位娘娘也该歇息了。”

所有妃嫔都没有意外，玱玹看似随和，实际很清冷，对宴饮欢聚并无兴趣。每次宴会，要么来得早，提前离开，要么来得晚，让宴席早点散，从没有耐性从头玩到尾。

众位妃嫔行礼告退，玱玹把刚才用过的箫递给馨悦，微笑着说：“麻烦王后收好。”所有妃嫔深深盯了馨悦一眼，低下了眼眸，将各种不应该流露的情绪都藏了起来。

馨悦笑意盈盈，双手接过了箫，只觉得一口气堵在心口，苦涩难言，她几乎想大叫：难道你们瞎了吗？都看不见吗？他根本不是宠爱我！他只是利用我，让你们忽略了，小夭一来，他就解散了宴会，让你们日后一想起这场宴会，忘记了其他，只会想起他和我在宴上琴箫合奏，还宴后赠箫。你们这帮瞎子！他保护的是被他一直藏起来的人啊！你们要嫉妒、要仇恨，也该冲着她！可馨悦什么都不敢说，她只能屈身行礼，谢过陛下后，礼仪完美地退下。

馨悦明知道不该再去看，却又无法克制，她刻意落在所有人后面，兜了个圈子，借口寻找掉落的香袋，往回走去。待走近花荫畔，馨悦不敢再靠近，听不到玱玹和小夭说什么，只能看到，溪水边，两人并肩而行。

馨悦仔细地回忆过往，自从她嫁到紫金顶，竟然从没有和玱玹并肩而行过。不管任何时候，她都会微微落后玱玹一步，她想不起来究竟是玱玹的威严，还是她的不敢僭越，让她如此做，反正不知不觉中已经成了习惯。连王后都不敢真和玱玹并肩而行，其他妃嫔更不敢。大概正因为整个紫金顶上都没有女人真能站在玱玹身旁，馨悦从没觉得自己“微微落后的一步”有什么问题。可今夜，她突然发现，原来，玱玹是可以与人并肩而行的。

玱玹走得沉稳从容，小夭却时而走在草地上，时而在石块上一蹦一跳，但不管小夭是快还是慢，玱玹总是随在她身旁。小夭踩在一块长满青苔的石头上，脚一滑，身子摇摇晃晃，就要跌进溪水里，玱玹忙伸手拽住她。人是没跌进溪里，一只脚却踩在了溪水里，裙裾都湿了。玱玹自然而然地蹲下，撩起小夭的裙裾，帮小夭把湿掉的裙子拧干。

小夭弯下腰，一手扶着玱玹的肩膀，一手脱掉了湿鞋，玱玹起身时，顺手拿了过去，帮小夭拎着。小夭指着溪水，不知道在说什么，玱玹摇头表示不同意。他的坐骑飞来，玱玹拽着小夭跃到坐骑上，向着小月顶的方向飞去。

藏在暗处偷窥的馨悦想要离开，可全身没有一点力气，她勉强行了两步，脚下一个踉跄，狼狈地跪在地上。馨悦觉得这一刻的感觉，就好像小时候突然得知她并不是风光无限的尊贵小姐，而只是一个质子，随时都有可能被杀掉，她又冷又怕，看似拥有一切，其实一个不小心，自己拥有的一切刹那都会消失。

曾经，她以为玱玹风流多情，担心自己不得不一辈子忍受他常把新人换旧人，可真嫁到紫金顶后，才发现玱玹对女人其实很冷淡，一心全在国事上，待她并不温存，可待别的女人也不温存。只要她不触犯他，他一直很给她面子，一直在所有妃嫔面前给予她王后的尊重。她以为玱玹就是这样的无情，反倒放下心来，可是当她心里藏了那个猜测后，一日比一日害怕，她害怕玱玹既不是多情，也不是无情，他只是把所有都给了一个人。

玱玹把小夭保护得太严实，她观察了几十年也所见不多，可数十年来，玱玹风雨无阻地日日去看小夭；他允许小夭砸伤他的脸，不但没有生气，反而摸着伤痕时，眼内都是痛楚思念；他能心甘情愿地为小夭拧裙拎鞋……

紫金顶上的女人斗来斗去，但她们不知道玱玹陪伴时间最长的女人不是紫金顶上的任何一个，而是小夭。她身为王后，也最多一个月见一次玱玹，可只有小夭，日日都能见到玱玹。

当年，嫁给玱玹时，馨悦认为自己独一无二。她的自信并不是来自自己，而是她背后的神农氏、赤水氏和整个中原，可后来有了阿念，她所有的，阿念都有，甚至比她更多。阿念以整个帝国做嫁妆，嫁给了玱玹，所有人都劝她接受，甚至是哥哥去五神山向高辛王提亲，帮玱玹求娶阿念为王后。她不得不接受，因为她无法抗争。

对阿念，馨悦有怒有妒，却无怕。阿念会永居五神山，只有王后之名，并无王后的实权，对她并无威胁。有时候，馨悦心里会不屑地想，就阿念那样子，即使给了她王后的实权，她哪里会做呢？高辛王也算对自己的女儿有先见之明，不让她丢人现眼。但现在，馨悦真的害怕了。随着大荒的统一，随着玱玹帝位的稳固，随着玱玹刻意地扶植中原其他氏族，神农氏对玱玹而言，重要性已经越来越淡……玱玹能允许小夭砸伤他的脸，能为小夭拧裙拎鞋，但凡小夭所要，玱玹会不给吗？到时不要说什么宠幸，只怕连她王后的位置也岌岌可危。

馨悦悲哀地想，甚至不用小夭主动要，就如今夜，只要小夭出现，玱玹就会让所有妃嫔都离开，他想要给小夭的是他的全部！馨悦很清楚，自己想除掉小夭的念头很可怕，如果被玱玹发现，后果难以想象，可如果不除掉小夭，后果会不可怕吗？真到了那一日，会比现在更可怕！

自上巳节去过紫金顶，小夭就一直等着馨悦的反应，可馨悦竟然一直没有反应。小夭糊涂了，难道不是馨悦？她那次去紫金顶还被玱玹狠狠训斥了一顿，难道她白挨骂了？

四月末，玱玹去高辛巡视，离开前叮嘱小夭暂时不要去医馆，等他回来再说，如果闷的话，就在神农山里转转。

小夭答应他一定会小心，保证绝不会离开神农山，玱玹才放心离去。

小夭接到了离戎妃的请帖，邀请她五月初五去神农山里放灯。请帖里夹了一张图纸，解说花灯该如何制作，不像高辛的花灯，灯口开在上面，离戎妃注明，灯口一定要开在下方。请帖里还特意写明是很好玩、很特别的放灯，请小夭一定要来看看。

离戎妃在紫金顶上是中立的势力，既不反对王后，也不支持王后，肯定不会帮馨悦做什么，反而因为离戎昶和璟的亲密关系，小夭和离戎妃对彼此很友善，可并无深交，小夭搞不懂为什么会突然接到她的帖子。

小夭想了想，决定去看看，正好她也很多年没有过放灯节了。

傍晚时分，小夭带着左耳和苗莆出发了。

左耳还没学会驾驭天马，又被苗莆狠狠嘲笑了一番，但嘲笑归嘲笑，苗莆教起他来却格外认真仔细。

小夭坐在云辇里，看着他们俩肩并肩坐着。左耳尝试地握住了缰绳，却力度过大，勒得天马不满地嘶鸣，弄得云辇猛地颠了几下。苗莆一边嘲笑，一边握住左耳的手，教他如何控制。随着天马的奔驰，苗莆的身子无意中半倾在左耳怀里。

小夭在他们身后，清晰地看到左耳肩膀紧绷，仅剩下的那只耳朵变得通红。小夭不禁偷偷地笑，谁能想到出手那么冷酷狠毒的左耳竟然会羞涩紧张？小夭心中渐渐弥漫起了苦涩，她的璟也曾这样羞涩拘谨，也曾这样笨拙木讷。当年，小夭常被他气得以为他不够喜欢、不够在意，甚至想过斩断那丝牵念。可当一切都经历过，回首再看，才明白那份羞涩拘谨、笨拙木讷是多么可贵，那是最初，也是最真的心。

在左耳紧张笨拙的驾驶中，云辇飞到了离戎妃约定的地点。

倒真是很别致的景致，一块巨大的四方石块犹如从天外飞来，落在一座小山峰的峰顶，看上去颤颤巍巍，好似风大一点就会被吹落下去，实际却一直没有掉下去。此时，云雾掩映的四方石块上已经有不少人，三三两两、说说笑笑，很是热闹。

小夭的云辇落下，另一辆云辇也缓缓落下，小夭和馨悦一前一后从云辇上下来，离戎妃迎了上来，三人客客气气地彼此见过礼。

馨悦看看四处，笑道："这么古怪的地方，你是怎么发现的？"

离戎妃哈哈大笑起来："神农山绵延千里，就算住在此山，很多地方一生都不见得会去，我闲着没事就在山里瞎转悠，无意中发现的。可惜王后没空，否则还有很多古怪有趣的地方。"

离戎妃的话看似洒脱，实际却透着寂寥，馨悦矜持地一笑，没有接腔，问道："你帖子上说放灯，我可是准备了好几个花灯，可水呢？没有水，如何放灯？"

高辛人靠水而生，爱水敬水，放灯节就是把花灯放入河中，让水流把美好的祈愿带走，人们相信只要花灯不沉，漂得越远，就代表着遍布高辛的河流湖泊越有可能听到他们的祈愿，让愿望实现。每年放灯节时，千万盏花灯遍布湖泊河流，犹如漫天星辰落入人间，蔚为奇观。传说这一日祈祷姻缘格外灵验，大荒内的贵族女子都喜欢去祈祷姻缘。馨悦、离戎妃她们在未出嫁前，也曾和女伴相约去过高辛，放过花灯。

离戎妃笑说："神农山毕竟不同于五神山，只我们一群人到河边放灯，一会儿灯就全跑了，没得看也没得玩，所以我就想了个很别致的放灯。"

"怎么个别致法？"

离戎妃对不远处的侍女点了下头，侍女躬身行礼后离去。离戎妃对馨悦和小夭指了指四周："请看！"

她们身处山峰顶端的四方巨石上，身周是白茫茫的云海，随着风势变幻，云海翻涌不停。一群侍女骑着鸿雁飞入云海，点燃手中的花灯，将花灯小心翼翼地放入云海，一盏盏花灯飘浮在云海上，随着云雾的翻涌，摇曳飘摇，有几分像是漂荡在水波上，可又截然不同，水上的花灯都浮在水面，可现在是在空中，有的花灯飘得高，有的花灯飘得低，高低错落，灯光闪烁，更添一重瑰丽。

馨悦点头赞道："的确别致。"

离戎妃笑问小夭："你觉得如何？"

小夭说："很好看。"

离戎妃说："待会儿放的灯多了，会更好看。"离戎妃做了个请的姿势，"请王后先放吧！"

侍女已牵着鸿雁恭立在一旁，馨悦道："那我就不客气了。"馨悦的侍女拿出准备好的花灯，馨悦提起一盏花灯，驾驭着鸿雁飞出去，闭着眼睛许了个愿后，将花灯放入云海。

众人看王后放了花灯，也都陆陆续续驾着鸿雁去放花灯。有几个懒惰的，就站在巨石边，将花灯扔进云海。有人扔得好，花灯飘了起来，有人扔得糟糕，花灯翻了几个跟斗，燃烧起来，惹来众人的哄笑。虽然没几人会把传说中的祈愿当真，可触了霉头，毕竟心里不舒服，灵力不高的人再不敢偷懒，老老实实地驾着鸿雁去放灯。

每个人的花灯样子不同，颜色也不同，随着一盏盏亮起的花灯越来越多，云海里的花灯高低错落、五光十色，红的、蓝的、紫的、黄的……犹如把各种颜色的宝石撒入了云海，璀璨耀眼，光华夺目。

离戎妃问小夭："好看吗？"

小夭凝望着身周闪烁的花灯："好看。"

离戎妃说："昶让我告诉你，不管璟是生还是死，他的心愿永远都相同，希望你幸福，纵然这个幸福不是璟给你的，他也只会祝福。"

小夭眼眶发酸，原来这就是离戎妃盛情邀请她的原因，她是在帮昶传话。

离戎妃望着漫天璀璨的花灯，眼中满是苦涩："逝者已去，生者还要继续活着，悲天怆地并不能让逝者回来，与其沉溺于痛苦，不如敞开胸怀，给自己一条生路。"

小夭默默不语，离戎妃微笑道："小夭，你也许觉得我说这话很容易，劝慰的话谁不会说呢？痛苦却只是你自己的。你的痛苦，我也曾经历过，我很清楚什么叫痛不欲生，但我知道自己每一次的欢笑，都会让他欣慰，所以我一直在很努力地笑。"

小夭惊讶地扭头，看着离戎妃，她一直爱玩爱笑，所有人都以为她没心没肺。离戎妃说："小夭，不妨学着把逝者珍藏到心里，不管你日后是否会接受其他人，都记得璟喜欢看的是你的欢笑，不是眼泪。让自己幸福，并不是遗忘和背叛，逝者不会责怪，只会欣慰。"

小夭说："我知道。"

离戎妃轻轻叹息了一声："去许个心愿，把花灯放了吧！"

离戎妃的侍女对小夭说："这只鸿雁很温驯，只要小姐抓牢缰绳，绝不会有问题。"

"谢谢。"小夭翻身坐到鸿雁背上，苗莆驾驭着另一只鸿雁跟随着小夭。

小夭将缰绳绕在手腕上，把一盏木樨花灯放进云海。一阵风过，随着翻涌的云海，花灯飘向远处。

连放了三盏木樨花灯，灯油用的是木樨花油，此时已能闻到浓郁的木樨花香，小夭不自禁地驾驭着鸿雁，追随着花灯。放花灯时，小夭没有许愿。从小到大，她许的愿全都被以最残忍的方式撕碎，她已经不敢奢求，更不敢许愿。小夭总觉得老天听到她的愿望，就会故意地毁灭一切。这会儿，她遥望着花灯，默默地说：璟，我在小月顶上种了木樨，等到木樨花开时，我唱歌给你听。

驮着小夭的鸿雁突然尖鸣几声，发疯一般疾驰起来。一边疾驰，一边发出凄厉的鸣叫。猝不及防间，小夭差点被甩了下去，忙紧紧地抓住缰绳。

苗莆惊恐地叫："小姐，小姐！"她试图去追赶小夭，想拦截住发疯的鸿雁，可那只鸿雁的速度太快，她根本追赶不上。

鸿雁左冲右突，一会儿急速拔高，一会儿急剧俯冲，一会儿痛苦地翻滚。小夭被甩了出去，她紧紧地抓住缰绳，随着鸿雁的飞翔翻滚，小夭就好似一片叶子，在天空中飘来荡去。

惊叫声此起彼伏，不停地有人大叫："来人！快来人！"

离戎妃尖叫："小夭，抓住，无论如何都不要放手！"她等不及侍卫赶来，直接自己召唤坐骑，向着小夭飞去，企图救小夭。可是鸿雁完全发了疯，全部力量都凝聚在最后的飞翔中，速度快若闪电，又完全没有章法，离戎妃根本追赶不及。

小夭勉力睁开眼睛，看到血从鸿雁的嘴角滴落，她明白这只鸿雁并不是突然发疯，而是中了剧毒。那个要杀她的人再次动手了！

这一次竟好像是真正的绝境，离戎妃选的地方远离各个主峰，附近的山峰没有侍卫，等侍卫赶来，已来不及。小夭体质特异，即使被沉入大海也不会死，可从高空摔下，无论如何都会摔成粉末。

小夭眼前浮现出玱玹蓬头垢面的样子，心里默念，不能放弃，绝不能死！她咬破舌尖，用疼痛缓解在空中翻来滚去的恶心晕沉，她必须要清醒地思考。

小夭观察下方的地形，不知道鸿雁飞到了哪里，四周都是悬崖峭壁，突然，一片茂密的苍绿映入眼帘。

小夭咬紧牙关，抓住缰绳，一寸寸地向着鸿雁背上爬去。虽然缰绳都是用最柔软的皮革制成，可也禁不住这种勒压，小夭的手掌被划裂。她每靠近鸿雁一寸，伤口就深一分，血汩汩流下。

鸿雁痛苦地翻滚了几圈，小夭也被甩了几圈。小夭怕自己会因为发晕失去力气，她用力地咬着自己的唇，努力地维持着清醒。

待鸿雁不再翻滚，小夭又顺着缰绳，向着鸿雁背上挪去。不长的缰绳，可是每挪动一寸，都鲜血淋漓。终于，小夭艰难地挪到鸿雁身下，她咬了咬牙，一手松开缰绳，勾住鸿雁的脖子，趁着鸿雁还没反应过来，另一只手也迅速松开缰绳，双手合力抱住鸿雁的脖子，双脚钩在鸿雁身侧，整个人倒挂在鸿雁身上。

鸿雁已经是强弩之末，随时会从高空直接坠落。

左边山上一片浓郁的苍绿掠入眼帘，小夭顾不上多想，决定就选择那片树林为降落地。腾不出手，她就像野兽一般用嘴去咬鸿雁右面的脖子，鸿雁的头避向左面，飞翔的方向也自然地向着左面调整了。

鸿雁似乎也知道自己的生命即将结束，伸长脖子哀哀鸣叫，小夭再不敢迟疑，猛地胳膊用力，互相一扭，鸿雁的咽喉折断。小夭双手紧紧搂着鸿雁的脖子，双腿钩住鸿雁的身子，翻了个身，让鸿雁在下，她在上，向下坠去。看到绿色越来越近，越来越近，就在要碰到绿色的一瞬，小夭尽力把自己的身子蜷缩在鸿雁柔软的肚子上。

砰！砰！砰……震耳欲聋的声音一声又一声传来。

昏天黑地中，小夭觉得全身上下都痛，不知道自己究竟断了多少根骨头，也不知道碰撞声结束时，她是否还能活着感受到身体的痛苦。她只能努力地蜷缩身子，将伤害减轻到最低。

在砰砰的碰撞声中，小夭痛得昏厥过去。

一会儿后，小夭被弥漫的血腥气给熏醒了，她挣扎着从一堆血肉中爬出来，从头到脚都是血，她也不知道究竟是自己的血，还是鸿雁的血。

不管那人是不是馨悦，敢在神农山下手，必定还有后手，小夭不敢停留，捡起一根被砸断的树枝当作拐杖，努力挣扎着远离此处。幸亏她曾独自在山林中生活了二十多年，对山野的判断是本能，她向着有水源的地方行去。

多年的习惯，不管什么时候，小夭都会带上一些救命的药，可这一次被甩来甩去，又从高空摔进树林，所有药都丢失了，只能看看待会儿能不能碰到对症的草药。

越靠近水源，植被越密，小夭发现了两三种疗伤的药草。待找到水源，她瘫软在地上，喘息了一会儿，咬牙坐起，走进河水中。正一边清洗身上的血腥，一边检查身体时，听到身后的山林间有飞鸟惊起，小夭展开手，银色的弓箭出现在手中。

从半空摔下时，她都痛得昏厥了过去，相柳肯定能感受到，不知道他是不是又要后悔和她种了这倒霉的连命蛊。小夭苦笑着，轻轻摸了下弓："这次要全靠你了。"

拉弓时，小夭一直双手直哆嗦。可当弓弦拉满时，多年的刻苦训练终于体现出价值，她的双手骤然变得平稳，趁着那一瞬的稳，小夭放开弓弦，银色的箭嗖一下飞出。

一声惨呼传来，有人骂骂咧咧地说："还好，没射到要害。"

她的箭都淬有剧毒，小夭可不担心这个，她担心的是，她只有三次机会，已经用掉一次。

几个蒙面人走出山林，一共六个人。

他们看到衣衫褴褛，重伤到坐直都困难的小夭时，明显轻松了几分。估计都知道小夭灵力低微，看到她哆哆嗦嗦地挽弓，竟然哄笑起来。

银色的箭射出，从低往高，擦破了一个人的大腿，歪歪扭扭射中另一个人的胳膊。没等他们看清，又一支箭飞出，依旧箭势怪异，从两人的耳畔擦过，留下一道浅浅的血痕，正中第三个人的眼睛。

二箭，五人！小夭已经尽了全力。

弓消失在她的掌中，小夭疲惫地笑了笑，在心中轻声说："谢谢。"

这时，林中才传来一个人的惊呼声："有毒！小心！"

一个蒙面人从林中奔出来："箭上有剧毒，七号已经死了。"

随着他的话音，一、二、三……五个人陆续倒下，只剩了未被射中的一个人和刚从林内出来的一个。

两个蒙面人惊骇地看着小夭，他们灵力高强、训练有素，执行任务前，被清楚地告知小夭灵力低微。他们知道此行很危险，但这个危险绝不该来自灵力低微的小夭。

小夭刚射完三箭，全身力竭，整个身体都在颤抖，她却盯着两个蒙面人，拿起了刚才做拐杖的木棍，当作武器，横在胸前。两个蒙面人再不敢轻视小夭，运足灵力，谨慎地向着小夭走过去。小夭知道，以自己现在的身体状况和一根木棍武器，反抗他们很可笑，但她告诉自己，就算要死，也要杀一个是一个。

两个蒙面人没有任何废话，抽出剑，迅速地出手，一左一右配合，竟然把连站都站不起来的小夭当作大敌，全力搏杀，不给小夭任何生机。小夭的木棍在他们的灵气侵袭下，碎裂成一截截。

就在小夭要被剑气刺穿时，一个身影迅疾如电，扑入两个蒙面人中间，他没有用任何兵器，徒手对付两个手握利器的人，身形却没有丝毫凝滞。

一个蒙面人用利剑刺向他的手，以为他会躲，没想到他的手迎着剑锋去，就在要碰到时，他的胳膊变得柔弱无骨，生生地逆转了个方向，抓住蒙面人的胳膊。惨叫声中，鲜血飞溅，他的手如利爪，竟然生生地把蒙面人的整只胳膊撕扯下来。

三人搏斗时，动作迅疾飘忽，小夭一直没看清是谁，这会儿看到这么血腥的手段，喃喃说："左耳。"她松了口气，再支持不住，直挺挺地倒在地上。

两个蒙面人不见得不如左耳厉害，但左耳出手的凶残狠辣他们见所未见，撕裂的血肉溅到左耳脸上，左耳眼睛眨都不眨，居然伸出舌头轻轻舔一下，好似品尝着鲜血的味道。他们心惊胆战，左耳却心如止水，就如在死斗场里，唯一的念头不过是杀死面前的人——不论何种方式，只有杀死他们，才能活下去。

一会儿后，搏斗结束，地上又多了两具尸体。

左耳走到小夭身边蹲下。小夭说："我的一条腿断了，肋骨估计断了三四根。你呢？"

"胳膊受伤了。"

小夭扔了一株药草给左耳，既能止血，又能掩盖血腥味。她给自己也上好药后，对左耳说："我们找个地方藏起来。"

左耳背起小夭，逆着溪流而上。左耳说："你的箭术很高明，换成我，也很难躲避。"

小夭微笑，叹道："我有个很好的师父。"

也许是小夭声音中流露的情绪，让敏锐的左耳猜到了什么，左耳问："是邶？"

"嗯。"

左耳说："我会帮他保护你。"

左耳和相柳一样，恩怨分明，在左耳心中，邶有恩于他，他肯定想着一旦有了机会就要报恩，可邶死了，他就把欠邶的都算到了她身上。小夭笑着叹息："你们还真的是同类。不过，我和他……并不像你以为的那么要好。"

左耳疾驰了一个时辰后，说："附近有狼洞。"

小夭说："去和它们打个商量，借住一晚。"

狼洞很隐秘，可小夭独自一人在山林里生活过二十多年，很会查看地形，左耳又嗅觉灵敏，不过一会儿，两人就寻到洞口。左耳先钻进去，小夭用手慢慢爬进去。狼洞不高，但面积不小，七八只小狼盯着他们，还有一群大狼环伺着他们。小夭正纳闷它们为什么不攻击时，看到左耳屁股下坐着一只强壮的雄狼，估计是这群狼的首领。

小夭失笑，左耳不懂兵法，却深谙擒贼先擒王。

左耳拽着雄狼出去，估计是要把他们进来的痕迹掩盖，消泯气味的最好方法自然是请狼首领撒几泡尿。一会儿后，左耳进来了，没再拽着狼首领。狼首领蹿进狼群中，二十来只狼呈半圆形，围着左耳和小夭，想要扑杀，却又不敢。

小夭知道这也算打好商量了，问左耳："你身上有药吗？"

左耳拿出一个玉瓶和一个小玉筒："苗莆给我的。"左耳做奴隶做久了，习惯于身无一物，就这两样东西还是苗莆强塞给他的。

玉瓶里是千年玉髓，小拇指般大小的玉筒里是一小截细细的扶桑木。小夭笑道："苗莆可真是大手笔，知道你懒得带什么火石火绒的，竟然把这宝贝都给你了。"

小夭把玉筒收起来，玉瓶还给左耳："收好了，关键时刻能续命。"这点玉髓对她的伤用处不大，与其她喝了，不如留给左耳，只有左耳活着，她才能活着。

左耳说："我来时，看到很多侍卫四处搜救你，要和他们会合吗？"

"先看看再说。外祖父虽然厉害，但这些年他为了避嫌，刻意地不插手神农山的防卫，除了小月顶的侍卫，神农山的侍卫没有一个是外祖父的人。玱玹不在，我不知道哪些侍卫能相信，哪些侍卫不能相信，万一人家明为搜救，实际是想杀了我们，我们送上门去，不是受死吗？"

左耳不再多想，闭上眼睛，蓄养精力。常年生死边缘的挣扎，让他心境永远平静，能休息时，绝不浪费。

虽然身体痛得厉害，小夭依旧迷糊了过去。

左耳突然睁开眼睛，轻轻推了下小夭，指指外面。

有人来了！只是不知道是想救她的人，还是想杀她的人。小夭凝神倾听，脚步声纷杂而来，不一会儿，又去了，渐渐寂静。小夭刚松了口气，突然听到熟悉的声音，是丰隆和馨悦。他们大概正站在狼洞的某个通风口上说话，丰隆肯定设了禁制，没刻意压低声音。可因为左耳之前动的手脚，丰隆的禁制有了破绽，不过，传出的声音非常小，即使小夭很熟悉他们的声音，极力去听，也只能隐约辨出他们说的是什么。

馨悦的声音，嗡嗡嘤嘤，完全听不到说什么，只能感觉她说了很多。

"你疯了吗？"丰隆的声音，因为带着怒火和震惊，格外洪亮，很是清楚。

"我已经做了……开弓没有回头箭……现在只能趁着陛下赶回来前杀了小夭，我已经想好退路，将一切推到……"馨悦的声音越来越低，渐渐地什么都听不清了。

"……"

不知道丰隆说了什么，馨悦的声音突然拔高，带着激愤和悲伤："你在赤水快乐无忧地长大时，想过我在轩辕城过的是什么日子吗？我在小心翼翼地讨好那些公子小姐！你玩累了睡得死沉时，我每晚担惊受怕，从噩梦中惊醒！你缠着爷爷要新年礼物时，我唯一的渴望不过是爹爹千万不要造反，祈求轩辕王不要杀了我！从小到大，我当质子，让你过得好，你几时帮过我？陛下要封阿念为王后时，你竟然就因为赤水氏多了几块封地，就反过来劝我接受！这是我第一次求你，你不帮，就滚吧！反正从小到大，我也没靠过你！”

“我劝你接受阿念为王后，不仅仅是为了封地，也是为你好！”

“你走吧！我不想听！我死、我活，都和你无关！”馨悦的声音渐渐远去，想来她正在急速地离开。

“馨悦，你听我说……”丰隆的声音充满了痛苦无奈，追着馨悦的声音消失了。

小夭没有听到丰隆最终对馨悦的回答，但她知道，丰隆会答应。不仅仅是因为他们血脉相连，还因为丰隆的确欠了馨悦，正因为馨悦在轩辕城做质子，他才能在赤水自由自在地长大。

丰隆并不想伤害小夭，但这世上总会有一些不得不做的选择。即使做了之后，要承受心灵的痛苦鞭笞，也不得不做。小夭完全能理解，但她依旧悲伤，当年一起在木樨林内，月下踏歌、喝酒嬉戏，到底为了什么，馨悦非要她死不可？

左耳总结说：“他们要联手杀了你。”

小夭说：“我听到了。”

左耳说：“他们会回来。”

小夭说：“我知道。”

杀手担心小夭逃掉，所以赶着往前搜，但当他们发现前面找不到小夭时，肯定还会回来。到那时，即使左耳布置过这个狼洞，也会被发现。

左耳目光炯炯地盯着小夭，小夭摇头：“别再老想着杀人了，丰隆灵力高强，馨悦身边有死卫，你杀不了他们。我们还是乖乖逃命吧！”

左耳在苗莆的教导下，已经明白侍卫的唯一目的是保护，杀人只是保护的手段，对杀人不再那么执着，他静听着小夭的下文。小夭想了一会儿说：“逃出神农山不可能，而且逃出去了，更不安全。”

神农氏和赤水氏，小夭绝不敢低估馨悦和丰隆联手的力量，在神农山他们好歹还有顾忌，出了神农山，只怕就无所顾忌了。小夭说：“唯一安全的地方就是小月顶。我们要么想办法回小月顶，要么坚持到玱玹赶回来。”

天已快亮，她出事的消息应该送出去了，两日两夜后，玱玹应该能赶回，生与死的距离是——两日两夜。

小夭说：“此地不宜久留，我们离开。”

左耳背起小夭时，小夭痛苦地呻吟了一声，左耳担忧地问：“你能坚持吗？”

小夭从高空坠落，虽然还活着，但真的伤得非常重，连受惯了伤的左耳也担忧她能不能活下去。小夭说：“我可以。别担心，我的身体比常人特异。”

左耳钻出狼洞，向着小月顶的方向疾驰而去。

一路上，小夭一直四处查看，时不时让左耳采摘点药草，还让左耳摘了一把酸酸的果子，两人分着吃了。后来太过疲惫，小夭支撑不住，在左耳背上昏死过去。

小夭醒来时，发现自己靠着树，坐在地上。左耳和六个人在缠斗，地上已经有四具尸体。

左耳终于真正理解了侍卫和杀手的不同。杀手只有不惜一切代价杀死的目标，侍卫却有了心甘情愿守护的对象；杀手要死亡，侍卫却要生存。左耳必须保证使出每一个招式时，不会有人趁机来杀小夭，他不能再肆意攻击，就如同被链子束缚住了的野兽，威力大打折扣，身上已经到处都是伤。

小夭看了看风向，一边咳嗽，一边抓了一点枯叶，覆盖在扶桑木上，把早上让左耳摘的药草一点点小心地放进去。

烟雾升起，被风一吹，飘散开，弥漫在四周。

“小心，风里有毒！”

待那几个杀手发现时已经晚了，他们脚步虚浮，攻击有了偏差，左耳抓住机会，将他们一一杀死。

左耳好奇地问：“这些是毒药？”

小夭笑道：“不是毒药，好的毒药必须经过炼制，这些药草只会让人产生非常短暂的眩晕感，我们早上吃的那个又酸又苦的果子恰好能解它的药性。”

左耳想把火灭了，小夭对左耳吩咐：“捡点湿枝丢到火上。”

左耳毫不犹豫地执行，浓黑的烟雾升起，隔着老远都能看到。

左耳背起小夭，重新开始逃跑。小夭解释道：“反正已经暴露了，索性暴露得彻底点。浓烟肯定会引来真正想救我们的侍卫，有了他们在，丰隆和馨悦的人必定要顾忌收敛一点。而且，我不想让他们推测出我们怎么杀的那些人，秘密武器如果被猜出来了，就不灵了。”

左耳看小夭脸色惨白，精神萎靡，说道：“你再睡一会儿。”

小夭说：“好。”却强打起精神，眼睛一直在四处搜寻，寻找着能帮左耳疗伤的药草，或者能救他们的毒草。

也许因为小夭的计策起了作用，想杀他们的人有了顾忌，不敢追得太急；也许因为左耳擅长藏匿，边逃边将行踪掩藏得很好，一直到天黑，左耳和小夭都没有再碰到截杀他们的人。

虽然小夭一直没有表现出很痛苦，只在左耳偶尔蹿跳得太急促时，会微微呻吟一声，但左耳感觉得到小夭很痛苦。

天色将黑时，他选择了一个隐秘的地方，让小夭平躺下休息一会儿。小夭指点他把药草敷到自己伤口上，左耳问：“没有找到治疗你的药吗？”

小夭苦笑：“我的体质很特异，小时候吃了无数好东西，受伤后比常人的康复速度快。但是凡事有好必有坏，我的身体很抗药，一般的灵草、灵药对我没用，一旦重伤，必须用最好的灵药。”

左耳猎杀了一头小鹿，他可以生吃活吞，却不知道该怎么对小夭，如果一点食物不补充，小夭会撑不住。左耳问：“周围无人，要不生火烤一下？”

小夭无力地说：“现在生火太危险，把鹿给我，肉我吃不下，血可以喝一些。”

左耳咬破了柔软的鹿脖子，将伤口凑到小夭唇边，温热的新鲜鹿血涌出，小夭用力地喝着，估摸着喝了一大碗时，小夭摇了摇手，表示够了。

左耳蹲到一旁，背对着小夭，没有发出一点声音地进食，他还记得当日在船上时，小夭请相柳让白雕去别处进食。

左耳吃饱后，把所有踪迹掩盖好，洗干净手，去背小夭。

小夭说："现在，我们朝远离小月顶的方向逃，宁可慢一点，也不要留下任何踪迹。"

左耳张望了一下四周，跃上了树，打算从树上走。

小夭对他解释："丰隆和馨悦也知道只有小月顶能给我庇护，我们之前又一直在朝小月顶逃，他们肯定会将人往小月顶的方向调集，竭尽全力截杀我。我们不以卵击石，我们往人少的地方逃，只要拖到玱玹回来，就算玱玹想不到是馨悦和丰隆，但他一贯谨慎多疑，谁都不会相信，肯定会把其他人都调出神农山，只用自己的心腹。"

左耳听她气息紊乱，说道："你多休息一下，不用事事和我解释，我相信你的判断。"

小夭昏昏沉沉中，眼前浮现过相柳，她道："迟早有一日，你会变得很精明厉害，再不需要我，我只是不甘心你的变化中，没有我的参与，所以趁着还能教导你时，多啰唆几句吧！"

左耳果然非常聪慧，立即说："我会变得像相柳？"

小夭迷迷糊糊地说："我希望是祁，不过……都一样了。反正不管你什么样，我都会陪你走完一程……"

小夭又昏死了过去。

天快亮时，左耳停下休息，看到小夭的脸色由白转红，额头滚烫。

左耳叫："小夭……小夭……"

小夭没有任何反应，从来不知道什么叫害怕的左耳竟然心里有了恐慌，他拿出小夭让他好好收着的玉髓，全部喂给小夭。

左耳不敢停留，背起小夭继续跑。一路之上，他碰到两拨搜寻他们的侍卫，左耳靠着灵敏的嗅觉和听觉，小心地躲开了。

附近没有人时，左耳不停地叫："小夭……小夭……"

背上的小夭没有丝毫反应。

夕阳西斜时，精疲力竭的左耳停下了。

他将小夭放在最柔软的草上，小夭的额头依旧滚烫，左耳不知道该怎么办，只能摘了一片硕大的芋艿叶，用力地为小夭扇风；把木槿树叶卷成杯子，盛了水给小夭喂下。

终于，小夭迷迷糊糊地睁开眼睛。

左耳说："你再坚持一下，熬过今夜，天一亮，我们就安全了，你坚持住。"

小夭目光迷离，好似压根儿没看到左耳，含着笑喃喃说："木槿花。"

不远处有一丛灌木，开满了粉色的花，想来就是小夭说的木槿花。左耳看小夭喜欢，忙去摘了一大兜，拿给小夭。

小夭的手根本抬不起来，左耳捡了一朵最好看的花，放在她的掌心。小夭说："明日如果阳光好，我给你洗头，你也帮我洗头……璟，别忘了清晨摘叶子。"

左耳明白小夭已经神志糊涂，他不知道该怎么办，只能一遍遍说："熬过今夜，天一亮陛下就要来了，你坚持住。"

小夭看着木槿花，一直在微笑。

夕阳的余晖渐渐消失，天色渐渐黑沉。

小夭的眼泪突然滚了下来："木槿花不见了。璟，我看不见你了！"她的眼睛就要慢慢合上，左耳也不知道为什么，反正觉得绝不能让小夭合上眼睛，否则她就会永远也睁不开了。

左耳急急忙忙拽了几根枯木桩，把扶桑木扔进去，火光燃起。左耳说："你看，木槿花！很多木槿花！"

小夭勉力睁开眼睛，笑看着木槿花。

左耳再顾不上隐藏行踪，不停地往火里扔柴，让火光照出木槿花给小夭看。至于火光会不会引来杀手，精疲力竭的他能否应付，他都没有去想，就如在死斗场上，他唯一的目的是杀死对手，现在他唯一的目的就是让小夭看到木槿花，不会闭上眼睛。

所幸，因为相柳暗中动了点手脚，玱玹提前得到消息，比小夭估计的时间早赶了回来，左耳点燃的篝火误打误撞，反倒帮了玱玹。

当玱玹循着火光赶到，看见的一幕是——

熊熊燃烧的火焰旁，衣衫褴褛、满身血污的左耳不停地往火焰里扔枯枝，一片木槿花开得如火如荼，小夭躺在一棵木槿树下，手上裙边全是木槿花。

玱玹跑过木槿花，大叫道："小夭！"

小夭凝视着木槿花的视线转向玱玹，她的目光迷离，脸颊绯红，唇畔含着甜蜜的笑。

自璟去后，玱玹第一次看到小夭笑得这么甜蜜。一瞬间，玱玹觉得自己好像变成了第一次和情人幽会的少年郎，竟然脸颊发烫，心不争气地扑通扑通急跳着。

他快步走到小夭身旁，屈膝跪下："对不起，我回来迟了。"

小夭的目光迷离，唇边绽放出最美的笑："璟，你终于回来了。"

玱玹愣了一下，脸上的笑容僵住，动作却毫不迟疑，依旧坚定地把小夭轻轻抱起，搂进怀里："我们回去。"

玱玹抱着小夭，上了云辇。小夭的身子动不了，脸却一直往他胸前贴："璟，我很想你，很想你……你不要离开……不要离开……"

玱玹的手贴在小夭背心，护住她已经很微弱的心脉。

因为昼夜赶路而憔悴疲惫的面孔没有一丝表情，漆黑的双眸内流露着浓浓的哀伤，声音却是温柔坚定的："我不离开，小夭，我不离开！我永远都在！"

小夭听着玱玹坚实的心跳，终于安心了，璟在！璟就在她的身畔！

第十二章 错将生死作相思

LOST YOU FOREVER

小夭醒来时，发现自己躺在水玉榻上，腿上裹着接骨木，身上也绑着接骨木，一动不能动，隔着一道珠帘，隐约看到玱玹坐在案前，批阅公文。

小夭略微动了下，玱玹立即扔下公文，冲了进来："你醒了？"

小夭问："左耳呢？"

玱玹说："受了些伤，没有大碍。"

"我昏睡了多久？"

"一夜一日。"

小夭看他神情憔悴，苦笑着说："又让你担心了。"

玱玹说："我没事，睡一觉就好了。我已经下令，把离戎妃幽禁了起来。"

小夭问："你觉得会是她吗？"

"自从离戎妃进宫，她除了喜欢在神农山四处游玩，好像对任何事都没有兴趣，对我也是清清淡淡，这事不太像是她的性子。昨天夜里鄞确认你没有生命危险后，我亲自审问过她，她说请帖是她亲手写的，放灯活动是她安排的，鸿雁也是她命人挑选的，两个侍女畏罪自尽了，所有证据都指向她。她无法自辩，听凭我处置。”

“那你怀疑会是谁呢？”

玱玹蹙眉说：“正因为是离戎妃，反倒连怀疑的人都不好确定。她在宫里没有敌人，可也没有朋友，谁都有可能陷害她。敢在神农山做这事的人肯定颇有点势力，但能被大氏族选中送进宫的女人有几个没有手段？不过——”玱玹的脸色阴沉下来，冷冷说：“现在范围已经缩小了。上一次她雇用杀手杀你，我曾考虑是因为赤宸，花了很大精力追查，现在看来和赤宸无关，而是这宫里有人想杀你。虽然还不能确定是谁，可有能力做这事的人左右不过七八个，我倒是要看看她还能躲多久。”玱玹的手握成了拳头，心中十分气恼自责，他一再提防，却没想到紫金顶上竟然有人敢对小夭下手。

小夭喃喃问：“你说她为什么想杀我呢？”

这个问题，在玱玹刚知道小夭出事时，就问过自己，查清楚了为什么有人想杀小夭，自然就能查出凶手。可他很清楚，从某个角度而言，紫金顶上所有女人都可以恨小夭，但那是他心底的秘密，藏得太深，也藏得太久，以至于他觉得已经变成了生命的一部分，他会永远背负，永不会有人知道。所有人都知道当今的轩辕王非常护短，所有人都知道是他一手促成了丰隆和小夭的婚事，所有人都知道是他命西陵氏同意璟的提亲……在一次又一次由他亲手促成、亲口同意的婚事面前，不要说别人，就连玱玹自己都觉得荒谬到不可相信。

玱玹冷笑着，讥嘲地说：“不知道，也许她发现了什么秘密。”

小夭疲惫地闭上眼睛，馨悦和丰隆要杀她！一个是玱玹的王后，一个是玱玹的第一重臣、璟的好兄弟，小夭不知道该怎么办，纵然玱玹是帝王，但怎么可能去杀了王后和一个大将军，而且王后是神农氏小炎汭的女儿，大将军是四世家之首赤水氏的族长。

◈

一个多月后，小夭已经可以拄着拐杖，在苗莆的搀扶下慢慢行走。

小夭给苗莆开了药单子，让她吩咐人依照单子去准备药材，还让苗莆去制作箭靶，她打算等身体再好一些，就重新开始炼制毒药、练习箭术。

小夭走累了，躺在树荫下的竹榻上，一边纳凉，一边教左耳识字。左耳很聪明，每个字教一遍就记住了，可他对字和字连在一起后的意思却常常难以理解，比如他就完全没办法理解“敢怒不敢言”，他的理解是“怒就杀之”，小夭解释得口干舌燥时，想到相柳也曾让洪江如此头疼过，又觉得好笑。

正一个头疼地教，一个头疼地学，侍者来禀奏，王后和赤水族长，还有离戎族长来看望小夭。

小夭想了一会儿，说道：“请他们进来。”

左耳看着小夭，显然不明白小夭为什么要见敌人。

小夭拍拍他紧绷的肩膀，微笑着说：“刚才你问我什么叫‘若无其事、不动声色’，我们马上就会演给你看，你也学学若无其事、不动声色。学会了，我可有奖励哦！”

馨悦、丰隆、昶走了进来，小夭靠在竹榻上没有动，微笑着说：“行动不便，不能给王后行礼，请王后见谅。”

馨悦和颜悦色地笑道：“我们是来探病的，可不是让你行礼的，你好好靠着吧！”

苗莆已经摆好坐榻，请馨悦、丰隆、昶坐。

丰隆低着头品茶，一直不说话。

馨悦和昶倒是谈笑如常，问小夭身体养得如何，最近都吃了什么，叮嘱小夭仔细休养。小夭笑意盈盈，一一回答，时不时看一眼站在她身侧的左耳。左耳面无表情，像冰雕一样立着。小夭想，这也算是左耳式的若无其事吧！

馨悦笑道：“今日来看你，除了探病，还是来求你一件事。”

小夭说：“求字可太重了，王后有话尽管说。”

昶的笑容淡去，说道：“是我求王后带我来见你。我想你已经猜到原因。自你出事后，姐姐一直被幽禁，一点消息都得不到，家里人放心不下，日夜焦虑。我知道口说无凭，很难说服你相信不是姐姐做的，但姐姐真不是那样的人。以姐姐的性子，怕牵扯不清，把我和家族都扯进来，肯定会独自承担，不会和陛下说实话。实际上，是我特意拜托姐姐邀请你放灯节一起玩玩，我让她帮忙给你带几句话，还拜托她有机会多找你出去散心。我不知道出事前，姐姐有没有来得及和你说这些。小夭，求你看在你我也算相识一场的分儿上，帮姐姐在陛下面前求个情，好歹让家里人见姐姐一面。”昶站起，向小夭行礼。

小夭忙说：“你别这样，坐下说话。”

昶不肯起身，馨悦说：“我虽然和离戎妃交往不多，但昶和哥哥却是自小就认识，昶说的话，我相信。我已经在陛下面前为离戎妃求过情，但陛下盛怒下完全听不进去。小夭，这事估计也只有你的话，陛下能听进去一点。”

昶对馨悦深深地作揖行礼，感激地说：“谢王后。”

平日里，昶这个地下黑市赌场的老板，也是倜傥风流、狂放不羁的人物，如今却透着疲惫憔悴。小夭看看馨悦情真意切的样子，再看看一直沉默不语的丰隆，忽而觉得，再没有办法若无其事了，她对昶说：“出事前，离戎妃已经把你的话带到。你不要担忧，我相信不是离戎妃做的。”

昶惊喜地问：“真的？”

小夭说：“真的。陛下可不会被人随意愚弄，只是需要一点时间去查清楚一切。”

昶终于放心了几分：“谢谢。”

小夭说：“我要谢谢你和离戎妃，你们把璟当好朋友，才会还惦记着我。”

提起璟，昶的神色更加黯然：“离戎一族因为和赤宸牵扯到一起，曾经很落魄，璟帮了我太多，可以说，对我离戎族都有大恩，我能回馈的不过一点心意而已。”

丰隆忽然站起来，硬邦邦地说：“事情说完了，我们回去吧！”

昶以为丰隆还介意小夭逃婚的事，忙和小夭告辞：“不打扰你养病了，等你病好后，再找机会相聚。”

小夭对馨悦笑了笑，说道：“我想和王后再聊一会儿，不如让他们先走？”

馨悦笑道：“好啊！反正也不顺路，他们是回轵邑城，我待会儿直接回紫金顶。”

待丰隆和昶走了，小夭对苗莆说：“这里有左耳就好了，你去帮我准备点消暑的果汁。”

苗莆知道小夭不想让她听到谈话内容，也是不想她为难，应了声“是”，退下。

小夭盯着馨悦。

馨悦本来还笑着说话，可在小夭的目光下，她的笑容渐渐僵硬，馨悦强笑着问：“你这么看着我干什么？”

小夭说：“你为什么想杀我？”

馨悦急促地笑了两声，故作镇静地说：“你说什么？我听不懂。”

小夭慢慢地说：“我问你，为什么想杀我？”

馨悦慌慌张张地站起，匆匆要走。

小夭说：“站住！神农馨悦，既然你胆子这么小，为什么还要做？做了一次不够，还要做第二次。”

馨悦停住脚步，徐徐回身，面上神情已经十分镇静。她憎恶地看着小夭，冷冷地说：“你既然已经知道了，为什么不告诉陛下？”

小夭问：“我想知道，你为什么要杀我？”

馨悦摇着头大笑起来，小夭竟然不知道，她竟然什么都不知道！馨悦忽然为玱玹感到可悲，堂堂帝王，拥有整个天下，却连对一个女人的渴望都不敢表露！

小夭问：“你笑什么？”

馨悦说：“我在笑我自己，也在笑玱玹。你问我为什么要杀你，我早就告诉过你。”

小夭凝神回想，却怎么都想不起来：“你告诉过我什么？”

馨悦说：“在你和璟的婚礼前，我来小月顶，亲口告诉你，只要有人想抢我拥有的东西，我一定不会饶了她！”

小夭更糊涂了：“我抢了你的什么？”

“你抢了我的什么？整个紫金顶上的女人有谁能日日见到陛下？”

“那么多妃嫔，不可能有人能日日见到玱玹。”

馨悦讥嘲地笑：“原来，你也知道没有人能日日见到陛下！但是，只要陛下在神农山，一定有一个女人能日日见到他。小夭，她是谁呢？”

小夭愣住。紫金顶上有女人能日日见到玱玹？难道玱玹已经寻到了心爱的人？

馨悦朝着小夭走了两步：“整个紫金顶上，哪个女人敢违逆陛下？我们连句重话都不敢说，可有人敢砸伤陛下的脸，让陛下带着伤去见朝臣。小夭，她是谁呢？”

小夭满面震惊，张了张嘴，什么都没有说出。

馨悦又朝小夭走了两步，冷笑着问：“整个紫金顶上，所有妃嫔，谁敢直呼陛下的名字？谁敢和陛下并肩而行？谁敢让陛下拧裙拎鞋？”

小夭心慌意乱，急急说道：“就算全是我又如何？你又不是第一天认识我和玱玹，在你刚认识我们时，我和玱玹就这样相处的。”

馨悦盯着小夭，满是憎恨地说：“小夭，你还敢说你没有抢我的东西？所有我们得不到的，你都得到了。现在是这些，有朝一日，你想要当王后呢？”

小夭愤怒地说：“你疯了！我……我……我怎么可能想当王后？”

馨悦哈哈大笑：“我疯了？我看我最清醒！陛下把你视若生命，你也能为陛下不惜性命！如今璟死了，迟早有一日，你会发现陛下和你……”

“闭嘴！闭嘴！”

“闭嘴！”

前面两声闭嘴是小夭叫的，后面一声闭嘴却是玱玹说的。他冷冷地看着馨悦，不疾不徐地走了过来。

馨悦不自禁地打了个寒战，习惯成自然，立即就弯身行礼：“陛下。”

玱玹说：“我想着十之八九是你做的，就是没证据，没想到，你倒自己认了。”

馨悦没有跪下讨饶，反而慢慢地直起身子，昂然看着玱玹，豁出去的夷然不惧。

玱玹对潇潇说：“送王后回紫金宫，最近宫里不太平，多派几个侍卫保护王后。”

“是！”潇潇和两个暗卫护送，或者该说押送馨悦登上云辇，离开了小月顶。

玱玹对左耳说：“你下去。”

小夭忙说：“不要！”她竟然害怕和玱玹独处。

玱玹也未勉强，坐在榻边，静静地看着小夭。小夭看看东、看看西，好像有太多东西吸引她的注意，反正就是不看玱玹。玱玹却恰恰相反，一直凝视着小夭，就好像整个世界只剩下了小夭。

玱玹一直不说话，似乎能就这样默默相对到地老天荒，小夭舔了舔发干的嘴唇，干笑几声，说道：“馨悦误会了，我……我……你……不可能的，一定是她误会了。”

“既然你认定她是疯言疯语，何必烦恼呢？”玱玹的声音很平静，没有一丝波澜。

小夭如释重负，笑看向玱玹，玱玹目不转睛地凝视着她。漆黑的眼眸里，除了两个小小的她，只剩下压抑得如黑夜一般的悲伤。小夭害怕了，她想逃、想躲，却被那黑夜一般无边无际的悲伤卷在其中，无处可逃、无处可躲。她努力地想笑，努力想让一切回到以前。

小夭慌乱地说：“馨悦说我是神农山上唯一能日日见到你的女人，她误会了，你是为了看望外祖父才日日都来小月顶的；她说你陪伴我的时间最多，她说错了，潇潇和你在一起的时间才最多；她说只有我敢直呼你的名字，也说错了，还有阿念，阿念不也总是叫你玱玹哥哥吗？还有，馨悦说我敢打你，可那也不能怪我啊！是你突然发兵攻打高辛，我好歹做过几年高辛王姬，总不能叫我一点反应都没有吧？至于什么拧裙子、拎鞋子的，其实没什么的，小时候你帮我做的事更多，只不过现在你是陛下了，人人都盯着。我以后会注意，再不让你做了……”

小夭的声音在颤抖，人也在不自禁地颤抖，脸上的笑容变得可怜兮兮，就好像在哀求玱玹，哀求他同意她的话，哀求他说，馨悦误会了。

玱玹没有回应小夭的哀求，他垂下眼眸，终于不再盯着小夭。小夭急急拿起靠在榻头的若木拐杖，想要逃离。

玱玹的声音，沉沉地响起："听闻馨悦、丰隆、昶三人一起来小月顶找你，我尽快赶了过来。我到时，正好听到你质问馨悦为什么要杀你。我很清楚答案是什么，明明可以阻止她回答，但我什么都没做，任由她说出了答案。"

玱玹痛苦地叹息："馨悦想杀你，我本来很愤怒，但当我听到馨悦一句句质问你的话，我竟然对她生了感激。秘密藏在心底太久，做了太多无情的事，你不会相信，全天下的人不会相信，就连我自己都觉得荒谬，可竟然有一个人看出来了。原来，在别人眼里，我对你还是很好的，轩辕王玱玹并不是那么无情。"

玱玹说："小夭，我本来以为我可以一直等，一直等到你回头，但我越等越绝望，我真怕你永远不会回头，或者就算你回头了，看到的却不是我。你能看到璟对你好，能看到丰隆想娶你，能看到防风邶风流有趣。但在你眼里，你只能看到，我让你和别的男人幽会，我同意你嫁给别的男人，不但笑着同意，还会亲手奉上嫁妆，不仅同意了一次，还同意了两次……"

小夭再站不稳，无力地软坐在榻头，手中的拐杖滑落，摔在地上，发出一声清脆的声音。

玱玹蹲下，捡起拐杖，却没有给小夭，而是放到了一边："每一次娶亲，我都不许你说'恭喜'，更不许你送贺礼。我是轩辕玱玹，从娘自尽的那天起，我就选择了这条路，我没有办法拒绝婚事，没有办法告诉别人我不愿意、不高兴。唯一的慰藉就是你的不恭贺，我自欺欺人地认定，只要你没有恭贺我，所有的婚礼就都没有得到你的同意，没有你的同意就不算数。"

玱玹笑起来，眼中尽是自嘲和悲伤："是不是很可笑？全天下都看到了，我却至今觉得都不算数，因为没有你的同意。"

小夭眼中泪光闪烁，每一次迎亲前，玱玹的反应都一一浮现在心头。

玱玹说："在轩辕城时，你曾取笑我和爹娘截然不同，说他们一生一世都只一人，我却一个女人又一个女人。当时，我也以为我会是和他们完全不一样的人，并不是因为我有很多女人，而是因为我明知道我唯一想要的就是你，却可以舍弃。我甚至笑看着你和璟，心里想，只要我们都能好好地活着，只要你不会像奶奶、姑姑、娘亲一样痛苦哭泣，别的都不重要。不管是我有了女人，还是你有了男人，都不重要。但后来，我明白了，我终究是他们的儿子，我想要的不只是活着，我还想和你一起活着。我想每日清晨，和你一起迎接朝阳；想辛劳一天后，和你一起吃晚饭；想为你搭秋千架，想推你荡秋千；我想为你栽种凤凰树，想和你一起看凤凰花开，想和你一起吮吸凤凰花蜜；我想听你说话，想看你笑，想听你唱歌……"

"别说了！"小夭痛苦地闭上眼睛，泪珠滚落。

玱玹蹲在小夭面前，双手扶在榻沿，仰头看着小夭："你曾诚心诚意地祝福我寻到那个让我心甘情愿娶的女子，我已经寻到了。小夭，我知道你还没有忘记璟，但我能等，我愿意等到你心里的伤平复，等到你愿意嫁给我。我不求你忘记璟，我只是希望你能把你的心分一些给我，我只要一点点，让我和你一起度过我们余下的人生。"

玱玹的姿态十分卑微，他的话语更是卑微。这一生，纵然最落魄时，他也只是坚强地去争取，从不曾这样卑微地祈求过。小夭的眼泪一颗又一颗滚落，她不知道自己在哭什么，究竟是在哭自己的爱而不得，还是在哭玱玹这么多年的爱而不得。

“小夭，你别哭。”玱玹想安抚小夭，却不知道自己该以什么身份去说话，他只能猜度着小夭的心思，尽力去宽慰，“小夭，你别哭，别哭……其实一切都没有变，只不过你知道了我想娶你而已，我没有逼你答应，我说了我能等，就算等到死，都没有关系……”

小夭扑倒在榻上，竟是越哭越伤心。

玱玹沉默了，其实一切都会改变，因为本就是他想要更多。玱玹痛苦地说：“小夭，不要恨我！我喜欢你，并不是错！”

小夭的脸伏在榻上，没有看玱玹，哭声却渐渐小了，她说：“我没有恨你。我只是不知道……不知道该怎么办……你先回去，今天我想一个人。”

玱玹的手伸出，想像以往一样轻抚一下小夭的头，可就在要碰到小夭时，他又缩了回去。他默默地站起身，拖着沉重的步子离开了小月顶。

小夭听到他足音里从未有过的沉重，知道现在痛苦伤心的不只是她一个人，玱玹比她更痛苦、更伤心。小夭的眼泪又滚了下来，她和玱玹一直是彼此的依靠和慰藉，谁能想到有一日，他们会让彼此伤心？

◈

小夭并不想躲玱玹，的确如玱玹所说，他喜欢她，并没有做错什么！可是，一时间她也真不知道该如何面对他，只能尽量避免两人独处。每次玱玹来时，小夭都会赖在轩辕王身边。

玱玹似知道她所想，并没有逼她，绝口不提那日的事，但也绝不放弃，依旧像以前一样，每日都来小月顶，或长或短地待一会儿，陪轩辕王喝碗茶、说会儿话。

渐渐地，小夭不再那么紧张和不自在，只要两人别提起那个话题，很多事的确仍和以前一样。

一天晚上，玱玹陪着轩辕王说了一阵闲话后，准备离开。他已经走出门，看到月色正好，转身对小夭说：“好久没去凤凰林了，陪我去走走。”

“我要休息了。”天刚黑不久，这个借口连小夭自己都觉得实在有些烂。

玱玹什么都没说，静静看了一瞬小夭，默默地出了院子，一个人踏着夜色向凤凰林走去，背影显得很瘦削孤单。

小夭看着玱玹的身影渐渐被夜色吞没，就好像自己也一点点被夜色吞没，彷徨茫然，无所凭依。

小夭呆呆地站着。

良久后，她突然冲出屋子，撩着裙裾，跑向凤凰林。

浮云遮蔽着月亮，黯淡的星光下，凤凰林随着晚风轻轻舞动，凤凰花簌簌而落，秋千架上铺了厚厚一层落花。

小夭站在凤凰树下，一边弯着身喘息，一边四处张望：“玱玹！玱玹……”没有声音应答，也没有看到人，玱玹已经走了。

小夭慢慢地坐在了草地上，双手抱住膝，额头抵在膝盖，有点难过，也有点释然，玱玹要的东西她终究是给不了的。

一阵急风过，浮云散开，月亮露出，银色的月光如水一般倾落。小夭感觉周围好像突然亮了许多，她抬头望去——

月光映照下，成千上万朵白色蔷薇花在静静绽放，一朵朵花像宝石般晶莹剔透。玱玹长身玉立在白色蔷薇花海中，笑眯眯地看着小夭。随着他的灵力漫延，白色的蔷薇花如涌起的浪潮般，缤纷地盛开，一直开到了小夭脚前，铺满了她身周。

小夭愣愣看了玱玹一会儿，随手抓起一丛蔷薇花，向玱玹丢去，气恼地问："你没走为什么不吭声？"

玱玹接住花，走到小夭面前，笑道："灵力低微，还一生气就喜欢动手，你这毛病可不好。"

小夭说："我问你为什么不吭声？"

玱玹耸了耸肩，在小夭身畔坐下："想吓你呗，没想到月亮突然出来了，没吓成。好看吗？"

看玱玹这样，小夭反倒轻松起来，在他胳膊上捶了一拳，凶巴巴地问："你叫我出来干什么？就看你变戏法吗？"

"我想知道，害你的人除了馨悦，还有谁。"

小夭说："你想知道，难道不该去盘问馨悦吗？"

"她说没有同伙，是她一人所为。"其实，馨悦是满面讥讽地说，我倒也希望还有人能看破陛下的秘密，可惜只有我。陛下不觉得自己很可悲吗?

小夭想，馨悦没有招出丰隆，是打算自己一人承担一切了。

玱玹问："小夭，这事丰隆参与了吗？"

小夭说："没有！至少我觉得没有，丰隆和馨悦虽然是兄妹，但丰隆的性子和馨悦截然不同，而且他们一个是赤水氏，一个是神农氏，丰隆不会那么糊涂。"

玱玹轻吁了口气："那就好。只是馨悦，这事就好处理多了。"

小夭暗叹了口气，神农氏王后加赤水氏大将军，纵然玱玹，也有点吃不消。

玱玹说："馨悦第一次雇用杀手暗害你的事，几乎没有人知道，这不是什么光彩的事，我也不想抖出来了。但第二次想杀你的事，发生在众目睽睽下，我必须给所有人一个交代。不过，馨悦是王后，还是小炎炎的女儿，我不想公开做什么，省得中原的氏族以为我针对他们。"

小夭听玱玹这话自相矛盾，疑惑地看着玱玹。

玱玹说："我和离戎妃谈了一次，谋害你的这个罪名就让离戎妃担了。"

"什么？"

玱玹笑道："你别着急，我慢慢解释给你听。离戎妃并不喜欢紫金顶，只要她担了这个罪名，就可以搬出紫金顶。神农山除了二十八座主峰，还有九十多座山峰，她可以挑选一个喜欢的住。看似是被打入冷宫幽禁，实际上没有了紫金顶的钩心斗角，也没有了各种繁文缛节、规矩束缚，她尽可以随着心意过自己的日子。"

“离戎妃愿意？她的家族愿意？”

“她是个聪明人，担了这个罪名看似吃了大亏，却得到了她想要的，也照顾了家族。我清楚不是她做的，不但不会打压离戎氏，反而会补偿离戎氏，我看她现在不知道多感激陷害她的人。”

小夭嘲笑玱玹：“没想到还有人这么嫌弃你呢！宁可跑去冷宫幽禁，也不乐意待在紫金顶。”

玱玹笑嘻嘻地说：“谁在乎她嫌弃不嫌弃？我巴不得她们都嫌弃，只要……”

小夭打断了玱玹的话：“罪名都让离戎妃担了，你打算如何处置馨悦呢？虽然馨悦害了我两次，但我又没有死，你惩罚她一下也就好了，动静不要闹得太大。”

玱玹说：“这么大的事，你这么笨，就不要操心了，反正我会处理好。一切会风平浪静，悄无声息，就好像什么事都没有发生过，毕竟我是想化解矛盾，而不是制造矛盾，让更多的人来恨你。”

小夭忽然想到，玱玹这样处理，神农氏压根儿不知道，自然不会迁怒于她，离戎氏得了好处，也不会恨她。

玱玹说：“我今晚和你说这些，只是让你明白，一切都过去了。小夭，以后绝不会再有人伤害你。”

小夭摘下一朵蔷薇花，凑在鼻端嗅了嗅，微笑着说：“玱玹，没必要把我想得像这朵花一般娇弱。我们曾讨论过什么是磨难，只要没有被磨难打败，所有磨难其实都是生命的财富。馨悦的事至少让我重拾旧业，又开始练习箭术和毒技了。”

月光下，小夭的笑容就像带露的白色蔷薇花，清妍秀丽。玱玹禁不住想，如果承受了磨难就会有所获得，那么只要未来的日子能像今夜一般，两人并肩而坐、喁喁细语，他愿意承受任何磨难。

第十三章 往事未思心未痛

LOST YOU FOREVER

自高辛王姬嫁给二世轩辕王，高辛和轩辕两国合并，共尊玱玹为君，整个大荒几乎都在玱玹的统治下。除了那些散落在大海内的岛国以外，还有一个地方不在玱玹的统治下——神农义军洪江占据的群山和清水镇。

高辛和轩辕合并之初，时不时有矛盾爆发，甚至有过局部的战争，但经过玱玹二十多年的治理，大荒内文化交融、物产流通，百姓安居乐业，一切都安定兴盛。即使还有零星的反对声音，也丝毫不能影响天下统一的大势。

孟春之月，二世轩辕王派小炎炏去招安洪江，被洪江拒绝。三个月内，二世轩辕王又派小炎炏去见了三次洪江，条件一次比一次优厚，甚至承诺封洪江为诸侯王，拥有兵权，清水镇一带归他管辖，但都被洪江拒绝。

孟夏之月，二世轩辕王发布了讨伐洪江的檄文，正式派兵围剿洪江。

因为顾虑到洪江是神农王族，玱玹既不想派应龙、离怨这些轩辕的老将军出战，将正在淡化的轩辕老氏族和中原氏族的矛盾又加深，也不想派丰隆、献这些中原的新将领出战，让丰隆他们承受不必要的压力。所以，玱玹决定派蓐收出任大将军，禺疆为左副将军，句芒为右副将军，虽然洪江和相柳是硬骨头，但有了这三人，最重要的是有整个帝国源源不竭的物资和兵力，玱玹相信洪江必败。

就在玱玹宣布谕旨前，丰隆来跪求出征，甚至愿意屈居蓐收麾下，只求能出征。

玱玹对丰隆一直与众不同，亲手扶起丰隆，说道："丰隆，不是我认为蓐收比你强，才选他而弃你。实际上，用你更让我立于不败之地。你应该明白，你的身份很特殊，虽然你是赤水氏，可你依旧是神农王族的血脉。如果派你出征去攻打洪江，就代表神农王族都不认可洪江的所作所为。这场战争，我们肯定会胜利。但，成就的是我的天下，背负骂名的却会是你。我是想保护你，才不让你出征。"

丰隆知道玱玹的这番话句句发自肺腑。玱玹让他敬服，不仅仅因为玱玹的帝王胸襟和能力，更因为玱玹在帝王之外，还是一个普通的男人。他会生气发怒、记仇报复，也会心存感激、报恩还情。帝王之路，一步步走来，站得越来越高，很容易迷失，可玱玹一直记得对他好的人，在实现自己的目的时，不忘记给予那些人尊重和保护，甚至友谊。

丰隆说："我明白陛下的苦心，但当年我们在轩辕城中密谈时，我们的约定就不仅仅是神农山或者轩辕山，而是整个天下。那时我就知道会有这一日。一百多年了，我们的雄怀壮志一点点实现，现在，只差最后一步。陛下，哪个男人没有过年少雄怀，凌云壮志呢？但这世间有几人真能实现？不是每个有才华的男人都有机会率领千军万马，更不是每个有壮志的将军都有机会指挥缔造一个帝国的战役。骂名又如何？我知道自己在做什么，更知道我这样做是对的。我不想在最后一战退出，求陛下准许我出征。"

当年，轩辕城中，丰隆星夜来访的一幕回到了玱玹眼前。很多人认为，一世轩辕王禅位是二世轩辕王帝王路上最重要的事件；还有不少人认为，高辛王退位、高辛和轩辕两国合并，是二世轩辕王帝王路上最重要的事件。但玱玹知道，那些都不重要。那些只是他艰难跋涉后的结果。在玱玹心中，影响他帝王路的最重大事件，发生在轩辕城的一个普通房间里，没有刀光剑影，没有歌舞酒宴，没有史官会记载，甚至没有几个人知道，只是他和丰隆的一番畅谈，一次交心，一个连盟誓都没有的约定。那时，他是看不到任何继位希望的王子，丰隆是族内所有长老都反对的离经叛道者，丰隆匆匆来、匆匆去，连酒都没有喝，两人只是饮了一杯清水，但两杯清水对碰的一瞬，两个男子都毅然做了自己的选择。从那一日到现在，他从没有迟疑，丰隆也从没有迟疑。

玱玹下令说："重新拟旨，赤水丰隆为大将军，羲和禺疆为左副将军，赤水献为右副将军。"

丰隆笑着磕头："谢陛下！"

玱玹说："这次战争不同于当年和高辛的战争，相柳不好应付，一切小心。"

丰隆豪迈地笑起来："好打了我还不稀罕去打呢！"

◈

自玱玹派小炎灷去招安洪江，每一个动向，每一个决定，玱玹都会告诉轩辕王。轩辕王从不发表任何意见，好像一点不关心，但是，以前玱玹禀告政事时，轩辕王会说"你自己看着办，不必告诉我”。这一次，轩辕王从没说过这样的话，大概对他而言，这是他未完成的事，他没有办法不关心。

小夭常伴轩辕王左右，玱玹议事时，又从不回避她，所以她也清清楚楚地知道发生了什么。当玱玹告诉轩辕王，他任命丰隆为大将军，正式出兵围剿洪江，正在煮茶的小夭突然失手，将沸水倒在了手腕上。

玱玹惊得立即冲过来，赶忙用冷水冲洗小夭的手腕，又把苗莆拿来的药给小夭敷上。玱玹不满地说：“你怎么这么不小心？心里想什么呢？”

小夭强笑道：“什么都没想。”她想继续煮茶，玱玹把她赶到轩辕王身边坐着去，自己动手煮好茶，为轩辕王和小夭都分了一碗。

小夭问：“任命宣布了，丰隆是不是就要出发了？”

“是啊，就这几天。”

小夭安静地坐着，耳边传来轩辕王和玱玹的声音，心却飞了出去——

小小的回春堂，从后门出去，是一片药田，药田下是西河，顺着西河能进入清水，奔涌的清水会汇入东海。在西河边，她救了璟；为了捉腓腓，遇见了白雕毛球，被相柳抽了四十鞭子；她想毒倒相柳的毒药毒倒的是璟；为了帮玱玹解蛊，和相柳做了交易，不想却是心意相通、命脉相连的情人蛊……

“小夭！”不知何时，轩辕王已经离开了，玱玹盯着小夭，“你在想什么？”

“我想起了清水镇。”

玱玹道：“我也在那里生活过，你放心，我已经命官员去妥善安置清水镇的居民。”

小夭点点头。

玱玹说：“你是想起了相柳吗？”

小夭没有吭声。

玱玹说：“我知道你和他有点交情，我也很欣赏他，我甚至非常敬佩洪江和他的刚毅忠贞，但神农国早已经过去……我必须讨伐他们。”

“我明白。”小夭很清楚，玱玹已经尽力。某种意义上，这场战争对轩辕而言，是必须，对神农义军而言，也是必须，甚至是最终的解脱。这事玱玹没有做错，作为帝王，这是他不得不做的，可洪江和相柳似乎也没有错。

玱玹叹道：“不管我多欣赏相柳，大家立场不同，我实不希望你和他有任何牵扯。”

小夭道：“你放心吧，我知道。”正因为从一开始就知道，所以她一直都清醒地警告着自己，她和相柳，永不可能是朋友。

丰隆出征前，来小月顶见小夭。

上一次两人见面，还是四年前，他、馨悦、昶三人来小月顶看小夭。自那之后，小夭再没有见过丰隆，也从没有去探听过他的消息，可以说，对小夭而言，这个人近乎消失了四年。

轩辕王在地里忙活了一早上，这会儿在屋内休憩，小夭不想打扰轩辕王，带着丰隆去山林里走走。丰隆一直沉默，小夭想着他明日就要领兵去围剿洪江，也提不起兴致说话，两人竟一路无话地走到了山顶。

小夭看到云霄中的紫金宫，才想起，她和馨悦也曾站在这里，但那一次，璟居然扔下轩辕王，跟了过来，这一次，无论发生什么，璟都不会出现了。小夭眼眶发酸，装作整理被山风吹乱的额发，悄悄将眼角的泪印抹掉。

丰隆指着左耳问："是他救了你吗？"左耳一直不远不近地跟在他们身后，这会儿更是毫不避讳地坐到树上，虎视眈眈地盯着丰隆。

小夭道："是他救了我。"

"幸亏有他，我才没有铸成大错。"

小夭沉默地看着丰隆。

丰隆说："那一次我想帮妹妹杀了你，他杀了的十个黑衣人就是我派出去杀你的心腹。"

左耳插嘴道："不是我杀的，是我和小夭一起杀的。"

丰隆说："难怪！我也在想，以他们十人之力，无论如何都不该无功而返，可居然被你一人杀了。"

左耳不再说话。丰隆对小夭说："你知道我想杀你，对吗？"

既然丰隆挑明了，小夭也不想否认："我听到了你和馨悦的对话。你们当时都情绪太激动，不够小心。"

丰隆问："你为什么不告诉陛下？"

"当年，我在整个大荒的来宾面前，羞辱了你和赤水氏。你不计较，是你大度，但终归是我欠了你。如今，我们就算真正两清了吧！"

"你憎恶、瞧不起我吗？"

小夭摇摇头："你从小到大，无忧无虑，唯一的磨难不过是雄心壮志没人理解，被长老看作是离经叛道的混账。馨悦却是在噩梦中长大，别的女孩子希望得到一条美丽的裙子时，她的愿望是明日依旧能活着。有的事，不愿做，一旦做了，就会成为心的桎梏，折磨自己一辈子，可也不得不做。当时当地，你只能选择帮馨悦，如果你为了自己和赤水氏，弃她于不顾，我反倒会瞧不起你。"

丰隆盯了小夭一瞬，大笑起来："我赤水丰隆这辈子只向一个女人求过婚，没想到还被她悔婚了，但我一点不后悔向她求过婚，也一点不后悔以赤水氏最隆重的礼节迎娶她，她值得！只可惜，只差一点点，她没有成为我的妻子。"

小夭笑着摇摇头，指指自己的心："不是差一点点，而是差了一颗心。等你什么时候把一个女子看得比你打胜仗还重要时，你就会明白我的话了。"

丰隆说："我这次向陛下请求出征，不是为了官职，也不是为了封地，更不是为了千秋功名，而是为了馨悦。陛下没有夺去馨悦的王后封号，也没有幽禁她，他只是彻底无视馨悦。但慢刀子割肉更痛，没了陛下的尊重，紫金顶上的那帮女人个个都会趁机啄馨悦几口，不过三年，馨悦已经像是老了几百岁。我想打个大大的胜仗，以陛下的性子，必定会重重赏赐我，我什么都不要，只求他原谅馨悦一次。”丰隆向小夭作揖行礼，“到时，求你为馨悦说几句话。我保证会派人看牢她，绝不会让她再做同样的事。其实，经过这三年的煎熬，她也绝没胆子做了。”

小夭叹了口气：“你们觉得陛下对我百依百顺，那只是因为我太了解他，从不提他不会答应的要求，像以前他出兵攻打高辛，还有现在他要……”小夭顿了一顿，继续说道，“我很清楚，纵然我求他不要出兵，他也绝不会答应。”所以，当年玱玹发兵攻打高辛时，她冲着玱玹发脾气、吵他、骂他，却始终没有开口求他不要那么做，而现在围剿洪江，她连发脾气的立场都没有，只能沉默悲伤地看着。

丰隆扑通一声，跪在了小夭面前。

小夭吓得赶忙去扶他，四世家的族长连帝王都可以不跪，小夭急道：“丰隆，你快起来，快起来！”

丰隆灵力高强，执意跪着，身重如山岳，小夭一点都扶不起他。小夭无奈下，也跪下，表明实在不敢接受丰隆的大礼。

丰隆神情十分悲伤，小夭从未在自信骄傲的丰隆脸上看到过这样的表情。丰隆说：“我和馨悦是双生子，有时候我会忍不住想，如果当年是她先出生，她被带到了赤水，我留在了轩辕城，她现在会是什么样？也许她不会有那么重的执念，也许她压根儿不会选择嫁给陛下，也许她现在过得很快乐幸福。小夭，求你！求求你！”丰隆对小夭用力磕头。

小夭忙说：“我答应，我答应！你别磕了！求求你别磕了！”

丰隆抬起了头：“谢谢！”

小夭说：“陛下有时候会非常执拗，我不知道他会不会听，但到时，我一定尽力帮馨悦求情。”

丰隆说：“希望我的功劳和你的求情能让馨悦逃过这一劫。”

小夭说：“我们可以不跪着了吗？让人看到，我会死得很惨。”

丰隆深吸口气，好似将一切复杂的情绪都压进心底，他又变成了出身尊贵、年少得志、飞扬自信的赤水丰隆。丰隆站起身，笑着打趣：“我怎么感觉我们像是在做那次婚礼上没做完的事呢？”

小夭直接一大掌拍在了丰隆的肩膀上，很是哥俩好地说：“你就别做梦了，好好打你的仗去吧！”

当年，小夭住在小炎𤣱府时，言谈举止很是男儿气，有时候丰隆都觉得，小夭是男扮女装。后来，也不知道是小夭越来越女人，还是他们疏远了，丰隆再没有这种感觉，此时既觉得亲切，又觉得惆怅，笑道：“走之前，要不要祝福我几句？”

祝福丰隆，那对相柳算什么呢？小夭沉默了一瞬，摇摇头：“这是你们男人的事，和我没有关系。既然我无力阻止你们，那我也什么都不要说。”

丰隆大笑，冲小夭抱抱拳：“好嘞！我走了，待胜利归来时，我们去拼酒。”

小夭微微而笑，也对丰隆抱抱拳。丰隆大步流星，向着山下行去。没有多久，小夭看到有云辇升起，飞向大军驻扎的方向。

明日，丰隆就会率领千军出发。小夭一遍遍告诉自己，和自己无关。但是，还是那么难受！

◈

在丰隆出发前，玱玹告诉丰隆：这次战争虽然势在必得，但不用着急立分胜负。先打一场小仗立威，然后采用“紧围之、徐剿之”的策略，千万不要被洪江诱入深山。洪江的军队藏匿于深山，一旦入山，就可以化整为零，想要剿杀并不容易。否则，不会轩辕王派兵几次都失败。

军队驻扎肯定需要物资从外运入，洪江当年选择清水镇，是因为清水镇与高辛接壤，还可以东出大海，即使轩辕王封锁了轩辕国内所有的通道，洪江依旧可以取道高辛，或者由海路进行物资补给。当年高辛出于维护自身的利益，乐见轩辕国内有争端，会暗中给予洪江很多便利。利益驱使下，也会有世家大族暗中和洪江来往。但是，现在已经和以前不同，整个大荒都在玱玹的统治下，帝国的军队不仅有善于陆战的轩辕和中原军队，还有善于水战的高辛军队和赤水氏子弟。

玱玹告诉丰隆“紧围之”，就是从陆上、海上都严密把守，阻绝任何物资到达洪江手中，不管洪江的军队多么强横坚韧，但缺衣少食、没有药物，围困他们十年、二十年，迟早会拖垮他们。等军队士气溃散，意志瓦解后，在“紧围之”的策略上，再“徐徐剿杀”。

丰隆出征后，贯彻了玱玹的策略，以一场小战役，将洪江军队在清水镇的势力清除，把他们逼入深山，然后就开始了围困。

围困一年后，洪江的军队依旧龟缩不出，反而，时不时偷袭一把丰隆的军队。他们从不和丰隆的军队正面接触，就是搞破坏，今日烧点火，明日放点毒，匆匆来，匆匆去，弄得丰隆的军队一到晚上就紧张，睡觉都睡不踏实。

在攻打高辛时，丰隆一点不着急，他很清楚他要的是什么，纵然大败给蓐收，但丰隆很清楚，只要稳扎稳打，最后的胜利肯定是他的。可这一次，丰隆的目的和以前不同，他要的不是名利权势，也不是自己的壮志雄心，而是想救妹妹。战争打个十年二十年，没有一点关系，玱玹等得起，但是，馨悦等不起！

虽然出征前，丰隆特意去探望过馨悦，叮嘱她千万要忍耐，不管发生什么，都先忍一忍，一切等他打完仗回来，但馨悦神情冷漠，后来竟然不耐烦地走了，压根儿听不进去丰隆的话。丰隆担心馨悦熬不住，人会崩溃，更担心馨悦会孤注一掷，再做出什么可怕的事，让她和玱玹之间无可挽回。

因为对馨悦的挂虑，当探子奏报发现洪江军队时，丰隆决定派兵追击洪江军队，不想中了相柳的计，大败。

消息传回神农山，玱玹又是生气又是不解，丰隆虽然飞扬跳脱，可大事上从不含糊。当年，他和高辛打了十年，也从没有贪功冒进，即使大败于蓐收，被逼得撤退时，丰隆也是该舍弃就舍弃，毫不贪功，更不冒进。

因为想不通为什么丰隆会犯糊涂，玱玹越发气恼。气恼下，玱玹动了念头，想要换掉丰隆。

轩辕王淡淡地问：“你确定你要阵前换将？”

玱玹不确定！阵前换将，不是明智之举，尤其丰隆的身份特殊。如果此时换将，相信丰隆是真败了的人会说：陛下不信任中原将领，一次败仗就换了大将；而不相信丰隆是真败了的人会说：我就知道那些中原将领藏有异心，肯定会勾结叛逆，陛下以前被蒙蔽了，如今终于看出来了。

玱玹怒火平息，冷静下来。他对轩辕王说："我相信丰隆，不打算换掉他，但我想亲自去一趟清水，弄清楚他为什么会贪功冒进。"

轩辕王只是点点头，表示知道了。小夭却突然说："我想和你一块儿去。"

玱玹心里很愿意，理智却不想小夭置身险地："这不同于和高辛的战争，会有危险。"

"我一直待在你身边，你没有自信自保吗？如果没有的话，我想，我和外祖父都不会同意你去。"

玱玹笑道："伶牙俐齿，就会狡辩！一起去吧！"

三日后，安排妥当一切，玱玹带着小夭秘密赶往清水镇。

昔日繁华的清水镇已经人去屋空，经过回春堂时，玱玹对小夭说："所有清水镇的居民都迁到了附近的城镇，分了田地和屋子，待战争结束后，如果他们愿意回来，可以回来。"

小夭默默点了点头。

整个清水镇都变作大军营地的一部分，屋子被征用，丰隆住在属于涂山氏的一个宅子，恰是璟曾经住过的宅子。丰隆赶出来迎接玱玹，精神很萎靡。

玱玹未提战况，笑道："你倒会挑地方，竟然霸占了涂山氏的宅子。"

丰隆道："这是镇子上最好的宅子，我若不住，也没人敢住，索性就拿来住了。陛下怎么知道这是涂山氏的宅子？"这种琐事可不会有人去奏报玱玹，否则玱玹每日光看各种奏报都看不完。

玱玹道："以前我在清水镇住过几年，对这里还算熟悉。"

丰隆十分诧异，几年可不短，想来发生在他和玱玹认识前，否则他不可能不知道。"陛下那时还在高辛吧？难道陛下那个时候就在为今日做准备？"

玱玹笑道："一半一半，那时我可没有把握自己一定能继位，只是想来看看让爷爷和王叔都头疼的硬骨头。当然也免不了会想，如果有一日，我要来啃下这块硬骨头，该怎么办。"

丰隆很是羞愧，低着头说："陛下的策略非常好，但我让陛下失望了。"

玱玹放慢脚步，拍拍丰隆的肩膀，语重心长地说："百年的相识，一次胜负不会让我对你失望，我倒更担忧你会对自己失望。"

丰隆沉默不语，神情复杂。

行到一处园子的月门前，丰隆伸手做了个请的姿势，说道："陛下，这几日就住这里。"

玱玹虽然知道璟曾住在这座宅子，但他并没有来过，所以没有什么感觉，小夭却对这个园子很是熟悉，璟当年就住这里。

炎炎夏日时，廊下会挂着一排风铃，是用终年积雪的极北之地的冰晶所做，赤红色、竹青色、紫靛蓝色、月下荷白色……配合着冰晶的色彩，雕刻成各种花朵的形状。微风吹过，带起冰晶上的寒气，四散开来，让整个庭院都凉爽如春。庭院中开满各种鲜花，有茉莉、素馨、建兰、麝香藤、朱槿、玉桂、红蕉、阇婆、薝卜……

小夭走进圆月形的拱门，看见各种鲜花缤纷绽放，一如当年。一瞬间，小夭几乎觉得，会有一位如金如锡、如圭如璧的清润君子从花丛中站起，含笑凝视着她。

可是，没有！

阳光依旧明媚灿烂，鲜花依旧缤纷烂漫，那个曾无数次凝视着她的人却不见了。小夭心口发疼，眼前发黑，就要跌倒，玱玹忙回身，揽住她："小夭！"

"没事，不小心被绊了下。"小夭尽力克制，可她急促的喘息，落在身有灵力的玱玹和丰隆耳朵里十分清晰。

玱玹轻声问："璟以前就住在这里？"

丰隆也想起来了，璟以前说过，其实他和小夭早就认识，看样子小夭也来过清水镇。丰隆忙道："我命人另外准备地方。"

玱玹刚想说好，小夭强笑着说："就住这里。"至少这里还有他的气息。

丰隆迟疑地看着玱玹，玱玹对丰隆点了下头，示意他依照小夭的意思办。丰隆行礼告退："一路风尘，陛下先沐浴休息一下，我和其他将领在前厅边做事边等候。"

◈

玱玹沐浴更衣后，走出屋子，看到小夭坐在廊下，呆呆地看着满庭的鲜花。

玱玹坐到小夭身旁，问道："景致和当年像吗？"

"花开得和以前差不多，不过，当年廊下挂了很多冰晶风铃。"

"我命人去找，依旧挂上。"

小夭侧过头，视线与玱玹一碰，立即避开了。她低声说："玱玹，你……你不要这样。"

"不要哪样呢？"玱玹的声音如同江南暮春时节的雨，柔软悲伤，"我不能阻止你去思念璟，只能尽力让你开心点。如果思念璟能让你开心，我也会帮你。"

"这样做，你会开心吗？"

"对我来说，开心或伤心都不重要，重要的是你依旧在我身边。"

"我永远都不会忘记璟，你就永远这样吗？"

玱玹沉默了一会儿，说道："小夭，我从没有要你忘记璟。没有人能抹掉过去的记忆，我甚至知道，直到我白发苍苍时，璟依旧会活在你的记忆里，一如他离开时。我只是希望，在你的未来里，允许我和你相依为伴。"

小夭看向玱玹，叹息："玱玹，你为什么……"为什么要把自己放在这么卑微的位置上？为什么要如此固执？你是整个天下的君王啊！

玱玹凝视着小夭，微笑着说："一切只因为你是我的小夭。"

他的语气很温柔，眼神却很坚定，小夭再次仓皇地避开了他的视线。

玱玹伸手拢了拢她零碎的鬓发，说道："你好好休息，我去见丰隆他们。我还打算去军中转一圈，如果傍晚没回来，你自己先用饭。"

小夭没有抬头，玱玹站起，看了一眼满庭的鲜花，将悲伤藏到心底，向外行去。

小夭一直坐在廊下，看着满庭鲜花，明媚绚烂。

直到夕阳斜映。

园外，突然传来惊慌的呵斥声、尖叫声。小夭抬起头，看到半天晚霞、流光溢彩，相柳戴着银白的面具，一身如雪白衣，脚踩白羽金冠雕，端立在七彩云霄中。他手拿一张银色的大弓，显然已经射出一箭，正在搭箭弯弓，准备射出第二箭。

“玱玹！不！”小夭厉声尖叫，向着府外狂奔，看到相柳射出箭时，她脑中一片空白，只有唯一的念头：玱玹，你不可以有事！不可以！

当她跑到府门，看到玱玹跌坐在地上，满身鲜血，正仰头看着天空。虽然侍卫很多，可未等侍卫追上去，相柳已经驱策坐骑离开。

玱玹用灵力将声音送了出去：“相柳，我必取你性命！”

雕声清鸣中，相柳翩然远去，只留下一阵傲慢狂妄的大笑声，在天地间回荡。

小夭冲到玱玹身边，紧紧抓住玱玹，整个人都在发颤：“你……你……”唇齿哆嗦，竟然说不出一句完整的话。

玱玹握住她的手：“我没事，丰隆帮我挡了第一箭，第二箭射中了一个暗卫，我身上的血是丰隆的。”

丰隆已经被侍从抬进屋子，军医正在帮丰隆处理伤口。

虽然相柳一箭穿透了丰隆的身体，可并未射中要害，玱玹相信，以丰隆的灵力和小夭的医术，丰隆不会有大碍。

玱玹说：“几百年来，收集了无数相柳的资料，可从没有人知道他的箭术居然如此高超。丰隆，谢谢你，如果不是你帮我挡下第一箭，我今日必死。”

丰隆说：“相柳应该早就埋伏在附近，等着我们从军营回来。踏进府门那一刹那，正是心神最松懈的一刻，是最好的刺杀时机。我看相柳，不做军师，去做杀手，也肯定会扬名天下。可是，今日中午陛下才到，仅仅两个多时辰，相柳竟然就知道了消息，是我失职了。我一定会彻查此事……”

丰隆突然身体抽搐，肌肤变得乌黑。

小夭急叫：“护住他的心脉！”一个灵力高深的暗卫忙用灵力护住丰隆的心脉。

军医茫然惊惧地说：“伤口已经处理干净，以将军的灵力不应该如此。”

小夭匆匆给丰隆喂了一颗药丸：“箭上有毒。”

玱玹说：“赶快帮丰隆解毒。”

丰隆眼巴巴地看着小夭，小夭的医术不见得是天下第一，可毒术绝对是天下第一。

小夭手脚冰凉，声音不自禁地发颤：“相柳这次来行刺，是抱着必杀的心，他用了自己的血做毒。”

“他的血？”

“相柳长期服用各种毒药练功，这天下没有任何毒药能毒倒他，他的血才是天下至毒。”

玱玹的心沉了下去，面色发青。

丰隆强笑着问小夭：“你也解不了的毒吗？”

一百多年来，她费尽心机想毒倒相柳，把各种奇毒都下给相柳过，如果能解，她早已经将相柳毒倒了。小夭脸色发白，嘴唇发颤：“我……我……尽力！”她号称医术高超，毒术冠绝天下，可原来有朝一日，竟然要眼看着亲朋好友死去。

小夭正在配制解药，又一波疼痛袭来，丰隆胸口以下的身体变得乌黑。

这种毒发的速度，连配制解药的时间都完全不给，相柳果然狠绝毒辣，小夭的眼泪落下：“我没用！我太没用了！”

玱玹本以为丰隆没大碍，可如今丰隆竟然是一命换一命救了他……玱玹不知道能说什么，只能痛苦地说：“对不起！丰隆，对不起！”

丰隆笑起来：“你们别这样。迟早一死，虽然比我以为的早了许多，但这一生，我该做的都已经做了，没有什么后悔遗憾。只有一个人放不下……”丰隆挣扎着起来，想给玱玹跪下，可身体完全不受控制。

玱玹搂住丰隆的肩膀，让他躺下：“这都什么时候了？你有话只管说！”

“陛下，求您饶过馨悦！神农山中谋害小夭的事，我也有参与，本来无颜求陛下饶恕，可我真的放心不下馨悦，她……她是个看着精明，实际愚笨的姑娘，对我爹一直有怨，根本不会听我爹的话，以前还能听我几句，可因为五神山上的那位王后，她也恨上了我。我……我……”丰隆的身体痉挛，声音断在口中，眼睛却直勾勾地看着玱玹。

玱玹面色铁青，一言不发。这一刻，他终于明白了丰隆为什么会贪功冒进。

小夭哭着说：“哥哥，求你答应丰隆吧！”

玱玹握住丰隆的手，盯着丰隆的眼睛，一字字有力地说：“我承诺你，保馨悦一世平安，紫金宫内所有妃嫔以她为尊！”

“谢……陛下！”丰隆终于松了口气，眼睛内透出欢喜，黑气已经从胸膛漫到脖子。

玱玹快速地说：“这一生，只有两个人在我最危难落魄时，给予了我信任和支持。一个是小夭，一个就是你。小夭就不用多说了，她和我本就性命相系，可你与我无亲无故，在当年的形势下，你给我的不仅仅是一份助力，还是一份来自一个杰出男儿的认可。我一直没有告诉你，那对我有多重要……”

玱玹用力握着丰隆的手，眼中含着泪：“不管再过多少年，我都会清楚地记得，轩辕城中，我们站在大荒的地图前，用一杯清水，约定了神农山相聚。我曾经想过，等打败洪江，我会请你喝一杯清水；我还想过，当我们白发苍苍，一起回顾我们的峥嵘一生时，要饮一杯清水。帝王之路，注定孤单。我这一生注定了没有朋友、没有知己，但我心底深处，一直视你为知己好友，就连我最珍爱的小夭，我也只愿意托付给你！”

黑气已经弥漫到丰隆的鼻子，丰隆微笑，却因为脸一半黑、一半白，笑容显得狰狞恐怖。他嘴唇翕动，小声喃喃。玱玹低下头，才能听到丰隆的话。

"陛下，其实……其实……想出'弃轩辕山、占神农山'的人不是我，是璟。他一直比我聪明，是他最早看出陛下的才干，是他说服了我支持陛下，也是他的主意，四世家一起出面让中原氏族联合支持陛下……我……我霸占了他的功劳……对不起……陛下、璟，对不起……"黑气弥漫过了眼睛，丰隆睁着双眼，停止了呼吸。不知道他的对不起是对玱玹说的，还是对璟说的。

丰隆最后的话太让人惊骇，死亡的悲伤都被冲淡了。玱玹呆呆地坐着，面色惨白，他一直以为璟是因为小夭和丰隆才不得不选择他，可原来竟然是反过来的，丰隆是因为璟才选择了他。

小夭轻轻合上丰隆的眼睛，泪珠簌簌而落。赤水河畔初相逢，瀛洲岛上再相遇，归墟海中同船共嬉，小炎氵弃府内饮酒唱歌，赤水府里的盛大婚事……百年时光，恩恩怨怨，到这一刻只剩下了看故人离去、无力回天的悲伤。

残酷的现实是连悲伤的时间都不给人，禺疆冲进来奏报，相柳率兵突袭，一边进攻，一边叫着丰隆已死，惑乱军心。

玱玹立即将一切纷乱复杂的心绪都压下，匆匆穿起铠甲，离开了。

从射中丰隆的那一刻起，相柳就知道丰隆必死。回去之后，立即带兵来袭击。

轩辕大军失去了主将，士气低迷。右副将军赤水献又为了给丰隆报仇，不听禺疆的调遣，横冲直撞，乱打乱冲，导致大军节节败退。

关键时刻，玱玹表明身份，士气大振，才没有惨败，可大半的粮草都被相柳抢走，没抢走的也被烧了。

相柳带兵撤退时，已是半夜。

玱玹顾不上休息，召集将领开会，商量如何尽快补给粮草，拟旨传召蓐收和句芒立即赶来清水镇，蓐收将接任大将军，句芒则为右副将军。解除献的军职，先为丰隆守灵，待蓐收赶到后，献护送丰隆的灵柩回赤水。在蓐收和句芒未到之前，军中一切事务由玱玹亲自决断。

待一切忙完，已经天亮。

玱玹带着禺疆去军中巡查，粮草未到前，肯定要饿肚子，既要安抚士兵的情绪，又要提防相柳趁机进攻。

直到天黑，玱玹才疲惫地回来。

小夭将晚饭藏起的野鸭汤拿给玱玹，玱玹清晨时宣布，在粮草未到前，所有将领和士兵一起用饭。据说猎了十几头野猪，可几万人哪里够分？玱玹晚上吃的是野菜汤，小夭吃的却是暗卫悄悄猎来的野鸭汤。

玱玹看到野鸭汤，眉头蹙起。

小夭未等他开口，说道："我吃过了，再说了，我又不是没饿过肚子，这点苦还受得起。几万士兵的命在你肩上，全天下百姓的安稳日子在你肩上，你必须保持最好的精力，别说这一碗野鸭汤，必要时，我会亲自割肉给你炖汤！"

玱玹看小夭面色肃然，沉默地把一碗野鸭汤连肉带汤都吃了。

他怕相柳晚上会再来袭击，连铠甲都没脱，直接躺下："小夭……"

玱玹欲言又止，侍卫来奏报禺疆求见。

禺疆进来后，开门见山地说："有一件事不能当众说，只能此时来打扰陛下休息。昨日相柳来得太快，如果不是陛下身边有了奸细，就是将领们出了问题，不管哪一种，都事关重大，不查清楚不行，可现在人心惶惶，引发将领彼此猜忌更不好。"

玱玹说："此事我会处理，你不用多想。"

"难怪陛下一直不提，原来陛下早有安排。"禺疆放下心来，行礼告退。

待禺疆离开后，小夭说："十之八九是我把相柳引来的。"

玱玹问："还是那个蛊？"

"嗯。刚到这里时，因为看到熟悉的景致，我心口剧痛了下，想来就是那个时候，相柳知道我到了清水镇，以他的精明肯定能推测到你也来了。"

小夭的泪水盈满眼眶，却硬是憋着，没有让眼泪掉落。玱玹拍拍小夭的手："丰隆的死和你无关，不要自责了，是我太大意。"

小夭咬着唇，不吭声。

如果不是丰隆帮玱玹挡了那一箭，死的人就是玱玹！一想到那个被黑气弥漫、睁着双眼死去的人会是玱玹，小夭就禁不住身体发寒、心发颤。以前她也知道相柳和玱玹立场对立，可直到今日丰隆死在她眼前，她才真正彻底地明白了——相柳是玱玹的敌人！他会要玱玹的命！

玱玹说："不要担忧蛊，鄞说寄主死了，子蛊要么死，要么自动回到母蛊身边，等相柳死了，这蛊就能解了。"

鄞说的话适用于所有蛊，唯独不包括情人蛊。小夭说："你赶紧休息吧！"她合上海贝明珠灯。

玱玹心中各种思绪交杂，丰隆临死前说的话一直回响在耳畔，可毕竟是两日两夜没睡了，又打了一场恶仗，不一会儿，就沉沉睡了过去。

半夜里，相柳果然又带兵来袭击，玱玹听到动静，立即冲出屋子。

混乱中，没人留意小夭，小夭用驻颜花变幻成献的模样，在左耳的帮助下，悄悄溜出府邸。

左耳已经有自己的坐骑，在小夭的指引下，带着小夭飞过重重山岭，来到一个葫芦状的湖边。

小夭催动蛊虫，在心内默念：相柳，我要见你！

月华皎洁，湖面上波光粼粼，相柳却迟迟没有出现。小夭忍不住大叫起来："相柳，我知道你感受得到！滚出来见我！"

当小夭吼得声音都嘶哑了时，几声清越的雕鸣传来，白羽金冠雕从高空俯冲而下，贴着湖面飞来。相柳跃下坐骑，踏着碧波，向小夭走来。他是九曲红尘世外客，白衣如雪、白发如云，不沾半点烟尘，纵然一步步踏下的是十万里战火、百万百姓的性命，都不能令他动容。

小夭举起她的银色小弓，引弓对准相柳："洪江将军心怀故国，坚持不肯投降，的确令人敬重。可是，人力不可与天下大势对抗，如今轩辕、神农、高辛一统，各氏族、各部落和睦相处，你杀了玱玹，大荒必定要分崩离析，陷入战火纷飞中，会有无数百姓流离失所。舍天下大义，成全个人小义，难道这就是洪江将军的忠义吗？"

相柳唇角微扬，漫不经心地笑："如果玱玹被我杀了，只能说明天下大势还不是统一，又何来与大势对抗之说？"

"我的话是否有理，你心里很清楚！"

相柳看向小夭手中的银色弓箭，眯着眼笑："你想用我教给你的箭术射杀我？"

小夭的手有些发颤，喝道："站住！"

相柳依旧向着小夭走来，笑道："真没想到你会想为赤水丰隆报仇，既然如此情深，为什么不嫁给他呢？反正璟都已经死了多年……"

小夭气得一咬牙，嗖一声，银白色的箭飞出。

相柳亲手教出的箭术、金天氏最好的铸造大师铸造的弓箭，两人的距离又不算远，几乎眨眼的瞬间，箭就射入相柳的胸膛。相柳只是身形微微一顿，依旧向着小夭走来，笑着说："别忘记我被叫作九命相柳。想杀我，一定要多射几箭。射得准一点，朝着这里！"相柳指指自己的心口，袍袖飞扬，姿态潇洒。

"你以为我不敢吗？"小夭一边说话，一边又搭箭引弓。

可是——如雪的白衣上，殷红的血如怒放的桃花一般氤氲开，让小夭忍不住闭了下眼睛，射出的箭，偏了偏，擦着胳膊飞过。相柳停住步子，唇角扬起，笑看着小夭，看似讥嘲，却藏了几分愉悦。

小夭想再取箭，却因为心志不坚，半晌都没有拿出箭来。她颓然地垂下手，因为丰隆的死，聚集起的杀意已经耗尽，小夭对站在身后的左耳说："我们回去！"

相柳却对左耳说："一边待着去，我要想杀她，十个你在这里也没用！"左耳已经明白相柳就是邶，他无法理解眼前的一切，默默地退后了几步。

小夭踏上湖面，踩着波光，向相柳走去："你想怎么样？杀了我，和老天赌一下情人蛊是否灵验？"小夭一直走到相柳面前，盯着他说，"我虽然很伤心、愤怒、后怕，但的确做不到，为了丰隆杀了你。可是，你听好，如果你再敢打玱玹的主意，我就去刺杀洪江。我的箭术，是你传授的，你很清楚你教会我的是杀戮。我的毒，你也尝过很多，对你是没用，可让洪江死易如反掌。"

相柳似动了怒气，妖瞳出现，伸手掐住小夭的脖子。小夭夷然不惧，喘着气冷笑道："你要不敢杀我，就别搞这些没意思的东西！九尾狐妖折磨人的玩意比你多多了，我受了三十年，难道还会惧怕你的一点折磨？"

相柳眼中的红光散去，一边含笑打量着小夭，一边轻抚着小夭脖子上的血管："不错，又有了几分我初认识你时的风采了，看来你还没被玱玹圈养成宠物。"

小夭不自禁地打了个寒战："放手！"

相柳不但没放手，反而钩着小夭的脖子，把她拉到身前："你忘记了吗？刚刚才射了我一箭，血债得血偿！”他俯下头，一口咬在小夭的脖子上，吮吸着鲜血。

小夭狠命推他，却无论如何都挣脱不开，只能紧咬着唇，一言不发。相柳却也没吸很多，更像是一种象征性的惩罚。他抬起头，几乎贴着她的面颊，笑吟吟地说：“璟已经去世六年了吧？直到今日，你依旧不肯去面对他的死亡，来了清水镇，都没去他死前最后待过的地方凭吊一下。”

小夭愤怒地瞪着相柳，相柳好像完全看不到小夭的愤怒，一边轻抚着她锁骨下的动脉，一边微笑着侃侃而谈：“在认识你之前，我已经和涂山璟做了几百年的生意，他不是个狠辣的人，却也绝不是个可欺的人，至少几百年来，我从没占到他的一点便宜。他能一再容忍涂山篌，只是因为他把涂山篌当亲人，但当他把涂山篌驱逐到高辛，就应该很清楚，他和涂山篌之间的仇怨再难化解。以涂山璟的精明，绝不可能不提防涂山篌，一定会监视涂山篌在高辛的活动，禁止他发展自己的势力，这样不管涂山篌再恨他，都不可能报复他。”皓月当空，清风徐徐，相柳的声音几如情人低语，“小夭，你同意我的分析吗？”

小夭的声音几乎是从齿缝里挤出：“你到底想说什么？”

相柳笑了笑，温柔地说：“我只是想说，涂山璟行事不狠辣，但也绝不会任人欺负，你同意吗？”

小夭硬邦邦地说：“是又怎么样？”

相柳说：“在涂山璟的监控下，涂山篌是有可能摆脱他的监视，偷偷溜到清水镇，联络防风意映，一起设下陷阱。但是，当时在清水镇上有多少涂山璟的人？除了看守防风意映的一帮侍卫，还有一群保护涂山璟的暗卫。也许，你不太了解涂山氏的暗卫，涂山氏的族长向来只擅长做生意，不擅长杀戮，所以涂山氏一直非常注重暗卫的培养。几百年前，我做杀手生意时，曾见过一次涂山氏的暗卫出手，当时我做的决定是，除非义父有危险，否则我绝不会去刺杀涂山氏的族长。”

小夭似乎听出了什么，渐渐露出专注聆听的样子，相柳的语速越来越慢：“涂山篌带去的人不但杀了所有看守防风意映的侍卫，还杀了涂山璟的三十多个暗卫，将剩下的几个绝顶高手围困住，让他们无法去救涂山璟。干净利落地屠杀那么多涂山氏的高手，要有多少高手才能做到？被涂山氏驱逐的涂山篌无钱无势，怎么可能在涂山璟的严密监控下发展出那么多的高手？如果涂山璟是这么无能的人，那我只能说，几百年来和我打交道的是另一个涂山璟。”

小夭仰头盯着相柳，眼睛亮得可怕：“你到底想说什么？”

相柳笑笑，云淡风轻地说：“涂山璟的死，看似是兄弟相争，实际背后另有人要涂山璟死，如果没有此人的安排，涂山篌根本不可能靠近涂山璟。”

小夭一把抓住相柳的手腕，因为太过用力，整个身体都在颤。她直勾勾地盯着相柳，漆黑的眸子里熊熊燃烧着什么，似乎下一瞬，就会扑上去杀死相柳。

相柳依旧一副置身事外的闲适，语气温柔却冰冷地说：“虽然不知道究竟是谁，但杀涂山族长的原因不外乎仇怨和利益，能培养出和涂山氏对抗的那么多高手，并不容易。只要你好好分析，迟早能查出凶手，要实在查不出，也不妨宁可错杀，不可放过！”

小夭身子发软，摇摇欲倒，相柳想扶她，小夭却如被毒蛇碰到，憎恶地尖叫起来：“不要碰我！”她往后退，脚下一个踉跄，软跪在湖面上。

相柳眸色黑沉，拂了拂衣袍，坐在了湖面上，静静看着小夭。

小夭眼神呆滞，怔怔愣愣，半晌后才好像真正接受了相柳说的话：“你早就知道一切，为什么现在才告诉我？”

相柳微笑着说：“以前又没打仗，我告诉你有什么好处呢？”

小夭心寒，禁不住问道：“是不是除了你的大恩人洪江，所有人在你心中都只是棋子？除了可利用和不可利用，再无一丝其他？以前人人说你行事狠绝、冷酷无情，我总觉得……如今，我真正相信了！”

相柳笑着摇摇头，像看白痴一样看着小夭，怜悯地说：“我本来就是冷血的妖怪，不是我无情，是你太愚蠢！”

小夭站了起来，居高临下地看着相柳：“相柳将军，如果你想利用我，挑起轩辕国的内乱，我保证你会失望。”

相柳笑如春风：“不管我目的如何，难道我说的不是事实吗？”

“我不会饶过伤害璟的人，也不会让你称心如意。如你所说，涂山璟从没有让你占到便宜，他的妻子也不会！”小夭说完，就想离开。

“且慢！我向你提供了消息，你不需要付点代价吗？”

小夭冷冷问：“你想要什么？”

“你的血。将来战事不会少，炼制些疗伤的药丸储备着，总不会有坏处。”

小夭怒极反笑：“你要多少？”

相柳面带笑容，说出的话却冷酷至极：“只要死不了，越多越好。”他挥手在身前划过，凝水为鼎，大得足够把小夭全身的血放干。

“我给你！”小夭手握弯弓，用弓弦在手腕上狠狠划过，鲜血汩汩涌出，她含着泪说，“不过不是为了你今夜的消息，而是我曾经以为我欠你的一切！”

小夭站在鼎旁，看着猩红的血顺着她的手掌落下，过往一幕幕都从眼前闪过——他和她一起看海上明月生，他带着她在海底遨游，他手把手教她射箭，他带她去喝酒赌钱，他将她的毒药当美食品尝，他在冰冷漆黑的海底陪了她三十七年……所有温暖缤纷的记忆都蒙上一层冰冷的血红色，小夭觉得很冷，冷得直打哆嗦，却不知道究竟是因为失血而身冷，还是因为悲伤而心冷。

随着鼎内的血越聚越多，小夭的脸色越来越白，身子也开始摇摇晃晃，相柳却只是冷酷地笑看着，似乎如果不是有连命蛊，他都恨不得直接把小夭炼制成药。

小夭眼前发黑，身子向前扑去，差点跌进鼎中，幸亏左耳及时冲上前，扶住了她。左耳拿起她的手，想为她止血。小夭昏昏沉沉，连站都站不稳，却倔强地推开了左耳：“你不要管……这是……我和他之间的恩怨！”

小夭无力地趴在鼎上，鲜血仍在滴滴答答地落着。左耳对相柳说：“不管她曾经欠了你什么，以血偿还，都足够了！”

相柳却冷冷地说：“还死不了。”

小夭惨笑起来，竟然咬着牙，又拿起弯弓，把另一只手腕也狠狠划开，让血流得更多更快。两只手都鲜血淋漓，小夭连睁开眼睛的力气都没了，四周寂静无声，只听到鲜血不停滴落的声音。

半晌后，相柳终于开了口："你可以带她离开了。"

小夭抬起头，脸色惨白地说："你最好一次要够了！今夜之后，你我陌路，此生此世我永不想再见你！"

因为失血过多，小夭凭着一口气硬撑着才没有昏厥，她头晕目眩，看不清相柳的表情，只听到他说："带她走！"

小夭心中的一口气泄了，头无力地垂下，昏死了过去。她眼中一直倔强地不肯落下的泪，也终于缓缓坠落，滴入一鼎殷红的鲜血中，溅起几个小小的涟漪。

相柳静静地看着，那一圈圈血红的涟漪映入他漆黑的双眸，就好似平静无波的眼眸中也皴起了碎纹。

左耳屈膝跪下，默默对相柳磕了一个头，带着小夭离开。

相柳不言不动，一直含笑看着眼前的水鼎。鼎身透明，能清楚地看到里面的鲜血，灵气流溢，煞是好看。他双掌缓缓伸出，催动灵力，蓝绿色的光影急剧地闪烁变幻，犹如有无数流星在飞舞，水鼎渐渐收缩，最后凝聚成一个鸽子蛋般大小的血红珠子，落在相柳的掌心。

凝血为珠的举动好似耗费了相柳很多灵力，他脸色发白，手轻颤，闭目休息了好一会儿后，才撮唇为哨，发出只有水族能听到的低啸。一会儿后，远处的湖面起了波澜，水花中，一个鲛人乘风破浪，疾驰而来，行到相柳面前，恭敬地停住。

相柳把血红的珠子递给鲛人，鲛人小心翼翼地接过，用一个金天氏特殊锻造过的蓝色贝壳藏好。相柳用鲛人的语言吩咐了他几句，鲛人仔细地听完，甩着鱼尾对相柳行了一礼，转身向着大海的方向疾驰而去。

相柳目送他的身影消失在湖面上后，低下头，看着胸口的小箭，伸手轻轻抚过，手在箭上停驻了一瞬。他无声地叹了口气，猛然一用力将箭拔出，随着鲜血的喷出，他好似累了，直挺挺地躺倒在水面上，仰望着天空，笑容慢慢淡去。

黑云遮蔽住了圆月，相柳的双眸内映出的是——没有一颗星辰的苍穹，无边的黑暗、无边的寂寥。

第十四章 道凄凉，与谁说

LOST YOU FOREVER

小夭失血过多，元气大伤，苗莆给小夭喂了很多灵药，小夭依旧昏迷了一整夜。幸好玱玹一直留在军中，第二日傍晚才回来，那时，小夭已经苏醒，让苗莆帮她上了妆，玱玹又有很多事务要处理，来去匆匆，在小夭的刻意掩饰下，没有察觉任何异样。

小夭把灵药当水一样灌下去，可伤及元气，不是说好就能好，整天都昏昏沉沉，她常常靠躺在廊下，望着庭院中的花怔怔发呆。玱玹以为她是因为丰隆的死想起了璟，也没多想，只嘱咐潇潇和苗莆陪着小夭，尽量多开解她。

休养了几日后，小夭才渐渐缓了过来，蓐收和句芒也押运着粮草赶到了，玱玹将一切交代清楚后，带着小夭返回神农山。

丰隆是赤水氏的族长、小炎奔的儿子，他的死让玱玹要面对很棘手的局面。玱玹回到神农山后，立即和轩辕王商量，如何处理丰隆的后事。

轩辕王说："凡事都是祸福相依，只要处理得好，祸也可以是福。丰隆的意外死亡，如果不考虑你感情上的难以接受，对整个国家而言，不见得是坏事。"

玱玹静下心来想了一会儿，明白了轩辕王的意思。洪江和中原氏族之间，总有若有若无的联系，两军僵持着没有什么，可真到生死决战那一日，只怕很多氏族都会有想法。可现在，洪江竟然杀了丰隆，赤水氏和神农氏就绝对不能原谅洪江，其他中原氏族自然会选择站在赤水氏和神农氏这一边。可以这么说，丰隆的死，将洪江和中原的联系彻底斩断了。

玱玹对轩辕王行礼："谢谢爷爷指点，我知道该怎么做了。"

轩辕王叹了口气："你不是想不到，只是丰隆的死让你心乱了，看来你是真把丰隆当朋友。"

玱玹想起丰隆临死前说的话，心中滋味极其复杂。

轩辕王说："丰隆在时，馨悦不重要，你想怎么对她，我都不管。丰隆死了，你必须厚待馨悦，待会儿回了紫金宫，去看看她吧！"

"丰隆临去前说'一生无憾，唯一放不下的就是馨悦'，我已经承诺了他，保馨悦一世平安，紫金宫内所有妃嫔以她为尊。"

轩辕王很意外，叹道："丰隆这孩子也是个重情的，难怪他会贪功冒进，原来竟是为了馨悦。"

玱玹说："看似丰隆是被相柳射杀，实际上，他是被神农馨悦逼死！如果不是丰隆，我真想……神农馨悦！"玱玹面无表情，语气十分平静，可自丰隆死后，一直压抑着的怒气终是迸发出来，他的手紧握成拳，无声地砸了一下案，案上的茶碗变成粉末。

轩辕王淡淡道："难道你就没有错吗？馨悦为什么会想杀小夭？如果她不杀小夭，何来她逼丰隆？你小时候，我就给过你选择，你选择的是舍私情、全大义。一直以来，你从没有让我失望过，可在小夭的事上，你让我非常失望！"

自从禅位，轩辕王对玱玹一直温和，第一次，他说出了重话。

玱玹看着轩辕王，坦然地说："我知道，我任性了，自私地先考虑了自己。自爹爹战死、娘亲自尽，我一直严苛地要求自己，从无一日、从无一事敢懈怠，此生此世，小夭是我唯一的自私任性，求爷爷成全！"

轩辕王无声地叹息，他何尝不明白呢？轩辕王神色缓和："丰隆的死如果处理不好，会酿成大祸。你回紫金顶吧，记住，你是整个天下的君主，必须以整个天下的利益为先！"

玱玹默默地给轩辕王行礼告退。

经过凤凰树下的秋千架时，玱玹回头看向小夭的屋子，晕黄的灯光透出，却不知道小夭在干什么。

苗莆碎步跑到玱玹面前，行礼说道："小姐请陛下离开前去见见她，她有话和陛下说。"

玱玹露出笑意，快步走进小夭的屋子。小夭靠窗而坐，伸手做了个请的姿势，为玱玹斟了一杯酒，小夭举起酒杯，缓缓倒在地上："丰隆，请饮！"

玱玹也将酒倒在了地上。

小夭说："出征前，丰隆拜求了我一件事，我救不了他，只能尽力完成他的拜求。"

玱玹蹙眉，不耐烦地说："如果是想谈馨悦，我已经答应了丰隆。"

小夭叹道："果然和我想的一样，你虽然答应了丰隆，心里却压根儿没原谅馨悦，甚至因为丰隆的死，越发憎恶馨悦。纵然你会信守承诺，但女人都很敏感，馨悦又尤其敏感多疑，肯定能感受到你真实的情绪。”

玱玹冷冷地说：“她怎么想是她的事，我会做到承诺。”

小夭说：“其实，馨悦和我有些像。因为父母不得不承担的责任，我被母亲遗弃在了玉山，她被父亲遗弃在了轩辕城，少时的不愉快经历让我们的心又冷又硬，必要时，都是狠毒无情的女子。馨悦倚靠着家族亲人，却又完全不相信家族亲人，她周围的男人，父亲、哥哥、祖父……都有更重要的责任和使命，她只能靠自己，所以她紧张、多疑、偏执、狠毒。我没有希望你能立即放下对馨悦的憎恶，只希望你每次见到她时，心怀一些怜悯，毕竟她不是生来就这样的。”

玱玹说：“小夭，她和你一点都不像！也许你们都有一副冷硬的心肠，可你因为经历过苦痛，所以珍惜每一点温暖，不管是师父、阿念，还是老木、苗莆、左耳，不管他们给予了你多少，你都珍惜、感激。馨悦却因为经历过苦痛，变得贪婪，一直不停地索取，不管别人给了多少，只要一点没顺她的意，她就全盘否定，觉得别人都辜负了她。小炎炎和丰隆为她做的少吗？就算是我，她想要王后的权势和尊荣，难道我没有给她吗？她只把我看作交易，却妄想我能像对你一样对她？这世上，不止她受过罪、受过苦！”

小夭道：“我今日和你说这些，不仅仅是为了丰隆，更是为了你。丰隆死了，只有馨悦在王后的位置上好好地待着，别再闹出什么难以收拾的事，你才能放手去做事。既然辛苦地统一了天下，就应该给天下万民安居乐业的生活，否则你心难安，最难受的会是你！”

玱玹心里又是甜蜜，又是苦涩，默默看着小夭。

小夭低下头，避开他的视线：“不管是为了丰隆，还是为了你自己，都好好待馨悦。”

玱玹说：“你放心吧，我知道该怎么做。”

小夭道：“天色已晚，你赶紧回去吧，我就不送你出去了。”

玱玹离开后，小夭神思恍惚地呆呆坐着。苗莆问她要不要歇息，小夭挥挥手，示意别打扰她。

小夭用手指蘸了酒，在案上写下和涂山氏有恩怨利益，又握有实权的氏族和人名：防风氏、神农氏、赤水氏、鬼方氏、禺疆……小夭甚至把“相柳”的名字也写了下来。

防风氏——因为防风意映，他们肯定恨璟，璟若死了，有防风氏血脉的涂山瑱会继位，他们肯定乐见其成，但防风氏有能力和涂山氏对抗吗？

小夭保留了防风氏的名字。

神农氏——馨悦再恨她，也不会疯狂到想去杀璟，甚至可以说，她比任何人都希望小夭顺利嫁给璟。小炎炎要的是中原百姓安居乐业，璟活着才对他有利。

小夭想了好一会儿，把“神农氏”抹去。

赤水氏——因为丰隆，四世家的均衡格局被打破，赤水氏一家独大，璟若不在了，的确能让赤水氏变得更强大，但……小夭想起丰隆提起璟时的悲伤，出征前丰隆和她告别时的爽朗笑声，抹去了赤水氏的名字。

鬼方氏……

最后，小夭的视线停在了相柳的名字上。

相柳——贼喊捉贼不是没有可能。防风意映隐居在清水镇，瞒得了天下人，却不可能瞒过相柳。杀了璟，看似相柳得不到任何直接的好处，却可以给玱玹带来很多麻烦，处理不好就会引发氏族纷争。相柳偏偏最近才揭露此事，如果小夭宁可错杀，也不愿放过，以小夭冠绝天下的毒术，必定会有很多氏族的族长和长老莫名而死，一定会引发所有氏族的恐慌和猜忌，只要相柳善加利用，很有可能变成一场浩劫，让洪江得益。

小夭用手指一遍遍描摹着相柳的名字，是你吗？是你吗？

苗莆好奇地看着案上留下的几个名字，不明白小夭为什么半夜都不肯睡，对着几个名字发呆。"小姐，你写他们的名字做什么？"

小夭笑笑，将案上的名字抹去，苗莆却畏惧地打了个寒战。小夭的神情很像陛下对潇潇下旨时的神情，云淡风轻一句话，却是无数人的性命。

"左耳。"小夭叫。

左耳从窗户外翻了进来，小夭说："你去刺杀防风氏的族长，但不要杀死他。刺杀他三次，看他能调集到多少高手保护自己，回来告诉我。"

左耳不说话，也不行动。

小夭说："在你回来之前，我不会离开小月顶半步。"

左耳道："好！"转身就走。

苗莆满面担忧，都顾不上和小夭说一声，就追了出去："喂，你等等，我给你准备点东西。记住啊，小姐不是要他的命，你不需要靠近，只需弄点动静出来，让他感受到有危险就可以了……"一会儿后，苗莆噘着嘴，一脸怒气地回来了。

小夭笑道："别担心，左耳远比你想象得聪明厉害，只要别碰到……"小夭的笑意淡去，只要别碰到那个比他更厉害的同类，无论如何，左耳都能保住性命。

苗莆恨恨地说："我才不担心他呢！谁会担心那个野蛮无礼、粗鲁愚笨的家伙？"

小夭忍不住摇摇头，女人，你的另一个名字应该叫口是心非。

◈

经过大半年的仔细调查，小夭留下的几个名字被一一抹去，只剩下了"相柳"。

小夭昼思夜想，时不时会在案上、地上写下"相柳"二字，对着发呆。其实，能分析的都分析过了，现在心里翻涌的一句话不过是：是不是你做的？

苗莆很担心小夭，她完全不知道小夭到底在做什么，有时候小夭像被遗弃的孩子，非常迷惘悲伤；有时候她又像是出鞘的利剑，在冷酷地择人而噬。如果换成往常，陛下应该能发现小夭的异常，可是因为丰隆将军的意外死亡，陛下十分忙碌，每次来都心事重重，略微坐一下就走，偶尔待得时间长一点，却是和老轩辕王陛下商量事情。

潇潇像以往一样来问过她小夭的事，可苗莆不敢说，也不能说。她的主人只有小夭一人，未经小夭许可，说出的任何话都是背叛。苗莆只能奏报一切正常。

小夭歪靠在榻上，手却无意识地一直写着“相柳”。

苗莆实在忍不住了，问道：“小姐，你每日都在写那个名字，有时候还念念有词，‘是你、不是你’，究竟什么意思？”

“我在思索到底是不是他做的。如果是他做的，我该如何去求证？”

苗莆终于理解了“是你、不是你”的意思，顺着小夭的话，问道：“如果不是他做的呢？”

“如果不是他做的，那就是另一个握有实权的人做的，可是不可能，所有人我都查过了，难道还有漏掉的？”小夭非常烦恼，用力拍自己的头。

苗莆忙拽住她：“小姐！小姐！”

小夭颓然地躺倒，看到左耳站在苗莆身后，也不知道他何时进来的，黑黢黢的眼睛，像野兽一般冷漠狡黠，专注地盯着小夭。

小夭问：“你想说什么？”

左耳说：“不是相柳！有一个权势很大的人，你漏掉了。”

还有她没想到，左耳却能想到的人？小夭不太相信，眨眨眼睛：“谁？”

“陛下。”

小夭猛地坐了起来，气指着左耳：“你……你……你胡说八道什么？”

左耳一脸迷惘，困惑地问：“我说错了？陛下没有权势吗？那是我理解错了权势的意思。”

左耳的样子让小夭没有办法生气，她耐心地解释：“陛下很有权势，非常有权势，应该说是天下最有权势的人，但你很清楚我在追查什么，陛下和……”小夭看了一眼苗莆，苗莆立即捂住耳朵，一溜烟地跑掉了。小夭说：“陛下和璟没有恩怨，更没有利益纠葛。”

左耳用没有丝毫起伏的音调，冷静地说：“他们有恩怨。”

小夭无奈，被气笑了：“你倒比我更了解他们了？你懂不懂什么叫恩怨？”

“我懂！就是争夺更好的洞穴、更大的领地、更多的猎物。”

“好吧，类似于野兽的这种纠纷。你说，陛下怎么可能和璟去争夺这些？”

“每年春天，不为了洞穴、领地、猎物，还有一种争斗。只要雄兽看中同一只雌兽，也会决斗，越是强壮的雄兽，决斗越激烈。”

小夭反应了一瞬，才理解了左耳的话，火冒三丈：“你……你……”

左耳说：“陛下和璟都看中了你，如果谁都不放弃，他们只能决斗。”

小夭用力砸了下榻：“一派胡言！出去！”

左耳立即听话地离开了，小夭跳下榻，给自己倒了一大杯水，咕咚咕咚灌下：“真是胡说八道！人能和野兽一样吗？”小夭摇摇头，甩开了左耳说的话。

可是，不知不觉中，左耳说过的话留下了影响。每当小夭凝神思索如何查证璟的死因时，玱玹就会跳进她的脑海里。小夭被这种可怕的思绪吓住，立即屏息静气，告诉自己，不可能，绝不可能！但思想不受控制，总会时不时地想到玱玹和璟之间的一举一动，以前被她忽略的很多细节，都渐渐浮现。

丰隆临死时，玱玹亲口对丰隆说："我这一生注定了没有朋友、没有知己，但我心底深处，一直视你为知己好友，就连我最珍爱的小夭，我也只愿意托付给你。"

小夭知道玱玹并不喜欢璟，她以为那是因为璟伤害过她，玱玹认为璟配不上她，至少玱玹一直认为丰隆远比璟优秀，更愿意接受她嫁给丰隆。可是，如今她已经知道了玱玹对她的感情，再回看过去，很多事不再像当年她以为的那样。发现曾经的感受和事实不一致，小夭越发想弄清楚她到底忽略了多少事。到后来，小夭几乎整日躺在榻上，回忆过去。

当父王昭告天下，小夭不再是高辛王姬时，外祖父轩辕王想赐她轩辕氏，让她真正地变成轩辕王姬，有这个天下最尊贵的氏，自然是最好的保护。玱玹却坚持赐小夭西陵氏，甚至为此第一次和轩辕王起了争执……小夭当时只惦记着要和璟"门当户对"，压根儿没有深思玱玹为什么不肯让她成为轩辕王姬。

…………

在阿念和玱玹成婚前一夜，玱玹怒气冲冲地来找她，不允许她参加他的婚礼。

小夭问："你一次都没有高兴过吗？"

玱玹说："没有。"

"我想你总会高兴一次的，迟早你会碰到一个喜欢的女子。"

"我也很想知道娶自己喜欢的女子是什么感觉，我想感受一次真心的欢喜，我想在别人恭喜我时，开心地接受。"

"肯定会知道的。"

玱玹笑说："我也是这么觉得，只要我有足够的耐心，我想我肯定会等到那一日。"

"嗯，肯定会等到。不过，真等到那一日，你可不许因为她就对阿念不好。"

玱玹温柔地看着小夭，只是笑，小夭用手指戳他："你笑什么？"

玱玹笑着说："只要我娶了她，这事我全听她的。"

"什么？"小夭用手指狠命地戳玱玹，"你……你有点骨气好不好？什么叫全听她的？你可是一国之君啊！"

玱玹慢悠悠地说："这可和骨气没关系，反正我若娶了她，一定凡事都顺着她，但凡惹她不高兴的事，我一定不会做。"

小夭连狠命戳都觉得不解气，改掐了："那如果她看我不顺眼，万一她说我的坏话，你也听她的？"

玱玹笑得肩膀轻颤，小夭有点急了，掐着他说："你回答我啊！"

玱玹一脸笑意地看着小夭，就是不回答。

小夭双手举在头两侧，大拇指一翘一翘，像螃蟹一般做出"掐、掐、掐"的威胁姿势，半开玩笑、半认真地说："你说清楚，到那一日，你听她的，还是听我的？"

"两个人都听行不行？"

"不行！"

"也许你们俩说的话都一样。"

"不一样的时候呢？"

玱玹说："也许没有不一样的时候。"

…………

◈

傍晚，玱玹来小月顶，看到小夭又懒洋洋地躺在榻上。

他挑起珠帘，走到榻边坐下："你怎么了？最近老是没有精神的样子，听爷爷说饭也不好好吃。"

小夭说："我在回忆过去的事。"

玱玹温和地问："又想起璟了？"

"也想起了很多你的事。还记得吗？有一次，我们一起出海去玩，丰隆、意映、篌都在，那时馨悦还很骄傲活泼……也没觉得过了多久……可是……丰隆、意映、篌都已经死了，璟也离我而去。"

玱玹对苗莆吩咐："去拿些酒。"

玱玹斟了两杯酒，小夭举起酒杯，一口饮尽，晃晃空酒杯，忽而一笑，神情十分温柔："我知道，在你眼中，丰隆比璟好了太多，你一直瞧不上璟，觉得璟目光短浅，只想着为涂山氏赚钱，行事又优柔寡断，连篌和意映都摆不平。"

玱玹想起丰隆临死前在他耳畔的喃喃低语，只觉胸中憋闷难言，将酒狠狠地一口灌下，没有否认小夭的话："我的确曾经这么想！"

小夭说："你们都只看到我救了璟，璟就赖上了我，可是实际上，是璟救了我。"

玱玹愕然地看着小夭。

小夭说："离开玉山时，我还是个什么都不懂的孩子，之后碰到的那些事，我给你提过，却从没仔细讲过，不是因为我忘记了，而是那几十年的日子只有屈辱痛苦，我根本难以启齿。被九尾狐妖关在笼子里打骂折磨时，被他逼着吃下难以想象的恶心东西时，我活得连畜生都不如，我恨所有能恨的人，恨他们抛弃了我，让我经历这噩梦般的一切。我是熬过来了，但心已经伤痕累累。我刚遇见璟时，他比最肮脏的乞丐都肮脏，本来只是一念间的随手相救，并不在乎他的生死。可当我发现他身上的伤时，好似看到了很多年前的自己，突然萌生了强烈的渴望，渴望他活下去。似乎只要他能克服一切阴影，好好地活着，我就能看到自己痊愈的希望。我自己经历过那一切，我很清楚，被那么残忍地折磨羞辱后，变得偏激、冷漠、多疑，很容易，想要依旧温和善良、信任他人，却非常非常难！但璟做到了！他让我明白，不管别人怎么对我们，我们都可以选择让自己的心依旧柔软美好。哥哥，你觉得他处置篌时优柔寡断，可你告诉我，如果有朝一日，我突然背叛了你、伤害了你，你能痛快地杀了我吗？"

玱玹斩钉截铁地说："你根本不可能背叛我，更不可能做伤害我的事！"

"璟对篌何尝不是这样的信念呢？篌是璟信任敬爱的大哥，在篌做出那些事之前，璟就如你今日一样，坚信篌不可能伤害他。我本来以为，璟经历了篌的背叛和伤害，无论如何都会变得冷漠多疑、心狠手辣一些，就如你和我的改变，但是他没有！哥哥，难道你不觉得这是另外一种坚强吗？看似和我们不同，但璟只是以自己选择的方式去打败他所遇见的苦难。”

玱玹沉默不语，如果是以前，他纵然嘴里不说，心里也不会认同，但是现在他不确信了。一个对天下大势分析得那么精准的人，一个懂得置之死地而后生的人，难道会不明白如何去复仇吗？

小夭说：“璟清楚地知道我是什么样的人，我告诉他‘我不会付出，也不会相信’，他对我说他会先付出，他会先相信，说这句话时，他已经为我做了很多。说老实话，我虽然感动，也只是感动了一瞬，因为我压根儿不相信！在我看来，做得了一时，做不了一世！何况人心善变，今日真，不代表明日真！哥哥，你在经历了那么多事后，还能说出‘先付出、先相信’的话吗？还愿意去这么做吗？”

玱玹嘴唇翕动了一下，却没有说出话。

小夭说：“我们是一类人，我们都做不到！璟一直在努力接近我，但我从来没有真正信任他，可以说，时时刻刻，我都做好了抽身而退的准备！虽然我从来没说过，但我想璟一直都明白。哥哥，也许在你眼中，我什么都好，可实际上，和这样的我在一起，非常累！”

玱玹淡淡地说：“他也许是为你付出很多，可我看到的是，他为了防风意映，把你伤到呕血。”

小夭叹气：“是啊！璟的确有做错的地方，可我何尝没有错呢？明明我可以和他一起处理好这事，可我偏偏什么都不做，只是袖手旁观地看着，等着璟向我证明。那时我还不懂，相恋可以只有一方的付出，相守却一定要两个人共同努力！我们犯了错，所以我们承受惩罚。我们俩都是第一次去喜欢一个人，犯点错很正常，只不过我们的错被防风意映和涂山篌利用了而已。”

玱玹一直不敢去深思丰隆临死前说的话，可那些话一直萦绕在他心间，灼烧着他。此刻，压抑在心中的所有情绪突然失控，他不耐烦地说：“就算璟千好万好，你对我说这些有什么意义？不管怎么样，璟已经死了！”

“砰”一声，小夭竟然将手中的琉璃酒杯捏碎，碎片扎入了手掌。

玱玹忙拉过她的手，一边清理琉璃碎片，一边歉疚地说：“对不起，我也不知道我怎么了。本来是看你不高兴，想陪你喝点酒，让你高兴一点，我却……算了，不提了，不管你想说什么，都慢慢说吧，我会仔细听着！”玱玹低着头，把碎琉璃一点点挑干净，挑完后，又仔细检查了一遍，才帮小夭上药。其实，这不过是普通的伤口，玱玹却慎重得像是小夭的手掌要断了。

小夭怔怔地看着玱玹，破碎的画面在眼前闪过——

左耳说：“雄兽只要看中同一只雌兽，也会决斗，越是强壮的雄兽，决斗越激烈。”

凤凰林内，玱玹将凤凰花插到小夭鬓边，问道：“如果我找到了她，是不是应该牢牢抓住，再不放开？”

“当然！”小夭肯定地说：“一旦遇见，一定要牢牢抓住。”

左耳说：“陛下和璟都看中了你，如果谁都不放弃，他们只能决斗。”

相柳笑笑，云淡风轻地说：“涂山璟的死，看似是兄弟相争，实际背后另有人要涂山璟死，如果没有此人的安排，涂山篌根本不可能靠近涂山璟。”

…………

小夭的泪珠犹如断线的珍珠，簌簌坠在玱玹手上。玱玹抬起头，焦急地问：“怎么了？很疼吗？”

小夭一言不发，只是落泪。

玱玹急得问："小夭，小夭，你究竟哪里难受？我立即传召鄞。"

小夭问："是你派人去清水镇帮涂山篌吗？"

玱玹微微一僵，又立即恢复正常，不过短短一瞬，如果不是他正好握着小夭的手，小夭根本感觉不到。玱玹说："你为什么这么问？"

"我想知道真相。玱玹，是你派人去帮涂山篌吗？"

玱玹想否认，可是他的自尊骄傲不允许他否认，他沉默了半晌后，说道："是我！"

"竟然……是你！"小夭以为她已经经历了世间一切的痛苦，可没想到原来世间至痛是最信任、最亲近的人拿着刀活生生地挖出你的心肝，敲开你的骨头。五脏六腑在痛，骨髓在痛，每一寸肌肤在痛，连每一次呼吸都在痛，以前的所有痛苦都不抵今日万分之一，痛得她只想永坠黑暗，立即死去。小夭闭上了眼睛，甚至无法再看玱玹一眼："滚出去！"

"小夭！"玱玹紧紧地抓着小夭的手，可是，小夭的力气大得惊人，使劲把手从他的掌中挣脱了出来，刚刚长好的伤口崩裂，鲜血染红了他们的手。

"小夭……"

"滚！"小夭怒吼，猛地掀翻几案，酒器落在地上，发出清脆刺耳的声音。她脸色发青，身体簌簌直颤，犹如一叶即将被怒海吞噬的小舟。

"小夭，我……你听我说……"

"我让你滚！"小夭的掌上出现了一把银色的小弓，她开始搭箭挽弓，只是眼睛依旧闭着，她紧紧地咬着唇，咬得血都流了出来。玱玹一步步倒退着走到门口，却不肯跨出去，一道门槛就是两个世界，一个有小夭，一个没有小夭。

老轩辕王听到动静，匆匆赶来，一看小夭和玱玹的样子，立即明白她知道了璟的死因，忙一把把玱玹拽出屋子。他一边掌间蓄力，戒备地看着小夭，一边急促地对玱玹说："立即离开！不要逼小夭杀了你和她自己。"

轩辕王用力把玱玹推到暗卫中，对潇潇命令："立即护送玱玹回紫金顶。"

潇潇不顾玱玹的挣扎，强行把玱玹推上坐骑。

坐骑驮着玱玹，刚刚飞到空中，一声椎心泣血的悲啸从屋内传来。玱玹回头，看到小夭睁开了眼睛，她唇角是殷红的血，手上也是殷红的血，漆黑的双眸冰冷，就好似在她眼中，一切都已死了，包括她自己！

不管多艰难绝望时，小夭都在他身边，每次他回头，总能看到她温暖坚定的目光，可现在她却用最冰冷无情的目光看着他。玱玹就好似五脏六腑都被剖开了，痛得他整个人站都站不稳，软跪在了坐骑上。"回去！我要回去！"他竟然想命令坐骑回头，潇潇甩出长鞭，勒住坐骑的脖子，强行带着坐骑往前飞。

"小夭！"玱玹的叫声无限凄凉，倾诉着他愿意用一切去守护她，也愿意做一切让她快乐无忧。可小夭什么都听不到，她手一松，一只银色的小箭射入坐骑小腹，一箭毙命，坐骑急速下坠，幸亏潇潇反应快，立即把玱玹拉到自己的坐骑上。

又是一箭飞来，射中了玱玹的发冠，所有人魂飞魄散，失声惊呼。玱玹披头散发，呆呆地看着小夭。明明灵力不弱，他却没有丝毫躲避的念头，这一刻，玱玹竟然想起了母亲自尽时的样子，她心口插着匕首，痛得身子一直颤抖，却笑着跳入父亲的墓穴。原来情到深处，真的会宁死也不愿失去，他终于理解了母亲的选择。

玱玹用力推开潇潇，面朝着小夭的箭锋站立，如果不能生同衾，那就死同穴吧！

暗卫们看小夭又在搭箭拉弓，冲上去想击杀小夭，玱玹吼叫："不许伤她！不许！谁敢伤她，我就杀了谁！"

轩辕王挡在小夭面前，伸手握住小夭的箭，悲痛地叫："小夭，玱玹已经一时糊涂，你不能再糊涂！"

小夭盯着轩辕王，身子摇摇晃晃，喃喃说："你早知道！你们都骗我！"玱玹和轩辕王是她世间仅剩的血缘至亲，却都背叛了她！

小夭悲痛攻心、气血翻涌，连射了两箭，已经神竭力尽，手中的弓箭渐渐消失，身子直挺挺地向后倒去。轩辕王抱住了她，对空中的玱玹怒叫："你还不走？真想今日就逼死所有人吗？"

玱玹痛苦地闭上眼睛，耳畔风声呼啸，就好像一直有人在悲鸣。这一生每个决定都有得有失，他从没有后悔做过的任何事，可这一刻，第一次有了一个陌生的念头，我做错了吗？

◈

轩辕王下令，给小夭用了安心宁神的药，小夭悠悠醒转时，已是第二日中午。

小夭想坐起，却全身酸软无力，又倒回榻上，这是过度使用力量、透支身体的后遗症。

苗莆扶小夭靠坐好，小夭揉着酸痛的手指说："我这是怎么了……"玱玹悲痛欲绝的脸突然清晰地浮现在她眼前。玱玹经历过各种各样的磨难，早被千锤百炼得坚如磐石，即使做梦，小夭也不可能梦见这样的玱玹，她想起昏厥前的一幕幕，"我……我……射杀玱玹？"小夭也不知道自己想问什么，也许她是希望苗莆告诉她，一切都只是噩梦！

苗莆苍白着脸，低下了头。

玱玹杀了璟！而让玱玹动杀机的原因是她！小夭痛苦地闭上眼睛，真宁愿永睡不醒！其实，她最应该射杀的人是她自己！小夭大笑起来，可那笑声比哭声还让人难受，苗莆急得不知道该如何是好，轩辕王走了进来，对她挥了下手，苗莆立即退出屋子。

一夜之间，轩辕王苍老了许多，他默默看着小夭，竟不知该如何开口，纵然他智计百出，能令天下臣服，却不知道该如何安慰小夭。半晌后，轩辕王说："玱玹已经铸成大错，就算你杀了他，也不可能让璟活过来。"

小夭痛苦地问："你们是我最亲的亲人，却一个杀了我的夫婿，一个帮着隐瞒欺骗！我究竟做错了什么，你们要这样对我？"

轩辕王叹息："对不起！我尽力化解了。玱玹是个聪明孩子，一直懂得如何取舍，我以为他能明白……可我还是低估了他对你的感情。等知道璟出事时，说什么都已经晚了，我只能暗暗祈求你一辈子都不知道。”

“自从知道有人害了璟，我就一直在想该怎么对付他。杀了他？太便宜他了！我打算让他做我的药人。听说禺疆的哥哥曾是大荒第一酷吏，发明了无数酷刑，其实他可真笨，想要折磨人应该先学好医术，只有医师才知道人体最痛苦的部位，也只有医师才能让一个人经受了一切折磨，恨不得自己死了，却依旧活着……”小夭悲笑起来，“竟然是玱玹，让我恨得连千刀万剐都觉得便宜了他的人，竟然是玱玹！”

轩辕王劝道：“人死不能复生，你杀了玱玹，除了让天下陷入战火中，你能得到什么？”

“我至少为璟报仇了！”

“报仇了，你就痛快了吗？就高兴了吗？”

小夭决然地说：“是，我就痛快了！”昨日她挽弓射玱玹时，心里唯一的念头就是杀了玱玹，再自尽，让一切都结束！

“究竟是痛快还是痛苦，你肯定会有答案。我希望你好好想一想，你是谁？你的母亲是为了轩辕百姓战死的轩辕妭（bá），你的父亲是宁死也没有放弃神农的赤宸，你的父王是为了天下万民毅然放下权势的高辛王。你若为了自己，让天下倾覆、万民流离，你根本不配做他们的女儿！”

小夭冷笑：“不配就不配！你们都是名传千秋的大英雄，你们愿意承担大义责任，是你们自己的事，我只想做个自私的普通人，找个小小的角落，为自己的喜怒哀乐活着。睿智英明的轩辕王陛下，如果你想阻止我去找玱玹报仇，最好的解决方法就是现在杀了我。为了你的天下大义，你应该能狠下心动手！”

几千年都没有人敢对他如此说话了，轩辕王无奈，知道现在说什么都没有用，他起身离去，走到门口时，突然回身，说道：“你可以不考虑他们，但你至少该考虑一下璟。璟的性子如何你最清楚，他可愿意让你这么做？”

小夭的脸挨在枕上，冷冷地说：“这话你应该去对玱玹说，璟究竟做错了什么，他要杀璟？”

轩辕王叹息，佝偻着腰，离开了。

屋内寂寂无声，小夭的倔强锋利消失，眼泪无声地滴在枕上。

◈

几日后，小夭的身体恢复。她发现，所有她做好的药都不翼而飞；所有她制药的工具都消失不见；药房里存放的药材，不管有毒没毒，全都清空；就连药田里种的药草也全被拔掉了。可以说，现在的药谷完全是空有其名，别说药，连药渣子都找不到。

侍卫一天十二个时辰、寸步不离地盯着小夭，左耳和苗莆也被监视，小夭根本无法离开小月顶，更不可能进入防守严密的紫金顶，甚至，她连章莪殿都不能去，除了居住的药谷，唯一能去的地方就是凤凰林。小夭被轩辕王软禁了起来，可她既没有试图离开小月顶，也没有和轩辕王吵闹，每日里只是发呆，常常凝望着凤凰树下的秋千架，一动不动地坐几个时辰。

每天，轩辕王都对小夭说些劝解的话。小夭不再像之前一样，冷言冷语、针锋相对，她沉默安静，不言不语，轩辕王不知道她究竟有没有听进去，也猜不透小夭心里究竟在想什么。

◈

苗莆来收拾食案，看到半个时辰前端来的饭菜一点没动，含泪劝道：“小姐，吃一点吧！”

小夭笑了笑说：“苗莆，你坐下。”

苗莆神情紧张地坐下，以为小夭要吩咐她什么要紧的事。

小夭问：“你喜欢左耳吗？”

苗莆愣了一下，别扭地说：“小姐问这个干吗？”

小夭说：“左耳以前的日子过得很苦，是你难以想象的苦，他很聪慧，可在世情俗事上却半懂半不懂，你要对他耐心一点，好好照顾他，别让他被别人骗了。他这种人都是死心眼，一旦认定了什么，不管对错，就算变成魔，化成灰，都绝不会回头。你看牢他，千万不要让他走入歧途。其实左耳的心愿很简单，有个遮风挡雨的洞穴，找个雌兽，自由自在地生活。”

小夭十分郑重温柔，苗莆的羞赧淡去，说道：“我是孤儿，幸亏有点天赋，被陛下选中做了暗卫，我不像潇潇姐他们那么能干，权势富贵不敢求，也不想求，唯一的奢望就是有个家，我……会照顾好左耳，不会让别人欺负他。”

小夭看向窗外，叫道：“左耳！”

左耳竟然从屋顶上翻下，坐在了窗台上，苗莆“啊”一声，脸腾地红了：“你……你偷听！”

“不是偷听。”左耳苍白的面容依旧没有丝毫表情，可剩下的那只耳朵却有点发红。

小夭说：“当日，你跟我回来时，我答应了你，每日有饭吃，还会帮你找个媳妇。你看苗莆这个媳妇可中意？”

左耳瞅了一眼苗莆，点了下头，看似镇静得没有丝毫反应，苍白的脸颊却渐渐发红，耳朵更是红得好似要滴血。

“小姐，你！你……”苗莆捂着脸，冲出了屋子。

小夭对左耳说：“苗莆经常凶巴巴的，其实她只是不知道该如何表达对你的关心和担忧。我知道你不习惯和人解释，但她会是你媳妇，媳妇娶回家就是用来疼的。尽量尝试和她解释一下，就算只说一句‘我会小心’，她也会好受很多。”

“媳妇是用来疼的？”左耳思索了一瞬，像是完全明白了小夭的话，点点头。

小夭走到窗边，扬声大叫：“苗莆，我要喝水。”

不一会儿，苗莆端着两盅水进来，低着头，不敢看左耳。小夭将一枚玉简交给左耳，对左耳和苗莆说：“我现在无法离开小月顶，你们帮我送一封信。轩辕城西的狗尾巷里有一家没有招牌的打铁铺，有个白发苍苍、长相清俊的打铁匠，你们把这封信交给他，然后一切听他吩咐，明白了吗？”

苗莆问：“为什么要两个人送信？”

小夭严肃地说：“这事很紧要，我派你们两人去自有我的原因，左耳一个人完成不了。”

苗莆犹豫，说道：“可是我和左耳都走了，只小姐一个人……”

小夭淡淡而笑："外面那么多侍者，何况还有外祖父在，难道你还怕有人会欺负我？"

左耳面无表情地看着小夭，完全不表示他会去执行命令。

小夭说："只要我不离开小月顶，他们不会伤害我。苗莆，你说我说的对吗？"

苗莆对左耳点了下头："老轩辕王限制了小姐的自由，既是在保护紫金顶的陛下，也是在保护小姐。"那一日，小夭射杀陛下，很多人都看到了，难保不会有对陛下死忠的人为了陛下的安全，做出过激的事。

左耳把玉简收好，对苗莆说："走！"

苗莆问小夭："侍卫会放我们离开吗？"

小夭说："你如实回答，是去轩辕城给狗尾巷的打铁匠送信，外祖父肯定会放行。"其实，轩辕王巴不得把左耳远远打发走。

苗莆说："小姐，你照顾好自己，我们会尽快回来。"

小夭目送他们的背影渐渐远去，暗暗叹了口气，本想做一个沉默的守护者，看着左耳和苗莆慢慢地发展，可世事多变，她的时间已经不多，只能挑明一切，让左耳和苗莆相互扶持，彼此照顾。小夭在心里默默祝福：左耳、苗莆，后会无期！祝你们幸福！相柳没有得到，我和璟也没有得到，但你们一定会得到！

轩辕王一直提防着小夭用毒，把药谷内所有的药材都收走了，可小夭一直是个牢记教训，绝不犯同样错误的人。自从上一次从鸿雁上摔下，危机时刻却无药可用后，小夭就仔细研究了一番如何藏药才不会丢失。耳坠子、镯子、头发，甚至一件衣服，只要用药水浸泡后处理好，需要用时，撕下布片，加入水，就是药……当年费尽心思做这些事，不过是不想让玱玹和轩辕王再为她操心，可没想到有朝一日，竟然会用来对付他们。

玱玹虽然从未出现在小夭面前，可小夭就是知道他肯定来过小月顶。轩辕王严禁小夭和玱玹接触，可他不知道每个孩子都有大人不知道的秘密，小夭和玱玹从小同吃同住同行，更是有很多传递消息的方式。

又是一个月圆之夜，小夭提着个白玉莲花盏，一边哼唱着那些古老的歌谣，一边沿着山径慢慢地走着，侍卫们看她是去凤凰林，也未阻拦，只是暗中跟着。

小夭和玱玹刚来神农山时，神农山上没有一棵凤凰树。玱玹在紫金顶和小月顶一棵棵亲手种下了凤凰树，百年过去，凤凰树已经蔚然成林。凤凰花的花期很长，从春到秋，整个山坡都是火红的凤凰花，远望璀璨如朝霞，绚烂似锦绣，近看花朵繁密、落英缤纷。

小夭漫步在凤凰林内，不停地有落花飘下，小夭随手接住，把花放到莲花盏内，不一会儿就装了满满一盏凤凰花。

月光下的凤凰花没有阳光下的凤凰花那么明艳夺目、张扬热烈，如果把阳光下的凤凰花比作一位舞步飞旋、美目流转的艳丽女子，月光下的凤凰花则像静静端坐、垂眸沉思的清丽女子。小夭像小时候一样，刻意放重脚步，听落花枯叶发出的窸窸窣窣声。

走到秋千架前，小夭停住了。

虽然很久没用，但因为有玱玹的灵力在，秋千架并没被藤蔓攀爬，依旧干净整洁。小夭跳坐到秋千架上，双脚悬空，一踢一晃。她一边悠闲地欣赏着凤凰花，一边时不时从莲花盏内拿一朵花放进嘴里吸吮花蜜。

花蜜的甘甜盈满唇齿间，小夭想起了小时候的事。玱玹并不喜欢吃花蜜，却总会清晨练功时，赶在日出那一刻，帮她采摘带着露水的花，只因为她说日出那一刻的花蜜最甘甜，连花蕊里的露珠都是甜的。每天清晨醒来，小夭的榻旁已经摆好一盆鲜花。即使在她被九尾狐妖折磨时，不管再痛苦，只要想起朝云峰，总觉得嘴里透着甜。即使身处黑暗狭小的笼子，仍觉得美丽的凤凰花就在不远处，即使母亲父王都不要她了，可玱玹哥哥会要她。

玱玹踏着月光露珠，穿过纷飞的凤凰花，走了过来。

一袭黑色金绣的长袍，头发用墨玉冠束着，五官清俊，气态儒雅，乍一眼看去，倒像是一位与琴棋诗书做伴的闲散公子，江湖载酒、羌管弄晴、菱歌泛夜，看烟柳画桥、秋水长天。可真与他眉眼相对了，就会立即感受到他乾坤在握的从容、一言定生死的威严。

小夭很恍惚，竟然觉得玱玹的面目有些陌生，好像她从没有真正地仔细看过玱玹。一直以来，玱玹对她而言就是玱玹。欢喜时，可以一起大笑；累了时，可以让他背；生气时，可以让他哄；困苦时，可以倚靠他；危难时，可以交托一切。

在小夭心里，她和玱玹至亲至近，无分彼此，只要玱玹想得到的，她一定会不惜一切代价帮他去得到，所以从五神山到轩辕山、从轩辕山到神农山，但凡她所有，玱玹都可以拿去用，包括她的性命。她也一直以为，玱玹待她亦如此，但凡她想要的，玱玹必定会帮她争取；但凡她想守护珍惜的，玱玹也必定会视若珍宝。

可原来，一切都是她想当然了！究竟是她没有看清楚玱玹，还是玱玹不再是她心里的玱玹？

不过几日没见，两人却犹如隔世重逢，玱玹小心翼翼，轻声唤道：“小夭！”

小夭微微一笑：“知道我要杀你，还敢一个人来？”

玱玹说：“如果你没有把握我会来，为什么要在这里等候？”

小夭淡淡说：“以前我觉得我很了解你，可现在我不知道。”

玱玹眼内一片惨然，笑问：“要荡秋千吗？”

“嗯！”

玱玹轻轻地推着小夭，小夭仰头看着火红的凤凰花，纷纷扬扬飘落。

静谧的凤凰林内，一个沉默的男子推送着秋千，一个沉默的女子荡着秋千，两人的脑海内都清楚地浮现——

火红的凤凰树下。

秋千架越荡越高，秋千架上的小女孩一边尖叫，一边欢笑：“哥哥，哥哥，你看我，你看我啊！”

秋千架旁的男孩仰头看着，眉眼间都是笑意。

…………

火红的凤凰树下。

秋千架旁的男孩已经变成了谦谦君子，秋千架上的女孩也变成了窈窕少女。

男子有一搭没一搭地推着秋千，秋千架上的女子侧头看着男子，一时荡几下，一时就坐着。两人说着话，话题并不轻松，他们的神情却都很轻松，一直含着笑，并不将前方路上的生死放在心上。

百年的光阴，也许让他们失去了幼时的欢笑声，却给了他们坚强自信，不管遇到什么，不过是披荆斩棘，杀出一条血路而已。

…………

从小到大，他们有过无数次荡秋千的记忆，可在他们的记忆中，从没有一次像现在这样。

幼时的荡秋千就好像彩虹，明媚喜悦；长大重逢后的荡秋千就好像乌云中的太阳，纵然四周黑暗，可他们是彼此的阳光；但这一次的荡秋千却像是暴风雨前的黑夜，没有一点色彩，没有一缕光明，有的只是无边无际的黑暗。

玱玹的手越来越沉重，几乎再推不动。可是，他很清楚，这大概是他和小夭最后一次一起荡秋千，他舍不得停下，纵然是在无边无际的黑暗中，他也愿意就这么一直推下去。

小夭把白玉莲花盏递到玱玹面前：“我不知道我究竟是在恨你，还是在恨自己，大概一起在恨吧！毕竟我一直都认定，不管你做了什么，我都会帮你去承担，你犯了错，我也有一半。”

玱玹从盏内拿了一朵凤凰花，轻轻吮吸花蜜。

小夭问：“甜吗？”

玱玹说：“很甜。”

小夭吃了朵花，说道：“外婆去世时，我们当着我娘、大舅娘、朱萸姨的面发誓会照顾彼此，不离不弃。我做到了，可你没有做到！哥哥，你没有做到！”

玱玹拿起一朵凤凰花，放进嘴里：“我知道我没有做到。不过，不是因为我杀了璟，而是……我从一开始就错了！我不该把你当作棋子去利用，我不该为了得到涂山氏和赤水氏的帮助，就将你让给了璟。”

小夭说：“这段日子，外爷给我讲了一堆大道理，什么家国天下的。可是我不是我娘，我的心很小，只装得下我在乎的人，装不下天下万民。我以前装模作样地关心什么家国天下、万民苍生，只是因为你在乎，但我现在恨你！那些和我没有关系！”

玱玹笑了笑说：“那些的确和你没关系！”

小夭说：“所以，不管外爷说什么，我还是要杀了你。你杀了璟，我一定要杀了你，你明白吗？”

玱玹微笑着，温柔地抚了抚小夭的头：“我知道！”

小夭递给玱玹一朵凤凰花：“杀了你后，我会陪着你一起去死。”

玱玹说：“这样也好，留下你一个，我也不放心。痛恨赤宸的氏族，紫金宫内的一群女人，还有禺疆那些忠臣……我实在不放心让你一个人去应对他们，还是把你带在身边最安心。”

小夭吃了一朵凤凰花，笑着说：“本来我想了好多好多残酷的方法，打算去折磨那个害了璟的人，但我没有办法用到你身上，所以想了这个法子，很甜，一点都不会痛苦。”

玱玹赞同地说：“是很甜。”他想再推一下秋千，可实在提不起一丝力气，他扶着秋千架旁的凤凰树，慢慢地坐在落花上。

他拍了拍身旁：“坐地上吧，省得待会儿摔下去了，会跌疼。”

小夭扶着秋千架，踉踉跄跄地站起，步履蹒跚地坐下。玱玹爬了几步，伸手揽住小夭的腰，小夭想推开他，却难以掌控自己的身体，向侧面翻过去。玱玹用力拽了她一把，小夭跌进了玱玹怀里。

小夭浑身软绵绵的，没有一丝力气，玱玹如同小时候一般，将小夭密密实实地抱在怀里。玱玹问：“你常年浸淫在毒药中，体质应该会抗药，为什么你的毒发得比我早？”

“我比你服毒服得早，我坐在秋千架上等你来时，就开始给自己下毒。其实，你不该来的，你真的不应该来的，我虽然给你留了消息，但并不希望你赴约……”小夭的眼泪一颗颗滚落。

玱玹抚去小夭脸颊上的泪：“如果我不来的话，你就打算一个人死在凤凰树下的秋千架上吗？让我亲眼看到我究竟犯了什么样的错误！小夭，你可真狠！”

小夭笑起来：“我的外祖父是轩辕王，我的父亲是赤宸，我的哥哥是玱玹，一个比一个狠，你还能指望我善良？”

玱玹笑着说：“也对！总不能指望狼窝里养出只兔子。”

小夭一边笑着，一边眼泪不停地滚落。

玱玹轻声问：“小夭，如果璟杀了我，你会为我如此惩罚璟吗？”

“璟绝不会伤害你！璟知道你对我有多重要，他宁愿自己受尽一切苦，也绝不会把我放在这么痛苦的绝境中……”小夭的声音越来越小，气息越来越弱。

玱玹用力搂紧小夭，亲吻小夭的额头：“小夭，对不起，我错了！我错了！”自小到大，所作所为，只有遗憾，没有后悔，第一次他承认错了。

玱玹的眼角慢慢沁出了泪，在月光下晶莹剔透。小夭唇角上翘，微微而笑：“玱玹，哥哥……我……我原谅你！恨你，太痛苦了……比剜心还痛……我原谅你……”

玱玹眼角的泪滚落：“小夭，告诉我！如果可以重来一次，你刚回到五神山，我就牢牢地看住你，绝不给璟机会接近你，你会选我吗？”

小夭的眼前昏暗，什么都看不清，思绪顺着玱玹的话飞回了一切刚刚开始时，极久远的过去，可又清晰得宛若昨日：“我被九尾狐关在笼子里时，一直想着你……你没认出我时……我就愿意用命救你……那时……璟……”声音越来越低，渐渐消失，小夭如睡着的小猫般，安静地伏在了玱玹怀中。

凤凰花簌簌而落，犹如阵阵红雨落下。

玱玹一遍遍喃喃低叫：“小夭！小夭……”却再感受不到她的气息。

朝云峰上，白日嬉戏玩闹，深夜相拥依偎，一起送别亲人，一同承受痛苦……小夭说她的心变得冷硬如顽石，可他一直被小夭珍藏在石头包裹的最中间、最柔软的地方。当璟要先付出、先相信去争取小夭时，小夭早已经为他做了一切，明明不喜欢权势斗争，明明不关心大义责任，却为了他，陪他回轩辕山，一直守护在他的身后……

他一直觉得璟配不上小夭，照顾不好小夭，只会带给小夭伤心，可是他呢?

玱玹亲吻着小夭的脸颊，眼泪濡湿了小夭的脸，小夭却再不会搂住他，安慰他“不怕不怕，我会陪着你”。

如果再来一次，他一定会把小夭放在最前面，一定会先考虑她想要什么，而不是自己想要什么，只是一切都已迟了……

玱玹搂着小夭，额头贴着额头，脸颊挨着脸颊，缓缓闭上了眼睛。

第十五章 心有千千结

LOST YOU FOREVER

玱玹睁开眼睛时，看到窗外烟霞萦绕、繁花似锦。他恍恍惚惚，只觉景致似熟悉似陌生，一时想不起自己在哪里。直到听到玄鸟清鸣，才想起这不就是承恩宫吗？原来自己在五神山。

不知不觉，已是看了二百多年的景致，可很多次，他依旧会以为自己还在朝云峰，以为睁开眼睛时，看到的应该是火红的凤凰花，听见的是鸾鸟鸣唱。

玱玹轻叹口气，他竟然已经漂泊异乡二百多年。归乡的路还很漫长，不知何时才能再见到朝云峰上的凤凰花，更不知道那个和他一样喜欢凤凰花的女孩究竟流落何处。小夭，她应该已经长大了吧！

也许因为心底深处太想回到轩辕山，也许因为太想找到小夭，他昨夜做了一个很长的梦。在梦里，他找到了小夭，小夭陪着他离开五神山，回到他心心念念的轩辕山，可是他却舍弃了轩辕山，选择了神农山，小夭帮着他一步步登上帝位，他还统一了整个大荒，但是，他好像弄丢了小夭……

真是一个噩梦！难怪他觉得十分疲惫，根本不想起来。

潇潇进来，恭敬地行礼："陛下，王后在外面守了三日三夜，刚被侍女劝去休息了。"

玱玹惊得猛地坐起："你叫我什么？"

"陛下。"

玱玹扶着额头，眉头紧蹙："我是陛下？我什么时候是陛下了？王后是……"

"原高辛国的王姬高辛念。"

就如堤坝崩溃，纷乱的记忆像失控的江水一般全涌入了脑海——

瑶池上，小夭一身绿衣，对他怯怯而笑；五神山上，小夭一袭华美的玄鸟桃花长袍，对他微微而笑：朝云殿内，小夭坐在秋千架上，含笑看着他；岳梁府邸前，小夭用身体挡在他身前，保护他；紫金宫内，小夭握着他的手说，不管你做什么，我只要你活着；泽州城内，小夭弯弓搭箭，两人心意相通，相视而笑；小月顶上，小夭双眸冰冷，射出利箭；凤凰林内，小夭伏在他怀里，渐渐没有了气息……

玱玹分不清究竟是头疼，还是心疼，只是觉得疼痛难忍，惨叫一声，抱着头，软倒在榻上。

潇潇忙扶住玱玹，大叫："鄞！"

鄞进来，查看了一下玱玹的身体，摇摇头，对潇潇比画手势，潇潇一句句读出，方便玱玹听到："陛下的身体没有事，只是解毒后的后遗症，记忆会有点混乱，等陛下将一切都理顺时，头痛自然就会消失。"

玱玹强撑着坐起，急促地说："小夭……小夭……"

鄞要打手势，被潇潇狠狠盯了一眼，鄞收回了手。潇潇说："小姐没死。"

玱玹伏下身子，双手掩住脸，身体簌簌轻颤，喉咙里发出呜呜咽咽的莫名声音，似哭又似笑。鄞和潇潇第一次见到玱玹如此失态，跪在榻边，低垂着头，一动不敢动。

半晌后，玱玹抬起头，声音沙哑地问："为什么我还活着？"

鄞用手语回答："毒药分量不够。以小夭精湛的毒术，不可能因为疏忽犯错，应该是小夭本就没打算要陛下的命，她配制的毒药虽然阴毒，却曾给我讲过解毒的方法。陛下中毒的药量，只要在六个时辰内找到陛下，就能先用药保住陛下的性命，在二十四个时辰内用归墟水眼中的活水清洗五脏六腑，就能完全解去毒。"

玱玹喃喃说："小夭，你终究是狠不下心杀我……"他分不清自己是悲是喜，突然反应过来，急问道："小夭给我的毒药分量不够，那她呢？"他每吃一朵凤凰花，小夭也陪他吃了一朵，可小夭刚进入凤凰林时，就开始吃凤凰花了。

鄞回答："小夭给自己下的毒药，是必死的分量。"

玱玹猛地站了起来，鄞快速地打了个手势，玱玹却无法理解："什么叫没有死，却也没有活？"

玱玹对潇潇说："小夭在哪里？我要见她。"

"陛下……"

"我说，我要见她！"

"是！"

归墟海上的水晶洞内，漂浮着一枚白色的海贝，海贝上遍布血咒，小夭无声无息地躺在咒文中央。

充沛的水灵灵气汇聚在她身周，就好似蓝色的轻烟在萦绕流动，让她显得极不真实。玱玹伸出手，想确定她依旧在，却怕破坏阵法，又缩回了手，只能眼睛一眨不眨地盯着。

潇潇说："小姐给自己下的毒分量很重，我们找到陛下时，小姐气息已绝。可鄞发现小姐仍然有极其微弱的心跳，我们就带着陛下和小姐一起赶来归墟。鄞知道如何救陛下，却不知道该如何保住小姐的命，后来是王后拿来了这枚遍布血咒的海贝，她说把小姐放在里面，也许有用。鄞观察了几天，发现这枚海贝的确有用，一直维持着小姐的心跳。鄞想找到用海贝设置阵法的人，可王后说，这枚海贝在五神山的藏宝库里很多年了，也不知是哪位先祖无意中收藏的宝物，连高辛王陛下都不会清楚，她是无意中发现的。"

玱玹问鄞："小夭能醒来吗？"

鄞打手势："按照小夭给自己下的毒，必死无疑，可不知是她的身体对毒药有一定的抵抗，还是别有原因，反正从气息来说，小夭已死，但古怪的是，心却未死，照这个样子，小夭很有可能会永远沉睡下去。我无法救醒小夭，不过，也许有两个人能做到。"

"谁？"

鄞回答："一位是玉山王母，听闻她精通阵法，也许能参透海贝上的阵法，救醒小夭；一位是上一次小夭重伤，我判定小夭已死，却救了小夭的人。"

玱玹说："准备云辇，我们立即去玉山。"

潇潇和鄞对视一眼，都明白劝诫的话说了也绝对没用，却仍然都说道："陛下刚刚醒来，身体虚弱，实在不宜赶路，不妨休息一天再走。"

玱玹凝视着小夭，面无表情地说："半个时辰后，出发！"

潇潇躬身行礼："是！"

◈

昼夜兼程，玱玹一行人赶到玉山。玱玹命暗卫报上名号，希望能见王母。

不一会儿，一个穿着黑色衣袍的男子匆匆而来，长着一双风流多情的狐狸眼，一开口说话，声音难以言喻地悦耳动听，几乎令所有人的疲惫一扫而空。獙君道："我和烈阳正商量着要去一趟神农山接小夭，没想到你倒来了。玱玹，哦，该叫陛下了，玉山不问世事，虽然听闻陛下统一了大荒，可总有几分不真实。小夭跟你一块儿来了吗？"

玱玹想笑一笑，但在阿獙面前，实在撑不住面具了，他疲惫地说："小夭也来了，但……她生病了，我来玉山就是想请王母看看她。"

獙君看向侍卫抬着的白色海贝，神情一肃，说道："跟我来。"

他边走边对玱玹低声说："上一次，你和小夭来时，王母就说过，她的寿命不过一两百年了。这几年，王母已经很虚弱，记忆时常混乱，有时连自己住在哪里都会忘记，我和烈阳寸步不敢离。前几日，王母清醒时，和我们商量下一任的王母，我们都知道王母只怕就要走了，所以我和烈阳商量着要去接小夭，让小夭送王母最后一程。"

玱玹神情黯然，生老病死，本是人生常态，可看着自己熟悉的人一个个离去，却总会有难以言说的荒凉感。

獙君道：“这会儿王母正好清醒着，先让她看看小夭。”

王母身形枯瘦，精神倒还好，听完玱玹的来意，命烈阳去打开海贝。

白色的海贝缓缓打开，静静躺在里面的小夭，就如一枚珍藏在贝壳里的珍珠。王母检查完小夭的身体，又仔细看了一会儿贝壳上的血咒，竟然是以命续命的阵法，真不知道玱玹从哪里弄来的这奇珍。王母挥手把海贝合拢，对烈阳吩咐：“把海贝沉到瑶池中去。”

玱玹大惊，挡住了烈阳：“王母！”

王母罕见地笑了笑，温和地说：“我再糊涂，也不会当着陛下的面杀了陛下的人，何况小夭是我抚养了七十年的孩子。”

玱玹松了口气，说道：“就是活人沉到瑶池里，时间长了，都受不了，小夭现在很虚弱……”

“我不知道这些年小夭究竟有何奇遇，她的身体……”王母想到玱玹完全不知情，不知是小夭不愿意告诉他，还是小夭自己也不知道。不管哪种原因，她都不该多言，王母把话头打住了，“我也说不清楚，但我肯定小夭的身体并不怕水。小夭气息已绝，如果不是因为这枚罕见的海贝，她的心也早就死了，把她沉到瑶池中，对她只会有好处。”

玱玹不再挡着烈阳，却自己搬起海贝，向着瑶池走去。王母盯着玱玹，看他紧张痛楚的样子，心内微动。

玱玹按照王母的指点，把海贝沉入瑶池。

王母半开玩笑半试探地说：“烈阳那里有一枚鱼丹，陛下实在不放心，可以下去看一眼。”

“好！”玱玹竟然一口同意，接过鱼丹，就跳进瑶池，潜入了水底。

岸上的众人面面相觑。

大半个时辰后，玱玹才浮出水面，跃到王母身前，恳切地说：“请王母救醒小夭。”

王母说：“我没有办法唤醒她。我只能判断出，小夭目前这个样子不会死，也许睡个二三十年自然就醒了，也许二三百年，也许更久。”

獙君和烈阳本来很担心小夭，可听到小夭迟早会醒，两人都放下心来。他们住在玉山，年年岁岁都一样，时不时还要闭关修炼几十年，感觉一二百年不过是眨眼。可对玱玹而言，却完全不一样，一二百年是无数世事纷扰，无数悲欢离合，甚至是一生。玱玹刚清醒就连夜奔波，此时听到小夭有可能几百年都醒不来，竟然身子晃了晃，有些站不稳，潇潇忙扶住他。

王母突然一言不发地离开，烈阳化作白色的琅鸟，跟了上去。

獙君对玱玹说：“王母又开始犯糊涂了。我先带你们去休息，不过，玉山古训，不留男子，最多只能住三夜，三日后，陛下必须离开。”

潇潇不满地问：“那你和烈阳呢？”

獙君眨了眨眼睛，狐狸眼内尽是促狭：“我们不是男人，我是狐，烈阳是鸟。”

潇潇的脸不禁泛红，匆匆移开了视线。

玱玹对獙君说："你给我的随从安排个地方住，我在瑶池边休息就好了。"

獙君愣了一愣，说道："玉山四季温暖如春，睡在室外完全可以。距小夭不远处就有一个亭子，放一张桃木榻，铺上被褥，再垂个纱帐，尽可休息。"

深夜，玱玹迟迟未睡，一直坐在亭内，凝视着瑶池。突然，他含着鱼丹，跃入瑶池，去水底看小夭。

扇形的白色海贝张开，边角翻卷，犹如一朵朵海浪，在明珠的映照下，小夭就好像躺在白色的海浪上休憩。她的面容沉静安详，唇角微微上翘，似乎做着一个美梦。

玱玹凝视着她，难以做决定。他可以去找相柳，很有可能相柳能唤醒小夭。他也不是答应不起相柳的条件，大不了就是让洪江的军队多存活几十年。但他想唤醒小夭，真的是为了小夭好吗？

一路行来，身边一直有小夭的陪伴，不管发生什么，她都坚定地守在他身后，他想唤醒她，不过是自私地奢望着她能依旧陪伴在他身边。可是，如果小夭真的醒来了，会愿意陪在他身边吗？

他杀了璟！

在死前，他平生第一次忏悔道歉："我错了！"不仅因为小夭，还因为他亏欠了璟。小夭亲口说："我原谅你！"但是，她的原谅是建立在两人生死相隔之上，她无法为璟复仇，所以选择了死亡，以最决然的方式离开他。

玱玹很清楚，就算小夭醒来，她也绝不会再留在他身边。与其让小夭在痛苦中清醒，不如就让她安静地睡吧！

漫长的时光，会将花般的少女变成枯槁的老妇，会将意气飞扬的少年变作枯骨，会将沧海变成桑田，会将平淡经历变作刻骨铭心，也会将刻骨铭心变作过往回忆。

玱玹轻轻地吻了一下小夭，在心里默默说：希望你睡醒后，能将一切淡忘。不管你睡多久，我都会等，一直等到你愿意和我重新开始！一百年，一千年，我都会等着！

三日后，玱玹向王母告辞，离开玉山。

临别前，玱玹对王母，实际上是对烈阳和獙君说："小夭就暂时麻烦你们照顾了。等我在神农山选好灵气充裕的湖泊后，就来接小夭。"

回到神农山，玱玹先去叩见轩辕王。

自从玱玹登基为帝后，轩辕王第一次大发雷霆。他怒问玱玹："你究竟知不知道你对整个天下意味着什么？如果你压根儿不在乎，为什么要选择这条路？当年我不是没给你选择的机会，是你自己选择了这条路！"他想尽一切办法，防备着小夭去杀玱玹，可没想到玱玹竟然派暗卫清除了他设置的所有障碍，把自己送到小夭面前。

玱玹跪在轩辕王面前，说："我很清楚我对天下意味着什么。"

轩辕王几乎怒吼："既然清楚，为什么明知道小夭想杀你，还去见小夭？"

玱玹沉默，满面哀伤，一瞬后，他说："自始至终，我一直觉得小夭不会为了璟杀我，在她心中，我比璟更重要！"

轩辕王气极，指着玱玹，手都在抖："你……你……你竟然在赌？拿自己的命去赌你和璟究竟谁在小夭心中更重要！"

玱玹微微一笑："事实证明小夭不会杀我。"

轩辕王说："可她也没有选择你，她宁可杀了自己，也不愿在你身边！"

玱玹紧抿着唇，面无表情。

轩辕王深吸几口气，克制着怒气说："最后一次，你记住，这是最后一次！"

玱玹唇角弯起，一个苦涩无比的笑，他看着轩辕王，轻声说："世间只得一个小夭，爷爷，你就是想让我有第二次，也不可能了！"

人族常说"儿女债"，轩辕王现在是真正理解了，本来对玱玹满腔愤怒，可看到玱玹这个样子，又觉得无限心酸，他无力地长叹口气："你起来吧！"

玱玹给轩辕王磕了三个头，起身坐下。

轩辕王说："给高辛王写封信。小夭拜托高辛王教左耳一门手艺，让左耳能养活自己和媳妇，高辛王担心小夭有事，来信问我。如果不是他一旦离开轩辕山就会引起轩然大波，他肯定已经直接跑来了，你自己去向高辛王解释一切吧！"

玱玹说："我会给父王一个解释。"

轩辕王说："在赤水海天的帮助下，赤水氏的新族长是选出来了，危机暂时化解，但你不要忘记赤水海天想要什么。"

"赤水海天想要洪江和相柳的命，为孙子丰隆报仇。我原来的计划是徐徐剿杀洪江的军队，一来可以避免和中原氏族起冲突，二来也不想牺牲太多。但丰隆意外死亡，徐徐剿杀的策略只会让赤水氏和神农氏不满，觉得我不在乎丰隆的死。回来的路上，我已经决定，我要倾举国之力，尽快击溃洪江的军队，用他们的性命祭奠丰隆。"

轩辕王满意地点了下头，只要不牵扯到小夭，玱玹行事从不会出差错。

❖

夕阳西下，落日熔金，暮云合璧。

玉山之上，千里桃花，蔚然盛开，与夕阳的流光交相辉映，美不胜收。一只白羽金冠雕穿过漫天烟霞，疾驰而来，白衣白发的相柳立在白雕上，衣袂飘扬，宛若天人。

一袭黑衣的獙君站在桃花林内，静静等候，相柳看到他，从雕背上跃下，随着纷纷扬扬飘落的桃花瓣，轻轻落在獙君面前。

相柳对獙君翩翩行礼，说道："我来看望王母，义父命我叩谢王母上次赠他的蟠桃酒，义父喝过后，旧疾缓和了很多。"

獙君说："王母这会儿神志不清，认不出你，不如休息一晚，明日早上再见王母。"

相柳显然清楚王母的病情，并未意外，彬彬有礼地说："听凭獙君安排。"

"依旧住老地方吗？"

"照旧。"

獙君伸手，做了个请的姿势。

相柳欠欠身子："有劳了！"

两人并肩而行，待到了相柳的住处，獙君并未离去，而是取出珍藏的蟠桃酒，和相柳喝起了酒。

王母和神农王曾是结拜兄妹，所以对洪江有几分照拂，但玉山独立于红尘之外，不问世事，王母虽常命人送些灵药灵草给洪江，却从不过问洪江的其他事。

相柳多次往返玉山，和獙君是君子交，每次相逢，两人总是几坛好酒，月下花间对酌，谈的是美食佳景、风物地志，兴起时，也会抚琴弄箫、唱和一番，却从不谈论世间事。

獙君的声音天生魅惑，迷人心智，连烈阳都不敢听他的歌。化为人形后，獙君只偶然唱过一次歌，却弄得玉山大乱，自那之后，獙君就再未唱歌。相柳却没有畏惧，听獙君声音异常悦耳，主动邀獙君唱歌。

獙君说："我是獙獙妖，歌声会迷人心智。"

相柳笑言："我是九头妖，想要九颗头都被迷惑，很难。如果真被你迷惑了，也是难得的经历，我所作所为，并无羞于示人处。"

也许就是因为这份坦荡不羁，獙君和相柳倒有几分相契。只不过，一个是出世之人，万物不萦胸怀，一个是入世之人，万事缠身不得自由，所以，君子交淡如水。

月近中天，獙君才醉醺醺地离去。

四下无声时，合目而憩的相柳睁开了眼睛，眼内一片清明，没有一丝醉意。他出了屋子，犹如一道风，迅疾地掠向瑶池。

一轮满月，悬挂在黛色的天空，清辉静静洒下，瑶池上水波荡漾，银光点点。相柳犹如一条鱼儿般无声无息地没入瑶池，波光乍开，人影已逝，只几圈涟漪缓缓荡开。

相柳在水下的速度极快，不过一息，他已经看到白色的海贝。

海贝外，有烈阳和獙君设置的阵法，相柳未敢轻举妄动，仔细看了一遍阵法，不得不感叹，难怪没有人敢轻视玉山。这阵法短时间内他也破不了，想要接近小夭，只能硬闯，可一旦硬闯，势必会惊动烈阳和獙君。相柳想了想，在烈阳和獙君的阵法之外，又设置了一个阵法，如此仓促布置的阵法，肯定挡不住烈阳和獙君，但至少能拖延他们一段时间。

待布置停当，相柳进入了保护小夭的阵法中，为了争取时间，只能全力硬闯，等他打开海贝，抱出小夭时，獙君和烈阳也赶到了瑶池，却被相柳设置的阵法挡在外面。

獙君恳切地说道："相柳，请不要伤害她，否则我和烈阳必取你性命。"

相柳顾不上说话，召唤五色鱼筑起屏障，密密麻麻的五色鱼首尾相交、重叠环绕在一起，犹如一个五彩的圆球，将他和小夭包裹在其间。外面轰隆声不绝于耳，是阵法在承受烈阳和獙君的攻击，里面却是一方安静的小天地，只有小夭和他。

相柳搂着小夭，盘腿坐在白色的海贝上，咬破舌尖，将心头精血喂给小夭。情人蛊同命连心，只要一息尚存，精血交融，生机自会延续。

相柳设置的阵法被破，烈阳和獙君闯了进来。烈阳怒气冲冲，一拳击下，五色鱼铸成的五彩圆球散开，密密麻麻的五色鱼惊慌逃逸，看上去就好似无数道色彩绚丽的流光在相柳和小夭身边飞舞，十分诡异美丽。

烈阳知道小夭体质特异，看到相柳和小夭的样子，以为相柳是在吸取小夭的灵气练什么妖功，气得怒吼一声，一掌打向相柳的后背。

正是唤醒小夭的紧要关头，相柳不敢动，只能硬受，幸亏獙君心细，看出不对，出手护了一下。

"你干什么？"烈阳对着獙君怒吼，还想再次击杀相柳。

獙君拉住烈阳，传音道："他好像不是在害小夭，小夭的生机越来越强。"

烈阳是受虞渊和汤谷之力修炼成的琅鸟妖，耳目比灵力高深的神族都灵敏，他仔细感受了一下，果然像獙君说的一样，小夭的生机越来越强。烈阳嘀咕："古古怪怪！反正不是个好东西！"却唯恐惊扰了相柳，不敢再乱动，反倒守在水面上，为相柳护法。

约摸过了半盏茶工夫，相柳抱着小夭徐徐浮出水面，对烈阳和獙君说："谢二位相助。"

烈阳伸出手，冷冷地说："把小夭还给我们。"

相柳低头看着小夭，未言未动，任由烈阳把小夭从他怀里抱走。

虽然已经感觉到小夭气息正常，但獙君还是握住小夭的手腕，用灵力检查了一遍她的身体，果然，一切都已正常。其实，小夭现在就可以醒来，不过相柳似乎想让她沉睡，特意给她施加了一个法术，封住了她的心神。

獙君对烈阳说："你送小夭回屋休息，她应该明日就会醒来。"

烈阳刚要走，相柳说："且慢！"

烈阳斜眼看向相柳："你和玱玹之间的纷争和小夭无关，如果你敢把主意打到小夭身上，我和阿獙就先去杀了洪江，再杀了你！"

相柳知道烈阳的脾性，丝毫没有动怒，只是看着獙君，平静地说："请留下小夭，我有话和你单独说。"

獙君想了想，把小夭从烈阳怀里抱过来，烈阳鼻子里不屑地冷哼，却未再多言，化作琅鸟飞走了。

獙君随手折下一枝桃花，把桃花变作一艘小小的桃花舟，将小夭轻轻地放到桃花舟上。

相柳静看着獙君的一举一动，皎洁的月色下，他整个人纤尘不染，如冰雪雕成。

獙君安置好小夭后，才看向相柳。他指了指美丽的白色海贝，温和地说："看到这枚海贝，连王母都惊叹设阵人的心思，我特意问过玱玹的随从。他们说是高辛王宫的珍藏，今夜我才明白这应该出自你手，否则你不可能短短时间内就救醒小夭，只是——我不明白五神山上的王后为何会帮你隐瞒此事？”

相柳说：“很多年前，阿念曾承诺为我做一件事，我请她用这枚海贝去保住小夭的命，但不能让轩辕王和小夭知道。她是个聪明姑娘，不但遵守了诺言，还知道有些事做了，就该立即忘记。”

獙君叹道：“高辛王不但教出了几个好徒弟，还抚养了个好女儿。”

相柳说：“我听小夭说，她曾在玉山学艺七十年，看得出来，你们是真关心她，不只是因为轩辕王的拜托。”

獙君坦然地说：“人生悲欢，世间风云，我和烈阳都已看尽，若说红尘中还有什么牵念，唯有小夭。”

“此话何解？”

獙君道：“我出生时，母亲就死了。我被赤宸无意中捡到，送到玉山，小夭的娘亲养大了我。烈阳还是一只琅鸟时，被赤宸捉来送给小夭的娘亲，帮他们送信。”

“原来如此。”

獙君眯着狐狸眼，问道：“听说你在外面的名声很不好？”

相柳笑了笑说：“比赤宸还好点。”

獙君沉默地盯了一瞬相柳，问道：“小夭和你之间……只是普通朋友？”

相柳唇角一挑，扬眉笑起来，看着桃花舟上的小夭，说道：“小夭心心念念的人是涂山璟。”

獙君松了口气：“那就好。”

相柳自嘲地说：“没想到我的名声，连赤宸收养的妖怪都会嫌弃。”

獙君摇摇头：“不，我没有嫌弃你，相反，我很敬重你。你心如琉璃剔透，连我的歌声都不能迷惑你，名利权势更不可能迷惑你。”獙君凝视着相柳，眼神十分复杂，看的好像是相柳，又好像不是相柳，“不是你不好，只是……”獙君长叹一声，“即使涂山璟已经死了，我依旧庆幸小夭选择的是他。”

相柳笑笑，对獙君的话全未在意：“有一事，想请你帮忙。”

獙君道：“只要我能做到，必尽全力。”君子交，淡如水，可君子诺，重千金。

“我要了结一些我和小夭之间的未了之事，待会儿不管发生什么，请你只是看着。”

獙君一口应道：“好！”

相柳招了下手，小小的狌狌镜从小夭怀中飞出，落在了相柳手中，他凝视着狌狌镜，迟迟没有动作。

獙君只是站在一旁，静静等候，没有丝毫不耐。

相柳笑了笑，对獙君说：“这是狌狌镜，里面记忆了一点陈年旧事，也不知道小夭有没有消除。”他伸手抚过，狌狌镜被开启，一圈圈涟漪荡开，镜子里浮现出相柳的样子。

在清水镇的简陋小屋内，相柳因为受了伤，不能动。小夭逮住机会，终于报了长期被欺压的仇，她用灶膛里拿出的黑炭在相柳脸上画了七只眼睛，加上本来的两只眼睛，恰好是九只眼睛，嘲讽他是个九头怪。

当时，小夭应该是一手拿着狌狌镜，所以只能看到小夭的另一只手，她戳着相柳的脸颊，用十分讨打的声音说："看一看，不过别生气哦，岔了气可不好。"

相柳睁开眼睛，眼神比刀刃还锋利，小夭却一边不怕死地在相柳脸上指指戳戳，一边用着那讨打的声音说："一个、两个、三个……一共九个。"

小夭用黑黢黢的手指继续在相柳的脸上蹂躏，画出脑袋，九只眼睛变成了九个脑袋，小夭嬉皮笑脸地说："我还是想象不出九个头该怎么长，你什么时候让我看看你的本体吧！"

相柳铁青着脸，用看死人一样的眼神看着小夭，嘴唇动了动，无声地说："我要吃了你。"

九命相柳的狠话在大荒内绝对很有分量，能令听者丧胆，可惜他此时脸上满是黑炭，实在杀伤力大减。

…………

相柳看到这里，无声地笑起来。他无父无母，从一出生就在为生存挣扎，从没有过嬉戏玩闹，成年后，恶名在外，也从没有人敢和他开玩笑。小夭是第一个敢戏弄他，却又对他没有丝毫恶意的人。

相柳凝视着他满脸黑炭的样子，发了好一会儿呆，才唤出第二段记忆——为了替玱玹解蛊，小夭和他达成交易。他带小夭远赴五神山，给自己种蛊。解完蛊后，他们被五神山的侍卫发现，为了躲避追兵，他带着小夭潜入海底。

辽阔的海底，有五彩斑斓的贝壳，有色彩鲜艳的小鱼，有莽莽苍苍的大草原，有长得像花朵一样美丽的动物，还有各种各样奇形怪状的海草……相柳白衣白发，自如随意地在水里游着，白色的头发在身后飘舞，小夭随在他身旁，好奇地东张西望着。

也许因为小夭第一次领略到大海的神秘多姿，也许因为一切太过奇诡美丽，她竟然趁着相柳没有注意，用狌狌镜偷偷记忆下一段画面。当时，她应该一直跟在相柳的身侧，所以画面里的他一直都是侧脸，直到最后，他扭头看向她，恰好面朝镜子。

小夭肯定是害怕被他发现，立即收起了镜子，相柳的正脸将露未露，眼神将睇未睇，一切戛然而止。

…………

相柳还清楚地记得，第一次发现狌狌镜里的这段画面时，他的意外与震惊，没有想到小夭会偷偷记忆他，更没有想到一向警觉的他竟然会一无所知。可以说，那一刻他心神彻底放松，小夭完全有机会杀了他。

相柳凝视着镜中的自己，轻轻叹息一声，陪小夭去五神山，好像就在昨日，可没想到，已经这么多年过去了！他手捏法决，想要毁掉狌狌镜里所有关于他的记忆。獙君一把抓住他的手，满面惊诧："这是小夭珍藏的记忆，你不能……"

相柳静静地看着獙君，獙君想起之前的承诺，慢慢地松开手。

相柳催动灵力，镜子里的画面倒退着一点点消失，就如看着时光倒流，一切都好像要回到初相逢时，可谁都知道，绝不可能！

相柳面无表情地看着镜子，獙君却眼中尽是不忍。

直到所有关于他的记忆全部被毁掉，相柳才微微一笑，把镜子原样放回小夭的怀里，就好像他从未动过。

相柳坐到桃花舟旁，凝视着沉睡的小夭，轻声说："地上梧桐相持老，天上鹣鹣不独飞，水中鸳鸯会双死，情人蛊同命连心，的确无法可解。当年我能帮玱玹解蛊，只因为玱玹并非心甘情愿种蛊，你根本没有真正把蛊给他种上。我却是心甘情愿，真正让你种了蛊。你三番四次要我解蛊，我一直告诉你解不了，我知道你不相信，但我的确没有骗你，我是真解不了蛊。"

相柳拿起小夭的手，以指为刀，在两人的手掌上横七竖八地划出一行咒语，血肉翻飞，深可见白骨。"我虽然解不了蛊，却可以杀了它。"相柳唇角含笑，紧紧握住小夭的手，双掌合拢，血肉交融，再分不清究竟是谁的血肉，"不过，你可别怪我骗你，是你没有问。"

相柳开始吟唱蛊咒。

随着吟唱，一点、两点、三点……无数的蓝色荧光出现，就像有无数流萤在绕着他们两人飞舞。夜空下，瑶池上，满天流萤，映入水中，水上的实，水下的影，实影相映，真假混杂，让人只觉天上水下都是流光，美如幻境。

相柳手中突然出现一把冰雪凝成的锋利匕首，他把匕首狠狠插入自己的心口，獙君几乎失声惊呼，忙强自忍住。

相柳拔出匕首，鲜血从心口喷涌而出，所有荧光好似嗜血的小虫，争先恐后地附着到他的心口，一点点消失不见，就好似钻进了他的身体中。

很久后，所有荧光都消失了。相柳面色惨白，一手捂着心口，一手拿出灵药，却不是给自己疗伤，而是撒在了小夭的手上。她的伤口迅速愈合，完好得再看不出一丝痕迹，就像什么都没有发生过一样。

相柳微笑着，对小夭说："你的蛊，解了。从今往后，你和我再无一丝关系。"

相柳轻轻地把桃花舟推到獙君面前："明日清晨，她就会苏醒。"

獙君完全明白了，小夭和相柳种了同命连心的情人蛊，所以相柳能救小夭。等小夭生机恢复，相柳又为小夭解了蛊。其实，他并不是解了蛊，而是用命诱杀了蛊，这种同归于尽的解蛊方法，也只有九命相柳能用。

獙君拿出随身携带的玉山灵药："需要我帮你疗伤吗？"

相柳笑说："谢了，不过这些药对我没用。"

獙君不安地问："你的伤……我能为你做什么？"

相柳淡淡道："不必如此，你应该明白，面对轩辕大军，多一命少一命，无所谓。"

獙君黯然。

相柳说："你倒的确能帮我做一件事。"

獙君立即说："好！"

"如果日后有人问起小夭体内的蛊，你就随便撒个谎。"相柳笑了笑，好似云淡风轻地说，"小夭曾说，此生此世永不想再见我，今夜之后，我和她再无关系，我也永不想再见到她。"

獙君怔怔地看着相柳，一会儿后，一字字道："我会请王母帮忙，就说蛊是王母解的。你放心，今日之事，除天地之外，就你我知道，我永不会让小夭知道，绝不会辜负你的安排。”

相柳苍白着脸，捂着心口，笑着欠了欠身子。獙君无言以对，只能郑重地回了一大礼，表明他一定信守承诺，绝不食言。

相柳看看天色，东边的天已经有了微微的亮光，他摇摇晃晃地站起身：“我告辞了。”

獙君早已跳脱红尘，超然物外，此时竟有几分不舍：“听闻最近战事非常吃紧，你这次来玉山只是为了救小夭？”玉山虽然不理外界纷争，但最近玱玹举全国之力攻打洪江，洪江军队危在旦夕，獙君还是知道一点。

相柳笑道：“不过是忙中偷闲，出来玩一趟而已。”说完，他对獙君笑抱抱拳，跃上雕背，刚要离开，又突然想起什么，挥挥衣袖，洁白的雪花纷纷扬扬、飘舞而下。

雪花落在白色的海贝上，海贝快速地消融，上面的血咒也都渐渐变回了血。不一会儿，海贝和血都融入瑶池，随着水波荡漾，消失不见。

这一次，所有关于他的痕迹都被彻底清除了，就如美丽的雪，虽然真实地存在过，也曾耀眼夺目，可当太阳升起，一切都会消失，变得了无痕迹。

相柳最后看了一眼小夭，驱策白雕，迎着初升的朝阳，向着东方飞去。

漫天朝霞，焚彩流金中，他去如疾风，白衣飞扬，身姿轩昂，宛若天人。獙君想说“珍重”，可一句简单的送别语竟然重如山岳，根本说不出口。这一别，也许就是碧水洗血、青山埋骨，永无重逢时。獙君想起一首古老的歌谣，他眼中含着泪，用激越悲凉的歌声为相柳送别：

哦也罗依哟
请将我的眼剜去
让我血溅你衣
似枝头桃花
只要能令你眼中有我
哦也罗依哟
请将我的心掏去
让我血漫荒野
似山上桃花
只要能令你心中有我
…………

第十六章 相逢犹恐是梦中

LOST YOU FOREVER

小夭醒来时，看到窗外阳光明媚，桃花盛开。她不知道这是哪里，却肯定地知道，自己还活着。

小夭用手捂住了眼睛，早知连死都会这么艰难，当年无论如何，都不该把蛊种给相柳。

半晌后，小夭披衣坐起，扬声问道："有人吗？这是哪里？"

绯红的花影中，一道白影飘忽而来，一瞬间，小夭几乎忘记呼吸，待看到一双碧绿的眼眸，她缓缓吐出一口气，问道："烈阳，我怎么会在玉山？"

"你生病了，玱玹送你来请王母救治。"

玱玹说她生病了？那就是生病吧……小夭问："玱玹呢？"

"走了。"

小夭放下心来，问道："王母救了我？"

烈阳不说话，化作白色的琅鸟，飞出庭院。

獙君走进来，含笑道："你的身体本就没有事，气息虽绝，心脉未断，王母看出你可以在水中换息，把你沉入瑶池中，借了你一些玉山灵气，你就醒来了。"

小夭苦笑，必死的毒药竟然毒不死她，她和相柳的这笔交易，让她都好像有了九条命。只是，这么活着，又有何意义？

獙君看小夭神情悲苦，温和地说：“你在玉山住一段日子吧！王母时日无多，即使玱玹不送你来，我也打算去接你。”

小夭震惊地看着獙君。

獙君平静地说：“不用难受，有生自然有死。”

小夭想了想，也是，当生无可恋时，死亡其实是一种解脱。小夭说：“我想见王母。”

獙君说：“王母这会儿神志清醒，我带你去。”

王母正坐在廊下赏花，看到小夭，未露丝毫惊讶，反而笑招了招手：“小夭，用过早饭了吗？一起吧！”

小夭几曾见过如此和蔼可亲的王母？如果不是獙君和烈阳都在，她都要怀疑有人在冒充王母。

小夭坐到王母下首，端起桃花蜜水，喝了几口。

王母喝的却是酒，她一边喝酒，一边翻看着一片片玉碟，玉碟上绘着女子的画像，画像旁有小字。

王母看了一会儿，不耐烦地把一盒子玉碟扔到地上，侍女忙去捡起来。一个素衣女子从桃花林内走来，对王母说道：“你应该知道自己的身体，说不准哪天就醒不来了，必须做决定。”小夭记得她叫水荭，负责看守玉山的藏宝地宫，很少露面，小夭住在玉山的七十年，只见过她三四次。

王母仰头灌了一杯酒，把玩着空酒杯说：“你也知道我都要死了，还不让我清静几天？”

水荭把装玉碟的盒子捧给王母：“我让你清静了，等你死了，我就不清静了！”

王母道：“都是好好的姑娘，不明白她们为什么会想当王母。”她拿着枚玉碟，刚要看，又放下，盯着小夭，问道：“小夭，你可想过日后？”

小夭茫然地问：“什么？”

王母悠悠说：“有时候，茫茫天下何处都可去，心安处，就是家；有时候，天下之大却无处可去，甚至不惜一死解脱。玉山，不是个好地方，却遗世独立，隔绝红尘。小夭，你可愿意留下，做王母，执掌玉山？”

王母的神情好似已经知道一切，小夭眼眶发酸，这天下尽在玱玹手中，就算她想黄泉碧落永不相见，却连躲都无处可躲，也只有遗世独立的玉山能给她一方容身之处。

小夭说道：“我愿意。”

王母拍拍手，对水荭说：“好了，事情解决了，你可以消失了。”

水荭看着小夭，叹道：“没想到，最不愿留在玉山的人竟然要永远留在玉山。”水荭收起玉碟，翩然离去。

烈阳飞落在桃花枝头，说道：“小夭，做王母就意味着永生不能下玉山，一世孤独，你真想清楚了吗？”

小夭说：“我想清楚了，天下虽大，我却无处可去，留在玉山做王母，是我唯一的归宿。”以前，她贪恋着外面的绚丽景致，可如今，失去了一切，所有的景致都和她无关，她累了，只想有一处安宁天地，打发余生。

烈阳不再吭声，獙君想反对，却想不出理由反对，也许走到这一步，终老玉山的确已是小夭唯一的归宿。

王母看没有人反对，说道：“三日后就昭告天下，新的王母接掌玉山。”

◈

从玉山回来后，玱玹命人在神农山仔细查访，终于在神农山找到了一处适合小夭沉睡的湖泊。

玱玹召集高手，用神器设置了层层阵法，既可以让灵气充裕，又可以保护小夭。待一切布置停当，玱玹亲自来玉山接小夭。

上一次来见王母时，因为王母重病，王母是在起居的琅琊洞天见的玱玹，这一次侍女却引着玱玹一行人向玉山的正殿走去。

一路行来，傀儡宫女来来往往，正在布置宫殿，一派欢庆忙碌的样子。

玱玹不解，问道：“王母的身体大好了吗？”

侍女恭敬地回道：“娘娘的病越发重了，已经不再见客。不过娘娘已经选好了继任的王母，现在玉山一切事务由新娘娘掌管。”

玱玹诧异地说：“原来新王母已经接掌玉山事务，怎么没有昭告天下？”

侍女道：“定的是十九日昭告天下，举行继位仪式，就是明日了。”

玱玹还是觉得怪异，不过王母行事向来怪诞，不能以常理度之。

行到殿门前，侍女止步，水荭迎了出来，向玱玹行礼：“玉山执事水荭见过轩辕王陛下。”

玱玹谦和有礼地说：“今日第一次见新王母，竟然没有准备任何贺礼，空手而来，实在抱歉。”

水荭道：“是玉山失礼，让陛下不知情而来，陛下莫要见怪才好。明日举行继位仪式，陛下若有时间，不妨逗留两日，观完礼再走。”

玱玹踌躇，玉山地位特殊，王母又对他有恩，能邀请他观礼，也是玉山对他的敬重，可如今蓐收和洪江的战事已到最后关头，今日来本就是百忙之中挤出的时间，原打算谢过王母后，接了小夭，立即就离开。

水荭道：“陛下先不忙做决定，不管走与留都不在这一刻。陛下，请！”

玱玹跨进殿门，看到幽深的殿堂用珠帘分了三进。两侧的十八扇窗户大开，一侧是千里桃花倚云开，一侧是万顷碧波连天际，气象开阔美丽。

隔着三重珠帘，在大殿尽头，有一位白衣女子，倚窗而站，手内把玩着一枝绯红的桃花。她好似在欣赏烟波浩渺、青山隐隐、白云悠悠的景致，又好似在焦灼不耐地等人，手指无意地将桃花瓣扯下，那桃花扯之不尽，已经落了一地。

玱玹心内暗想，不知这位新王母又是个什么样的怪性子。

随着玱玹的走动，侍女掀开一重重珠帘，当侍女掀起最后一重珠帘时，恰一阵疾风从窗口吹入，把白衣女子脚下的桃花瓣全吹了起来。就在桃花满殿飞舞中，白衣女子徐徐回过身来。

玱玹本已挂上客气有礼的微笑，刹那间，他笑容冻结，震惊地叫："小夭——"

小夭走到殿堂中央王母的御座前坐下，抬手做了个请的姿势："陛下，请坐。"

玱玹心中已经明白，却不愿相信，都顾不上询问小夭如何苏醒的，他冲到小夭面前，焦急地问："小夭，你为什么做王母的打扮？"

"明日，我就是王母。"

"你知不知道这意味着什么？"

"玉山是我生活过七十年的地方，我很清楚我的决定。"

玱玹悲怒交加，几乎吼着说："王母终身不能下玉山，必须一世孤独！你是在画地为牢，把自己囚禁到死！就算璟死了，就算你看不上我，可你的一生还很长，天下之大，你总能找到另一个人相伴！难道整个天下再没有一人一事值得你留恋吗？"

小夭平静地说："陛下，请坐。另外，请陛下称呼我王母。从今往后，只有玉山王母，没有红尘外的名字。"

玱玹摇摇头，抓起小夭的手，拖着小夭往外走："你跟我去见王母，我会和她说清楚，你不能做王母，让她重新找人！"

玉山的侍女拦住他们的去路："请轩辕王陛下放开娘娘！"

玱玹的侍卫护在玱玹身旁，抽出了兵器。

水荭走进来，不卑不亢地说："陛下，这是玉山，玉山从不插手世间纷争，世间人也不能插手玉山的事。天下分分合合、兴亡交替，历经无数帝王，玉山从未违背古训，从盘古大帝到伏羲、女娲大帝都很尊敬玉山。一世轩辕王和八世高辛王两位陛下也对玉山礼遇有加，还请陛下不要忘记古训，给玉山几分薄面！"

小夭对玱玹的侍卫说："玉山无兵戈，世间的神兵利器到了玉山都不会起作用，若说打人方便，还不如玉山的一根桃木枝，你们还是赶快把兵器收起来。"

侍卫这才想起似乎是有这么一条传闻，看了一眼玱玹，陆陆续续，尴尬地收起兵器。

小夭对玉山的侍女说："你们也退下。"

侍女立即退到一旁，连水荭也退到了珠帘外。显然，小夭这个玉山王母做得还是颇有威严。玱玹却通体寒凉，犹如在做噩梦，一颗心一直往下坠，坠向一个深不见底的深渊。

小夭对玱玹说："两日前，我已苏醒，本来王母要派青鸟给你报个信，是我拦下了。在我苏醒的那日，我就做了接掌玉山的决定，王母怕我一时糊涂，特意延迟了三日昭告天下，让我有时间反悔。玱玹，没有任何人逼我，是我自己的决定。"

玱玹握着小夭的手，越收越紧，就好像要变成桎梏，永不脱离，他喃喃问："为什么？"

小夭淡淡地笑，平静得就好像说的事和她无关："玱玹，你不知道是为什么吗？我本可以像世间普通女子一样嫁人生子，过上平凡又幸福的日子，是你把它夺走了。我杀不了你，也死不了，就连想离开你，都不可能。普天之下，皆知我是赤宸的女儿，普天之下，都是你的疆域，就算我能躲开那些氏族的追杀，也躲不过你的追兵。玱玹，天地之大，可你已经逼得我，除了你的身边，再无我容身之所。”

“只要你不做王母，我可以放弃……”

小夭摇摇头：“玱玹，我累了，让我休息吧！”

玱玹紧紧地抓着小夭的手，哀求道：“小夭，只要你不做王母，我给你自由，随你去哪里！”

小夭跪下，仰头看着玱玹：“哥哥，求你看在过往情分上，同意我当王母，给我一方天地容身。”

她神色平静，一双黑漆漆的眼眸中，无爱亦无恨，只有一切无可留恋的死寂。

曾几何时，这双眼眸晶莹剔透若琉璃，顾盼间慧黠可爱，会欢喜、会得意、会憧憬、会忧虑、会生气、会悲伤……就算在神农山的最后一段日子，也是充满了恨。

可现在，什么都没有了！干涸如死井……

玱玹惊得一下子全身力气尽失，竟然踉踉跄跄后退了两步。

小夭自然而然地收回手，未见丝毫情绪波动，依旧跪着，对玱玹平静地说：“求哥哥同意我当王母。”

玱玹竟然不敢面对这双眼眸，它们在提醒着他，那个陪伴他一路走来的小夭，那个没有被任何困难打倒的小夭，已经死了！是他一步步逼死了她！

玱玹身子摇摇欲坠，看着小夭，一步步后退。突然，他一个转身，向殿外逃去，跌跌撞撞地冲出一重重珠帘，在珠玑相撞的清脆声中，他的身影消失在殿外。

小夭缓缓站起身，对水莊下令：“如果陛下要住一晚，就好好款待，如果陛下要离开，就恭送。别的一切按照我们之前的商议办。”

水莊躬身行礼：“是。”

晚上，瑶池畔。

小夭一身素净的白衣，头发松松绾起，双脚悬空，坐在水榭的栏杆上，呆呆望着碧波中倒映的一轮月影。

獙君穿行过盛开的桃花林，走进水榭中，对小夭说：“陛下没有说离去，也没有说留下，一直坐在崖顶，对着轩辕山的方向，不吃不喝，不言不语。”

小夭淡淡说：“随他去！反正最多只能留三日。”

獙君说：“小夭，你真想好了吗？一旦做了王母，就要一世孤独，终身不能离开玉山，现在反悔还来得及。”

“我知道你担心我，但我真的想好了，你和烈阳这些年在玉山不也生活得很好吗？”

獙君不知道该如何反驳，沉默担忧地看着小夭。

小夭笑着推獙君：“好了，好了，回去休息吧！从明日起，我可就是王母了，你和烈阳都得听我的。”

獙君只得离开，走进桃林后，他回头望去，小夭依旧坐在水榭内发呆，清冷的月光下，她孤零零一人，形单影只。想到这幅画面会千年万年长，獙君忍不住长长叹息。

◈

清晨，玉山之上，千里桃花灼灼盛开，万顷碧波随风荡漾。

小夭在侍女的服侍下，穿起最隆重的宫服，戴上王母的桃花冠，只等举行完继位仪式，从王母手中接过象征玉山的玉印，在昭告天下她继位王母的文书上盖下印鉴，她就算正式接掌玉山了。

打扮整齐后，小夭在两队侍女的护送下，沿着甬道，走向祭台。

白玉甬道两侧，遍植桃树，花开繁茂，随着微风，落花簌簌。

小夭看着迷蒙的桃花雨，想起了璟求婚时的景象。那是在神农山的草凹岭，山上并无桃树，可因为璟知道她的父母在桃花树下定情，所以特意用灵力营造了千里桃花盛开的景象。漫天桃花下，他紧张地说："青丘涂山璟求娶西陵玖瑶。"

小夭伸手接住几朵落花，微微而笑。

王母盛装打扮，在两位侍女的搀扶下，站在祭台上。她目光清明，神态安详地看着小夭。祭台下，站着唯一的观礼宾客——玱玹，他面色苍白，神情憔悴，眼睛一眨不眨地盯着小夭。

小夭目不斜视，不疾不徐地走到祭台前，王母温和地说："按照惯例，我最后问一遍，一旦继任王母，终身不能下玉山，也永不能婚嫁，你可愿意？"

小夭还未开口，玱玹叫道："小夭——"他眼中泛着泪光，千言万语的哀求都无声地倾诉在双眸中。

漫天绯红的桃花影中，小夭好像看到了璟，她紧紧地握着手中的落花，对着他微笑，一字字清晰地说："我愿意！"

王母点点头："好！"

玱玹痛苦绝望地闭上眼睛。

水荭上前，引领小夭登上祭台。小夭姗姗跪下，王母拿出玉印："万丈红尘，一山独立，望尔秉持祖训，心如明镜……"

小夭伸出双手，正要接过玉印，天空中突然传来一声声急促的鹤鸣，犹如有人砸门闯关，所有人都诧异地望向天空。

王母不悦，传音出去："今日玉山不接待外客，何人大胆闯山？"声音犹如怒雷，震得人头痛欲裂。

漫天云霞，熙彩流光中，一只白鹤翩然而来。白鹤上，一个青衣人端立，身如流云，姿若明月。

玱玹神色骤变，不自禁地往前走了几步，小夭也豁然站了起来，双目圆睁，身体簌簌直颤。

青衣人从白鹤上跃下，站到祭台前。他好似久病初愈，脸色泛白，身材瘦削，可五官隽秀，神情自若，风流天成。落英缤纷中，他恭敬地对王母行礼："青丘涂山璟，来接晚辈的未婚妻，已听侍女说过玉山正在举行王母继位仪式，不接待外客，本该依礼等候，但晚辈事出有因，不得不硬闯，还请王母海涵。”

王母愣住了，惊异地问：“涂山璟？你没死？”

璟看着盛装的小夭，眼中泪光隐隐：“小夭，我回来了，希望你不要嫌我来迟了。”璟走向小夭，祭台两侧的侍女用桃木杖拦住他，璟不想触怒王母，只能止步。他轻声叫：“小夭，不要做王母，你答应了要嫁给我。”

小夭神情恍惚，犹如做梦一般，一步步走下祭台，朝着璟走去，侍女们看王母没有反对的意思，陆陆续续收起了桃花杖。

直到站在了璟面前，小夭依旧不敢相信，她哆哆嗦嗦地伸出手，抚摸着璟的脸颊：“璟，真的是你吗？”

璟说：“我是玟小六的叶十七，因为你随手拿起的药草上有十七片叶子，所以，我就叫叶十七。”

小夭含着泪笑：“你真的回来了。”

璟握住了她的手：“对不起，让你等得时间太久了。”

小夭一头扑到璟的怀里，泪水滚滚而下，呜呜咽咽地说：“璟，璟，你终于回来了。”

璟拥着她说：“别哭……别哭……”

小夭却号啕大哭起来，一边泪如雨落，一边捶打着璟：“我一直等你，一直在等你，我不相信你死了，每个月圆的日子都以为你会回来，可你总是失约。我等了太久，以为你不会再回来了……我以为你真的扔下我了……我恨你，恨你……”

璟由着小夭又打又骂，一遍遍说：“我知道你吃了很多苦，是我失约了，对不起！对不起！”

小夭伏在璟怀里，只是痛哭。

等小夭发泄完，情绪平复下来，已经是小半个时辰后，祭台前早就空无一人，小夭和璟都不知道他们何时离开的，看来王母继位的仪式算是不了了之了。

璟看着小夭的王母装扮，又是心酸，又是后怕，说道：“幸好来得及时。”

小夭问：“这些年你在哪里？”

璟说：“篌逼我和他决斗，我趁着意映和篌说话时，悄悄吃下了你给我的那颗起死回生丹，打算跳入清水逃命。没想到，我被篌踢进了清水，倒也符合我的计划，可篌的那一脚踢得很重，我落水后立即昏死过去。再醒来时，已经是五日前的清晨，人在东海的一个荒岛上。是一对鲛人夫妇救了我，我们语言不通，难以交流，只能通过手势比画。好不容易，我才大致明白，他们在海里发现了昏迷的我，不知道我是谁，也不知道该如何救我，只能把我安置到荒岛上，时不时寻些药草喂给我。幸好海底有无数奇珍异宝，被他们误打误撞，竟然稀里糊涂救醒了我。我心中挂念你，匆匆赶回中原，才知道已经七年过去。轩辕王告诉我你不在神农山，让我立即赶来玉山。”

小夭抹着眼泪说：“我一定要亲自去拜谢救了你的鲛人夫妇。”

璟叹道：“鲛人终生漂泊，没有固定居所，我离开时，一再询问将来如何寻找他们，可不知他们是听不懂，还是说不清楚方位，只是指着大海。大海无边无际，也不知道能不能再见到他们。”

小夭说：“日后我们慢慢找，总有希望能遇见，现在我们还是先去给王母赔罪。”

◈

微风徐徐，阳光绚烂。

小夭拉着璟的手，行走在桃花林中。她一边走，一边时不时看一眼璟，似乎在一遍遍确认璟就在她身边。

獙君迎面而来，小夭对璟说：“这就是我以前常和你说的阿獙。”

璟弯身行礼，獙君急忙闪避开。小夭知道妖族等级森严，也未免强，笑道：“你来得正好，陪我们去拜见王母吧！”

“先不着急见王母，玱玹在崖顶……”獙君叹了口气，“无论如何，你们去见他一面吧！”

小夭的笑容消失，紧紧地抓着璟的手，生怕他会消失一样。璟用力地反握了一下小夭的手，对獙君说：“我们会去的。”

獙君对璟行了一礼后，离开了。

小夭努力装作若无其事，笑对璟说：“你在这里等我，我去去就回。”

璟问：“为什么我不能去见陛下？”

小夭张了张嘴，什么都没有说出来。

璟道：“去清水镇前，我心里很不安，特意带了许多暗卫，想着一定要平安回来迎娶你。可篌的人竟然能围剿涂山氏的暗卫，这是连赤水氏的族长都做不到的事。当时，我就想整个天下，只有一个人能有如此势力。正因为已经猜到是陛下，我推测清水镇内还有其他人，以防篌万一失手，所以我只能小心计划，借着每次被篌打伤时，逐渐靠近清水，想借助清水逃亡。”

原来璟已经知道，不用亲口对璟解释，小夭竟然松了口气，低声道：“对不起！”

璟长叹口气，把小夭揽进怀里：“不要自责，这不是你的错。”

“你……你……知道玱玹想杀你的原因？”

“即使当时没有想到，现在也明白了。”

小夭喃喃说：“既然你已经知道了，那你小心一点。我去见他，等他走了，就没事了。”

璟说：“我去神农山找你时，和轩辕王聊了几句，我想我也犯了一个大错，我们现在就去见陛下，把一切说清楚。”

小夭迟疑，不是不想见玱玹，可她怕！

璟说：“陛下是你最信任的人，不要因为一次错误，就失去了对他的信心。你有没有想过，为什么陛下没有阻止你嫁给丰隆，却要阻止你嫁给我？难道当年他看着你出嫁就不痛苦吗？”

“因为……他觉得你不如丰隆。”

璟摇摇头：“这只是表面的原因，最重要的原因是陛下认定我没有能力保护你。从小到大，陛下承受了太多失去，他怎么可能把你托付给一个懦弱无能的人？告诉我，去崖顶的路在哪里？”

小夭乖乖地指路：“那边。”

◈

崖顶，云雾缭绕。

玱玹独自一人站在悬崖边，好似眺望着什么。小夭上前几步，顺着他眺望的方向，极目远望，可除了云就是雾，实在看不到别的什么。

小夭轻声问：“你在看什么？”

玱玹没有回头，温和地说：“看不到轩辕山。从轩辕山到神农山，一步步走来，本以为拥有了一切，可回望过去，原来再也看不到朝云峰的凤凰花了，不管我在神农山上种多少棵凤凰树，它们都不是朝云峰的凤凰树。”

小夭说：“你站在这里，自然看不到朝云峰的凤凰花了。如果想看朝云峰的凤凰花，就去朝云峰。你已经拥有了整个天下，想在哪里看花的自由应该还有。”

玱玹转身，在看到小夭时，也看到了另一个人，有匪君子、如圭如璧、宽兮绰兮、清兮扬兮。

璟对玱玹行揖礼：“见过陛下。”起身时，他握住了小夭的手。一白一青两道身影，犹如皓月绿竹，相依相伴。

玱玹默默凝视了他们一会儿后，视线越过他们，又望向翻涌的云雾。

小夭本以为玱玹会说点什么，或者问点什么。可是，玱玹既没有询问璟如何活下来的，也没有询问她日后的打算，他面无表情，无喜无悲、无伤无怒。璟也十分怪异，一直沉默地站着，既不开口询问解释，也不说告辞离去。

玱玹和璟，一个峃然不动如山岳，一个长身玉立如青竹。小夭不安地动了动，璟捏了捏她的手，对她笑笑，好似在说别急，小夭只得又安静下来。

玱玹缓缓走到小夭和璟面前，盯着璟说道：“丰隆临死前告诉我，‘弃轩辕山、占神农山’的计策是你提出的，你还说服了他接受。”

璟坦然地回道：“是我。”

“为什么一直隐瞒？”

“当时并未多想，只是简单地想着，我所求只是小夭，不如将一切让给丰隆，帮他实现所求。”

“为什么帮我？因为小夭？”

“不是。我开始外出，学着做生意时，轩辕王统一中原还没有多久。我跟着商队，足迹遍布大荒，看到了太多人流离失所，深刻地意识到，天下需要一位真正胸怀天下的君王。一国之君，事关天下苍生，千万百姓，我可以为小夭做到恪守族规，不支持苍岩和禹阳，却绝不可能做到不惜违背祖训、打破族规，联合四世家和中原氏族，支持陛下登基。我之所以那么做，只是因为陛下的胸怀和才干让我坚信，我所作所为是正确的。直到今日，我都没有后悔自己的选择，丰隆肯定也没有，我们的选择和坚持全是正确的。”

玱玹深深地盯了璟一瞬，一言不发地从小夭身畔走过，在侍卫的保护下，向着山下行去。侍卫环绕着他，可每个侍卫都不敢接近他，恭敬地保持着一段距离，显得玱玹的身影异常孤单。

小夭目送着玱玹的身影渐渐远去，就好似看着生命中最珍贵的一部分在渐渐远离她，身体犹如被割裂般地痛着，她捂住心口，靠在了璟的肩头。

第十七章 结发两不疑

LOST YOU FOREVER

小夭带着璟到琅琊洞天去拜见王母时，看到一只白色的琅鸟停在桃花枝头，小夭对璟说：“这就是烈阳。”

璟对白鸟行礼，烈阳居高临下地打量了一番璟，说道：“王母清醒着，你们进去吧！”

璟和小夭走进屋子，看到王母靠躺在桃木榻上，獙君和水荭垂手立在一旁。璟上前行礼：“晚辈涂山璟见过王母娘娘。”

王母冷冷地看了他一眼，喝着百花酿，不愿搭理的样子。

璟跪下：“小夭的娘亲在出征前，将小夭托付给娘娘，娘娘抚养了小夭七十年，之后又多有照顾，小夭为娘娘做事很应该，但小夭是我的妻子，我不能让她接掌玉山。”

王母冷哼，不悦地说：“你以为玉山王母是说做就做，说不做就不做的吗？”

小夭坐到王母身边，摇着王母的胳膊说：“我的好姨外婆，您就别逗他了！”

王母无奈，对璟说：“起来吧，女大外向，留也留不住。”

“谢娘娘！”璟恭恭敬敬地磕了三个头才站起。

水荭郁闷地问：“小夭不当王母了，谁来接任王母？”

王母扫了一眼獙君，獙君说："我已经派青鸟通知了白芷，推迟两三日举行继位仪式应该没有问题。"

"白芷？"水莶想了一瞬，轻叹口气，颔首道，"她倒也合适。"

王母说："既然你不反对，那就这样吧！等继位仪式后就昭告天下，白芷成为王母，接掌玉山。"

"是！"水莶行礼后，退下。

王母问小夭和璟："你们以后有什么打算？"

璟看小夭，小夭笑道："娘娘说过，心安处，就是家。天下之大，总能找到一处世外洞天让我们安居。"

王母点点头："只要心能安，处处都能做家。你们收拾收拾，就离开吧！"

小夭说："我不想走，我想……"

"我知道，你想看着我死。"

"娘娘，我只是……"

王母抬了下手，示意她都明白："你们想看着我死，可我不想让你们看着我死。"

小夭、獙君都难掩悲伤，小夭说："我们再住几日。"

"随便你们。我累了，你们……"王母想让小夭和璟离开，獙君轻轻咳嗽了一声，王母话锋一转，问道，"你们知道小夭体内有蛊吗？"

小夭表情一滞，没有回答。璟说："知道。"

王母道："小夭昏迷时，我发现她体内有蛊，帮她解了，你们没意见吧？"

璟欣喜若狂，结结巴巴地问："娘娘的意思是小夭的蛊已经解了？"

王母冷冷地说："你质疑我说的话？"

璟忙道："不是，不是！晚辈只是太高兴了！"王母性子清冷，话不多，但向来说话算话，她说解了，就肯定解了。

小夭心中滋味难辨，其实早在相柳行刺玱玹，却杀了丰隆时，她已经以血还债，和相柳恩断义绝，但听到两人最后的一点联系在她不知道时就被斩断了，还是有些说不清道不明的怅惘。小夭嘲讽自己，人家自始至终不过是把你看作一枚棋子，你有什么好怅惘的？难道怅惘他的冷酷无情吗？

王母疲惫地闭上眼睛，挥挥手。小夭和璟行礼告退，獙君也随着他们，出了屋子。

行到桃林内，獙君说："事情太多，一直没来得及问究竟是谁救了璟，为什么这么久才归来？"

璟将东海鲛人的事情说出，獙君听完后，心头一动。九头妖是妖力强大的海妖，驱策鲛人做点事完全可能，但是，完全不懂人语的鲛人，广袤无垠的大海，即使真是他做的，他也狠绝到一点痕迹没留。

小夭问："阿獙，你怎么了？为什么表情这么古怪？"

獙君忙道："没什么。"

❖

两日后，白芷赶到玉山，玉山按照古训，举行了继位仪式，继而昭告天下，新王母接掌玉山。

第二日清晨，小夭和璟去探望王母，被水荭拦在了外面。

水荭说："阿湄已逝。"

一瞬后，小夭才明白过来，阿湄就是王母。

水荭对小夭说："不必难过，她在睡梦中安详地离去了，脸上有笑容，我想她梦见了她想见的人。"

水荭对璟说："你已在玉山住了三日，今日天黑前，请离开。"

璟拉着小夭往回走，小夭恍恍惚惚地想，是不是因为每个王母接掌玉山时，都已斩断尘缘，所以每个王母都会走得这么决绝？

小夭和璟留在玉山的原因是为了王母，如今王母走了，小夭和璟准备离去。

烈阳和獙君来送他们，小夭问烈阳和獙君："你们有什么打算？"

烈阳和獙君相视一眼，獙君说："我们在玉山住习惯了，不打算离开，你们呢？"

小夭看了璟一眼，说："我们还没商量过，应该会去一趟青丘，璟要处理一点未了之事。"

獙君道："等你们定下婚期，通知我和烈阳。"

璟道："好！"

小夭说："那……我们走了。"

獙君对璟说："小夭就交给你了。"

璟弯身行大礼，如待兄长："我会照顾好小夭。"

烈阳毫不在意，大大咧咧地受了，獙君却躲到了一边。妖族等级森严，獙君是狐妖，九尾狐是狐族的王族，可以说獙君一见到璟，就天生敬服，只不过他妖力高深，能用灵力压抑住本能。

❖

深夜，小夭和璟到了青丘。

小夭问："休息一晚，明日再去涂山府吗？"

"现在去，正好不用惊动太多人。"

当小夭和璟出现在静夜和胡珍面前时，两人惊骇得一点声音都发不出，璟笑问："怎么？你们不高兴看到我吗？"

静夜腿一软，跪到了地上，泣不成声："公子……公……"

胡珍渐渐冷静下来，行礼道："族长，请坐！"

璟笑道："换回以前的称呼吧，我已不是族长。"

小夭把静夜扶起来："你哭什么呢？璟回来了，不是该高兴吗？"

几日前，也不知道谁号啕大哭了半个时辰。璟瞅了小夭一眼，手握成拳，掩在唇畔微微咳嗽一声，挡去了笑意。

璟问胡珍："瑱儿可好？"

"好，很好！"胡珍将涂山瑱当上族长后的事讲了一遍，最后说道："族长虽然是篌公子和防风意映的儿子，可大概因为他一直受公子教导，我观察他行事颇有公子的风范，肯定会是一位好族长。"

静夜这会儿已经平静，补充道："本来我们不打算告诉他公子因何失踪，但人多嘴杂，总免不了有人在他面前说，与其让他胡乱猜测，不如告诉他事实。我和胡珍商量后，把防风意映留下的信提前交给他，将一切都如实告诉了族长。族长知道了自己的身世后，难受了好一段日子，我担心他恨公子，没想到他说'是伯伯和娘亲做错了'，还说'如果不是为了来看我，爹爹不会失踪'。直到现在，族长依旧不肯叫篌公子爹爹，一直称呼他伯伯，称呼公子是爹爹。"

璟说："人死万事空。你们平时多找机会，给他讲讲大哥少时的事，也多讲讲我们兄弟没有反目前的往事，让他明白大哥所作所为也是事出有因，是他的奶奶先做错了事。"

静夜本来深恨篌，压根儿不愿提他，可现在璟平安归来，她的恨淡了，应道："奴婢明白。"

胡珍听出璟的言外之意，问道："为什么不是公子讲给族长听？难道公子要离开青丘？"

璟微微一笑，道："今夜是专程来和你们告别。"

静夜的眼泪又要出来，胡珍问："公子想去哪里？"

璟看着小夭，笑道："小夭去哪里，我就去哪里。"

胡珍想说什么，可如今涂山氏一切安稳，瑱也可堪大任……想到璟和小夭一路走来的艰难痛苦，胡珍将一切挽留的话都吞了回去。

璟把两枚玉简递给胡珍："一封信交给瑱儿，一封信交给长老。"

胡珍仔细收好："公子放心，我们一定会守护族长平安长大。"

璟拉着小夭的手站起。

静夜哭着说："公子，你……你……"

璟笑道："都已经嫁人了，怎么还这么爱哭？胡珍，快劝劝你家娘子。"

璟转身要走，静夜叫道："公子，等等。"静夜很清楚，此一别再不会有相见之日，"公子，以后奴婢再不能服侍您了，让奴婢给您磕三个头。"

静夜跪下，边哭边给璟磕头，少时的收留之恩，多年的维护教导之恩……没有璟，就没有今日的她。

静夜磕完三个头，璟对胡珍笑点了下头，牵着小夭的手，出了门，衣袂飘拂间，已翩然远去。

静夜哭着追出来："公子……公子……"只看到漆黑的天上，皓月当空，一只白鹤驮着两人，向着月亮飞去，越飞越高，越去越远，一阵风过，踪迹杳然，只皓月无声，清辉洒遍大地。

第二日中午，小夭和璟到了轩辕城。

高辛王不在轩辕山，小夭想直接去打铁铺找高辛王。璟拉住了她："先找家客栈，洗漱一下，休息一晚，明日再去拜见高辛王陛下。"

小夭问："为什么？"

璟竟然好像有些羞涩，低声道："收拾齐整一点，去拜见岳父大人比较好。"

小夭忍着笑点点头："有道理，一直赶路，难免有点旅途风尘，实在有损公子风仪。"

璟拽着小夭走进客栈。

两人好好休息了一夜，第二日穿戴整齐，才去狗尾巷的打铁铺。

大清早，街上已经熙来攘往，很是热闹，但走进破旧的狗尾巷，依旧户户闭着大门，有些冷清。

璟上前敲门，里面传来苗莆的声音："谁啊？这么早来打铁？晚点再来！"

小夭对璟做了个"嘘"的手势，不吭声，只重重地拍门。本以为苗莆会受不了，冲出来拉开门，正好吓她一跳，不想一个人影无声无息，突然从屋顶落下，飞扑向小夭，璟和小夭倒被惊得一跳。璟立即一手把小夭护在怀里，一手攻向来人，想把他逼退。

小夭忙挡住了璟，叫道："左耳，停！"

来者顿时停住，璟也收回了灵力，小夭还没来得及给璟和左耳介绍彼此，苗莆扑了过来，抱住小夭就哭，小夭忙安抚她："别哭，你别哭……"

好不容易，苗莆平静了一点，她一抬头看到璟，竟然被吓得"啊"一声惨叫，冲向左耳，还不忘拽着小夭。小夭灵力低微，只能任凭苗莆摆布。苗莆把小夭推到左耳和自己身后，靠着左耳，才有底气看璟，哆嗦着问："你……你……你是谁？"

璟笑道："你说我能是谁？"

"璟公子？你活了？"

小夭在苗莆的脑袋上敲了下："就你这样，还曾是暗卫？真不知道当年你是怎么通过选拔的。"小夭走回璟身旁，牵起璟的手，对左耳说："他就是璟。"

左耳早已经从头到脚审视了一遍璟，面无表情地说："你没死，很好。"转身就进了院子，显然没有寒暄的意思。

小夭对璟做了个鬼脸："不用我介绍，你也该猜到他是谁了。"

四人走进堂屋，高辛王已坐在主位上，看到璟，别说惊疑，连眉毛都没抬一下。

璟和小夭上前，跪下磕了三个头，璟说："晚辈平安归来，让陛下担心了。"

高辛王点了点头："我倒没什么，你让小夭受苦了。"

璟紧张地说："晚辈明白。"

高辛王说："你明白就好，日后慢慢弥补吧！"

璟的紧张散去，说道："晚辈一定做到。"

"都起来吧！"

璟和小夭起身坐下，小夭看高辛王一直不搭理她，嬉皮笑脸地问道："父王，你教了左耳什么手艺？”

高辛王冷冷地说：“你们认定了我不能离开轩辕山，一个两个都想糊弄我。你倒是说说，为什么突然打发了他们俩来我身边？还一再叮咛我，十年内不许他们离开？再说说玱玹为什么突然秘密去了一趟归墟？还有，玱玹为什么说你身体不适？一个月内，玱玹去了两趟玉山，如此反常又是为了什么？”

小夭张了张嘴，不知道能说什么。不是不信任父王，可她就是不想告诉父王玱玹做过什么，这是玱玹和她之间的事，就算亲如父王，她也不想说。

璟完全明白小夭的心思，解围道：“小夭，你去和左耳、苗莆叙旧吧，我和陛下单独说会儿话。”

“好。”小夭如释重负，和左耳、苗莆出了屋子，去厨房，一边看苗莆烧早饭，一边听苗莆讲他们这段日子的生活。

待苗莆的早饭做好，璟和高辛王的话也说完了，高辛王对小夭不再冷言冷语。小夭悄悄拽璟的袖子，光动嘴唇、不出声地问：“你告诉父王实话了？”

璟笑了笑，没有说话，给小夭舀了一碗汤。

好不容易熬到吃完饭，正好有人来打铁，高辛王去前面招呼生意时，小夭赶紧问璟：“你把实话告诉父王了？”

“当然没有了，既然你不想让人知道，我怎么能说？”

小夭舒了口气：“没说就好。”继而，小夭又纳闷起来，“既然没说实话，父王怎么就不追究了？”

“我告诉父王‘所有事已经发生了，既然我和小夭如今都平平安安，就没有必要再追问过去，而是要努力未来依旧平平安安’。”

“就这么一句话，父王就什么都没问了？”

璟道：“小夭，陛下只是如今在打铁，以前可不是在打铁。很多事，陛下应该都已猜到，他刚才那么质问你，并不是真想知道什么，大概只是伤心了，发生了那么多事，你居然一点没有想过向他求助。”

“我不是把左耳、苗莆托付给他照顾了吗？”

璟盯着小夭，不说话。

小夭心虚地低下头：“我知道父王、烈阳、阿獙都对我很好，可那是我和玱玹之间的事，我不想任何人插手。”

璟低下头，温柔地吻了一下小夭的额头：“我们都没有怪你，只是心疼你。”

小夭抱住了璟的腰：“我明白。”

两人静静相拥了一会儿后，小夭问：“你只说了一句话，就让父王不再生我的气，可你们聊了那么长时间，在聊什么？”

璟笑道：“我以为你不会问了。你觉得什么才能让我们两个男人聊了好一会儿呢？”

“我？”

“聪明！”

小夭皱眉："总觉得你不怀好意，快点老实交代说了什么。"

"我们在聊，什么时候我可以改口叫陛下父王。"

小夭脸烧得通红，却做出一副谈论正事的样子，一本正经地问："那你们聊出结果了吗？"

璟在小夭的脸颊上刮了两下，也一本正经地说："这颊上的颜色好看是好看，不过染嫁衣还是不够。"

小夭再绷不住，扑哧笑了出来，一手羞捂着脸，一手恼捶着璟："快点说！再不讲，我就走了！谁稀罕听？"

璟握住她的拳头，说道："我无父无母、无权无势，除了己身，一无所有，你也只有几个亲人。我和陛下商量，四日后，正是吉辰，在朝云峰举行一个小小的婚礼，你觉得可以吗？"

小夭泪光盈盈，点点头："好！"

◈

四日后，轩辕山。

山坡上荒草丛生、野花烂漫，六座坟茔坐落在其间。

小夭沿着弯弯曲曲的山径，慢慢地走上山坡。她站在五彩斑斓的野花丛中，远远望了坟茔半晌，才好似鼓足了勇气，朝着坟茔走去。

小夭跪在缬祖的墓前："外婆，我来看你了。"

她一边擦拭墓碑，一边说："外婆，我要嫁人了，本想带他一块儿来，可父王说行礼前不可见面，等明日我再带他来见你。"

小夭沉默地拔着草，不知不觉，泪珠滚落。从小到大，每次来祭奠，都是和玱玹一起。身边有个人陪伴，可以分担一切，即使悲伤，也不会觉得很痛苦。这是第一次她独自来，很多久远的记忆涌现到心头——

外婆弥留时，娘和大舅娘整夜守在外婆的榻边，朱萸姨为了方便照顾她和玱玹，让他们同睡一榻。小夭虽然模模糊糊地知道外婆要死了，可毕竟从没经历过生离死别，对死亡没有深刻的感受。玱玹却亲眼看见过娘亲自尽，他又一出生就抚养在奶奶身边，和奶奶感情深厚。他的惧怕悲伤远比小夭强烈，夜里常会惊醒，生怕奶奶在他睡着时就离开了。玱玹惊醒后，再无法入睡，有时候是无意，有时候是故意，反正小夭也会被他弄醒。小夭早已经习惯，每次醒来，就学着娘亲哄自己入睡的样子，抱住玱玹，轻拍着他的背，困得眼皮子都睁不开，却会哼哼唧唧地胡乱唱着歌谣。

那一夜，玱玹又醒来了，穿戴整齐后，摇醒了小夭："奶奶要死了。"他拿了小夭的外衣，要帮她穿衣服。

小夭想睡觉，往被子里缩："你做噩梦了，我给你唱歌。"

玱玹说："小夭乖，别睡了！你要打扮好，去见奶奶最后一面，让奶奶不要担心，以后……"玱玹说着眼泪掉了下来。

小夭忙一个骨碌坐起来，一边穿衣服，一边说："你别哭，我起来就是了。"小夭羞了玱玹的脸一下，“你眼泪可真多，你看我，从来不哭。”

玱玹别扭地转过了脸，小夭忙讨好地说：“就天知、地知、你知、我知，我谁都不告诉！”

小夭刚穿戴整齐，朱萸姨冲了进来，原打算叫醒他们，可竟然看到两个人手拉着手，站在门前。朱萸姨顾不上多想，拉着他们就走：“我们去见王后娘娘，你们记住啊，待会儿不管娘娘说什么，都要听仔细了，也要牢牢记住。”

进了外婆的屋子，娘和大舅娘一人抱起一个，把她和玱玹放在外婆身子两侧。

外婆把小夭和玱玹的手放在一起：“你们两个都是好孩子，也都是苦命的孩子，不管世人如何对你们，你们都是彼此最亲的人，不管发生什么，都要不离不弃，照顾彼此。这世间，只要还有一个人能倚靠、能信任，不管再难的坎，总能翻过去。”

外婆说完，剧烈地咳嗽起来，她枯瘦的手紧紧地拽着玱玹和小夭。小夭想到，死了就是睡着了，再也醒不来，那日后外婆再不会给她讲故事，也再不会在玱玹惹恼她时帮她了……小夭的眼泪扑簌簌落下，嚷道：“外婆，我不要你死，我不要你死……”

玱玹此时却一滴眼泪没有，沉稳如大人，对奶奶说：“我记住奶奶的话了。”

外婆盯着小夭，等着她的回答，可小夭压根儿没明白外婆刚才说了什么，只是哭着说：“外婆，你不要死，你不要死……”

外婆想要再叮嘱一遍，却咳嗽得说不出完整的话，玱玹情急下，用力拧了小夭的耳朵一下，小夭痛得捂住耳朵，止住了哭声。玱玹盯着她，一字字清晰地说：“奶奶说‘我们都是苦命的孩子，不管世人如何对我们，我们都是彼此最亲的人，不管发生什么，都要不离不弃、照顾彼此’，你记住了吗？”

小夭含着泪，却没敢再放声哭，点点头。

玱玹说：“你给奶奶说一遍。”

小夭把玱玹的话重复了一遍，外婆抓着他们的手，凝视着他们，似乎还有千言万语，最后只是咳嗽着对玱玹说：“玱玹，以后不要让人欺负小夭，保护好小夭。”

玱玹郑重地答应了：“我记住了，会保护妹妹！”

小夭不满地哼了一声。玱玹打架都打不过她，明明是她会保护玱玹，不让别人欺负玱玹。

外婆让朱萸姨把他们领出去，留下娘和大舅娘说话。

小夭和玱玹在外面站了一会儿后，听到大舅娘的哭声，玱玹不顾朱萸姨的阻拦，拉着小夭冲进屋子。小夭看到外婆闭着眼睛，安详地睡着了。

玱玹直挺挺地跪下，没有一滴眼泪，倔强地紧抿着唇。

小夭叫了好几声外婆，都听不到应答，号啕大哭起来……

一只手突然伸出，帮着小夭清理剩下的一点野草。小夭抬起头，泪眼模糊中，看到了玱玹。

他神情平静，薄薄的嘴唇紧紧地抿着，一如他小时候。一时间，小夭悲从中来，扶着外婆的墓碑，放声大哭起来。

玱玹低着头，快速地拔草，直到野草全部拔干净，他走到小夭身旁，拧了小夭的耳朵一下：“好了，别哭了！再哭下去，奶奶还以为你是被我强逼着嫁人呢！”

小夭捂着发痛的耳朵，呆呆地看着玱玹。

玱玹别过了脸，走到大伯的墓前跪下，给大伯磕了三个头，又给墓旁的茱萸磕了三个头。紧接着，他开始清理野草。小夭擦干眼泪，走了过去，跪下磕头，磕完头，擦拭墓碑。

两人各干各的，谁都不说话。小夭偷偷瞅了玱玹好几眼，玱玹却是连眼皮都没抬一下。

清扫完大伯、大伯娘的墓，玱玹又去打扫二伯的墓。小夭跟了过去，先给二舅磕头，然后擦拭墓碑。

小夭擦完墓碑，盘腿坐在地上，玱玹仍弯着身子，低着头，在清理荒草。

小夭咬了咬唇，开口问道：“那天夜里，你怎么会知道外婆要走了？”那夜之后，悲悲切切、纷纷扰扰，一次离别接着一次离别，小夭忘记了询问。

玱玹说：“说不清楚，就是突然惊醒了，觉得心慌、心悸，好像不管怎么样都不妥当。第一次我有这种感觉时，天明后，听到姑姑说爹爹战死。第二次我有这种感觉时，没多久娘亲就自尽了。”

“原来是这样。”

打扫完二伯的墓，玱玹走到爹和娘亲的合葬冢前，跪下。

小夭去溪边提了一桶水回来，玱玹依旧不言不语地跪在墓前。

小夭跪下，磕了三个头：“四舅舅、四舅娘，我和玱玹又来看你们了。”说完，小夭拧了帕子要擦拭墓碑，玱玹说：“我来。”

小夭把帕子递给他，坐在地上，看着玱玹仔细擦拭墓碑。听说四舅娘自尽时，鲜血洒在了坟墓四周，所以这座坟上没有野草，只有红色的花开满整座坟茔。

玱玹擦完墓碑，磕了三个头，说道：“娘，我不恨你了。你说有朝一日，等我遇到一个能让我送出若木花的女子，就能体谅你的做法。我已经遇到她了。你还说，等我遇到她时，一定要带她来给你和爹看一眼，我带她来了，我想你和爹爹肯定都会喜欢她。”

玱玹回头看着小夭：“过来！”

小夭全身僵硬，狐疑地问：“你想做什么？”

玱玹摊开手掌，掌间有一朵红色的花，花蕊颀长，花瓣繁丽，整朵花娇艳欲滴，就好似刚刚从枝头摘下。这是若水族的神木若木结出的若木花，自古以来，不是若水族的族长戴着，就是族长夫人戴着。小夭记得，四舅娘的髻上一直簪着这朵花，直到她自尽那日，交给了玱玹。

玱玹说：“小夭，你过来，让我爹娘看清楚你。”

小夭不但没过去，反而手撑着地，开始后退。玱玹淡淡地说：“如果你想待会儿的婚礼取消，尽管走。”

小夭不甘地捏了捏拳头，膝行到玱玹身边，瞪着玱玹。

玱玹打量了她一番，把若木花簪到她髻上，笑着点点头：“很好看！娘，你觉得呢？”

小夭刚想张口，玱玹摁住她的头：“磕头！”

本来就是舅舅和舅娘，小夭没有抗拒，和玱玹并肩跪着，一起恭恭敬敬地磕了三个头。磕完后，小夭才觉得有些怪异，她和玱玹这样，很像婚礼上一对新人叩首行礼。

小夭问："玱玹，你究竟想做什么？"

玱玹没理她，径直起身，走到了姑姑的衣冠冢前，开始清扫坟茔。

小夭想拔下若木花扔掉，可这是舅娘唯一的遗物……小夭根本不敢，也舍不得。她冲到玱玹身边，也许是因为在母亲的墓前，她胆气壮了很多，大声说："玱玹，你别装聋作哑！你到底想怎么样？今日当着我娘、你娘，还有外婆、舅舅的面，咱们把话说清楚！"

玱玹淡淡瞥了她一眼："等我清扫完姑姑的墓。"

小夭立即偃旗息鼓，乖乖坐下，看着玱玹，心里七上八下。

玱玹拔完野草，擦拭完墓碑，在墓边挖了个很深的洞，把一把刀埋了进去。

小夭忍不住问："你埋的什么？"

"你爹用过的兵刃，被叫作赤宸刀，很多痛恨你爹的人为了抢夺这把神兵，打得你死我活。我命人拿了来，把它和姑姑的衣冠合葬，你日后祭拜时，也算有个寄托。"

小夭心中感动，却什么都没说。

玱玹用灵力将坟墓修整好，对小夭招招手，示意她过来。

小夭跪到墓前，玱玹也跪下，说道："姑姑、姑父，今日小夭会嫁给涂山璟，你们放心，他还不错，会照顾好小夭。"

小夭惊疑不定地看着玱玹，玱玹淡淡地说："不给你爹娘磕头吗？"

小夭和玱玹并肩跪在一起，给爹娘磕了三个头。

小夭起身，准备赶回去换衣服，她摸着头上的若木花，想要取下。

玱玹说："这朵花是你的了，仔细收好，这不仅仅是神兵，还是若水族的信物，不管任何时候，凭借此花，都能调动若水族的兵力。"

小夭心内一软，表情柔和了许多，说道："哥哥，你……你……究竟是来喝喜酒、祝福我，还是……还是……你明知道舅娘是要你把这朵花送给自己的妻子……"

玱玹问："你想顺利嫁给涂山璟吗？"

小夭看了一眼亲人的坟茔，痛快地说："想！"

"只要答应我一件事，今日之后，我就只是你哥哥。"

小夭立即说："我答应！"话出口后，她懊恼地捶了一下自己的头，急忙改口："你先说什么事？"

玱玹说："一生一世都戴着这朵若木花。"

就这么简单？小夭摸着髻上的花，想了一瞬，说："好，我答应你。"

玱玹说："待会儿，婚礼仪式上也不许摘下！"

小夭皱眉："你别太欺负人！"

"谁叫我是天下之君呢？我已做了最大的退让！"玱玹语气清淡，面无表情。

小夭跺跺脚，愤愤地说："戴就戴！我就当是舅娘送我的！"

玱玹笑笑："随你便，反正你要一直戴着！"

小夭看看日头："吉辰要到了，我得赶紧回去了。"她大步跑着离开，都已经跑了老远，却一个转身，又匆匆地往回跑，跑到玱玹面前，一边喘气，一边问："从今往后，你还是我哥哥，是外婆叮嘱的哥哥吗？"

"是！"

"你说话算话？"

玱玹的视线扫了一遍六座坟茔："我敢说话不算话吗？"

小夭咧开嘴，想笑，眼泪却落了下来，她伸出小指，玱玹也伸出小指，两人钩了一下。小时，两个捣蛋鬼要一起偷偷做什么坏事时，都会钩手指盟誓。

小夭一边抹眼泪，一边转身就跑，边跑边大叫道："玱玹，你别迟到！"

玱玹目送着小夭的身影消失在山坳处，收回了目光。

玱玹看向山坡上的六座坟茔——他和小夭的亲人。到这一刻，玱玹彻底相信了丰隆临死前说的话，璟不愧是想出了"舍轩辕山、占神农山"奇谋的人，他知道，如果天下还有一处能让小夭顺利出嫁的地方，必定是轩辕山。

在这座山上，有那个小玱玹和他的小夭妹妹的全部快乐回忆；在这里，那个快乐无忧的小玱玹一夕之间失去了父亲，亲眼看着母亲自尽，悲伤地看着奶奶死去，无奈地送姑姑出征；也是在这里，孤独无助的小玱玹目送着小夭被送走，轩辕山那么大，却没有一个地方能留住小夭，他不怪别人，只怪自己太弱小。

姑姑战死的消息传来时，他在奶奶和爹娘的墓前跪了一夜，他知道小夭会很悲伤害怕，他多么想把小夭接回来，日日夜夜陪着她，就如她曾经陪伴他一样。可是，他在王叔的眼睛里看到了杀意，他终于理解了姑姑的话，他照顾不了小夭。

就在那一夜，他对自己发誓，对他所有死去的亲人发誓，他绝不会再失去他最后的一个亲人了！他要强大，强大到任何人都不能再伤害他唯一的亲人，他会去玉山接小夭，他会保护她、照顾她！

人生真是讽刺，他是为了不再失去小夭而上路，可当他跋山涉水、历经艰险地走到路的尽头，他却失去了她！

玱玹对他和小夭的亲人轻声说："对不起，我没有办法遵守当年的誓言了，我必须让另一个男人来保护照顾我们的小夭了。他叫涂山璟，秉性善良，智计过人，对小夭一心一意，把小夭托付给他，一定不会让你们失望，你们都放心吧！"

微风徐徐，四野无声，野花虽然缤纷烂漫，却难掩寂寞荒凉。

数千年，阴谋、夺位、战争、刺杀……所有亲人都化作了白骨。但，不管如何，他和小夭活了下来，不仅都活了下来，还都活得很好！

玱玹转身，姿态从容，脚步坚定，向着洒满阳光的山径走去。

◈

苗莆最后帮小夭整理好嫁衣，赞道："好看！真好看！"

小夭看着水镜中的自己，吐了口气，自嘲道："第三次穿嫁衣了。"

苗莆笑道："这次一定一切顺利。"

小夭问："你可知道到底请了谁？"

苗莆摇摇头："陛下和公子都很神秘，我只看出宾客肯定不多，因为厨房准备的酒菜不超过十人量。"

小夭松了口气："那就好。"

喜乐声响起，侍女来催促新娘子。

苗莆为小夭戴上凤冠，璎珞垂旒，珠光宝辉，小夭的面容若隐若现。

苗莆扶着小夭姗姗而行。

快进大殿时，小夭感觉到有人站在了她身边，却不好扭头去看，正紧张，感觉有人隔着衣袖轻轻握了握她的手。

是璟！小夭放下了心，忍不住抿着唇笑起来。

两人并肩走入朝云殿的正殿。隔着垂旒，小夭看到轩辕王坐在正中，高辛王坐在轩辕王左侧略下方，玱玹坐在轩辕王右侧更下方。玱玹的下首，坐着阿念。高辛王的下首，坐着阿獙和烈阳。

小夭愣住，竟然不顾礼节，掀开凤冠的垂旒，脱口问道："外爷，你怎么也来了？"

轩辕王故作不悦地说："什么叫我也来了？你不欢迎我？"

"不……不是，当然不是！只是我以为玱玹来了，您就不能来了，本来我心里还很遗憾……"

轩辕王笑道："我和玱玹分开走，看你行完礼，我就立即回去，不妨事。"

小夭看着眼前三帝齐聚的奇景，一面觉得很是怪异，一面又觉得很幸福。

礼官开始唱词。随着唱词，小夭和璟一起行礼。

第一拜，拜天地。

第二拜，拜尊长。小夭和璟跪下磕完头，轩辕王和高辛王虚抬了下手，示意他们起来。

第三拜，新人对拜。小夭这才真正能看到璟，她却又不好意思看了，一直垂着眼睛。

礼官高声宣布，礼成。

小夭晕晕乎乎，她和璟已经成了夫妻？那下面该做什么？

侍者和侍女开始上酒菜。

高辛王说："待会儿轩辕王和玱玹都要离开，就不要拘泥于俗礼了。小夭、璟，你们都坐过来。"

璟帮小夭摘下凤冠，拉着小夭的手，坐在了高辛王下首。

璟斟了酒，和小夭一起敬轩辕王。敬完轩辕王，又敬高辛王，两位陛下都笑着饮了。

去给玱玹敬酒时，小夭有点紧张，玱玹和璟都若无其事。

璟恭敬地敬酒，玱玹端起酒，对璟说："我用了你的计策，你夺了我的至宝，也算互不相欠。"

玱玹一饮而尽，璟躬身行礼："谢陛下。"

小夭给玱玹敬酒，好似有很多话要说，却又无从说起，小夭索性一仰脖子，先干为敬。玱玹将酒饮尽，祝福小夭和璟："夫妻结同心，恩爱到白头。"

小夭愣愣地看着玱玹，她能听出，玱玹是真心实意祝福她和璟。

玱玹温和地说："只有你安好，我的天下才会有意义。"

小夭眼眶发酸，哽咽着说："你……你……也要安好！"

小夭拉着璟走到烈阳和獙君面前。

璟行礼，獙君立即站起，想避开，小夭按住了獙君，璟说道："我是以小夭夫婿的身份给两位兄长行礼。"

獙君只得站着，勉强受了璟的礼。烈阳却是大马金刀地坐着，高傲坦然地接受了璟和小夭的行礼敬酒。

獙君饮完酒，微笑着对小夭说："你娘和你爹一定很开心。"

小夭和璟走到阿念面前，阿念忙站了起来。

小夭打趣道："虽然你是王后，可今儿是家宴，你最小，应该你给我和璟敬酒。"

阿念笑瞅了一眼璟，对小夭说："姐姐、姐夫，你们这杯敬酒，我是吃定了。"

小夭斟了酒，璟给阿念敬酒，阿念笑饮了，说道："祝姐姐和姐夫永结同心，白头偕老！"

阿念倒了一杯酒，敬给小夭，话里有话地说："当年你打了我一顿，给了我两条路选择，我们谁都没想到，最后竟然走了第三条路。你是个好姐姐，对我一直维护照顾，我也可以坦然地说，我是个好妹妹，没有辜负姐姐。"

小夭笑着听完后，并未多想，接过酒盅，一口饮尽了酒。

等小夭、璟敬完酒，轩辕王和玱玹略微吃了点饭菜，就准备动身，赶回神农山。

一行人送着他们出了殿门，小夭突然叫道："哥哥，能单独和你说几句话吗？"

其他人都走在了前面，玱玹和小夭落在后面。

小夭说："听说，在蓐收猛烈的攻势下，洪江的军队节节败退。"

玱玹道："倾举国之力攻打弹丸之地，胜利是肯定的，只是以何种代价而已。本来我想以最小的代价，可丰隆的死逼得我只能不惜代价。"

小夭说："哥哥，你……你……能不能放过相柳？"

玱玹很意外，说道："他杀了丰隆，难道你不想为丰隆报仇？"

"杀了他也不能让丰隆复生。"

玱玹若有所思地盯着小夭。

小夭说："我知道让你很为难。但我从未求过让你为难的事，这是我第一次求你，也是最后一次。"

"相柳就是防风邶，对吗？"玱玹看似是在问小夭，神情却很笃定。

小夭也不想再隐瞒，沉默地点点头。

"原来如此。难怪我一直觉得有些事很奇怪，现在终于全想通了。难道你们现在还有交往？"

"我们已经恩断义绝，我此生此世永不会再见他，他也绝不会想再见我。但不管他如何对我，我……我还是希望他能活着。"

玱玹轻叹口气："相柳杀了丰隆，我必须给赤水氏和神农氏一个交代，否则不能安抚中原氏族。不过，只要相柳肯放弃，我可以给他一次消失的机会。"

消失并不等于死亡，玱玹已是答应了她所求，小夭笑道："谢谢哥哥。"

"你先别谢我，爷爷和我曾多次招降相柳，我甚至允诺随便他提条件，可他依旧不肯背叛洪江。其实，一直以来，都不是我不肯放过他，而是他不肯放过我。如果他执意要决一死战，我也不可能让蓐收他们冒着生命危险退让。他的命是命，所有将士的命也是命。"

小夭咬了咬唇，低声道："我明白。"

玱玹拍拍小夭的肩膀，说道："他有他的选择，你已做了你所能做的，也算对得起你们相交一场了。不管结果如何，你都可以将一切忘记了。"

小夭点点头。

玱玹登上云辇，小夭叮嘱："你保重！"

玱玹凝视着她髻上的若木花，平静地说："我一定会的！"不仅仅是为了自己，也是为了小夭，他对璟笑了笑，"小夭就交给你了。"

璟弯身行礼："请陛下放心！"

玱玹关上了车门，吩咐潇潇："起驾。"

云辇腾空而起。

小夭目送着轩辕王和玱玹各乘各的云辇，各带各的侍卫，各自赶回神农山。这就是帝王，纵然血脉相连、互相信任，却不得不各自走各自的路，就好像只有燕雀才成群结伴，雄鹰从来都独自飞翔。

小夭轻叹口气，从今往后，神农山就远离了她的生活，她不再是承欢于轩辕王膝下的孙女，也不再是陪玱玹携手而行的妹妹。小夭看了看身旁的璟，头轻轻靠在他的肩头，从今往后，她是他的妻。

第十八章 委心任去留

LOST YOU FOREVER

清晨，璟坐在榻边，叫道："小夭，小夭……"

小夭迷迷糊糊地翻了个身，嘟囔道："让我再睡一会儿。"

璟说："昨儿晚上，你可是答应了烈阳和阿獙，今日要一起去为岳母和岳父扫墓。"

小夭揉揉眼睛，清醒了。

昨天送走了轩辕王和玱玹，他们重回大殿，继续喝酒。

几百年后，阿獙和烈阳重回故地朝云殿，在阿珩女儿的婚礼上，与故人少昊重逢，更多的故人却已不在，百般滋味上心头，都喝酒如喝水。

小夭陪着他们也喝了很多，即使酒量大，也喝得晕晕乎乎，似乎提起娘，还和烈阳抱头大哭了一场。后来，好像是璟把她抱回屋子……

小夭猛地坐起："我们成婚了？"

璟摸了摸小夭的额头，故作纳闷地说："没听说醉酒会失忆。"

小夭结结巴巴地说："昨夜……昨夜我……你……我们……"

璟含笑道："昨夜你醉得厉害，让你睡了。以后日子很长，我不着急。怎么？你很着急？"

小夭瞪了璟一眼，红着脸开始洗漱穿衣。

穿戴整齐后，小夭和璟去找烈阳和阿獙。

用完早饭，四人一起去祭拜小夭的亲人。

虽然璟早知道小夭的亲人都葬在这里，可亲眼看到六座坟茔时，还是很震惊。

烈阳和阿獙一座座坟墓祭奠，小夭把璟介绍给外婆和舅舅们。

小夭看璟、烈阳和阿獙都神情严肃，笑道："喂，你们别这样，今日可是我的好日子，多笑笑。外婆和我娘他们也会喜欢看到我们笑。"

烈阳点点头，对阿獙感叹道："阿珩的女儿是真长大懂事了。"

小夭撇嘴："说得好像你很懂事一样，这话阿獙说还差不多。"

阿獙忙道："你们俩吵嘴，千万别把我拉进去，我中立，谁都不帮。"

小夭挽住璟的胳膊，得意扬扬地说："好稀罕吗？我如今有人帮！"

烈阳看看小夭和璟，忍不住欣慰地笑了起来，小夭倚在璟身上，也是笑。笑语声回荡在山林间，坟茔四周的野花随风摇曳，好似随着笑声起舞。

◈

烈阳和阿獙又住了几日后，告辞离去。

小夭和璟送完他们后，去轩辕城找父王和阿念。

反正五神山无事，阿念打算多住一段日子，陪陪父王。这几日，她都随着高辛王去了打铁铺，帮点小忙，甚至跟着侍女学做菜。

小夭和璟到打铁铺时，阿念和高辛王不在，苗莆说高辛王带阿念去那个号称千年老字号的破酒铺子喝酒去了。小夭不禁笑起来，对璟说："看来父王打算给阿念讲讲他过去的经历，我们不去打扰他们了。"

两人在街上随意逛了一圈，小夭带璟去了一家饭馆，点了一些轩辕的风味菜肴。

两人正在安静用饭，七八个士兵走了进来，领头的官爷满脸喜气地大叫："店家，上好酒好菜！今日我请客，见者有份！小二，给每个人都上一杯酒，庆贺轩辕军队打了大胜仗！"

店内的人都兴奋起来，七嘴八舌地询问，原来是蓐收大将军又打了胜仗，几个食客笑道："蓐收将军最近不是一直在打胜仗吗？"

请大家吃酒的官爷说："这次是非同一般的大胜仗！九命相柳死了！你们这些商人肯定不知道相柳那厮有多凶残厉害……"

犹如猝不及防间利刃穿心，小夭只觉双耳轰鸣，胸口疼痛欲裂，手中的酒杯掉落。

璟担心地叫："小夭！"

小夭喃喃说："不可能！不可能！他不可能就这么死了！我一点感觉都没有，我什么感觉都没有……"她突然想起，情人蛊已经被王母解了，她的确不可能有感觉。小夭眼前发黑，身子向后软去。

璟忙扶住小夭："我们先回轩辕山，让苗莆拿父王的令牌去打听一下。"

小夭头重脚轻，昏昏沉沉，心头嘴边翻来覆去都只是三个字"不可能"，都不知道自己如何回的朝云峰。

璟吩咐着苗莆，又对她说了什么，她却什么都听不清。

苗莆匆匆离去，感觉中，好像只过了一会儿，又好像过了很久，苗莆回来了。

小夭立即问："是假消息吧？"

苗莆说："应龙大将军说相柳战死了。"

小夭厉声尖叫："不可能，我不相信！"

苗莆被吓了一跳，不敢再说话。

璟端了一大碗烈酒，半强迫着小夭喝下，他柔声问："你还要听吗？如果不想听，我陪你喝酒。"

小夭扶着额头，对苗莆说："你继续说吧！"

"赤水族长死后，陛下命令不惜一切代价，全歼洪江军队。蓐收大将军集结二十万大军围剿洪江的军队。在轩辕的猛烈进攻下，洪江的军队节节败退，缩在深山不出，不正面应战。蓐收大将军坚壁清野，放火烧山，逼得洪江不得不撤出山林。陆上都是轩辕的军队，不仅有蓐收大将军的军队，离怨将军的二十万大军也随时可以策应，洪江只能率领军队逃往海上。蓐收大将军早料到洪江只能逃往海上，早派了精通水战的禺疆将军率领水兵把守，准备截杀洪江。本来计划万无一失，可相柳实在厉害，竟然带着一队死士，以弱胜强，击退了禺疆将军，为洪江开出一条血路。但蓐收大将军、禺疆将军一路紧追不放，一连追击了几日几夜，最后，终于在海外的一个荒岛上追上了洪江。蓐收大将军领兵将海岛重重围困，据说都动用了上古神器设置阵法，就算洪江是条小鱼，也逃不掉。禺疆将军则带兵攻上荒岛，和洪江展开激战……"

苗莆的声音小了下去："一千多人对十万大军，没有一个人投降，全部战死。禺疆是神族第一高手，却一直打不过早已受伤的洪江。后来，蓐收大将军下令所有士兵万箭齐发，洪江被万箭射杀。他死后，露出了原身，是九头妖……蓐收大将军这才知道上当了。"

小夭弯下身子，双手捂着脸，肩膀在不自禁地轻颤，苗莆不敢再说，璟一边轻抚着小夭的背，一边说："你接着讲。"

苗莆迟疑地看左耳，左耳面无表情地颔首，苗莆才有勇气继续说："蓐收大将军发现上当后，不但没有生气，反而高兴地说'相柳死，最艰难的战役已经打完'。因为相柳实在伤了我们太多的士兵，听说很多士兵想拿相柳的尸体泄愤，可蓐收大将军鞭笞了企图冒犯相柳尸身的士兵，下令撤退。他们刚撤出海岛，相柳的尸体竟然化作了黑血，喷涌而出，毒性剧烈，所过之处，草木皆亡，连土都变得焦黑，到后来竟然整个海岛再无一个活物，所有士兵都很恐惧，连蓐收大将军都觉得后怕。如果不是他敬重这位对手，不允许任何人亵渎，只怕连他也逃不掉。"

小夭的身子软软地伏在了榻上，如果说之前还不相信，那么这一刻，她不得不相信了……这种事只有相柳才能做得出来。

璟对苗莆和左耳打了个手势，示意他们出去。

璟把小夭拥进怀里，柔声说：“你要是心里难受，就哭出来吧！”

小夭脸色泛白，身子不停地打哆嗦，却自己骗自己，喃喃说：“我没事。我早有心理准备……刚认识他时，我就知道有这一日，我一直知道……”

璟提起酒坛：“我们喝点酒吧！”

璟给小夭倒酒，小夭端起就喝，一碗碗烈酒灌下去，小夭的脸色白中透出红来。

天渐渐黑了。

璟说：“你要是不想休息，我陪你去外面转转。”

小夭摇摇晃晃地爬到榻上：“我能睡得着。”

璟看她非要和自己较劲，也不再劝，放下帘帐，躺下休息。

小夭呼吸平稳，一动不动，好像很快就睡沉了。

半夜里，小夭突然睁开眼睛，直勾勾地盯着帐顶。

她悄悄起身，看璟依旧安稳地睡着，放下心来。她披上衣服，走出寝殿，坐在玉阶前。

宫墙外，一轮皓月，冷冷清清。

小夭想起了清水镇的月亮，相柳死时，天上的月亮可也是这样静静地照拂着他？他可有想起他们曾一起看过的月亮？

虽然东海与轩辕山远隔万里，但只要相柳愿意，总能让她知道。但是，纵然死亡，他都不屑于和她告别。在他眼中，她和他连普通朋友都算不上，一直都是交易，每一笔都清清楚楚地公平交易。

小夭突然想起什么，急急忙忙地在身上翻找，拿出贴身收藏的狌狌镜。镜子里面有两段记忆，是他唯一无偿留给她的东西了。

一段记忆是在清水镇时，他因为受伤不能动。玟小六逮住机会，趁机报了长期被欺压的仇，用灶膛里拿出的黑炭在他脸上画了七只眼睛，加上本来的两只眼睛，恰好是九只眼睛，嘲讽他是个九头怪。

还有一段记忆是在海里，玟小六和相柳达成交易，相柳带着她远赴五神山，为玱玹解蛊。解完蛊后，他们被五神山的侍卫追击，为了躲避追兵，相柳带着她潜入海底，那是小夭第一次真正领略到大海的瑰丽多姿。趁着相柳没注意，她悄悄把相柳自由自在、随意遨游的样子记忆了下来。

小夭深吸口气，用灵力开启镜子，一圈圈涟漪荡开后，却什么都没有。

小夭一下子慌了，一边说着：“不可能！不可能……”一边急急地用灵力探查镜子。可是，不管她寻找多少遍，都没有了相柳的记忆。

他唯一留给她的东西也彻底消失了！

小夭难以置信，不甘心地翻来覆去地看镜子：“怎么会这样？为什么会这样？”

突然，她想起了，在她昏迷时，相柳发现了镜子中的秘密，还要她将一切删除。等她清醒后，他却没有再提，她以为他忘记了，原来不知何时，他已经销毁了一切。

小夭摩挲着镜子，含着泪问："相柳，我在你眼中，真就那么不堪吗？你竟然连一段记忆都不屑留下！"

"九头妖怪！我恨你！"小夭猛地将镜子狠狠砸了出去，一串串泪珠却潸然落下。

在清水镇时，她是玟小六，他是相柳，虽然总是针锋相对，他却会在受伤时，藏到她的屋子疗伤，她也会不知不觉，把从未对人提起的不堪过去讲给他听。

在轩辕城时，他是浪荡子防风邶，温柔体贴、玩世不恭，却认认真真、一丝不苟地传授了她十几年箭术。

在海底沉睡了三十七年时，他们曾夜夜相伴，那大概是相柳最温和的时候，没有利用交易、没有针锋相对，有的只是一个带着另一个在海底徜徉，一个偶尔说几句话，一个永远地沉默。

在赤水婚礼上，他来抢婚，要她履行承诺，还问璟要了三十七年的粮草，他付出的代价不过是失去一个虚假的身份，她却名誉尽毁。

从那之后，他是洪江的将军，她是玱玹的妹妹，两人每次说话都刀光剑影。

最后一次见面，是因为丰隆的死，在两人曾一起游玩过的葫芦湖上，她想射杀他，他利用璟的死煽动她为璟报仇。那一夜，他几乎要尽了她全身的血，只是为了储备一点疗伤的药丸。她恨他冷酷，发誓永不相见。

如果她知道那是他们此生此世最后一次见面，她一定会说点别的，不管他对她多冷酷无情，她也不想说那些话！

小夭泪流满面，仰着头，无助地看着天。

相柳，为什么？为什么？为什么要这么对我？为什么连最后的记忆都不肯留下……难道百年相识，对你而言，都只是交易算计吗？

相柳走得太决绝，没有片言只语留下，连尸骨都化成了毒水，再没有人能回答小夭的问题。

璟从小夭身后抱住她时，小夭才发觉天已蒙蒙亮。

被冷风吹了一夜，小夭身体冰冷，璟用灵力温暖着她的身体："什么时候起来的？"

小夭一边匆匆地擦去眼泪，一边心慌地说："刚起不久。"

璟在她后颈上，轻轻吻了下。

小夭无力地靠在璟怀里，半晌后，她低声说："刚才我说假话了，我起来很久了，其实，我昨夜一直没有睡。"

璟轻声说："没有关系。纵然亲密如夫妻，也需要一些独处的时间，我知道你现在很难过、很痛苦，更需要独处。"

小夭不安："我……我……"

璟捂住她的嘴："不要把你的夫君想得太小气，相柳对你有数次救命之恩，我对他很感激。"

小夭的眼泪缓缓滑落，濡湿了璟的手掌，璟却一言未发，只是静静地抱着小夭。

小夭喃喃说："虽然我一直警告自己他是玱玹的敌人，可我……我并没有准备好。我好希望一切都是假的……他那么狡猾，想活着总能活着。"

璟沉默不语，他知道小夭并不需要他说话。

“他就是太狡猾了，才不想活着。有一次，他对我说‘其实，对一个将军而言，最好的结局就是死在战场上’，他为自己选择了最好的结局。”

“什么最好的结局？他就是世间最傻的傻子！他对得起洪江，对得起所有死去的袍泽，可他对得起自己吗？”

“我才是傻子！他根本不在乎，我为什么要难过？我不要难过……”

小夭边哭边说，渐渐地，话少了，到最后，她蜷缩在璟怀里，沉默地看着高高的凤凰树。一朵朵绯红的落花凋零在风中，就如一幕幕逝去的往事，不管曾经多么绚烂美丽，都终将随风而逝。

小夭疲惫地闭上眼睛：“璟，我想离开了。”

“我们去哪里？”

“去海上。万里碧波，天高海阔，相柳曾说过海外有很多无名小岛，也许我们可以找一个美丽的小岛安家。”

“好。”

小夭本想让左耳和苗莆跟着高辛王，等左耳学会铸造技艺后，哪里都可安身，可苗莆哭着要求：“小姐去哪里，我就去哪里！”

左耳默不作声，却一直盯着小夭，显然比苗莆更难缠。

小夭只得投降：“只要你们不怕苦，就跟着我和璟吧！”

小夭开始收拾行囊。其实，主要是清点结婚时收到的礼物。外祖父送了两箱珠宝首饰，应该是外婆的遗物；父王的礼物是他亲手锻造的一柄短刀、一把匕首；玱玹的礼物非常实用，是轩辕城内的一座宅邸，轩辕城外的百亩良田；阿念的礼物是一捆扶桑神木；烈阳的礼物是一堆灵丹妙药，估计是他几百年来收罗的，连见惯了好药的小夭都暗自咂舌；阿獙的礼物是一对用玉山古玉琢的同心佩，一个用扶桑神木雕刻的大肚笑娃娃，都是他亲手做的。

小夭从外祖父送的首饰里挑了三件喜欢的收了起来，留作纪念；父王送的短刀和匕首既可做防身兵器，又可以用来削水果，留下；玱玹的礼物，小夭仔细看了一会儿后，收了起来；阿念的礼物也仔细收好；烈阳的礼物自然是要全部藏好；阿獙送的同心佩平日戴着可以颐养身体，关键时刻还可以当奇药续命，小夭把玩了一会儿，顺手给璟系了一块在腰间，自己也戴上了另一块。

最后是大肚笑娃娃……小夭一开始就很好奇，阿獙为什么不用玉山桃木，却用了扶桑神木。扶桑神木无火自燃，并不适合用来雕刻东西，也不知道阿獙用了什么法术，才能让这块扶桑神木不烧手。

小夭捧着大肚笑娃娃，对璟说：“阿獙可真逗，人家雕的胖娃娃就是头大，他的娃娃连肚子都大，难道表示这胖娃娃是因为贪吃才胖的？”

璟笑看了一眼大肚笑娃娃，说道：“这是数万年的扶桑神木，水火不侵、刀剑不伤，可不好做，阿獙应该费了不少心血。”

大肚笑娃娃没什么实际用处，但小夭觉得可爱，捧在手里越看越喜欢。大大的脑袋，大大的肚子，穿着个石榴图的肚兜，咧着小嘴，笑得憨态可掬，小夭忍不住也对着他笑起来。

这是几日来小夭第一次展颜而笑，璟终于松了口气，低声对苗莆叮嘱："把这个笑娃娃一定要收好了。"

离别的那日天气晴朗，微风徐徐，正是适合远行的日子。

高辛王和阿念送着他们来到了官道，道路两侧绿柳成荫，不少人在此折柳送别，时不时有凄切的笛声、呜咽的哭声。

左耳和苗莆一个挽着马车，一个坐在车辕上，等小夭和高辛王话别。

小夭对阿念说："你若在五神山待得无聊时，就来轩辕山看父王，但记住，永不要踏足中原，永不要过问玱玹的事情。"

阿念道："你放心！我依然如当年一样喜欢玱玹，可曾经的哭泣让我已经不再是当年的阿念。你可别忘记，我连战场都已上过，仗虽然是句芒帮忙打的，但所有的鲜血和死亡，是我自己去面对的。"

小夭彻底放心了。

高辛王问璟和小夭："想好去哪里了吗？"

璟回道："没有，先四处走走，如果能遇到两人都喜欢的地方，也许就会住下来。"

高辛王半开玩笑地说："定居下来后，记得告诉我们，千万别一去就踪迹杳然。"

璟笑了笑，什么都没说，和小夭一起跪下，给高辛王磕了三个头。小夭说："父王，您多保重，我们走了。"

高辛王暗叹口气，笑着说："你们去吧！"

璟和小夭上了马车，车轮辘辘，汇入了南来北往的车流中。

小夭乘坐的马车，普普通通，与所有行在路上的车辆一样，分辨不出车上的人与其他人有何不同。

高辛王的目力虽好，也渐渐分不清楚哪辆车是小夭乘坐的，只看到无数辆车在赶路。所有行人都是世间最平凡的人，小夭也变成了他们中的一个。

高辛王心中滋味难辨，有悲伤，更多的却是释然。

小夭有着世间最尊贵、最沉重的姓氏，她的母亲曾尽全力想挣脱，都没有挣脱，她却终于挣脱了。

小夭有驻颜花，璟是九尾狐的后裔，一旦离去，他们就会彻底消失。

高辛王早已察觉璟和小夭的心思，却一直没有点破，反而故作姿态，任由轩辕王和玱玹以为小夭会留在轩辕城。

几百年前，当小夭逃离玉山、流落民间时，大概就已注定今日的结局。她短暂的回归，从五神山到轩辕山，从轩辕山到神农山，见证了大荒的统一，也许只是为了完成她母亲的遗愿，让玱玹平安。如今阿珩的遗愿已了，小夭选择了水归海、鸟入林，再次回到了她来的地方。

高辛王带着阿念，安步当车，慢慢走回铁匠铺。

此时正是轩辕城内最热闹的时刻，大街上人来人往，车水马龙，各种叫卖声不绝于耳。小夭有可能是那当垆卖酒的小娘子，有可能是在药堂内打瞌睡的医师，有可能是那摇着扇子追孩子的妇人……

高辛王不禁微微笑着，等玱玹找不到小夭时，肯定会震怒，但他迟早会明白，小夭在芸芸众生中，芸芸众生就是小夭，只要这天下太平，他们的小夭就会快乐地生活着。

番外

愿你一世安乐无忧

LOST YOU FOREVER

群山连绵，层林起伏。

在一处靠近水源的山谷内搭建着一座又一座营帐。此时天已尽黑，本该篝火熊熊，营帐千灯，可是，为了隐匿踪迹，漆黑的山谷里，不见一点灯光，没有一点声音，只有一队队衣衫污浊、神情疲惫的士兵来回巡逻着。

相柳悄无声息地走过一座座营帐，如雪的白衣犹如一道微风，缓缓飘过营地，成了压抑黑夜中唯一的明亮，每个看到他的士兵不知不觉中都觉得心情一松，精神振作了一点。

很多年前，曾有新兵不满地对老兵抱怨："那个九头怪整日显摆什么？我们是去打仗，又不是去相亲，非要穿得那么扎眼吗？"

已经历经生死、亲手焚烧过袍泽尸体的老兵们总是带着沧桑，淡然而笑："等打上几次硬仗后，你们就明白了！"

等新兵们的眉梢眼角也染上了沧桑时，他们理解了老兵的话。所有士兵都害怕那道白色的身影，可在战场上，只要那道白色的身影一出现，就会立即吸引敌人的注意，最厉害的攻击都被他引走了，总会有更多的士兵能活到下一次战役；在夜晚的营地，只要看到那道白色的身影，不管敌人距离自己多么近，士兵都能睡得踏实。

当焚烧过一具又一具并肩作战的袍泽尸体后，士兵们觉得自己明白了相柳为什么总是一袭白衣——也许他只是太狂傲自大，想让敌人能一眼看到他；也许他只是个好将军，想让所有浴血奋战的士兵，不管多么黑暗时，都能一眼看到他。究竟是哪个原因，没有人敢去向相柳求证，相柳为什么总穿白衣，成了营地里永远争论不出结果，却永远被争论的话题。

相柳巡视过营地，走到山顶上，居高临下地俯瞰着营地。

远处的山林有隐隐火光，那是蓐收在放火烧山、逼他们应战。最后决战的一刻就要来了，所有士兵都清楚自己的命运，但他们依旧义无反顾地选择了这条路。天下太平、百姓安居，他们已经被时光无情地抛弃，成为了多余的人。死亡是最好的解脱，也是最好的归宿。

相柳在青石上坐下，拿出一块扶桑神木的木雕，仔细雕琢着，一个憨态可掬的大肚笑娃娃已经成形，只眉眼还差了一点。

相柳仔细雕好后，上下打量一番，觉得还算满意。他把大肚笑娃娃头朝下，倒放在了膝上，打开底座，露出中空的肚子，又拿出一枚冰晶球。

晶莹剔透的冰晶球里包裹着一汪碧蓝的海。幽幽海水中，有绚丽的彩色小鱼，有红色的珊瑚，还有一枚洁白的大贝壳，像最皎洁的花朵一般绽放着。一个美丽的女鲛人侧身坐在贝壳上，海藻般的青丝披垂，美丽的鱼尾一半搭在洁白的贝壳上，一半浮在海水中。她身旁站着一个男子，握着女鲛人伸出的手，含笑凝视着女鲛人。角落里，一个男鲛人浮在海浪中，看似距离贝壳不远，可他疏离的姿态让人觉得他其实在另一个世界，并不在那幽静安宁的海洋中。

相柳静静凝视了一会儿，以指为刃，在冰晶球上急速地写下了两行小字。此际，恰一缕皎洁的月光穿过枝丫，照在冰晶球上，将男鲛人旁的两行小字映了出来：有力自保、有人相依、有处可去，愿你一世安乐无忧！

一只白羽金冠雕从空中俯冲而下，落在峭壁上，嘴里叼着一个玉桶，里面盛满了浓绿色的扶桑汁液，灵气充裕到绿雾萦绕。白雕毛球知道那扶桑神木看着灰不溜丢，实际一个不小心就会把它的羽毛烧坏，它小心翼翼地把玉桶放到相柳身旁，立即跳开了几步，不敢出声打扰，只是好奇地看着相柳的一举一动。

相柳把冰晶球放进大肚笑娃娃中空的肚子中，不大不小，刚刚容纳下冰晶球，盖上底座，冰晶球被封在了笑娃娃的肚内。冰晶为水、扶桑为火，水火相济、冷热相伴，恰好冰晶不再寒气逼人，扶桑木也不再滚烫灼人，即使没有灵力的一般人也能拿起扶桑笑娃娃。

相柳把笑娃娃浸泡到扶桑汁液里。笑娃娃的身子和底座本就是同一块扶桑神木，只要设置个阵法，过上几个月，底座就会和笑娃娃长到一起，但现在没那么多时间，只能耗费灵力。

相柳以血布阵，用数十颗萃取了上万年日光精华的日光石做引，催动灵力，玉桶内的绿色扶桑汁液翻涌起伏，犹如煮开的开水。渐渐地，汁液被笑娃娃吸收，越来越少，等汁液完全干涸时，笑娃娃的身子已经完全和底座长到一起，看不到一丝裂痕，就好像整个木雕是用一块实心木做的。

相柳用了四五成灵力，想打开笑娃娃，都没有打开；他又抽出兵器，砍了两下，笑娃娃也没有丝毫裂痕，相柳终于满意地点点头。

毛球单脚独立，歪着脑袋，像看疯子一样盯着相柳。

相柳凝视着掌上的大肚笑娃娃，笑娃娃眉眼弯弯，咧着小嘴，笑眯眯地看着他。相柳的唇角也慢慢上弯，微微地笑起来。

他把笑娃娃装进一个袋子，绑到毛球背上，毛球咕咕问，相柳说：“去玉山，告诉瀓君，这是他送给小夭的结婚礼物。”

毛球瞪大鸟眼，嗷一声尖叫，不明白为什么明明是九头妖做的东西，却要说成是那只狐狸做的，相柳打了它脑袋一下，冷斥：“别废话，就这么说！”

毛球喉咙里咕噜咕噜几声，振动翅膀，腾空而起，向着玉山的方向飞去。相柳仰头，目送着毛球越飞越远，渐渐消失在漆黑的夜色中。

还记得清水镇外初相逢，你嬉皮笑脸、满嘴假话，唯一的一句真话是：我无力自保、无人相依、无处可去。

数十年箭术，你已有力自保，不必再危急时只能用自己的身体去保护想守护的人；一个如意情郎，你已有人相依，不必再形单影只，与孤寡做伴；天高海阔，你已有处可去，不必再被人追逼、无处安家。

相柳在心里默默地说：小夭，从今往后，我再不能守护你了，你要好好照顾自己，愿你一世安乐无忧！